織田作之助論

〈大阪〉表象という戦略

尾崎名津子

和泉書院

目次

凡例

一、織田作之助テクストの引用は、特に断りのない限り全て『定本織田作之助全集』（文泉堂書店、一九七六年）によった。
一、引用文献で旧字体となっている漢字は原則として常用漢字表に従って新字体とする。
一、引用の傍線や傍点、囲み線は、特に断りのない限り全て論者による。
一、引用のルビは適宜取捨した。
一、引用における斜線（／）は改行を指す。
一、小説テクスト、評論、および単行本のタイトルには二重鉤括弧（『　』）、新聞名・雑誌名、学術論文のタイトル、および本文中の引用には鉤括弧（「　」）を付す。
一、織田の伝記的事実に関しては、特に断りのない限り大谷晃一『織田作之助　生き、愛し、書いた。』（沖積舎、一九九八年七月）を典拠に据えた。
一、本書で引用した文献その他資料に、今日の人権意識に照らして不適切と思われる表現があるが、資料の歴史性を考慮し、そのままとした。

序章　大阪表象を問う意味

織田作之助を評価する際に現在もなお流通している二つの作家イメージがある。それは「無頼派」としての位相と、代表作『夫婦善哉』や織田自身の出自を根拠として構成された、「大阪的な作家」という位相である。これらの評価において閑却されがちなのは、織田が満州事変後の社会状況の中で文学を志し、文学界へ登場し、そしてアジア太平洋戦争期を通じて作家で在り続けたという事実である。本書は、こうした事実の再検討を通して、織田作之助の文学を再定位するものであり、また抵抗／便乗という二項対立で作家の営為を判断する方法に拠らずに、アジア太平洋戦争下の文学活動を考察するという目的を設定している。

『夫婦善哉』によって織田が全国区で認知される作家になったのは、一九四〇年のことだった。この年は紀元二千六百年に当たっている。既に満州事変から九年が経っており、翌年末には太平洋戦争が始まろうとしていたこの時期は、苛烈になっていく言論統制、財政や物資の逼迫、大政翼賛会の成立に象徴されるファシズム体制の進展などから、国民にとって様々な制約を受ける暗い谷間の時期だったと、事後的には見られているだろう。しかし、その国民生活は一夜にして苦しく暗いものになったわけではない。紀元二千六百年中の様々な事業、とりわけ観光産業の隆盛を分析し、消費主義とナショナリズムの関連を論じたケネス・ルオフ(1)は、「戦争の形勢が日本に不利になる前は、帝国臣民にとって戦時を特徴づけるものは、暗さと明るさ、苦しさと愉しさの共存だった」と指摘する。

一九三〇年代以降の愛国主義的風潮は消費主義を強化したし、戦前に観光や小売業の景気が最も良くなったのはまさに一九四〇年だったという。そして同様のことは出版にも当て嵌まる。この時期がこうした側面も備えていたことを念頭に置き、本書では織田作之助の登場を捉えている。それは更に、次の認識に因っている。

昭和十年代初頭の同人誌出身作家であることを抜いて、織田という作家を捉えることはできない。大正期に次いでこの時期が第二の同人誌ブームとされる背景には、出版業界の好景気があるだろう。この時期に、織田は劇作から一転して小説を書き始めた。一九三八年六月に発表された『ひとりすまう』が小説の嚆矢だが、戯曲も小説も同じ同人誌「海風」誌上に発表されていた。『夫婦善哉』が「海風」(一九四〇年四月)に掲載後、改造社「文藝」主催の「文藝推薦」受賞作として同年七月に転載されたことは、同人誌出身の新人作家とするに象徴的な出来事であると同時に、社会的・経済的状況の反映だとも言える。

だがもちろん、本論はこうした戦時下の社会状況に、平時と変わらない平穏を見ようとするものではない。この時期に新人作家として世に出ようとするということは、内務省検閲への目配りをしなければならない点で様々な困難や葛藤を抱えていた側面があることも見逃せない。事実、織田にとって初の単行本である『夫婦善哉』(創元社、一九四〇年八月)は削除処分を受け、『青春の逆説』(万里閣、一九四一年七月)は発売頒布禁止処分を下された。この事実はこれまでも指摘されてきたが、内務省警保局図書課、すなわち処分する側において両単行本がどのように問題にされたのかは仔細に検討されたといえない。ゆえに第一章「昭和期の内務省検閲—織田作之助の出発期—」ではまずこの点に着目し、内務省検閲の制度や実態を考察した上で検討したい。一方で、結果的に処分を受けたとはいえ、織田の内には検閲への配慮が全国区でデビューする以前、同人誌時代からあった。そのことを未発表書簡などから立証しつつ、配慮にも拘らず処分を受けるという困難が、作家としての織田の営為にどのような影響をもたらしたかを考察する。

このような出発期の結果として、以後の織田テクストのほぼ全てに表れる〈大阪〉というモチーフは登場する。それは『夫婦善哉』を書き、またそれが評価されることによって発見されたといえよう。『夫婦善哉』で浮上する、大阪という実在する土地の文学的形象化、およびこの作品によって定位された、同時代の文学状況下における作家としての織田自身の位相について、第二章「『夫婦善哉』論—発見された〈大阪〉の内実—」ならびに第三章「『夫婦善哉』の周辺」で論究する。

先述の通り、織田には「無頼派」と呼ばれる以外にも、「大阪的な作家」というイメージが付与されている。その「大阪的」という謂いの根拠は、織田が大阪を舞台にした小説を多く発表した点や、織田自身が生涯の殆んどを大阪で過ごした点に求められてきたが、その内実は織田のテクストに沿って厳しく精査しなければならない。すなわち、織田のテクストに浮上する〈大阪〉表象を検討する必要があるが、それには多様なアプローチが想定されるだろう。

織田作之助を都市論の観点から積極的に論じているのは加藤政洋である。加藤は[2]「「盛り場」といえば、非日常的な祝祭の空間という位置づけが一般的であり、織田の作中人物も、盛り場に固有の出会いや遊蕩と縁がなかったわけではないが、住まいのある路地と盛り場のなかの路地の往還は、むしろ日常的な生活行動の一部として描かれたのであった」とし、また、織田の『大阪論』（初出未詳）を読解しつつ織田が「「大阪を描くということと、大阪的であるということと」が別であるというのは、「明治・大正＝大阪的」／「昭和＝非大阪的」という二項対立を前提し、「大阪的」である、つまり「大阪の詩情」を作品世界に取り込むためには、明治・大正期の大阪を描くほかはない、ということを言わんとしていたのである」と、織田の創作意識を意味づけた。また、加藤は後に『大阪論』を再論し、「「大正的」という過去性だけが「大阪的」なものを可能にする」と明確に規定した。[3]

日本近代文学研究の立場から織田に特有の都市感覚について言及した論文としては、たとえば梅本宣之「漂流する〈私〉―「夫婦善哉」を中心に―」（「帝塚山学院大学日本文学研究」四一号、二〇一〇年二月）がある。梅本は、織田の多くの小説テクストの作中人物たちと梶井基次郎『檸檬』の視点人物との共通点として孤独感とアイデンティティの喪失を挙げつつ、「彼らが裏通りの方により親しみを感じるのは、裏通りの方が、外界の見えない刺激や圧力から無防備な自分を守ってくれるという安心感にも似た感覚があるからではないだろうか」と指摘した。

本論では、織田の〈大阪〉表象、あるいは「大阪」という言葉で表現しようとしたことを、テクストの分析を通して明らかにする。そこには同時代の社会状況、文学状況の支配的言説を積極的に参照することの戦略性を認めることができる。

『夫婦善哉』の発表以後の、織田による〈大阪〉をめぐるテクストは、上記のように同時代性と不可分のものになっている。太平洋戦争の開戦から敗戦までをそのまま意味するこの時期の、織田の創作に対する評価としては「織田作之助の便乗とは、いったい何であったか」と便乗か否かを視座としつつ「表面的工夫を防壁として、政治的圧迫というようなものの自己の世界への浸蝕を、結局はいささかも許してはいない」とする青山光二の評言[4]が最大公約数だといえる。しかしながら、先に述べた通り、織田に限らずこの時期に作家であろうとすれば、少なからず時局的だったのであり、この時期を捉えるとき二〇一〇年代の現在でも依然常套的に用意される「抵抗・批判」と「翼賛・便乗」という二項対立は、実際には境界がそれほど明確ではないのではないか。

織田はこの時期、作家であると同時に新聞記者としての社会的位相を確保してもいた。そして新聞社の退社後は、「大阪鉱山監督局文化委員」と「日本文学報国会近畿聯絡部幹事」の肩書きを得、それら二機関のための役割をこなしてきた。その際に、大阪鉱山監督局の機関誌「鉱山の友」に創作を寄せたり、日本文学報国会の機関紙「文学報国」において小品の発表や第二回大東亜文学者会議の模様を伝える記事の執筆、建艦献金運動の一環として刊行された『辻小説集』（八紘社杉山書店、一九四三年七月）への参加、関東軍の機関誌『満洲良男』での作品発表も行ったりしていた。第五章「体制関与の真相―「鉱山の友」「文学報国」への寄稿を中心に―」では、これまで明らかにされてこなかったこれらの仕事の内実を、新資料も分析しつつ明らかにする。

こうした事実の確定の一方で、織田のテクストにおいてはこの時期ならではの問題系が存在する。それは井原西鶴への傾斜である。西鶴を研究し摂取することが織田にとって創作の際に重要な基盤の一つであることは、これまでも様々に言及されてきた。それではなぜ西鶴が見出されたのかという点については、『夫婦善哉』を読んだ志賀直哉がこの作品の文体が西鶴に似ていることを指摘し、その話を耳にした織田が西鶴の勉強を始めた(5)という挿話が半ば神話的に参照されてきた。仮に西鶴への傾斜の契機が志賀発言を受けた噂話であったとしても、論者は織田が長らく西鶴を参照しなければならなかった理由が他にあったと考える。それは、戦時下で書くということが、戦略としての〈西鶴〉を導引したということである。その点については同時代の支配的言説を参照すると明らかになる。

一九三〇年代後半といえば織田が創作を始める時期だが、この頃、帝国日本は版図の拡大を目論むことで必然的に二つの要請を自らの内に持っていた。一つは国土計画の名の下で新たに問題化された「地方」の浮上であり、もう一つは「日本語」という言語の囲い込みの問題である。

戦時体制における「地方」の可視化は、同時に「地方文化」の可視化ももたらした。この文脈には文学界の体制との連関が寄与している。一九四〇年十月に大政翼賛会文化部長に就任したのは、劇作家の岸田国士だった。岸田がまず目標にしたのが、「地方文化の充実」である。文化部の抱負は「全国民的な基礎の上にたつ、生産面にふれた新しき文化を創造」することであり、そのためにはこれまで近代日本において築かれてきた文化の二重構造――知識人文化と大衆文化、中央文化と地方文化、都市文化と農村文化――は解消すべき課題としてあった。そこで「日本文化の正しき伝統は外来文化の影響の下に発達した中央文化のうちよりも、特に今日に於ては地方文化の中に存し、この健全なる発達なくして新しく国民文化の標識を樹立することは不可能ともいふべき」だという論理が作られるのである（「地方文化新建設の根本理念及び当面の方策」一九四一年一月）。

このような支配的言説を織田は盛んに参照し、〈大阪〉を〈地方〉として積極的に位置づけ、発言を展開した。大阪は都市として当時面積・人口・工業生産額において東京に次ぐ規模を有しており、また支配的言説において「地方」とは具体的に農村を指すことから、大阪という都市はその面から言えば「地方」を自認するに当たらない位相にあった。それにも拘らず〈大阪〉に〈地方〉を引き受けさせた織田には、そのような言説を構築した戦略的な意図があったはずである。そしてその戦略は、同時代の大阪という地域社会における文化状況に対して向けられたものだった。こうした織田の〈地方〉としての〈大阪〉を仮構したことの意図を第四章「一九四〇年前後における〈地方〉・〈方言〉の概念編成」で分析する。

戦時下の帝国日本が内包していた問題の二点目は、標準語の確定の問題である。この時期以降、一九四〇年代に入ってからも標準語とは何かをめぐる議論は続いていた。帝国日本にとって標準語は、植民地経営の円滑を担うものだったが、標準語策定を模索する過程で噴出したのが、方言をめぐる問題である。第四章の後半では〈地方〉を焦点とした言説に加えて、織田が作家として活動した時期に「方言」がどのような概念を指し示すものとして定位されていたのか、また、その中で大阪弁はいかなる位相にあったのかを考察する。その議論を踏まえた上で、小説テクストでも積極的に大阪弁を用いて叙述を構成した織田にとって、その作意の内実がいかなるものだったのかを分析する。結論から言えば、織田の〈方言〉をめぐる言説にも、同時代の文化状況に対する目配りがなされており、〈地方文化〉をめぐる織田の認識と重なる部分がある。こうした〈地方〉と〈方言〉をめぐる織田の言説の戦略性を検討する。

大東亜共栄圏建設の理論に基づき問題化された、方言と地方文化をめぐる言説は、体制内から学界に波及し、同時に出版界や作家たちにも及んだ。こうした同時代の状況の中で織田は創作を続けると同時に、〈大阪〉を方法として打ち出していく。その際に井原西鶴に関する言及が増えるのである。

一九四〇年中から四三年にかけて、織田は幾度となく西鶴テクストの現代語訳を試みている。それは単なる文章修業以上の意味があった。彼の現代語訳の方法を中心とした、西鶴テクスト受容の在り方については第六章「戦略としての〈西鶴〉」で検討する。また、同章では同時代の近代文学をめぐる言説場において、井原西鶴がどのように評価されていたかを明らかにした上で、織田の最長の文芸評論『西鶴新論』（修文館、一九四二年七月）を中心に取り上げ、織田が西鶴に言及し続けたことの意味を考察する。そこに浮上するのは、西鶴を通した織田の創作意識であり、この点で西鶴の名は井原西鶴自身を離れ、織田独自の〈西鶴〉として用いられることになる。それを戦略としての〈西鶴〉と呼ぶことにし、そのように織田が振舞ったことの意義を明らかにする。〈西鶴〉は、その具体的内実において織田がこれまで発言していた創作における手法としての〈大阪〉と内実が重なるものであった。ここで〈西鶴〉とは〈大阪〉の謂いであることが判るのである。これを〈大阪〉の概念化と呼ぶことにする。

こうした表現手法としての〈大阪〉の概念化をはかる一方で、織田は小説テクストにおいて、地域表象としての〈大阪〉をも極度に概念化する。その成果として現れる作品が長篇『わが町』（錦城出版社、一九四三年四月）である。『わが町』は大阪の路地に暮らす「ベンゲットの他吉」を家長とするその一族が、大阪にありながら他吉がかつて労働移民として道路建設の完成を成し遂げた〈フィリピン〉の地に対し、各々独自の意味内容を補塡しながら、〈フィリピン〉の名に生きる規範を見出していく物語である。そこに大阪の現実相を踏まえないまま独自の〈大阪〉という都市を構築、表象した『夫婦善哉』とは異なり、実在の土地そのものを表象せずに概念化し、それを小説テクスト構成上の要諦と為すという特異な構造を見出せる。土地そのものを表象せずに概念化するという手法は、ロシアに漂着しそこで一生を終えた元禄町人、淡路屋伝兵衛をモデルとした長篇『異郷』（万里閣、一九四三年九月）

にも引き継がれる。『異郷』では『わが町』での実践を踏まえ、織田が〈大坂〉をも概念化していることが表象達成だといえる。この二作を扱ったのが第七章「『わが町』『異郷』論―土地の概念化と〈大坂〉の虚構化―」である。

赤澤史朗[6]は太平洋戦争の時期を三期に分け、その第三期を一九四四年十月から敗戦までとしている。銃後の国民が日常的に空襲の脅威にさらされるようになった時期として赤澤は線引きを行ったが、たしかにこの本格空襲の開始によって、都市部の日常生活はそれまでの様式を維持できなくなったといえる。その中で織田はラジオドラマのシナリオ執筆や大阪の地方紙へのエッセイの寄稿などを精力的に行い、また、第五章で論じたように日本文学報国会への所属を足掛かりとしてコンスタントに作品を発表していく。一九四五年中は特に立川文庫の翻案である『猿飛佐助』（火遁ノ巻「新潮」同年二月、水遁ノ巻「新文学」同年三月）を発表し、戦時下の最終局面を過ごしていった。一方、実際の都市・大阪は戦禍を免れなかった。むしろ巨大な砲兵工廠を抱える大都市であったがために、徹底的に破壊されたといえよう。織田は大阪市内を離れ、大阪府の南部（南河内郡、現在は堺市東区）に居住していたため、直接的に罹災しなかったが、彼が言語によって表象しようとしてきた大阪は焼跡と化し、彼の言葉を借りると「どこもかしこも古雑巾のように汚ない。おまけに、ややこしい」（『大阪の憂鬱』一九四六年八月）場所となってしまう。しかしながら、なお〈大阪〉を書くのであれば、そこが失われたからこそ書くことそれ自体の意味が本質的に変わったと言える。事実、織田の小説テクストの形式にあっては、一代記を離れ、新たな試みが始められた。

第八章「『世相』『郷愁』論―〈大阪〉という場の機能―」ではまず『世相』（「人間」一九四六年四月）を取り上げ、そこに表象された〈大阪〉の作中における機能と、織田が新たに取り組んだ表現手法について論究する。

また、第九章「〈偶然小説〉の可能性」ではこの時期以降、織田が小説テクストで多用した〈偶然〉という用語の、作品における機能と織田の作意を分析する。その際に一九四六年中に執筆、発表された四つの連載小説を検討対象とする。これらの小説及び『世相』は全て戦時下で構想されたのではないことが明らかであり、言い換えれば織田の敗戦後の社会的、文化的状況における作家としての振舞いを見ることができるテクスト群だと言える。織田は小説における〈偶然〉という表現手法に関わる実践から、やがて『可能性の文学』（「改造」一九四六年十二月）に書かれることになる実作者としての文学論を導き出した。この論は、一九三五年前後の文学における〈偶然〉をめぐる論争、とりわけ横光利一の『純粋小説論』（「改造」一九三五年四月）を敷衍しているが、そこには創作での実践を踏まえた織田のオリジナリティを見出せる。そのような成果をもたらした、小説における〈偶然〉とは、織田が〈大阪〉を離れて構想したものでありつつも、〈大阪〉というタームをめぐるそれまでの実践を踏まえて到達した地点だと言える。

また、いくつかの章では大阪という都市イメージに対する論究も行っている。栗本慎一郎が指摘したように、近代都市とは非日常性（「闇の部分」）と日常（「光の部分」）とが「幾重にもはりめぐらされ」た空間である。(7) しかしながら、都市大阪に関して言えば、同じく栗本の提起した次の図式においてだと、「闇の都市」に配置されるように見える。(8)

光の都市＝政治の中心地＝王城の地＝他界へ向かう出口＝経済的には再分配の中心＝ある程度体制内化された非グロテスクな見世物の地＝武家屋敷または貴族居住地

闇の都市＝商業の中心地＝王陵の地＝他界への入口＝経済的には対外交換の中心地＝王家の宝物殿（財宝貯蔵所）＝ドロドロした冥界につながる見世物（珍物やご開帳）の地＝ストレンジャーの居住地

そのようなイメージが喚起されるのは、大阪が「大坂」を継承しているからに他ならないからだろう。芝村篤樹(9)は都市史の立場から近代大阪という都市の地域特殊性を次の四点に整理している。まず、「近世において全国経済の中心で、近代では産業革命の中軸をになった大阪」は、「日本における近世都市の解体・近代都市の形成過程を明らかにする最も重要な事例」である。第二に、大阪は「近代商工業の形成・発展、およびその矛盾が、典型的に見られる都市」である。第三に、大阪は「都市行政・政治システムにおいても典型例」といえる。第四に、大阪はアジア諸国との貿易産業の面だけでなく植民地朝鮮からの渡航者が日本最大数を数え、そうした「日本近代の解明に不可欠な、アジアとの関わり」においても重要だということである。こうして商工業の面から大阪を位置づける場合、その始源として「大坂」が想起されることは、その実質はともかく今なお一般的なイメージとして通底しているだろう。

それゆえ、いわゆる大大阪イメージも形成された。一九二〇・三〇年代の都市としての大阪は、「近世以来の地盤を活かして商工業による発展を遂げた都市」という意味合いの強い「大大阪」という言葉で色付けされることが事例として多くみられる。その点に論及している橋爪節也は、大阪には今なお、「東京への対抗心を煽り、大規模な都市計画や公共事業を正当化する上での〝気分〟としての〝大大阪〟イメージ、膨張する意識と意志は生き残っている感じがします」と発言している(10)。また、砂原庸介は「正負いずれのイメージにしても、「大阪」には日本有数の大都市として、「東京」とは違う何らかの核、人を惹きつける求心力が期待されているように思われる」と述べており(11)、橋爪も砂原も「東京」ではない特殊なローカリティを想定している。それは決して実体化できないものであるから、言語化も十全にはできないとはいえ、確かに存在するものだろう。しかし、「東京の文壇人たちにたいする反発(12)」を持続し、「大阪人の伝統的(?)な粘り強さに根っからほれこんでい(13)」た「大阪的な作家」であるとされる、織田作之助のテクストに浮上する〈大阪〉とその戦略性は、「闇の都市」としての大阪をひたすらに表象したものの謂いではなく、また、〈東京〉なるものに対するカウンターとしてのみ機能するものでもない。

注

（1）ケネス・ルオフ／木村剛久訳『紀元二千六百年　消費と観光のナショナリズム』（朝日新聞出版、二〇一〇年十二月）。Kenneth J. Ruoff, *Imperial Japan at Its Zenith: The Wartime Celebration of the Empire's 2,600th Anniversary*、四一頁

（2）加藤政洋「近代大阪のトポグラフィー（10）―モダン大阪と織田作之助のノスタルジア―」（『大阪春秋』第三十巻第四号、二〇〇二年十二月）

（3）加藤政洋「都市・放浪・故郷―近代大阪と織田作之助のノスタルジア―」（『流通科学大学論集―人間・社会・自然編―』第一七巻第三号、二〇〇五年）

（4）青山光二「作品解題」（『定本織田作之助全集　第三巻』文泉堂書店、一九七六年）

（5）大谷晃一評伝、一九〇頁

（6）赤澤史朗「太平洋戦争下の社会」（藤原彰・今井清一編『十五年戦争史3』青木書店、一九八九年一月）、一五三―一五四頁

（7）栗本慎一郎『光の都市　闇の都市』（青土社、一九八一年十二月）。「近代的都市の中にある光と闇は、もともとは、幾重にもはりめぐらされ、またはり合わせた鏡のような光の場と闇の二連星または四連星、または六連星だったのではないのか。市場社会は、もともとハレの場であった市場を自己の内部的経済の胎内に呑みこんでしまったが、そういう言うなれば闇の部分たる性格は闇の都市が荷負っていたのである。だから農村より都市の方が大自然なのだ。／それが、いつのまにか、人類にとって非普遍的な市場社会へと共同体が転化させられていくうちに、もともとは二つあったはずの都市の性格自体が一つの物理的場において混同され、人によっては「天井桟敷の人々」賛美派のように闇の都市に心情を入れあげたり、また別の人々はきらびやかな王城と政治の光の中に生への希求を見出そうとすることになったのである」（四二―四四頁）。

（8）前掲注（7）、「光の都市と闇の都市の記号的差異と対立」、五七頁

（9）芝村篤樹『日本近代都市の成立―1920・30年代の大阪―』（松籟社、一九九八年十二月）、二七―二八頁

（10）「座談会〝大大阪〟イメージ探求」での発言。橋爪節也編著『大大阪イメージ　増殖するマンモスモダン都市の幻

像』（創元社、二〇〇七年十二月）、四五一頁。

（11）砂原庸介『大阪――大都市は国家を超えるか』（中央公論新社、二〇一二年十一月）、i頁

（12）花田清輝「市場に生きる」（『定本織田作之助全集　第八巻』）、四六〇頁

（13）小野十三郎『大阪―昨日・今日・明日―』（角川書店、一九六七年八月）、四〇頁

第一章　昭和期の内務省検閲——織田作之助の出発期——

第一節　内務省検閲を支える諸側面

一　出版法規

近代日本の出版において、検閲制度はかなり早くから運用されていた。もちろん、近世にも禁書はあったが、近代以降において出版規制の嚆矢として挙げられるのは、一八六八年四月、「諷歌新聞」において、井上文雄の短歌が王制維持を諷刺したとみなされ、いわゆる発禁処分を下された案件である。その二ケ月後には新政府が出版の無許可発行を禁止している。その後、一八六九年六月には、出版許可制、政法誹謗や風俗壊乱の禁止、版権保護などを規定した出版条例が定まり、次いで新聞メディアの隆盛に伴ない、一八七五年六月には新聞紙条例と讒謗律が発令された。こうして見ると、出版規制の整備が、近代国家としての日本の歩みと共に充実していったことは明らかだろう。

本章では織田作之助の作家としての出発期に焦点を当てている。詳細は第三節ならびに第四節で述べるが、その時期はちょうど内務省検閲の転換期にも当たっており、そのような状況下で織田は新人作家として検閲への配慮を否応なく要求され、そして風俗壊乱の廉で幾度か処分の対象にもなった。現在の感覚からすると、「検閲時代の新人作家」はどのような目配りをしながら創作し、また、処分対象となることでいかなる影響を被ったのか、理解しにくいところもある。内務省検閲と聞くとなにか無条件に苛酷な状況が用意されているように思われるが、果たしてこのような印象は正確なものなのだろうか。

この理解することの困難は、そもそも内務省検閲という制度の像が明らかになっていないことに起因すると考えられる。そこでまず、本節では内務省検閲の実態に迫るため、戦前の出版法規とそれらに準拠して行われた納本・検閲制度、検閲業務の実際、および処分の方法について概観しておきたい。

活字メディアに関わる出版法規としては、書籍やビラ、パンフレット、文芸誌の一部雑誌などを規制する出版法（一八九三年四月公布。それ以前は出版条例）と、基本的に新聞・雑誌を規制する新聞紙法（一九〇九年五月公布。それ以前は新聞紙条例等）の二つの異なる実定法が存在した。この二つの準拠法の、取締基本条項を確認しておく。

出版法（一八九三年四月十五日法律第一五号）

第三条　文書図画ヲ出版スルトキハ発行ノ日ヨリ到達スヘキ日数ヲ除キ三日前ニ製本二部ヲ添ヘ内務省ニ届出ヘシ

第十九条　安寧秩序ヲ妨害シ又ハ風俗ヲ壊乱スルモノト認ムル文書図画ヲ出版シタルトキハ内務大臣ニ於テ其ノ発売頒布ヲ禁シ其ノ刻版及印本ヲ差押フルコトヲ得

第二十条　外国ニ於テ印刷シタル文書図画ニシテ安寧秩序ヲ妨害シ又ハ風俗ヲ壊乱スルモノト認ムルトキハ内務大臣ハ其ノ文書図画ノ内国ニ於ケル発売頒布ヲ禁シ其ノ印本ヲ差押フルコトヲ得

第三条に納本規定が見られるが、提出すべきものは厳密に言えばここにある「製本二部」に加え、規定の書式を守った「出版届」も含まれる。また、第十九条、第二十条に見られる「内務大臣」に与えられた差押の権限は、大滝則忠[1]によれば「内務大臣のいわゆる自由裁量行為に属するもので、ひとたび処分が出されると、その判断の当否についてはもはや裁判所でも争うことができなかった。このように、内務大臣の行政処分が、司法審査をも完全に排除し、最終的な判断としての強い強制力を持っていた点に、その特質があった」という。しかしこの権限は、一九一八年十一月に、春画・春本に限り地方庁に委譲された。背景には同時代における出版点数の増加がまず考えられる。あるいは、現在と同じく出版社は多く東京に集中していた一方、春画やそれに類する写真、淫本はその性質上、各地域で限定的に、場合によっては地下出版によって発行される、機動性が高いジャンルだったということもあっただろう。以下に、権限の委譲を示す内務省訓令を引用しておきたい。

内務省訓令第七一六号（一九一八年十一月七日）

一　春画
二　陰部ヲ露出セル人物画及写真
三　淫本
四　一見明カニ前各号ノ広告又ハ紹介ト認メラルル印刷本

右出版物ハ出版法第十九条又ハ第二十条ニ依リ風俗ヲ壊乱スルモノト認メ発売頒布禁止並ニ印本差押ノ処分ヲ為スベキモノニ付、其ノ管内ニ於テ之ヲ発見シタルトキハ左記甲号書式ニ依リ其ノ処分ヲ施行シ乙号書式ニ依リ現品ヲ添付シ報告スベシ

「其ノ管内ニ於テ」という文言からも明らかなように、この訓令によって、春画や春本については地方庁が内務省へ原物を回すことなく、発見次第処分することが可能になったのである。そして、雑誌・新聞の規制は新聞紙法に拠って行われた。

新聞紙法（一九〇九年五月六日法律第四一号）

第十一条　新聞紙ハ発行ト同時ニ内務省ニ二部、管轄地方官庁、地方裁判所検事局及区裁判所検事局ニ各一部ヲ納ムヘシ

第十二条　時事ニ関スル事項ヲ掲載スル新聞紙ハ管轄地方官庁ニ保証トシテ左ノ金額ヲ納ムルニ非サレハ之ヲ発行スルコトヲ得ス

一　東京市、大阪市及其ノ市外三里以内ノ地ニ於テハ千円

二　人口七万以上ノ市又ハ区及其ノ市又ハ区外一里以内ノ地ニ於テハ千円

三　其ノ他ノ地方ニ於テハ五百円

前項ノ金額ハ一箇月三回以下発行スルモノニ在リテハ其ノ半額トス

第二十三条　内務大臣ハ新聞紙掲載ノ事項ニシテ安寧秩序ヲ紊シ又ハ風俗ヲ害スルモノト認ムルトキハ其ノ発売及頒布ヲ禁止シ必要ノ場合ニ於テハ之ヲ差押フルコトヲ得

第二十四条　内務大臣ハ外国若ハ本法ヲ施行セサル帝国領土ニ於テ発行シタル新聞紙掲載ノ事項ニシテ安寧秩序ヲ紊シ又ハ風俗ヲ害スルモノト認ムルトキハ其ノ本法施行ノ地域内ニ於ケル発売頒布ヲ禁止シ必要ナル場合ニ於テハ之ヲ差押フルコトヲ得

第四十三条　第四十条乃至第四十二条ニ依リ処罰スル場合ニ於テ裁判所ハ其ノ新聞紙ノ発行ヲ禁止スルコトヲ

得

新聞取締に関する法規の嚆矢は、一八八七年公布の新聞紙条例だが、それは一八九七年に大幅な改正がなされ、規定の内容がゆるやかなものになっていた。それがこの新聞紙法によって厳格化された。書籍に比べ新聞・雑誌などの定期刊行物は、取締りにあたっては迅速さと細やかさが何より肝要であったことは言うまでもないだろう。ゆえに出版法と比較すると、保証金の納付のように規定内容が拡大されている。その中でも出版法との大きな差異は、第四十三条に関わる部分であろう。これはいわゆる発行禁止を指しているが、出版法に基づく処分が一貫して内務大臣による行政処分という形のみを採っていたのに対し、新聞紙法では第二十四条で内務大臣の権限を保証すると同時に、発行禁止については「裁判所」が権限を持ち、司法処分を下す形態を採っていたのである。ゆえに、発行禁止は処分の形態において発売禁止とは異なる。

上記の二つの準拠法規に加えて、出版に関する様々な補完法規が存在する。そのうちのいくつかを挙げるならば、関税定率法（一九一〇年四月公布）では第十一条三号で「公安又ハ風俗ヲ害スヘキ書籍、図画、彫刻物其ノ他ノ物品」の輸入を禁じ、郵便法（一九〇〇年三月）第四十六条には「郵便禁制品ヲ郵便物トシテ差出シタル者ハ五〇〇円以下ノ罰金又ハ科料ニ処シ其ノ物件ヲ没収ス」とある。この条項にある「郵便禁制品」とは、「公安ヲ妨害シ又ハ風俗ヲ壊乱スヘキ文書、図書其ノ他ノ物件」（第一条ノ二）を指している。これらはそれぞれ大蔵省、逓信省が取締の主体となっている。また、治安警察法（一九〇〇年三月公布）第十六条の条文は、冒頭にある「街頭其他公衆ノ自由ニ交通スルコトヲ得ル場所」[2]が図書館を含むと拡大解釈され、出版取締に適用された。

補完法規はこれらの他にも存在するが、国家総動員体制に入って顕著な増加を見せている。この点については第三節で述べることにしたい。

二　検閲の実務

上述のように、二元的な法体系と様々な補完法規に基づいて出版検閲はなされた。出版者たちはこれらの規定に従い、発行前の出版物を納本し、検閲の結果を仰がねばならなかった。この制度については法の条文のレトリックだと判りづらい部分があるため、たとえば「出版法第三條に依り納本は発行の三日前に内務省に到着する様にせねばならぬ。この三日前とあるは、納本日と発行日との間を丸三日間おくとの意味で例へば、十五日に発行発売するには十一日に納本せねばならぬ。中に十二、十三、十四、の三日間をおくのである。若し十五日発行の本を十一日に納本して十二日か十三日に市場に出て居た場合は見つかり次第出版法違反で始末書をとられ、場合に依っては、処罰されるのである(3)」といったように、市販の法規解説書でも説明され、出版に携わる誰もが知るところとされていた。

処分の責任は主に内務大臣に求められるとはいえ、実際に検閲業務を行っていたのは内務省の官僚たちだった。内務省が出版取締を所管したのは一八七五年のことであり、その年から一八九三年までは担当部局が何度か変遷していた。しかしそれ以降一九四〇年まで、図書、新聞、雑誌等を警保局図書課が請け負うことになる。そこはあらゆる出版物を検閲の対象にしていた。『内務省史　第一巻』（大霞会、一九七一年三月）は、図書課の人員構成を「図書課（検閲課）には、課長の下に、庶務係・新聞検閲係・単行本検閲係・雑誌検閲係・外字新聞係・著作権係・調査（企画）係・映画検閲係がおかれ、それぞれ事務官が配属されていて、係長の役割を果たしていた（映画検閲係は一九四〇年の検閲課への改組に伴って編入された―引用者注）」と説明している。つまり、この文中にある諸「係」は属官ということになる。内務大臣を頂点とする警保局図書課のヒエラルキーを簡便に示すなら、このようになる。

内務大臣―警保局長―図書課長（のちに検閲課長と改称）―事務官―属官

このうち、出版を許可するかどうかの決定権を事実上持っていたのは事務官たちである。そして、法の条文においては内務大臣にある処分の最終決定の権限は、実際のところほぼ全ての場合において図書課長が持っていた。大正期までは警保局長が検閲原本を確認した事案も見られるが、内務大臣の手元まで検閲原本が渡り、処分が検討されるということは、実際にはなかったのである。

では、検閲の実務機構だった図書課の人員構成はどのようなものだったのか。どれほどの人数で日々全国各地から送付される出版物を処理したのか。『内務省警察統計報告』(4)を参照すると、一九二四年から一九四一年までの人員構成やその内実、および、各年の単行本出版点数がわかるため、一覧にしてみたい（次頁参照）。

人員構成を示した表に見られる役職のうち、実際に本を手に取って業務にあたっていたのは「属」と「嘱託」である。「雇」は納本の受付や、雑務をおこなっていたと考えられる。人員の増減に関して述べれば、ポイントは二つある。まず、一九二七年と二八年の間に人員が二倍以上に増えているが、これは一九二七年三月のいわゆる三・一五事件による共産党員大量検挙を受けて、時の田中義一内閣が内務省予算を二倍にし、特別高等警察に朝鮮語の研修をするなど、植民地を含む帝国日本内部の治安維持と統制を強化したことによって、検閲に関わる官吏の補強を行った、その影響を如実に反映するものである。また、一九三三年以降漸次増加しているのは、次頁の〈単行本出版点数〉を鑑みれば、メディアの隆盛と検閲官の増員とが軌を一にしていたことも確認できる。より巨視的に見れば、同じことは一九三〇年と三五年の間に人員が倍増していることにもいえるだろう。更に、一九三四年からは内務省が新庁舎に移転し、図書課の部屋が拡張されたことも、増員に与したと考えられる。一九四〇年から現れる「技手」とは映写技師のことで、改組により映画検閲係が置かれたことに伴い、検閲課に編入された。また、その

〈図書課の人員構成〉

	書記官	事務官	理事官	属	嘱託	雇	合計
一九二四年	一	二		八	五	九	二五（人）
一九二五年	一	一		七	四	九	二二
一九二六年	一	一		七	五	一〇	二四
一九二七年	一	一		六	六	一〇	二四
一九二八年	一	三		二四	八	二五	六一
一九二九年	一	三		二三	七	二四	五八
一九三〇年	一	三		二〇	七	二四	五五
一九三一年	一	三		二四	六	一九	五三
一九三二年	一	二		二四	七	二三	五七
一九三三年	一	三		二九	一〇	二七	七〇
一九三四年	一	三	一	三七	九	三二	八三
一九三五年	一	四	一	四三	一九	三九	一〇七
一九三六年	一	四	一	四六	一九	四一	一〇二
一九三七年	一	四	一	四一	二〇	三八	一〇五
一九三八年	一	四	一	四一	一九	三八	一〇四
一九三九年	一	四	一	四二	一九	三四	一〇一
一九四〇年	一	四	二	四五	二一	三七	一一一※1
一九四一年	一	四	二	四六	二三	三六	一一五※2

※1「技手」一名が在籍。※2「技手」一名、「検閲官」二名が在籍。

〈単行本出版点数〉

	点数
一九二四年中	一四、三六一
一九二五年中	一八、〇二八
一九二六年中	二〇、二一三
一九二七年中	一九、九六七
一九二八年中	一九、二九九
一九二九年中	二一、一一二
一九三〇年中	二二、四七六
一九三一年中	二三、一一〇
一九三二年中	二二、一〇四
一九三三年中	二四、〇二五
一九三四年中	二四、一〇四
一九三五年中	一六、七五八
一九三六年中	一四、七二一
一九三七年中	一八、一一四
一九三八年中	一八、七五五
一九三九年中	一六、八一六
一九四〇年中	一六、〇〇二
一九四一年中	一五、九八二

翌年にみえる「検閲官」とは、高等文官試験に合格していない官僚たちのキャリア構築のために新設されたポストで、「理事官」に近い地位にある。

ここで、一九三六年を例にとり、図書課に在籍した人員の内訳を見てみれば、

課長　一名	事務官（係長）四名	理事官　一名	
庶務係	：属官　四名	嘱託　三名	雇　六名
著作権出版権登録係	：属官　四名	嘱託　一名	雇　四名
検閲係	：属官　二四名	嘱託　八名	雇　四名
レコード検閲係	：属官　一名		雇　一名
企画係	：属官　六名	嘱託　二名	雇　八名
納本係	：属官　三名		雇　十名
保管係	：嘱託　一名		雇　六名

（内務大臣官房文書課編『内務省庁府県職員録』一九三六年を元に作成。なお、前頁表と人数の整合性がとれないが、数字は各資料の表記に拠っている。）

ということになり、実際に検閲にあたっていたのは四十人にも満たないことがわかる。さらに、内務省の内部文書である「出版警察報」第八九号（一九三六年二月）には、より具体的で詳細な検閲係の事務分担表が掲載されている。

〈検閲掛事務分担表〉（一九三六年一月現在）
新聞検閲係　二三名
総括（事務官一名：赤羽穣）
検閲意見ニ対スル審査（理事官一名：宮崎信善）
安寧係（属官一二名）
風俗係（属官四名）
庶務係：新聞記事差止ニ関スル事項等（属官二名、雇三名）
出版検閲係　一四名
総括（事務官一名：久山秀雄）
検閲事務一般（属官一名）
法律関係（属官一名）
政治経済関係（属官一名）
左翼関係（属官二名）
右翼関係（属官二名）
思想・文学・哲学（属官一名）
教育・宗教（属官一名）
一般文学（属官一名）
古典文学（嘱託一名）
神書・宗教（嘱託一名）

絵画写真ポスター・性科学等（嘱託一名）
外字出版物検閲係　一〇名（兼任含む）
新聞総括（事務官一名・新聞と兼任：赤羽）
出版総括（事務官一名・出版と兼任：久山）
新聞検閲意見ニ対スル審査（理事官一名・新聞と兼任：宮崎）
検閲事務一般（属官一名、嘱託五名、雇一名）
※嘱託、雇の外国語は、露語、仏語・エスペラント語、独語、支那語、英語

この内訳は詳細において時期毎に多少の変動はあったと考えられるが、新聞検閲に最も多く人数を割いていたことは、昭和期においてはいつでも同様であったと推測される。なぜなら、流通の速度が速く、その部数の多さから影響力も甚大な日刊紙ゆえ、対応も迅速かつ適切でなければならなかったであろうし、また種類も膨大だったからだ。自ずと他の係よりも多くの人員を要したはずである。この内情について、時期は遡るが一九二七年五月から二九年七月まで警保局図書課長を務めた土屋正三は、「新聞は毎日くる、何十版というのまで出るし、夕刊もある。それから、ひとり東京のみでなく全国そうですから、地方のはみな県庁へ行くわけです。それで朝刊は翌日の新聞ですから、夜中に出る。それを見て課長の指示を受けに来るんですよ。だから図書課長は夜中にたたきおこされてたまったもんじゃない。宿直がいまして、課長のところに持ってくる。普通は、課長限りで局長のところにはいきません」(5)と、その繁忙を回顧しており、この推測も成り立つだろう。

しかしながら、先に参照した表からも明らかなように、単行本の発行点数も決して微小ではなかった。土屋は単行本検閲についても次のように証言している。

本の方は、出版物の納本があって、それをかなりの人数で見て、そして、赤いスジや青いスジを引っぱって事務官のところへ持っていくわけだ。事務官が見て課長のところへ出す。大きな本を初めからしまいまで読むわけにはいかないから、結局スジのところだけを読むんですが、考えて見ると、これはいいかげんな話だね。〔中略〕「ある日」、「大きな本」を発売禁止にしたいと事務官に言われ、土屋が局長の部屋へ行ったところ〕局長が何んだというから、こういうわけでこの本を発売禁止にしたい、そこまではいいんですね。局長がどういうことが書いてあるんだと聞く、これもあたりまえだと思うんだが。それで一々第一章から読んだら大変なことになるから、私はさあ、そうですね、大変悪いことが書いてありますと言ったら、ああ、そうかといって、ポンと判を押した。(6)

事務官は属官以下の実務者たちが引いた傍線だけを読み、局長は無条件に承認していたという証言内容に信頼を置くとすれば、単行本検閲の実態は決して厳密で精緻なものとは言えなかったということになるが、それが実相だったと考えられる。

第二節 「風俗壊乱」の境界線

一 問題の所在

いずれにせよ、文学研究において内務省検閲を問題化する場合でも、法制史学・歴史学一般・法学・政治学などの他学問の視点も含む、横断的で多様なアプローチが要求されることは間違いない。また、問題意識の持ち方についても、鈴木登美の言を借りれば「いつ、なぜ、何を目的としてどのように異なる法規や制度がつくられ、それがどのような機関によってどのように運用されたか。時代によって、どのようなメディアやジャンルが、どのような理由によって検閲の対象となったのか。そして、どのようなかたちで検閲が制作者たちに対応され、作用してきたか——規制がどのように受け入れられ、あるいは抵抗され、回避され、記憶され、忘却されてきたか。それによって表現様式やジャンルやメディアにどのような変容がおこったか」(7)といった様々な在りかたが考えられる。

前節での試みはこれまで個別、断片的に説明されることの多かった内務省検閲について、法、組織、実務といった各側面を整理し、検閲制度の概要を提示することに目的があった。しかし、文学作品に寄り添いつつ内務省検閲と向き合うならば、論者の場合、問題意識の源泉は「この文学テクストのどの要素や具体的な部分が、いかなる観点に基づいて、あるいは他の諸現象とのいかなる連関のうちにおいて問題視されたのか」に求められる。殊に織田作之助のテクストの場合、処分の理由は全て風俗壊乱にあった。ゆえに本節では風俗壊乱を理由とした処分の諸相について論じたい。しかしながら、風俗を壊乱すると見做すためのコードは決して明確にはならない。内務省内部では幾度か検閲標準が出されていたようだが、検閲官個人それぞれの裁量が第一であり、その裁量の集積した結果、さらに社会変動を受けて、検閲の内容は総体として時々刻々と変化したからだ。検閲制度のこうした性質上、文学作品と検閲との関係を捉える際に有効なのは、対象のテクストだけでなく複数の事例を検討し、分析を重ねていくことだろう。

本節では、まず内務省内で流通していた検閲標準について検討し、風俗壊乱の判断につきまとう困難に言及する。そして、検閲官に照準を合わせ、彼ら一人ひとりの仕事ぶりを理解する一助として、「内務省委託本」を参照しつつ、昭和初期における実務としての内務省検閲の内実を明らかにしたい。

二　「風俗壊乱」が抱えるジレンマ

内務省警保局『昭和九年中に於ける出版警察概観』（一九三五年）に、「安寧・風俗に関する出版物検閲基準」という記事がある。検閲に際し、具体的に何を以て安寧秩序紊乱あるいは風俗壊乱と判断するかという点につき、内務省は基準要綱を作成し、内部で使用していた。このような標準は幾度か作成されたようだが、ここでは便宜的に、管見の限りではあるが織田作之助の活動期と最も近い時期のものを参照したい。それはこのようなものである。(8)

安寧及風俗に関する一般的標準及特殊的標準

A　安寧紊乱出版物の検閲標準

（甲）一般的標準

（1）皇室の尊厳を冒瀆する事項
（2）君主制を否認する事項
（3）共産主義、無政府主義等の理論及戦略戦術を宣伝し若は其の運動の実行を煽動し又は此の種の革命団体を支持する事項
（4）法律、裁判等国家権力作用の階級制を高調し其の他甚しく之を曲説する事項
（5）テロ、直接行動、大衆暴動を煽動する事項
（6）殖民地の独立運動を煽動する事項
（7）非合法的に議会制度を否認する事項

（8）国軍存立の基礎を動揺せしむる事項
（9）外国の君主、大統領又は帝国に派遣せられたる外国使節の名誉を毀損し之が為国交上重大なる支障を来す事項
（10）軍事上外交上重大なる支障を来すべき機密事項
（11）犯罪を煽動若は曲庇し又は犯罪人若は刑事被告人を賞恤救護する事項
（12）重大犯人の捜査上甚大なる支障を生じ其の不検挙に依り社会の不安を惹起するが如き事項
（13）財界を攪乱し其の他著しく社会の不安を惹起するが如き事項
（14）戦争挑発の虞ある事項
（15）其の他著しく治安を妨害する事項
（乙）特殊的標準
（1）出版物の目的
（2）読者の範囲
（3）出版物の発行部数及社会的勢力
（4）発行当時の社会事情
（5）頒布区域
（6）不穏箇所の分量

B　風俗壊乱出版物の検閲標準
（甲）一般的標準

（1）猥褻なる事項
（イ）春画、淫本
（ロ）性、性欲又は性愛に関係する記述にして淫猥羞恥の情を起さしめ社会の風教を害する事項
（ハ）陰部を露出せる写真、絵画、絵葉書の類
（ニ）陰部を露出せざるも醜悪、挑発的に表現せられたる裸体写真、絵画、絵葉書の類
（2）乱倫なる事項（但し乱倫なる事項を記述するも措辞平淡にして更に煽情的若は淫卑、淫猥なる文字の使用なきものは風俗を害するものと認めず）
（3）堕胎の方法等を紹介する事項
（4）残忍なる事項
（5）遊里、魔窟等の紹介にて煽情的に亘り又は好奇心を挑発する事項
（6）其の他善良なる風俗を害する事項
（乙）特殊的標準
特殊的標準として考慮するものは安寧禁止の場合に於けると大同小異なり。

先述の通り、このような標準は幾度か明文化されたが、原型がいつ作成されたかは不明である。しかし、一九三一年当時の標準では、安寧秩序に関わる項目のうち上記の（14）と（15）がない。風俗壊乱に関しては、一九三一年当時には「（6）其の他善良なる風俗を害する事項」はなく、さらに一九三三―三四年当時の標準にはこの引用にない「男女抱擁接吻、接吻（児童を除く）の写真、絵画、絵葉書の類」という一項が存在した。また、特殊的基準とは一般的基準ではカバーできない部分を補足する役割を果たした。

出版物の内容に関わる一般的基準ではあるが、この「標準」だけでは抽象度が高い部分もある。「B　風俗壊乱出版物の検閲標準」に限って見れば、「（1）猥褻なる事項」の「（ロ）性、性欲又は性愛に関係する記述にして淫猥羞恥の情を起さしめ社会の風教を害する事項」はどうか。「淫猥羞恥の情」を起すかどうかは個人の受け止め方によって決まるのではないか。「（2）乱倫なる事項（但し乱倫なる事項を記述するも措辞平淡にして更に煽情的若は淫卑、淫猥なる文字の使用なきものは風俗を害するものと認めず）」とあるうちの、「措辞平淡」とは誰が判断するのか。同じく「（4）残忍なる事項」の「残忍」とはどういった内容や描写を指すのか。一つひとつの「標準」が限りなく余裕を持って、言い換えれば曖昧に設定されていることに、すぐさま気付くだろう。

こうした曖昧な「標準」の具体的な内容の大枠について、出版者たちはある程度知悉していたと考えられる。なぜなら、出版者向けの虎の巻とも言える法規解説書『新聞雑誌書籍　出版者に必要な法規解説』(9)には、たとえば「乱倫なる事項」について、「等しく男女関係の描写であつても姦通や親子兄弟姉妹相通ずるといふが如き人倫を乱した関係は風教を害する程度に於て著しいものであるから、余程平淡に記述してあつて醜悪な感じを与へない様なものでない限りは禁止される。即ち之等は普通の男女関係に比して余程厳格に風俗壊乱としての処置をとられる」と解釈が施されている。しかしながら、「標準」を出版者側が共有したからとはいえ、処分の可能性が常に存在していたことは言うまでもない。

そもそも、検閲制度自体が国政との関係上、共産主義者、社会主義者や極右の取締りを目的とした「安寧秩序紊乱」のチェックを重視したもので、じじつ処分件数も、安寧に因るものの方が風俗に関する処分件数を常に上回っていた。特に昭和期に入るとこの傾向は顕著になる。こうした処分件数の差異が生じた理由に明確な根拠を与えることはできないが、その一要因として、安寧秩序紊乱の方が風俗壊乱よりも「標準」の内容が具体的であるように、取締りの基準が見えやすかったということも考えられる。

風俗壊乱に関して言えば、検閲官たちは常にジレンマを抱えながらも、「風俗ヲ壊乱スル文書図画ヲ出版シタルトキハ著作者、発行者ヲ十一日以上六月以下ノ軽禁錮又ハ十円以上二百円以下ノ罰金ニ処ス」（出版法第二十七条）、あるいは「安寧秩序ヲ紊シ又ハ風俗ヲ害スル事項ヲ新聞紙ニ掲載シタルトキハ発行人、編輯人ヲ六月以下ノ禁錮又ハ二百円以下ノ罰金ニ処ス」（新聞紙法第四十一条）といった法に、判断したこと自体の正当性への保証を与えられつつ、自らの判断で処分を下していったのである。

第三節　アジア太平洋戦争下における内務省検閲の展開

本節では織田作之助の著作が処分対象となったアジア太平洋戦争下における内務省検閲に関し、上記の諸観点のいくつかを採択しつつ、織田の作家としての出発期に用意されていた検閲をめぐる状況について論じたい。

一九三一年九月十八日の満州事変勃発以後、「出版警察報」をはじめとした内務省の文書のうち、風俗壊乱にまつわる言説は、まさにこの社会的出来事ゆえに、「風俗壊乱に当たる出版物は減少した」という内容で一元化が図られたように見える。その一方で、この時期以降、内務省検閲をめぐる諸制度も新局面を迎えていた。その展開は「内務省警保局図書課の再編成」、「出版警察に関する新法規」、「処分に対する司法権の行使」の三つに分けられる。以下にそれらについて具体的に論述する。

まず、「内務省警保局図書課の再編成」が挙げられる。一九三三年五月、図書課の人員拡充（事務官一人、属四人）が行われた。これは警視庁特別高等警察部設置に伴う検閲課の拡張（一九三二年六月）に合わせた動きだったが、内部資料では出版物の増加が理由として強調されている。「出版物ノ激増ト図書課ノ検閲組織」（警保局図書課（一九三二年）謄写刷、国立国会図書館憲政資料室・松本学関係文書）には「最近ノ出版物ノ激増ニ因リ負担ノ過重ヲ呈セリ。之ヲ昭和六年六月中ノ出版物検閲担当量ニ見ルモ一日一人平均単行本五種、新聞雑誌一四八種計一五三種トナリ、剰ヘ最近分割還付ノ便宜処分著シク増加シ現在ノ人員ヲ以テシテハ到底事務ヲ処理スルコト困難ナル事情ニアリ」と書かれている。

以後増員は適宜行われ、組織の充実が図られた。例えば一九三六年の「出版警察報」八九号には「検閲掛事務分担表」として、次の内訳が記されており、殊に出版検閲に関しては特定のジャンルに精通した者を別途「嘱託」として採用したようであることがわかる。

新聞検閲係
　統轄（事務官1）
　検閲意見ニ対スル審査（理事官1）
　安寧係　属12
　風俗係　属4
　庶務係（新聞記事差止ニ関スル事項、検閲上必要ナル諸調査、処分要項作製、検閲係ニ共通スル一般庶務）属2、
　雇3
出版検閲係
　統轄（事務官1）
　属9、嘱託（古典文学、神書、宗教、守札、暦、性科学）
蓄音機レコード検閲係
　統轄（事務官ノ兼任）

属1、雇2

外字出版物検閲係

新聞紙関係統轄（事務官1兼）

出版物関係統轄（事務官1兼）

理事官1

属1、嘱託5、雇1（後二者、外国語）

企画掛事務分担表

統轄（事務官1）

出版警察組織ニ関スル事項　属1

出版警察事務運用ニ関スル事項　属5、嘱託2、雇4

庶務ニ関スル事項　属1、雇4

奥平康弘(10)は日中戦争の展開に従って、「伝統的な検閲官たる内務官僚に対して、戦争の拡大、国家総動員の深化とともに、各種言論統制に伝来的な検閲官たる陸海軍情報将校（新聞班）が優位を占めていき、両者の間にセクショナリズムにもとづく対立・桎梏がみられるようになるが、少くとも消極的言論統制に関しては中日戦争当時は検閲行政の文士的ヴェテランがまだ支配していたのである」とこの時期の図書課を評している。

図書課の再編成として決定的なものは、一九四〇年十二月六日の情報局の設置だろう。情報局誕生の直接的な起点は、二・二六事件を受けて各省の情報に関する重要事務の連絡調整を行うとして登場した、内閣情報委員会（一九三七年七月一日設立）である。内川芳美・香内三郎(11)によれば、同委員会は「軍部が、宣伝＝マス・コミュニケーション政策決定の本流に乗り入れ、制度的に正当性を獲得して自己の意向を具体化していく最初の堡塁」だという。それは委員会が委員長に内閣書記官長を据え、常任委員に外務省情報部長、内務省警保局長、陸軍省軍務局長、海軍省軍事普及部委員長、逓信省電務局長など、直接関係官庁責任者七名により成立していたからである。この委員会が第二次近衛内閣の一九三七年九月二十四日に改組され、「情報局」となった。改組の契機は同年七月七日の盧溝橋事件に始まる日中戦争の開始にあるようにも見えるが、再編への動きはその以前からあり、同年五月に実施されるはずのものが予算措置の問題で遅れたのである(12)。

軍部の目的は政府各部局に多元的に分散している情報宣伝機能の統合にあったが、その実現の障壁の一つとして内務省警保局図書課が位置づけられる。なぜなら、内務省が行ってきたメディアに対するコントロールは、決してイデオロギーの積極的な流布、浸透を目指したものではなく、検閲に代表されるように消極的なものだったからだ。それに加え、「官僚機構にひときわ顕著に見られたセクショナリズムと共に、各部分機構の歴史的に蓄積してきたそれぞれの領域での専門的な行政技術(13)」も存在し、軍部の意図は容易に叶えられなかったといえる。

しかし、統合は実現された。一九四〇年十二月を以て、内務省警保局図書課は、内務省警保局検閲課に改称すると共に、情報局第四部第一課へと組み入れられる。形式上は内務省から情報局へ課員が出向するという形を採り、実際の業務は内務省内のそれまで使用していた部屋で継続して行われた。つまり、この改称と情報局への編入は、内実としては検閲官たちの肩書きが変わっただけだとも言える。ただし、情報局への編入によって、陸軍省や海軍省、外務省、逓信省など他の省庁が検閲業務に介入し易くなったことは確かだと、浅岡邦雄は指摘している(14)。また、同時に、それまで別課が検閲していた映画、演劇、演芸もまとめて検閲対象とされた。すなわち、旧内務省警保局検閲課の範疇においては、情報の一元化が達成されたのである。また、「情報局第四部第一課」という呼称はこれ以降情報局機構の編成に合わせ、第四部検閲課（一九四三年四月一日）、第二部検閲課（一九四三年十一月一日）、第二部第四課（一九四五年五月二十一日）と次々に変わっていく。[15]

内務省検閲の新局面として、次に「出版警察に関する新法規」の出現を挙げられる。変化の一端は一九三四年五月の出版法改正である。一八九三年四月十四日の同法成立以降初となったこの改正は、量からすれば若干ではあるが、意味は決して小さくない。第六五回帝国議会で可決されたその内容は、一つにレコードを出版法によって規制すること、そしてこれまでになかった「皇室ノ尊厳ヲ冒瀆シ」の規定が、政体変改や朝憲紊乱とならんで掲載禁止事項に繰り入れられたことである。重視したいのは後者の変更である。これはすなわち、これまで行政処分の対象に止まっていた皇室の尊厳を冒瀆する文書図画、あるいは安寧秩序を妨害する文書図画が、刑事処分の対象にもなったということである。改正後の条文を次に掲げるが、傍線部がこの改正で新たに付された文言である。

第十六条　罪犯ヲ煽動シ若ハ曲庇シ又ハ刑事ニ触レタル者若ハ刑事裁判中ノ者ヲ救護シ賞恤シ又ハ刑事裁判中ノ者ヲ陥害スルノ文書ヲ出版スルコトヲ得ス

第二十六条　皇室ノ尊厳ヲ冒瀆シ、政体ヲ変壊シ又ハ国憲ヲ紊乱セムトスル文書図画ヲ出版シタルトキハ著作者、発行者、印刷者ヲ二月以上二年以下ノ軽禁錮ニ処シ二十円以上二百円以下ノ罰金ヲ附加ス

第二十七条　安寧秩序ヲ妨害シ又ハ風俗ヲ壊乱スル文書図画ヲ出版シタルトキハ著作者、発行者ヲ十一日以上六月以下ノ軽禁錮又ハ十円以上百円以下ノ罰金ニ処ス

久保健助[16]はこの改正を「出版法を新聞紙法に統一したもの」と意味づけている。出版警察に関する実定法は二つに分かれたままだったという理解もあるが、この視点から見ると基本法の一元化ということもできる。

この出来事以後、昭和十年代は出版法制に関する様々な法律が制定される。奥平康弘[17]はそれらを①「伝統的な出

版警察法規をバック・アップし補完する役割」と、②「出版警察に代わる全く特異の統制機構を確立する諸法規（しかも出版警察的作用を包蔵するものとしての）」とに腑分けしている。

①に属するものとしては、五・一五事件と二・二六事件に挟まれた時期に成立した、不穏文書臨時取締法（一九三六年六月十五日）を筆頭に挙げられる。全四条しかないこの法律が、出版法や新聞紙法にない具体性を有している点でそれらを「補完」していることは、第一条の条文からも明らかだろう。

第一条　軍秩ヲ紊乱シ、財界ヲ攪乱シ其ノ他人心ヲ惑乱スル目的ヲ以テ治安ヲ妨害スベキ事項ヲ掲載シタル文書図画ニシテ発行ノ責任者ノ氏名及住所ノ記載ヲ為サズ若ハ虚偽ノ記載ヲ為シ又ハ出版法若ハ新聞紙法ニ依ル納本ヲ為サザルモノヲ出版シタル者又ハ之ヲ頒布シタル者ハ三年以下ノ懲役又ハ禁錮ニ処ス

他に重要なものは、第一次近衛内閣の手で上程された国家総動員法（一九三八年四月一日）のうち、とりわけ、戦時に必要な場合は勅令によって新聞紙その他の出版物の掲載について制限、あるいは禁止することができることを規定した、第二十条である。

第二十条　政府ハ戦時ニ際シ国家総動員上必要アルトキハ勅令ノ定ムル所ニ依リ新聞紙其ノ他ノ出版物ノ掲載ニ付制限又ハ禁止ヲ為スコトヲ得
　政府ハ前項ノ制限又ハ禁止ニ違反シタル新聞紙其ノ他ノ出版物ニシテ国家総動員上支障アルモノノ発売及頒布ヲ禁止シ之ヲ差押フルコトヲ得、此ノ場合ニ於テハ併セテ其ノ原版ヲ差押フルコトヲ得

この条文は、権限を政府に与えるものである。福岡井吉[18]によると、原案では言論統制に関する条項はなかった。それは「警保局の意見として内務次官が強硬に主張して挿入」されたのである。その真意は時の富田健治警保局長による議会での質疑応答中、今までは好意的に行っていた処分に法的根拠を与えたい旨の発言に表れているという。これは現行法に不足があるとするなら、その改正でこと足りるのではないかという当然の回答を誘引したとはいえ、富田が内務省内でも思想的に情報局寄りの人間だったことを示している。結果的に問題はないとしてこの条文を含みつつ国家総動員法は成立し、同法を根拠として①に属する諸法規、たとえば新聞紙等掲載制限令（一九四一年一月十一日）や言論出版集会結社等臨時取締法（一九四一年十二月十八日）が生み出された。

②「出版警察に代わる全く特異の統制機構を確立する諸法規（しかも出版警察的作用を包蔵するものとしての）」も同じく国家総動員法に根拠がある諸法を多く含んでいる。それは国家総動員法における事業統制上の諸規定に基づき公布されたものだが、成立した順番に、重要産業団体令（一九四一年九月一日）、新聞事業令（一九四一年十二月十三日）、国家総動員法第十八条ノ規定ニ依ル法人等ヲシテ行政官庁ノ職権ヲ行ハシムルコトニ関スル法律（一九四二年二月十八日）、出版事業令（一九四三年二月十七日）がある。また他には輸出入等ニ関スル臨時措置ニ関スル法律（一九三七年九月十日）や新聞用巻取紙供給制限規則（一九三九年六月三十日、商工省令）、紙配給統制規則（一九四一年十二月一日、商工省令）などがあり、奥平によればこれら全てが①の系統と連関しつつ、従来の出版警察に甚大な影響を与えたという。

これらは情報局の設置と相互補完的に、これまでの出版警察を徐々に崩壊へと導いていく機能を果たしたと考えられる。内務省検閲に直接的に関わる法規は少ないが、政府など他の諸機関が内務省と同質の業務を行えるようになったことの意味は大きい。また、新聞社や出版社の存続に関わる内容が法文化されたことで、出版業界自体の委縮や編集方針への配慮も促されることになっただろう。

そして、上記の新法規の展開に連なる「司法権の行使」が三つ目の局面として浮上する。それまで出版警察における司法権は、先述の通り、新聞紙法に関わる発行禁止処分において発揮されていた他には、内務省検閲による処分とは別個に存在し、同時に内務省検閲に先立つことはなかった。要するに、内務省の処分とは独立して、出版者の刑事責任、即ち非合法出版行為を追及するものとしてあったのである。ゆえに出版物の内容の違法性に関する判断および処分は、基本的に裁判の主眼にはならず、非合法出版の関係においてのみ、出版物の内容の違法性を問題としてきた。しかし、昭和十年代に登場した諸法規に支えられ、内務大臣による発売頒布禁止を頂点とする「行政処分」と同等に、刑事罰も考えられる「司法処分」を加えたものが、〈発禁〉と認識される流れが出現する。ただ、奥平康弘[19]が「そのすべてについて、同時に、刑事罰を課することは、事実上不可能であるから、司法権は、発禁処分を受けた出版物の中から、とくに違法性（と称するもの）の強いものを抽出して、発動する外ない」と述べる通り、あらゆる出版物を裁判にかけることはできない。とはいえ、それは他の出版関係者に対する見せしめとして機能したことは言うまでもないだろう。風俗壊乱について司法の場で問題とされた代表的な例として、レオン・ブルム『幸福な結婚』（「婦人公論」一九三七年九月）の訳者、発行者の起訴がある。他にも同時期に石川達三『生きている兵隊』（「中央公論」一九三八年三月）による筆者、発行者、編集者の起訴（同年八月）は、同年九月に第一審で有罪判決を受け、河合栄次郎は既に発売頒布禁止処分を受けた五著書のために改めて出版者と共に起訴（一九三九年二月）され、翌年十月の第一審で無罪判決を受けたものの、四一年十月の第二審では有罪、そして四二年六月の第三審において上告棄却となり、結局有罪となった。さらに、津田左右吉と出版者もすでに内務省検閲の範疇で処分を受けた四著書のために起訴（一九四〇年三月）され、この裁判は四一年三月に有罪の予審終結が決定され、翌年五月の第一審で一部有罪、第二審審理開始に関する時効期間徒過により公訴棄却判決が下された。これらブルム以外の三件は全て安寧に関わるものである。この事実は、昭和十年代における安寧秩序紊乱という名目での取締りの強化、つまり、挙国一致を目指す体制それ自体の志向性を示唆している。

こうした司法権の行使は、司法が行政に資する点で、その純粋性、独立性の喪失と同義である。これらの事実によって、当時の国家において、あるいは為政者や法曹にとって、司法の独立を蔑ろにすることを容認する状況が成立していたことがわかる。国家を主体としてみれば、アジア太平洋戦争期のうち殊に昭和十年代初頭において、目下の懸案は一元的体制、言い換えればファシズムによる統治の実践可能性だった。ゆえに風俗壊乱よりも、国政に直接影響する左派や極右、自由主義者の言説への取締りが重視されたのは必然だった。上述のような起訴内容の数的差異にも、同時期における安寧秩序維持への国家の意志を見出せる。

本節で述べてきたことから明らかなように、もちろんこれら諸制度の変革はその目的が広範な言論封じ込めにある点で一致している。そのような状況下で、内務省検閲の機構が出版警察としての取締りという従来の役割を礎石として、結果的に思想動員の推進という新たな役割を担っていく。諸制度の新局面はその変化を物語っている。この時期の内務省検閲における業務内容の変化を具体的にいえば、検閲業務が安寧秩序の維持に必要不可欠なものとされ、納本されたものを読むときは、何が「安寧秩序紊乱」に当たるのかという点に一層焦点化されていくということになる。しかしながら、安寧秩序への焦点化が風俗壊乱の忘却と等号で結ばれるわけではない。

風俗壊乱と昭和十年代の国家体制の位相との連関を考えると、次のようなことが言えるのではないだろうか。本来、風俗壊乱という名目による取締りは、社会生活における醇風美俗の奨励と表裏の関係にあるはずだ。戦時体制に入り挙国一致を目指すなかで、この奨励が強調されることになったのではないか。論拠として、たとえば先に挙げたブルム『幸福な結婚』への処分理由が挙げられる。

内容ガ原始的ナ本能ニブレーキヲ掛ケズ、寧ロ反対ニ此ノ本能ヲ煽ツテ居ル点及ビ現在ノ男子ノ勝手ナ性行為ヲ是認シタルノミナラズ、女モ同様勝手ナ性行為ヲ為スコトヲ煽ツテ居ル点ハ、如何ニモ単純幼稚デ人情貞操ヲ無視シ、且ツ社会道徳ヲ無視シテ、性行為ノミニ重点ヲ置キタルモノニシテ、之レヲ日本ノ現状ニ鑑ミ、該記事ハ我国民道徳ニ反シ、淳風美俗ヲ破壊スル記事ナル[20]

男女共に「勝手ナ性行為」をなすことを「我国民道徳ニ反」するものとして厳しく批判したことの中に、この傾向が看取される。尤も、内務省の検閲官が記した処分理由のうち、風俗壊乱で処分を受けたもの全てに「道徳ニ反シ」という文言が挟まれているわけではない。また、ブルムがフランス社会党に属し、人民戦線内閣（一九三六年成立）の首班でもあったことを鑑みれば、安寧秩序紊乱の線でも同記事が注目された可能性も視野に含めたいところではある。しかし、この件のような道徳の強調、また、次節で参照するが、「時節柄」への目配りが散見されることを考えると、アジア太平洋戦争下において、検閲官だけでなく司法も含む体制が、時勢に応じた判断を醸成していたことが窺える。そのシフトチェンジの遂行を可能にした動力が、これまでに見た諸制度の変革である。

第四節　「露骨」「暴露的」「猥雑」——織田の著作への処分——

一　同人誌時代の織田作之助

一九四三年まで「中央公論」の編集長だった畑中繁雄[21]は、日中戦争開始後の出版界に対する「弾圧」の特色を、次の六項目にまとめている。

（一）著名言論人の根こそぎ検挙については前期〔日中戦争以前の昭和期―引用者注〕におけるとまったく変わらないが、検挙は一歩をすすめて、この段階において編集者に伸びていく。

（二）当局の監視はついに各出版企業の経営内部におよび、編集者や経営首脳部や、やがては読者層にもおよんでくるのと同時に、

（三）検閲方針においても、消極的な「事後検閲」にあまんぜず「事前検閲」を要求し、やがては題目、執筆者の変更から、ついには官製原稿のおしつけや特殊テーマ採択の強要などをつうじて、ぜんじ編集権の文字どおり侵害にまですすんでいく。

（四）当局みずから「好ましからず」と査定した執筆者の執筆禁止の示達をおこない、それがはじめは多く左翼系執筆者にとどまっていたが、やがて箝口令のワクは半公然のうちに大方のオールド・リベラリストにまでひろげられ、戦時政府にたいするいかなる野党的意見も抑圧されるにいたった。

（五）用紙割り当て権をにぎることにより、好ましからぬ出版社への用紙割当量を削減し、経営の物的基礎資材を抑えることによってその社の経営縮小・じりひん解体を策したのみか、のちには「企業整備」に藉口して同様刊行物やその出版元を、文字どおり業界から「消す」ことも策された。

（六）戦争末期に於いては、ついに好ましからぬと認めた出版社にたいして直接政治力を発動し、「公然」自廃を強要するの挙にでてきた。

これら各項は、あくまで畑中から見た軍部と彼ならびにその周囲に関する証言であるとはいえ、日中戦争後はそれだけ軍部の実行力が強まったことを示している。畑中はまた、情報局に在籍する現役将校たちの意志を読み取り、「図書雑誌の検閲事務や編集プランの事前提示・非協力執筆者の採択禁止・差し止め記事などの示達や、また天降

り官製原稿の掲載要求やは、多く担当官僚をつうじておこなわれたが、それはいうまでもなくそれら軍人との緊密な合議というより、むしろそれら現役軍人の意志に応じて強行されていたとみるべきであろう」と述べている。(22)

内務省による出版検閲の史的概観を述べたジェイ・ルービン(23)は、軍部が主導した言論統制に関わる業務は「狂信的」で、「内務省のそれより対処がはるかに困難であった」と述べ、そのことを示す例として畑中と同様、中央公論や改造社の自主廃業を挙げている。そしてルービンによれば太平洋戦争開戦後は「小説は左翼志向のものや好色的なものでなくとも禁止された。軍部は、戦争を積極的に支持しないものすべての出版を望まなかったからであった。連合国側の貿易封鎖はこの政策の強化に拍車をかけた。一九四四年から一九四五年までの紙の備蓄量はごく限られていたので、検閲はもはや無意味になっていた。紙の配給の資格が得られるものは、すべて軍部が容認するものでなければならなかった」と概括した。しかし、織田作之助の著述活動を参照すると果たしてそのように割り切れるかという疑問が生じる。その疑問を解きほぐすのが本書全体の目的の一つではあるが、本節では出版検閲によって織田に下された処分の諸相を論じたい。それは織田の作家としての出発期に集中している。

この時期に新人作家であるということは、内務省検閲への目配りをしなければならない点で様々な困難を抱えていたに違いない。事実、織田はおそらく三度、確実には二度の検閲による処分を受けたが、内務省警保局図書課という処分する側において、織田の小説テクストがどのように問題にされたのかは、これまで十分に論及されてきたとはいえない。ゆえにこの点を精査し、同時代の検閲を実施する側の文脈と併せて考察する。

そこでまず、以下に織田作之助の略年譜を掲げたい。このうち傍線を付した作品が、検閲に抵触したものである。

一九三二年十二月　「獄水会雑誌」一一一号に『シング劇に関する雑稿』を発表
　以後、同誌一二〇号まで断続的に劇評、戯曲を発表

一九三五年十二月　同人雑誌「海風」創刊号に戯曲『朝』を発表
　翌年に三高から退学処分を受ける
一九三八年六月　「海風」四号に小説第一作『ひとりすまう』を発表
　　十一月　「海風」五号に『雨』を発表
一九三九年九月　「海風」六号に『俗臭』を発表
　同年に日本敷物新聞社を経て、日本工業新聞社に入社
一九四〇年四月　「海風」七号に『夫婦善哉』を発表
　　五月　「文学界」に『放浪』を発表
　　八月　『夫婦善哉』（創元社）刊行
　同年六月ごろ、夕刊大阪の社会部へ転籍
一九四一年七月　『青春の逆説』（万里閣）刊行、「海風」十一号で終刊（織田は雑記『雑談』を発表）
　同年十二月、大阪の同人雑誌を統合した「大阪文学」創刊（「海風」同人が編集の中心となる）

処分を受けた三作品のうち、単行本『夫婦善哉』（創元社、一九四一年八月）の処分理由となった作品は、『雨』（「海風」五号、一九三八年十一月）と『放浪』（「文学界」一九四〇年五月）である。つまり、これらは初出では問題なく発表されたにも拘らず、事後的に処分を受けたことになる。初出の時点でどうやら処分を受けたらしい作品は『俗臭』のみである。これらを出来事の起きた順に記せば、

①『俗臭』（「海風」六号、一九三九年九月七日）→九月上旬に削除処分か？

②『雨』『放浪』（単行本『夫婦善哉』創元社、一九四〇年八月十五日）→九月十七日削除処分
③『青春の逆説』（万里閣、一九四一年七月十日）→八月六日発売頒布禁止処分

ということになる。以下にこの順序で処分の詳細を確認する。

二　『俗臭』への処分

本節の織田に関わる記述に推測的な表現を多用したのは、『俗臭』への処分に関わる内務省側の一次資料が発見されていないという事情に因っている。しかしながら、この作品はたとえば、『織田作之助文藝事典』だと「「俗臭」を掲載した「海風」第六号は、風俗壊乱のおそれがある理由で発売禁止処分を受けた」（一六六頁）と紹介されている。その根拠として最も有力なものは、青山光二が織田の文庫本への「解説」（『船場の娘』角川書店、一九五五年八月）で記した、先行研究でも度々引用される次の出来事である。

例えば、「政江は昂奮のあまり尿意をもよおした」というような章句が（これなど、なまやさしい方だが）随所にあり、何とも猛烈なので、そのためか「海風」第六号は、東京本富士署管内では発売禁止（?）になり、本郷界隈の各書店へ警官があらわれて、雑誌を没収して行つたものだつた。没収して行くだけならまだしも、公憤をでもおぼえたのか、ある警官は「俗臭」のページをあちこちひつくり返しては、前記のような章句を、にくにくしげに店頭で大声に読み上げるのでまことに閉口した、と書店の主人から、同人の一人であつた私は文句をいわれたのをおぼえている。

一読すると、この挿話は当時の官憲の強権性を示す格好のエピソードのように見える。しかし、青山自身も疑問符を付け加えているが、「東京本富士署管内」のみでの「発売禁止」ということは、実際には有り得ない。ただ、敢えて憶測するならば、「警官」が公的な許可を得ないまま、青山が述べるような行為を行った可能性は排除できない。この他に、『俗臭』発表前後の状況も含め、ことの真相を探るために有効な一次資料は書簡である。

『俗臭』の執筆状況を窺わせる資料として、「海風」の編集を請け負っていた品川力宛ての書簡が複数残っている。それらを参照すると、『俗臭』が織田にとって納得できない作品だったことが見えてくる。「海風」刊行前には「小説全く構想に行き悩んで、今度も〆切に間に合はぬかも知れぬと懸念してましたが、一晩二十枚書きとばし、どうやら、六十枚ものして、昨日送りました。あと、三十枚ほど書かぬと首尾一貫しませんので、いま頑張つてゐます。今日（五日）夜、書きあげ、速達で送ります」（一九三九年六月五日）と述べ、「構想」面で腐心していたことと、それに伴うことだが「首尾一貫」をそれなりに重んじる、作家としての織田の態度が窺える。

その三日後には「海風編輯部諸氏宛」（宛先の住所は品川力宅である）として、「六月四日――六〇枚、六月五日一〇枚、／六月六日――一一枚　六月八日　一四枚／以上合計九十五枚速達便で送りました。四日に全部送れなくて申訳けない。どうしても途中で切る訳にいかず、あとを続けたのだが、頑張つて一日十枚しか書けなかつた。忙しかつたので、まことにやつつけ仕事でもあり、しかも〆切に遅れて済まぬと思ふ」（六月八日）と、執筆経過を披瀝しながら、当時始めたばかりの新聞記者としての仕事と創作とを両立することへの苦心が語られている。脱稿の日付は、初出の末尾に付された「（十四、六、八）」という数字と一致する。この書簡では「やつつけ仕事」とは言いながら、織田自身は『俗臭』を執筆したことで何かしら光明を見出したようで、後日再び品川へ宛てた書簡では、「「俗臭」は、その後篇を、「伝三郎のことなど」と題して、百枚ほど用意されてゐます。既に五十枚、書きました。（中略）「俗臭」「続俗臭」以後、ぼくの作品は一大転換を成すこと、思ひます」（六月十六日）と続編の構想を明かすなど、創作意図を率直に語ると同時に、自身の作家としての展開まで見据えていることを示す書簡を送っている。

ところが、その後事態が一変したこともまた、品川宛書簡の中に残されている。「御無沙汰しました。／全くえらい事になりましたわい。貴方には非常に気の毒しました。不注意といいますか、この間の「雨」の時には何ともなかったので、ついうっかりしたのです。／どこが削除されたのか参考のため一どお知らせ願います、とにかく済まなかったです。／海風未だ本屋に出していません。そちらへ送りかえすことにします」（九月十七日）という記述からわかることが三点ある。まず、公的な処分を受けたか否かは措いても、少なくとも織田は自作が「削除」されたと受け取っていること。前作の『雨』の内容でも処分されたかもしれないと、織田自身が認識していること。そして、大阪で発売頒布する分の「海風」は織田が預かっていたことである。三点目から窺えるように、織田は「海風」の執筆陣の中だけでなく、編集面においても中心的な存在だった。大阪と東京に分散する「海風」同人を取り纏めて会合を開き、同人の原稿の下読みもこなしていた織田は、自作の「削除」によって負い目を抱えたに違いない。

しかし、「削除」処分を受けたはずの「海風」版『俗臭』は、第十回芥川賞（昭和十四年下半期）候補となった。品川宛書簡では、候補になったことで「之で「海風」や貴兄に対し削除以来の重苦しい責任感から些か救われました」（一九四〇年二月二十二日）とする文面からも、織田の負担を知ることができる。

その約二ケ月後、「海風」は再び削除処分に見舞われる。被処分者となったのは、「海風」創刊以来の同人である中谷栄一だった。そのことを織田は品川に「海風、綺麗に出来ました吉井の努力を多とすべきです。またもや、削除で御難続きですが、貴兄にもいろいろ御迷惑なことと思います、小生はこんどは慎重を期し、きわどいところ全然なくし、伏字までいれたのですが中谷がやられたとは思い掛けなかったのです。／削除だけで発禁にならぬよう祈っております」（一九四〇年五月六日）と伝えた。管見のかぎり、現存する「海風」の該当号には確かに中谷の作品が掲載されていない。[24] ゆえに、中谷の一件では実際に削除処分がなされた可能性が高い。この書簡にはもう一点注目すべき箇所がある。それは「こんどは慎重を期し、きわどいところ全然なくし、伏字までいれた」という織田の新作が、時期的に見て『夫婦善哉』を指すということだ。『夫婦善哉』は「海風」時代の、検閲をめぐる執筆者、編集者としての様々な学習の成果として成立したとも言えるのである。

一連の状況の中で強調したいのは、芥川賞候補となったのは「海風」版の『俗臭』、すなわち警官が「にくにくしげ」（青山光二）に書店の店頭で音読した、そのテクストだということである。候補になったがゆえに、宮川康[25]は『俗臭』が「織田に公的な文壇的評価が与えられた最初の作品」だと述べている。また、青山光二[26]も『俗臭』は若書きの部分が目立つけれども、『夫婦善哉』や『わが町』などと同じく、織田がその後盛んに書くことになる「年代記風の作品」の「最初のもの」だと、この作品の織田作之助作品史における重要性を指摘した。

『俗臭』は和歌山出身の離散しかけた児子家の兄妹たちが、大阪へ出てそれぞれに立身出世し、やがて長男の権右衛門が興した会社に寄り合って生活する、それらの日々を描く。中でも、長男の妻、政江が一人娘の縁談を成功させるために、おそらく被差別部落出身の賀来子と結婚した義弟の千恵蔵を離婚させようとする動向が、中心的な出来事となっている。他にも権右衛門と政江夫婦、児子家の兄妹たち、兄弟の妻たちの関係が織り込まれ、総体的には児子家という〈家〉の年代記となっている。この物語のどこが芥川賞の選考において評価される一方で、官憲の目を惹いたのだろうか。

当の第十回芥川賞は、寒川光太郎の『密猟者』が受賞した。選考委員は宇野浩二、瀧井孝作、川端康成、久米正雄、室生犀星、佐佐木茂索、佐藤春夫、横光利一の八名だった。その中で『俗臭』を第一に推していたのは、室生犀星のみである。彼の選評（「文藝春秋」一九四〇年三月号）では、『密猟者』は「詩人にのみ描ける世界」を書いたもので「大して驚かなかつた」とするが、しかし、『俗臭』の評価できる点を述べないまま、「『俗臭』の去つて行く姿が一層はつきりとさびしく眼に映つて来た」と、落選を惜しんでいる。他の選者は概ね、『俗臭』がここ数年の候補作に勝ることを認めつつも、たとえば川端は「清新な出発のし直しが必要」、佐藤は「宇野氏室生氏などの後塵を拝してゐるやうな亜流的作風」と簡潔に触れるに止まった。

宇野が「いろいろさまざまの性格の違ふ人物を十人ぐらゐ書きながら、それが或る点まで成功してゐるけれど、結局、作者が最も力を入れてゐる主人公の権右衛門と政江がわりによく書けてゐるだけで、それも作者が思つてゐる半分も書けてゐない。さうして、仮りにこの小説に七分どほりモデルがあるとすると、作者は、欲ばり過ぎて失敗し、モデルが三分ぐらゐしかないとすれば、これが、別の意味で、欲ばり過ぎて成功しそこなつてゐる。それに、文章が、妙に達者で、達者にまかせて、凝つてゐるところがあり、簡潔にしているところがあり、いろいろ工夫してあるが、それが却つて仇になつてゐる」と指摘する、群像劇の失敗、あるいは失調は、「安易に作られたといふ点で、何か釈然としないものがある」（六月十六日品川力宛書簡）という織田作之助自身の言葉と重なりつつも、おそらく作者よりも正確に作品を把握している。宇野のいう「文章が、妙に達者」であるがゆえの表現の趣向やそれへの拘泥が、作品の傷になっているという指摘は、川端や佐藤の評言を具体的に説明するものでもある。つまり、三者の評言から浮上することは、手練れていてあざといという印象を『俗臭』テクストが与えたということだ。

しかしながら、削除処分を受けたらしい作品が、こうして芥川賞という公の場で審議されるということは、道理では考えにくい。実情としては、青山の証言内容が事実と異なっているか、事実だとしても、その警官の横暴だけが事実であり、公に回収になっていないかといったケースが想定できる。

さて、芥川賞落選ののち、『俗臭』テクストは大幅に改稿された。大阪府立中之島図書館織田文庫に収められた『俗臭』の草稿は、目録上五一枚となっているが、論者が確認したところ、うち五枚は『雨』の草稿だった。そして、その内容から『俗臭』に関しては一枚以外全て初出の『俗臭』の草稿だと考えられる。使用された原稿用紙はほとんどが松屋製四〇〇字詰原稿用紙で、初出版『俗臭』終盤に当たる部分は白紙に書かれている。これらの草稿からわかることも四点あるため、ここに翻刻と併せて簡潔に附記しておきたい。なお、初出版『俗臭』テクストの引用および頁数は『俗臭　織田作之助［初出］作品集』（悪麗之助編解説、インパクト出版会、二〇一一年五月）による。

①「賀来子」が「近子」になっているものが一枚だけある（初出五八頁の内容と近似）。

【草稿】こと、児子近子の美貌は、義兄弟たちの評判であつた。伝三郎によれば、千恵蔵は次々と美貌の妻をもらひ、「勝負した（うまいことをしたの意）」のだ。政江

②賀来子が「詳述をはゞかるが、世人の忌み嫌うある種族の一人」（初出五八頁）であることによって義母の政江に追い出されるのではなく、別の経歴に因ることになっている（初出五九頁の内容に相当）。

【草稿】結婚して一月経つたある日、政江のところへ、投書がはいつた。文面は、千恵蔵がこんど結婚した賀来子といふ女は、もと大連で芸者をしてをつたことがあり、ある男に身うけされて囲はれてゐたところ、恩

③初出では表立って色目を遣うことがない政枝が、「年増の嫌味な色気」の持ち主として描かれている（初出六一頁の内容に相当）。

【草稿】ありのまゝにいつた。もう一度出入差止めでも何でもしやがれ、もと〳〵だと伝三郎は瞬間観念したが、政江の顔に嫌味な年増の色気を感じさせる微笑が浮ぶに及んでほつとした。

④人物の性格に関する説明的叙述が多い。その一方、初出では「尻に敷かれ」るという慣用句を避け、この夫婦ならではの固有性を含んだ表現を施すという作意が窺える。

【草稿】癖があるから随分損な勘定になる。心を満足させれば済む彼は、そのためいつまでも貧乏しなければならぬと、伝三郎の妻は時々こぼすのだつた。ともあれ、かいうふ政江の流儀は、誰でも人に好かれたいものだから、容易く実行出来るものではない。夫の義弟達の上前をはねて憎まれるのも皆夫の為だと堅く腹をくゝつてゐたからだ。権右衛門はそれを多とした。政江もやり易かつた訳である。権右衛門の偉大さの一つは、政江の尻に敷かれてゐたことであるともいへる。

【初出】伝三郎など、見栄をはって儲けを誇張する癖があるから、随分損な勘定だと、時々伝三郎の妻はこぼしたものだ。誰でも人に好かれたいものだから、こういう政江のやり方は、容易に実行出来るものではない。夫の義弟達の上前をはねて憎まれるのも皆夫の為を想うからだ、と堅く腹をくゝっていたなればこそではないか。

こういう政江を権右衛門は多としていた。権右衛門の偉さの一つは、「差出がましゅうございますが――」という政江の意見に抗わなかったことである。政江としても、やり易かった訳だ。（九一頁）

日本近代文学研究において『俗臭』は、基本的に初出と単行本との異同において検討されるというのが常道である。初出テクストに焦点化して分析した宮川康[27]は、このテクストに「本来この小説に描かれるはずであった小説的事実を見る」とし、「小説的事実」を「〈象徴的な意図〉」と言い換えた上で、「語り手の〈嫌悪〉を双方の〈夫婦〈権右衛門、政江と千恵蔵、賀来子―引用者注〉に付与することによって、そのような〈象徴的な意図〉〔「〈肉体としての性〉を拠り所とした〈夫婦〉のあり方をこそ肯定しようとする」もの―引用者注〉を無化する〈形式〉をあえて用いた」と述べる。そしてそのような〈意図〉が無化された理由を、織田自身が脱稿の一ケ月後に宮田一枝との婚姻を控えていたことを挙げ、織田自身が直面する現実と自身の文学志望者としての自意識が「乖離を来している不安定さ」に求めた。宮川論を批判的に継承する大原忠雄(28)は、初出と単行本の両テクストを重ね合わせることで『俗臭』を評価すべきだとし、主題が「血縁」（初出）から「経済活動」（単行本）へと展開されたことを述べた。一方で、渡邉巳三郎(29)は単行本版『俗臭』テクストのみを参照しつつ、一九四三年に発表された織田の『素顔』を、千恵蔵と賀来子の物語を書き直したものだとして、二作を並べて論じている。しかしながら、初出にあった被差別部落への言及が『素顔』では消えているとして、論点が織田の「社会認識の貧弱さ」を断罪することにあり、両作品の比較にはなっていない。

これらのように、未だ少ないながらも多様な視点から論点が提出されており、しかも未だ一定の了解を得られていないのは、このテクストが数度に亘って変奏され、そのことに作者の意図のみではない要素が寄与している、その複雑さに起因するだろう。しかしながら、『俗臭』は織田作之助の創作行為の出発点の一つであり、彼の創作を総体的に意味付ける際にも重要な作品であることは間違いない。ここでは検閲を媒介として、同時代状況を逆照射するものとしてこのテクストの定位を試みた。

三　単行本『夫婦善哉』への処分

内務省検閲による処分を受けた他の二単行本は、その記録が「出版警察報」や「出版警察資料」『単行本処分目録』にも残っている。

夫婦善哉　八月十五日附織田作之助著　大阪市西区新町南通一丁目創元社発行　九月十七日削除
本冊ハ大阪人ノ物慾的ナ生活ヲ題材トシタ小説「夫婦善哉」「放浪」「俗臭」「雨」「探シ人」ノ五篇ガ収メラレテヰルガ、九五頁（放浪）一六七、一七〇、一八一、一九四頁（雨）ハ露骨ナ性慾描写ノ記事ナリ、ヨツテ削除。(30)

実際の検閲作業に使われた検閲正本のうち、発売頒布禁止処分を受けた書籍は、国立国会図書館に数多く所蔵されている。しかしながら、『夫婦善哉』の検閲正本の所蔵は確認できない。従って「露骨ナ性欲描写ノ記事ナリ」とされた単行本『夫婦善哉』の削除対象箇所の、どこが問題とされたのかを、検閲正本の書き込みによって知ることはできないということになる。

処分対象となった『放浪』（「文学界」一九四〇年五月）と『雨』（「海風」一九三八年十一月）が単行本への書き下ろしでないことや、特に『雨』の発表とこの単行本への収録の間に、『俗臭』にまつわる処分らしきものがあったことは先に述べた。それゆえに、単行本化の際に織田が検閲に配慮して改稿をしたことが想定されるし、じじつ、そうしたことが多く認められる。もちろん改稿の理由は様々に考えられ、改稿過程を探ることで検閲という制度そのものにアプローチすることは困難だが、これらの初期テクストの変容がテクストレベルで論じられたことは皆無に等しく、作者織田が検閲による処分を受けて書き換えた、その方法という視点で論じることは可能だろう。本節ではこのうち『放浪』について述べたい。

『放浪』は、泉州に生まれた文吉と順平兄弟が、母に死なれることでそれぞれ親戚と祖母に引き取られてからの、二人の生涯を描いた短篇である。成人してから文吉が大阪で自殺したことで、順平は虚無感を覚え放蕩の限りを尽し、果ては前科者になった。しかし出所したのちに、自分の板前としての「手」さえあれば生きていけると気付くところで終わっている。しかし、この結末は希望を示しているのではない。結末の「交番に行く道に迷うて、立止つた途端、ふと方角を失い、頭の中がじーんと熱つぽく鳴つた。／順平はかつて父親の康太郎がしていたように、首をかしげて、いつまでもそこに突つ立つてゐた。」という二文には、長らく「悪性の病」を患い、物語の序盤で「寝てゐると、壁に活動写真がうつる」幻覚を見、「浪花節語りが店の前に来て語っている」と妄言を残して死んだ、兄弟の父が順平に重ね合わされている。父は、「悪臭を放ち」「狂人」と呼ばれ、また上記のような幻覚を見ていることから、梅毒に冒されていたと考えられる。その父と同じ行動をとること、すなわち、順平は先天性梅毒患者であることが、物語末尾で示されるのである。

同時代評では「重い素材だのに厚味がなく、もつと深い陰翳と粘りがほしい」（T・M「『文藝春秋』『文学界』作品評」「文藝」一九四〇年六月）と批評されているが、同評で言う「愚鈍な男」が「前科者に堕ちてゆく径路」という「重い素材」もさることながら、この小説の「重い」部分、すなわち結末が順平の死を暗示していることが、上述のような解釈によってしか示されないようになっていることは、織田が意図的に配した技巧の達成だと言える。そのような技巧を生んだ要因の一つとして、文吉が猫イラズを飲み自殺を図る件で「猫〇〇」と伏せ字を用いている織田であるならば、「梅毒」と明記することを遠慮したという仮説も立てられる。つまり、検閲への配慮ゆえに、ストーリーの核心が隠微にしか示されず、結果的に「いつもげら〳〵笑つて」いて、「阿呆程強いもんはない」と書かれる兄弟の愚かさと、それゆえの破滅のみが際立ち、「厚味」がないという評価を導き出したと見ることも可能なのである。

さて、織田のそのような慎重さが窺えるテクストではあるが、実際には処分の対象になった。単行本『夫婦善哉』九五頁にあたる『放浪』テクストを次に引用する。この箇所は、初出と大きな異同がない。また、この頁に限らず、複数ある『放浪』テクストの間に「決定的な影響を及ぼす」差異はないと、三木輝雄[31]は指摘している。

へられ、する〳〵と引き上げられた。ぼうつとしてゐる内に十円とられて、十六円十六銭。妓の部屋で、盆踊りの歌をうたふと、良え声やワ、もう一ペン歌ひなはれナ。褒められて一層声を張り上げると、あちこちの部屋で、客や妓が笑つた。ねえ、ちよつと、わてお寿司食べたいワ、何ぞ食べへん？　食べませうよ。擦り寄られ、よつしや。二人前取り寄せて、十一円十六銭。食べてゐる内に、お時間でつせと言ひに来た。帰つたら嫌やし、もつと居てえナ。わざと鼻声で、言はれると、よう起きなかつた。生れてはじめて親切にされるといふ喜びに骨までうづいた。又線香つけて、最後の十円札の姿も消えた。妓はしかしいぎたなく眠るのだつた。おいと声を掛けて起す元気もない。ふと金造の顔が浮び、おびえた。帰ることになり、階段を降りて来ると、大きな鏡に、妓と並んだ姿がうつつた。ひねしなびて四尺七寸の小さな体が、一層縮まる想ひがした。送り出されて、もう外は夜であつた。廓の中が真昼のやうに明るく、柳が風に揺れてゐた。大門通を、ひよこ〳〵歩いた。五十銭で書生下駄を買つた。一円六十銭。鼻緒がきつくて足が痛んだがそれでもカラカラと音は良かつた。一遍被つてみたいと思つてゐた鳥

兄の文吉が、自殺の直前に飛田遊郭で遊ぶ場面である。この箇所が削除処分を受けた理由は割合明白なように見える。先に参照した検閲標準に照らすならば、「（甲）一般的標準」の「（5）遊里、魔窟等の紹介にて煽情的に亘り又は好奇心を挑発する事項」が、これに適用されたと考えられる。当時公認されていた飛田遊郭ではあったが、内部に関する詳細な記述が禁に触れたということだろう。しかし、男女の性的な関係を示唆する描写は、むしろ一切省かれている。処分の根拠が常に合理的だとは限らないが、この場合は遊郭の内部で費やされる金銭の、その具体的な値段の描写が「好奇心を挑発」すると見做されたと見ることもできる。しかしながら、「出版警察法」の処

分理由を鑑みると、この頁を「露骨ナ性慾描写ノ記事」と言えるかという点につき、やはり疑問を拭えない。一方で、テクストでは文吉だけでなく順平も遊郭やカフェに出かけており、また、兄弟の従姉妹にあたる美津子に至っては、女学校時代に男性と性的関係を持ち、妊娠したことまで書かれている。その事を示す「美津子の胸のふくらみが急に目立って来たと順平にも判つた。うか〳〵と夜歩きを美津子はして、某生徒に胸を押えられ、ガタ〳〵醜悪に震えた。生國魂神社境内の夜の空気にカチ〳〵と歯の音が冴えるのであつた」という叙述の方が先に引用した九五頁の叙述と比べてよほど「露骨ナ性慾描写ノ記事」に近いと言えるが、該当頁は処分を受けていない。

上記のことから判るのは、検閲官の読書行為の粗さ、また、織田については彼の検閲への配慮の方向性、換言すれば処分される事案に関わる認識の枠組みが体制のそれと未だ一致していなかったということだろう。

四　『青春の逆説』発売頒布禁止処分、および同時期における内務省検閲の傾向

一九四一年八月六日、『青春の逆説』（万里閣、一九四一年七月）に下された発売頒布禁止処分は、織田作之助に対してなされた検閲処分の最後にして最も重いものである。織田にとっては一九四〇年九月に下された『夫婦善哉』への削除以来、約一年ぶりの処分である。それは刊行から一ケ月後になされた。理由は「本書ハ事変前ノ大阪ト云フ物質的ナ都会ヲ背景ニシテ一新聞記者ノ多様ノ恋愛ヲ描イタ長編小説デアルガ、全篇到ルトコロニ暴露的デ猥雑ナ男女関係ノ描写アリヨツテ禁止[32]」となっている。また、『単行本処分日誌[33]』によると、問題となった頁数は「八三、八四、二五八―二六三、二七二、二九〇、二九一、二九六、三一三」である。

日中戦争以降の時期は、総体的にみると単行本検閲における風俗壊乱による処分数が昭和初年代と比較して大幅に減少しているにも拘らず、この年の八月前後は小説家の処分がとりわけ目立っている。『青春の逆説』への処分の直前には、徳田秋声『西の旅』（豊国社、一九四一年六月二十五日、七月十六日禁止）、林芙美子『初旅』（実業之日

本社、一九四一年七月十二日、七月二十九日禁止）がそれぞれ発売頒布禁止処分を受けた。理由はそれぞれ「本書ハ短編集ナルガ、「或売笑婦の話」「復讐」「卒業間際」ハ何レモ淫蕩ナ生活ヲ描キ、風俗上時節柄甚ダ好マシカラザルモノナルニ因リ風俗禁止」（『西の旅』）、「本書ハ初旅以下十一箇ノ短篇小説ヲ収メテヰルガ、中ニ人妻、未亡人、妻子アル男ナドノ不倫ナ情事ヲ描イタモノ多ク、全般ニ不健全ニシテ風壊ノ虞アルニヨリ禁止」（『初旅』）とされている。

『青春の逆説』と同月には丹羽文雄の単行本二冊（『中年』河出書房、一九四一年七月三十一日、八月十二日禁止。『逢初めて』（刊本によっては『藍染めて』と表記される場合もある）有光社、同年七月十五日、八月二十八日禁止）も発売頒布禁止とされた。その理由も挙げれば、「本書ハ中年ノ一人ノ男ト三人ノ女性トノ恋愛ヲ書イタ長篇小説デアルガ、全篇ニ情痴ノ描写アリ現在ノ読物トシテハ不健全ニシテ有害ノモノナリヨツテ禁止」（『中年』）、「本書ハ「逢初めて」「若い季節」ノ二篇ノ小説ガ収メラレテヰルガ、共ニ逢引ノ男女学生、乱痴気ノ中年女、結婚前ノ火遊ヲ享楽スル娘、頽廃的ナサラリーマン等ノ姿ヲ刺戟的ニ描キ全般ニ渉ツテ風壊ノオソレアリ現在ノ読物トシテ甚ダ有害不健全ナルモノトシテ禁止」（『逢初めて』）である。

丹羽『中年』の書評を書いたことで自身も処分を受けた小田切秀雄[34]は、丹羽に徳田、林、織田を加えた四者への処分について「簡単な理由で文学作品はあっさりと暗黒に葬り去られていた」と往時を回想する。城市郎[35]は『青春の逆説』への処分を説明する際に、丹羽『中年』と林『初旅』の「二つは理由らしい理由もないまま禁止処分を受けて」いると参照しつつ、三作を並列する。いずれも非合理的で不当な処分への批判である。

確かに説得力に乏しいこれらの禁止理由の中でも注目できる箇所は、「時節柄」（『西の旅』）、あるいは「現在ノ読物トシテ」（丹羽の二著）という限定である。これらに同質の視線が含まれていることは明らかだが、これを参照すると、『青春の逆説』について「事変前ノ大阪ト云フ物質的ナ都会ヲ背景ニシテ一新聞記者ノ多様ノ恋愛ヲ描イ夕長編小説デアルガ」と解説されていたことの意味が見えてくる。それは、この時期に風俗壊乱における検閲標準が変質していた、具体的に言えば、重要なのは風俗壊乱か否かというよりも、同時代のモードに適った道徳観と齟齬を来していないかという、一見限定的だが実質的にはより曖昧な観点への移行が完了しつつあったということである。織田が処分を受ける直前の七月十八日には第三次近衛内閣が成立し、同月二十八日には日本軍が南部仏印への進駐を始めていた。『青春の逆説』の処分はその九日後、八月六日である。同時期に、たとえば新聞は朝夕刊で四頁立てが実施され、統合整理が強力に推進されるなど、メディア状況も劇的に変化しつつあった。以前から度々筆禍に遭っていた丹羽は措いても、この時期に一度に四人の作家が処分を受け、しかも『青春の逆説』に関しては処分が後手に回り一ケ月ほどの時間を要したことに、そうした地殻変動の痕跡を見ることができる。「事変前ノ大阪」の物語ではあっても、事変後の日本という「現在」の「時節柄」にそぐわなければ、「昔の話」という免罪符が無効化されることが、先の処分理由に示されているのではないだろうか。

処分が事後的になったことは当然、単行本の回収の遅れを意味する。結果的には万里閣刊の『青春の逆説』は、現在でも古書店を通じて個人が手に入れることができる程度に流通している。当時の織田は杉山平一に処分のため『青春の逆説』を献本できない旨を記しつつ、「徳田秋声の「西の旅」丹羽文雄の「中年」林芙美子の随筆集も同時に発禁。しかし、小生のは売っている本屋もあるらしい」と書き送っている（杉山平一宛書簡、一九四一年七月、日付不明）が、これが真実であったと言える。

先述の通り、『青春の逆説』で問題となった頁数は「八三、八四、二五八—二六三、二七二、二九〇、二九一、二九六、三一三」となっている。これらを確認すると、「八三、八四」頁は主人公、豹一の同僚同士が一人の女性をめぐって言い争う記述だが、それ以外は全て豹一が村口多鶴子、ひいては女性一般へ向ける嫉妬や軽蔑が書かれた箇所である。このことは城市郎[36]の次の推測を裏付けるかもしれない。「『青春の逆説』〔の処分—引用者注〕に強いて理由を求めるとすれば、〝二十歳の青年と堕胎女優の情事〟ということになりましょう。或いは飛躍的にいえば、内務省警保局は『青春の逆説』に芸術作品オンリーを見たのではなく、女優志賀暁子の私事を、今の言葉でいえばプライバシーを見たためだった」。志賀の堕胎事件は一九三五年のことだったが、『青春の逆説』がモデル問題をめぐって同時代のメディアで大きく取り上げられた事実はない。しかし、織田自身が戦後に再刊行された『青春の逆説』（三島書房、一九四六年六月）の「あとがき」で「女優の志賀暁子がモデルだとかいはれたが、当時断つた通り、この作にはモデルはない」と述べ、過去を掘り起こしたこともあり、それ以降は城の記述が既成事実化している。

この点に言及しておくと、テクストで村口多鶴子は「〔豹一には―引用者注〕「罪の女優」だとか「嘆きの女優」だとか新聞の見出しに使はれてゐる意味がちつともわからなかつた。新聞もそれに就ては詳しく書かなつた。もはや散々報道されつくして、映画ファンでなくとも誰でも知つてゐる事実であつた」（一一六―一一七頁）、「法廷にも立ち女優もやめねばならないほどの罪を犯した女ではないか。監督との醜関係の後始末を闇に葬つたと、まだ世間の記憶には血なまぐさかつた」（一三二頁）、「教養のある女優といはれてゐた。知性の女優とよばれてゐた」（一三三頁）と説明され、これらの記述から志賀暁子を想像させることは容易である。

この設定の下、問題視された頁のうち城の言うような「情事」を書いているのは二五八―二六〇頁に限定できる。それも「恥しさのため腹を立てんばかりに逆上してしまつた豹一と、疲労のために日頃の半分も理性が働かなかつた多鶴子は、ありきたりの関係に陥つた」（二五八頁）という書きぶりで、身体の部位や感覚に関わる内容といった、具体的な記述はほとんど含まれていない。その他の頁は先に述べたように豹一の嫉妬（二六一―二六三、二七二、二九〇、二九一頁）、友子という女性への嫌悪（三一三頁）、そしてなぜか豹一が実家へ帰る場面（二九六頁）がそれぞれ描かれており、性行為の具体的な描写はない。そうなると、検閲標準にプライバシーの侵害は含まれていなかったとはいえ、城の仮説が一層妥当性を帯びる。『青春の逆説』は実在する女優、しかも性に関わるスキャンダルを起こし、罪にまで問われた人物を明らかに連想させる作中人物が、豹一という美貌の青年新聞記者と交際するという設定を持っていた。その言語化は、かつて検閲官が処分に用いた「露骨」な記述の有無を問えない領域で、つまり性に関わる表現がなるべく直接的にならないようテクストが編まれる中でなされた。しかし、その事実を匂わせる書きぶりが却って小説テクスト全体を「暴露的デ猥雑ナ」ゴシップとして読者に受容させる効果を生み、ゴシップの特質である怪しさ、不当性、正統性に対する異端性が小説テクストに付与されることになる。それが、結果的に検閲への抵触という事態をもたらしたのである。

五　戦時下に作家でいることの要件

何が風俗壊乱なのか、具体的にいえば、何が「露骨」で「猥褻」「猥雑」「卑猥」で「不健全」なのかということは、短期間で変化するはずがない。それは専ら倫理道徳に関わるところだからだ。もしそのような標準、基準の変化が生じたように見えるとすれば、それは取締る側の不安定さ、あるいは変容に依拠すると考えるべきである。その点から見ると、検閲官たちの主観による判断と、時局の要請とによって成り立っていた内務省検閲は不安定で、限界を孕む制度だった。しかしその一方で、時々刻々と展開される近代国家としての日本の歩みと十分に歩調を合わせ対応した柔軟性においては、非常に優れた組織だったとも言える。

ではたとえば、内務省検閲に比べるとまだ安定的な制度のように見える法曹界の、風俗壊乱に関わる判例において、「小説」の位置づけはどのようなものだったろうか。ここに一九一四年の大審院判決がある。時期は本節で論じている地点から遡るが、判例という文章の特性や、参照した法令書が満州事変と同時期の刊行だったことから、この判例は戦時下でも有効だったと判断できる。新聞紙法に関わる判決とはいえ、戦前の出版に関する事柄を裁いた法廷において、明確に「小説」という文芸ジャンルに言及しているほぼ唯一の判例である。

稗史小説ハ倫理道徳ノ教科書ト異ナリ社会ノ光明アル方面ニ於ケル人ノ憂事道徳ノミヲ叙述スルヲ以テ唯一ノ目的トスルモノニ非スシテ広ク人類社会ノ各方面ニ其材料ヲ求メテ之ヲ創作シ読者ノ慰安娯楽ニ供スルト同時ニ読者ヲシテ人生ノ何タルヲ知ラシムルヲ以テ基本領トスルモノナレハ時ニ或ハ社会ノ暗黒面ニ於ケル醜怪ナル事実ヲ記シテ其欠点ヲ指摘シ或ハ悪漢ノ醜陋ナル心理状態ヲ示シテ之ヲ読者ノ道徳的批評ニ委スルハ固ヨリ其所ニシテ其醜怪ナル事実醜陋ナル心理状態カ抽象的ニ記述セラレ国ノ道徳的良心ヲ害スヘキ程度ニ於テ具体的ナラサル限リ又ハ読者ヲ誘惑シテ其醜怪ナル事実醜陋ナル心理状態ヲ是認セシメ模倣セシメントスル危険カ言語文章上ニ発露セサル限リ風俗ヲ害スル創作物トシテ之ヲ禁止スルノ必要ナク之ヲ掲載スルモ新聞紙法第四十一條ノ罪ヲ構成セス例ハ弟順介カ婢貞子ノ無情専横ニ対スル制裁方法ヲ考慮ノ末曽テ聞知セル某書生カ某夫人ヲ其寝所ニ遅ヒ之ヲ姦シタル事実ヲ想起シ第二ノ書生タラントノ勇気ヲ起シ云々ノ記事ノ如キ同法第四十一條違反ナラス　（大正三年三月大審院判決）(37)

法の世界では、小説とはまず「人生ノ何タルヲ知ラシムルヲ以テ基本領トスルモノ」である。そしてそれは決して「国ノ道徳的良心ヲ害ス」ものであってはならない。この認識の普及、浸透は、度々述べてきたように総力戦体制、ファシズム体制の構築に有効だったに違いない。昭和十年代の内務省検閲は、法曹界の理解に代表されるような「国ノ道徳的良心」から外れない「娯楽」としての小説観を普及、浸透させるため、検閲による消極的統制という形で、換言すれば「国ノ道徳的良心」に合わない小説作品を隠微に排除する形で機能するという側面を強めたのである。

上述のような度重なる処分が、織田自身の創作行為に影響を与えなかったはずはない。織田が戦後に執筆した自作『世相』(「人間」一九四六年四月)においてもなお、『青春の逆説』への処分に言及した。検閲による処分は、織田に創作に際した配慮の度合いを学習させただろう。その配慮に基づく操作を十分にこなせない以上、作家として社会的存在であり続けることはできなかったのだから。ただし、作家、あるいはテクストへの処分による影響は、本質的には即時あらわれるものでもないだろう。処分が織田に与えたものは、その後の織田の小説テクストにおいてこそ問われるべきである。

注

(1) 大滝則忠「戦前期出版警察法制下の図書館―その閲覧禁止本についての歴史的素描―」(「参考書誌研究」二号、一九七一年一月)

(2) 第十六条の全文は次の通り。「街頭其他公衆ノ自由ニ交通スルコトヲ得ル場所ニ於テ文書、図画、詩歌ノ掲示頒布、朗読若ハ放吟又ハ言語形容其ノ他ノ作為ヲ為シ其ノ状況安寧秩序ヲ紊シ若ハ風俗ヲ害スルノ虞アリト認ムルトキハ警察官ニ於テ禁止ヲ命スルコトヲ得」。

(3) 読売新聞社編輯部『新聞・雑誌・書籍　出版社に必要な法規解説』(読売新聞社、一九三四年十一月)

(4) 日本図書センター、一九九三―九四年

(5) 「日本警察の歩みを語る(その2)」(「警察研究」一九七四年十一月)

(6) 前掲注(5)に同じ。

(7) 鈴木登美「検閲と検閲研究の射程」(鈴木登美・十重田裕一・堀ひかり・宗像和重編『検閲・メディア・文学――江戸から戦後まで』新曜社、二〇一二年三月)、七頁

(8) 引用は『現代史資料40　マス・メディア統制1』(内川芳美編解説、みすず書房、一九七三年十二月)、三六五頁による。

(9) 読売新聞社、一九三四年十一月、一二〇―一二一頁

（10）奥平康弘「検閲制度（全期）」（『講座日本近代法発達史11』勁草書房、一九六七年五月）、一八七頁
（11）内川芳美・香内三郎「日本ファシズム形成期のマス・メディア統制（一）―マス・メディア組織化の政策および機構とその変容―」（「思想」四四五号、一九六一年七月）
（12）横溝光暉「国家と情報宣伝」（『思想戦講習会講義速記第一輯』内閣情報部、一九三八年）
（13）内川・香内、前掲注（11）
（14）浅岡邦雄「戦前期内務省における出版検閲―禁止処分のいろいろ―（講演報告）」（「大学図書館問題研究会誌」三二号、二〇〇九年八月）
（15）奥平康弘監修『言論統制文献資料集成　第20巻』（日本図書センター、一九九二年二月）、二四二―二四三頁
（16）久保健助「出版法昭和9年改正に関する覚書―第65回帝国議会における議論を中心に―」（「日本女子体育大学紀要」42、二〇一二年三月）
（17）奥平康弘「検閲制度（全期）」（『講座　日本近代法発達史11』勁草書房、一九六七年五月）
（18）福岡井吉「日華事変以後―「発禁」の概要　二―」（小田切秀雄、福岡井吉編『昭和書籍／新聞／雑誌発禁年表下（一）』明治文献、一九六七年六月）
（19）奥平康弘「検閲制度（全期）」（『講座　日本近代法発達史11』勁草書房、一九六七年五月）
（20）「出版警察報」一二〇号（一九三八年四月）
（21）畑中繁雄『覚書　昭和出版弾圧小史』（図書新聞、一九七七年一月）、一八―一九頁
（22）また、同書には情報局が「政府当局の要求する戦意高揚の国内宣伝や侵略政策にまったく無条件に協力するか、ないしは多少でもしらじらしいものがあるかどうかのその程度に応じて、各出版社および編集者個人についての採点リストまで作成した」（二四頁）と記されているが、リストの存在の真偽は不明である。
（23）ジェイ・ルービン（今井泰子・大木俊夫・木股知史・河野賢司・鈴木美津子訳）『風俗壊乱　明治国家と文芸の検閲』（世織書房、二〇一一年四月）Jay Rubin, *Injurious to Public Morals : Writers and the Meiji State* (University of Washington Press, 1984)、一一三頁
（24）その一方で、『俗臭』が掲載されている「海風」は現存する。

(25) 宮川康「初出形による織田作之助「俗臭」論―〈形式〉のうしろにある〈象徴的な意図〉の考察―」(「国語と教育」一六号、一九九一年三月)
(26) 青山光二「解説」(織田作之助『船場の女』角川書店、一九五五年八月)
(27) 宮川康、前掲注(25)
(28) 大原忠雄「織田作之助「俗臭」論」(「蒼光」一号、二〇〇〇年三月)
(29) 渡邉巳三郎「終戦前後における部落問題短篇小説①―織田作之助『俗臭』・『素顔』と高橋和巳『貧者の舞い』―」(「法政大学大学院紀要」二七号、一九九一年十月)
(30) 「出版警察報」一三五(一九四〇年九月)一〇七―一〇八頁
(31) 三木輝雄「作品読解『放浪』(織田作之助)―文吉の死と順平の死について―」(「国語と教育」一七号、一九九二年三月)
(32) 小田切秀雄、福岡井吉編『増補版昭和書籍雑誌新聞発禁年表(下)』(明治文献資料刊行会、一九八一年五月)を参照。
(33) 引用は湖北社、一九七七年五月による。
(34) 小田切秀雄編『続発禁作品集』(北辰堂、一九五七年七月)、二四四―二四五頁
(35) 城市郎『発禁本　書物の周辺』(桃源社、一九六五年三月)
(36) 城市郎、前掲注(35)、八七頁
(37) 引用は有光金兵衛『出版及著作に関する法令釈義』(大同書院、一九三一年九月)の増訂三版による。

第二章　『夫婦善哉』論——発見された〈大阪〉の内実——

第一節　誤読する蝶子としっかり者の柳吉

一　『夫婦善哉』評価の諸相

『夫婦善哉』（「海風」一九四〇年四月）に向けられた一般的なイメージは、二点に集約されるだろう。まずこの一作のみで作家の名が記憶される程度の代表作だということがある。このイメージ生成には作家の死後、テクストが舞台や映画の原作とされてきたという他メディアの影響が強く与っていると考えられる。大川渉[1]は織田が「忘れられた、といってもいい存在になっている」理由を作家の早逝と『夫婦善哉』にあると述べる。

私は一般読者から織田作之助を遠ざけた主因は「夫婦善哉」にあるのではないかとかねがね疑っている。〔中略〕問題は読まずに訳知り顔で語る連中である。「オダサク？　ああ、夫婦善哉みたいな浪花の人情モノを書いた作家ね。」こう言う人たちに限って、実は読みもしないで、映画や芝居のイメージだけが増幅されているのだ。あるいは映画、芝居すら知らず、「めおとぜんざい」という音だけが耳に残っているのかもしれない。

かなり誇張して言うと、こうした〝読まない読者たち〟は、都はるみが唄う春団治の歌のようなイメージで織田作之助を捉えているのではあるまいか。

また、蝶子に淡島千景、柳吉に森繁久彌を配した一九五五年の東宝映画『夫婦善哉』（豊田四郎監督）によって人口に膾炙した〈夫婦善哉〉イメージについて論究した中村三春は[2]、森繁の、原作の柳吉には見られない「澱みなく流れるような大阪弁」と、淡島の「柳吉が悲鳴を上げるまでに文字通り打擲するところが、ユーモアを交じえながら強い女を演出している」点などの諸要素による俳優化[3]によって、映画が「大阪漫才のようなユーモアの要素を強化した」と指摘した。この指摘は次の点とも関わるものである。

『夫婦善哉』イメージの二点目は物語内容についてのものだ。それは「意志の弱い夫を、気の強いしっかり者の女房がささえて押しあげて行くという、いわば『残菊物語』的な、典型的な大阪夫婦の物語[4]」、あるいは「しっかり者の蝶子がぐうたら亭主を巧妙に操っている[5]」といった、〈しっかり者の妻が頼りない夫を支える典型的な大阪の夫婦〉というイメージである。先に引用した大川も、蝶子と柳吉の関係性について「柳吉もやりたい放題をやっていると見えて、ありようは蝶子の意のままに操られている木偶人形にすぎない」としている。物語内容をこのような〈典型的な大阪の夫婦〉の物語だと理解した梅本宣之[6]は、「男を捕まえた女と女に捕まった男、という構図は目新しいものではなく、また織田の作品に特有のものでもないが、「夫婦善哉」の場合は、漂流する柳吉と実社会に根を張ろうとする蝶子という対称として描かれている。つまり、蝶子は柳吉への愛情を心の支えにして、実生活に根を張ってしたたかに生きていくが、柳吉は蝶子に捕捉されてしまったがために、本来の彼の生き方と違う生き方を受け入れざるを得なくなったということだろう。彼は実人生に対して終始傍観者に過ぎなかったということである」という評価を与えている。しかしながら、二人の関係はこれらのように理解しようとすると、にわかに首肯しかねる部分が出てくる。論者がまず問題にしたいのはこの点である。

後者のイメージ図式に疑義を呈する観点から、テクストを分析することを通して、『夫婦善哉』を読み返してきた先行研究は複数ある。たとえば三木輝雄(7)は柳吉の放蕩を「遊び好きではあるが、それ以上に自己の存在感が失われた状況に対して反発して自己の存在感を回復しようとする」ためのものと意味づけ、作中における蝶子の労働は「柳吉の為に尽くす形をとりながら、蝶子の欲望（〝自己存在確立の希求〟）を満たす為という一面を持ち、蝶子は柳吉を自分の欲望の中に巻き込んでいった」と指摘した。

また、宮川康(8)は、従来顧みられる機会が少なかった、柳吉の在りように視点を据えるという点で三木論を踏襲しつつ、そのような二人が〈夫婦〉と名指されることを問題とし、テクストを「蝶子の側」と「柳吉の側」というそれぞれの観点から分析した。宮川によれば、柳吉に焦点化すると「蝶子と柳吉の〈夫婦〉は〈藝者〉と〈遊客〉を出発点として、蝶子の恋愛感情に柳吉が巻き込まれることによって〈夫婦〉という形を持続しつづけている」ことになり、また蝶子に焦点化すれば「〈夫婦〉に対する蝶子の〈思い〉を前提として〈夫婦〉を見る」テクストとして『夫婦善哉』は読まれるのだという。その上で二人を〈夫婦〉と見るためには、柳吉があくまで〈遊客〉であり続けることから彼の視座が捨象され、蝶子の視点のみが参照されることになり、結果的に「この〈夫婦〉は、〈性〉による結びつきを拠り所として、封建制度として、あるいは親子の情によって形成された〈家〉と対立し、それへの闘いを挑む〈夫婦〉として描かれている」という理解がなされている。

『夫婦善哉』に対しては、近世の文献から様々な影響を受けているとの理解も通底しており、殊に浄瑠璃『艶容女舞衣』の影響があることは、複数の論者が言及してきた。中でも『艶容女舞衣』との対応を精査したのは宗政五十緒(9)だが、検証の結果、織田が参照していたのは下の巻のキリ、「上塩町の段」、通称「酒屋の段」だけだという結論を出した。「酒屋の段」の舞台が上汐町であり、そこが織田の出身地であることから、『夫婦善哉』を「作者が、自分が出生し、少年時代を過ごした土地にまつわる半七三勝恋愛劇にヒントを得て主要人物を創作し、筋を創り、これに、彼が、大阪の都市人としての生活と、新聞記者として入手した市井の情報とを、細部にちりばめて成立したもの」と見ている。また、西村将洋[10]は男女の別れを扱った近世文学作品が、モチーフや筋の展開や作中人物の科白に援用されていることを重視し、『夫婦善哉』を「それ自身の物語とともに、その背後に悲哀な夫婦の別れの物語（『艶容女舞衣』と「太十」（『絵本太閤記』十段目）―引用者注）を複数織り込むことで成立」するものと意味づけている[11]。

本章は、蝶子と柳吉という二人の中心的な作中人物それぞれの観点からテクストを分析する手法の点で、三木・宮川の論と根本的には重なっている。しかし『夫婦善哉』のストーリー展開の基礎となっているのは、テクストに形成されている二人の関係性であろう。すなわち、各々の固有の行動原理と、両者の連動／非連動の様相とを明かすことで、『夫婦善哉』のテクストの構造を見ることができるのではないだろうか。その上で、『夫婦善哉』に表象された〈夫婦〉の像は明らかになる。

こうした作業の先で明らかにすることは、『夫婦善哉』に表象される〈大阪〉、そして『夫婦善哉』というテクストの〈大阪性〉である。前者はテクストに大阪の地名や風物が書き込まれることで、テクスト内にどのような効果が生じるかを問い、後者は前者を踏まえた上で、『夫婦善哉』が指し示す〈大阪〉性を明らかにし、意味づけることである。後者は織田作之助にとっての〈大阪〉の「発見」に連なる文脈に関わると共に、同時代の文学状況における〈大阪〉イメージを逆照射するものにもなるだろう。

それでは以下に、蝶子と柳吉それぞれの行動原理と相互の認識を明らかにした上で、二人の関係性を意味づけることにしたい。まず、二人の行動原理を知るためには、彼らが相互に向ける視線の特質を見る必要がある。彼らの場合、日常生活を営むにあたっての論理が行動原理になっていると言え、その日常生活が二人の関係において成り立っている限り、互いに向けられた視線の内実の如何によって生活の論理＝行動原理が見えてくるからである。

二　蝶子から柳吉に向けられた視線の質

蝶子が柳吉に向ける視線の前提には、好意的な誤読が存在する。それは当初から「たった一人、馴染みの安化粧品問屋の息子には何もかも本当のことを言った」というように、彼女に柳吉を信頼し、慕う心性があったからである。ゆえに柳吉という男が実社会で評価される様相とは大きく異なる理解をしていくことになる。その様相は、彼女が柳吉の仕事ぶりを見に行く場面に最も顕著に表れているだろう。

耳に挟んだ筆をとると、さらさらと帖面の上を走らせ、やがて、それを口にくわえて算盤を弾くその姿がいかにも甲斐々々しく見えた。ふと視線が合うと、蝶子は耳の附根まで真赧になったが、柳吉は素知らぬ顔で、ちょいちょい横眼を使うだけであった。それが律義者めいた。柳吉は些か吃りで、物をいうとき上を向いて一寸口をもぐもぐさせる、その恰好がかねがね蝶子には思慮あり気に見えていた。

蝶子は柳吉をしっかりした頼もしい男だと思い、そのように言い触らしたが、そのため、その仲は彼女の方からのぼせて行ったと言われてもかえす言葉はない筈だと、人々は取沙汰した。酔い癖の浄瑠璃のサワリで泣声をうなる、そのときの柳吉の顔を、人々は正当に判断づけていたのだ。

語り手によって「見えた」「見えていた」とされることで蝶子の柳吉に対する誤読は規定され、さらに「人々」によっても保証されている。この好意的な誤読を恋だとするならば、この状態は二人で出奔したのち、大阪に舞い戻り、柳吉が千日前の剃刀屋の雇い店員になる直前まで維持される。この時点までは、蝶子は山椒昆布を作る柳吉に「そこはかとなき恋しさ」を感じ、一人で出かけた自由軒で柳吉の薀蓄を思い出し「甘い気持」を覚えているのである。食べ歩きを機に仲を深めた二人であってみれば、蝶子にとって食物は柳吉の自分に対する好意を示す重要な物証だといってよい。柳吉の店員生活は三ケ月で終わり、その後は蝶子と二人での商売遍歴が始まるが、この過程で蝶子の柳吉に対する心情は変容していくことになる。

「坊ん坊ん」の柳吉が自ら蝶子と剃刀屋を開くに至って、ようやく余暇として浄瑠璃の稽古を希望したことを蝶子は「哀れ」と見、また柳吉が梅田新道の実家に受け入れられず、落胆することを「可哀想」に思うのは、彼の境遇に対する同情という点でそれまでと変化はない。しかしながら、柳吉が仕事にすぐに「飽きた」ように見えることに「心配」するあたりから、蝶子は柳吉に対して不安を覚えるようになる。それはやがて、蝶子が実母の死顔を見に行ったことによって柳吉から向けられた「冷やかな視線」に対する理由のわからない「圧迫」として醸成される。

> 病室へはいるなり柳吉は怖い目で、「どこイ行って来たんや」蝶子はたった一言、「死んだ」そして二人とも黙り込んで、暫時、睨み合っていた。柳吉の冷やかな視線は、なぜか蝶子を圧迫した。蝶子はそれに負けまいとして、持前の勝気な気性が蛇のように頭をあげてきた。

柳吉の「視線」が蝶子を「圧迫」するのは、平生から自分に意見せず、その上病気で弱っているはずの柳吉が蝶子に怒りを向けるという意外性によって、実母の死顔を見に行くことで彼の生存を支える責任から一時的に逃れたことに対する、蝶子自身の自責が発生したからだといえるが、しかし、「なぜか」「圧迫」されたというテクストの表現に明らかなように、蝶子は未だに柳吉という人間を捉えきれていない。誤読が蝶子自身にとって明白になるのは、湯崎温泉に出養生している柳吉が、蝶子に内緒で実の娘を呼び寄せ、遊ばせていたことを知るに及んでである。

なお女中の話では、柳吉はひそかに娘を湯崎へ呼び寄せて、千畳敷や三段壁など名所を見物したとのことだった。その父性愛も柳吉の年になってみると尤もだったが、裏切られた気がした。かねがね娘を引きとって三人暮しをしようと柳吉に迫ったのだが、柳吉はうんと言わなかったのだ。娘のことなどどうでも良い顔で、だからひそかに自分に己惚れていたのだった。何やかやで、蝶子は逆上した。

蝶子は「己惚れ」、すなわち自分が実の娘よりも大切に扱われているという自信を切り崩されることによって、蝶子の柳吉に対する好意的な誤読が、実は蝶子自身の在りように対する誤読であったことを知るのである。では、このことによって蝶子が柳吉から離れて行くかというとそうではない。なぜなら、蝶子自身の日常生活が柳吉と不可分のものとして形成されていたからである。その論理をテクストの表現でいえば「苦労」ということになるだろう。

蝶子にとって柳吉と二人で居ることは、恋愛関係による精神的、あるいは肉体的な結び付きに基づくものではなく、次の決意にも見られるように、自分が「苦労」するという観念に拠っていたと捉えるべきではないだろうか。

母親の浴衣を借りて着替えると、蝶子の肚はきまった。一旦逐電したからにはおめおめ抱主のところへ帰れまい、同じく家へ足踏みできぬ柳吉と一緒に苦労する、「もう芸者を止めまっさ」との言葉に、種吉は「お前の好きなようにしたらええがな」子に甘いところを見せた。

このように蝶子にとっては、当初から柳吉と暮らすことと苦労をすることとが等号で結ばれていた。しかしそれが彼女一人の思い込みであったことは、駈け落ちの最中に柳吉が実家へ帰る心づもりでいることが語り手によって既に説明されていたし、のちに柳吉が幾度も実家へ戻ろうとすることからも明らかである。いわば、柳吉と「一緒に苦労する」という彼女の決意は前提からして現実と齟齬を来していたのだ。だが、蝶子に対する無口という柳吉の空白性も相俟って、しばらくは蝶子の独りよがりが物語内部で表沙汰になることがなかった。

この「苦労」が何を目的とするのかは必ずしも言明されていない。「女房や子供捨てて二階ずまいせんならん言うのも、言や言うもんの、蝶子が悪いさかいや」と、柳吉の性情は汲まず、彼の社会的損失が大きい点に同情する種吉の言葉を「嬉しく」受け止める蝶子の在り方を参照すれば、それはさしづめ柳吉が負った社会的損失を埋める作業が、蝶子にとっての「苦労」の内実だといえるだろう。ゆえに、柳吉の父親によって表象される維康家という、本来柳吉が拠って立つべき社会的基盤に相対する形で、「苦労」の目的が最も明確になるのである。

父親は怒るというよりも柳吉を嘲笑し、また、蝶子のことに就てかなりひどい事を言ったということだった。――蝶子は「私《わて》のこと悪う言やはんのは無理おまへん」としんみりした。が、肚の中では、私の力で柳吉を一人前にしてみせまっさかい、心配しなはんなとひそかに柳吉の父親に向って呟く気持を持った。自身にも言い聴かせて「私《わて》は何も前の奥さんの後釜に坐るつもりやあらへん、維康を一人前の男に出世させたら本望や」そう思うことは涙をそそる快感だった。

この時点で、蝶子が柳吉との婚姻関係を望んでいるのではないことは明らかである。彼女の役目は柳吉を「一人前」に「出世」させること、つまり彼が家業のある実家と社会的に等しく立つことに限られ、そのためには婚姻という形態をとる必要は必ずしもないのである。

しかし柳吉と「一緒に苦労する」はずだった蝶子の目算は狂う。「一人前」としての「出世」の最低条件を、労働による経済的自立だとするならば、それを実現するのは専ら蝶子に限られるからだ。仕事に飽きやすく、放蕩し、病弱な柳吉を前に、彼女の苦労は彼の「出世」のために「一緒に」するものではなく、自らの働きで柳吉の生存を維持するためのものへと傾斜していく。この変容を端的に示すのは次の一節だろう。

毎月食込んで行ったので、再びヤトナに出ることにした。二度目のヤトナに出る晩、苦労とはこのことかとさすがにしんみりした

再びヤトナとなることは蝶子に「苦労とはこのことか」と思わせる。この述懐は蝶子自身が辛酸を嘗めること、また、二人の生活が安定しないことのみを指すものではない。蝶子がヤトナであることは、柳吉の「出世」を望めないことも意味するのである。

ヤトナは明治末期から昭和戦前期にかけて大阪周辺のみで見られた職業である。牧村史陽編『新版大阪ことば事典』（講談社、二〇〇四年十一月）では「酌人」と表記され、「大阪における一流の宴会にはなくてはならぬもので、芸者の代わりに御酌もすれば、三味線もひき、舞も舞う。芸者よりも手軽く呼べるので、町会の茶会や、仏事、婚礼などの席にも需要が多い」、「遊芸稼人として、御祝儀（戦前、普通三円、婚礼五円、黒紋付十円等の別があった）で生活していた」と説明されている。その成り立ちや社会的な認知度については橋爪紳也(12)がまとめている。橋爪論を参照すれば、ヤトナを以下のように理解できる。

ヤトナは新世界で発生した。その画期は一九一五年七月に貸座敷「小雪倶楽部」が営業を始めたことに求められ

る。その頃新世界では、一九〇三年に催された第五回内国勧業博覧会の跡地を再利用した形で営業されていたルナパークが、開業から三年で経営不振に陥っていた。当初は洋風のモダンな歓楽街の建設が予定されており、健全な大衆娯楽の場が構想されていたため、貸座敷をはじめ、女性が酌をする類の飲食店の営業は認可されていなかった。しかし事業計画の見直しがなされ、結果的に小雪倶楽部に認可がおりたのである。

開業当初の小雪倶楽部では、一時間三十銭という料金体系が設定されており、この時間制の花代という先例のないシステムと価格の低さによって評判となった。雇われた女たちは、指定遊郭の外に散在していた「町芸妓」が中心だったが、まとめて「大正芸妓」と呼ばれるようになった。これがヤトナとも呼ばれるようになる。小雪倶楽部の後を追う店や旅館も相次ぎ、その成功により新世界は「大正芸妓」＝ヤトナのいる街へと変貌した。行政上「大正芸妓」という職業は勿論のことながら存在せず、その実態は一般的な芸妓と変わらないものだったという。ゆえに新世界の「雇人組合」と行政との間で数度の折衝が生じ、一九二二年の府令「芸妓酌人取締規則」によって、それまで曖昧だった「酌人」の業務が確定され、芸妓との区別が明示されると同時に「芸妓営業取締規則」も改正、「南区恵美須町、玉水町、南霞町、北霞町の一部にして通称新世界に属する地域（恵美須通、玉水通、合邦通、南之町及電車軌道に面する表側を除く）」を芸妓居住指定地とみなすことになった。この地区は改めて南陽新地と呼ばれるようになった。

橋爪論の補強として、同時代資料を参照することでヤトナたちの実態を見ておきたい。宮武外骨[13]は、ヤトナの解説として「大阪及び神戸等には芸妓に甲乙の二種あり、甲は普通の芸妓、乙は宴席の配膳的取役をも兼ねる者にて、三絃を弾き、舞踊をも為す、この乙種の芸妓を同地方にて「やとな」と称す、やとひなかゐ（雇仲居）の略なり、この「やとな」も亦売春の常習者たる半娼なり」との一文を残している。これは南陽新地前年の、未だ混沌としていた時期に書かれたものである。一方、南陽新地の指定後、一九三〇年に刊行された酒井潔『日本歓楽郷案内』では「上方特有の職業婦人にやとなといふものがゐる。芸妓の役目と娼妓の役目と兼ねてゐるが、私娼ではない。ちやんと公認された存在である」とヤトナが紹介され、「酌人」の業務確定によるヤトナの囲い込みの影響がこのテクストには表れている。

すなわち、女たちが「芸妓」として新世界周辺に囲い込まれることによって、「酌人」（ヤトナ）は存続を許されたのである。蝶子がヤトナになった時期は関東大震災以降であるから、ヤトナの社会的地位が若干ではあれ安定してからのことであり、元芸者仲間のおきんが「高津町」で周旋屋を営んでいたのはなんら不自然ではない。しかし、地位がやや安定したとはいえ、それはヤトナが合法となったことを意味するのみであり、周旋屋が財を成したとしても、ヤトナたち自身は下層社会の住人であることに変わりがない。先述のようにヤトナの花代は格安であり、テクストにも「おきまりの会費で存分愉しむ肚の不粋な客を相手に、息のつく間もないほど弾かされ歌わされ」と記されるような、苛酷な職業だった。先に引用した酒井潔(14)の文章ではヤトナたちの前職について「仲居上りもゐればお茶引芸妓のなり下りもゐる」と書かれ、池津勇三(15)はより丁寧に、「一口に、やとな《ママ》といふもの、やとなの素性は、種々雑多、仲々多様の径路をたどつて来てゐる。先づ、下降の道を辿るものとしては、芸妓と娘からやとなになるものの二つ、上昇するものには、娼妓、女給等から、やとなになるもの等であるが、亭主持ちのやとなもある」と解説しているが、二人の言う「お茶引芸妓のなり下り」、「下降の道を辿るもの」としての「芸妓〔中略〕からやとなになるもの」とは、まさしく蝶子自身に符合する。

花代が格安と言われたヤトナではあるが、蝶子の商売遍歴を見ると、生活を切り詰めた結果とはいえ貯金まで可能にしたのはこれのみである。それだけこの職業は蝶子と柳吉にとって潤いをもたらすものだった。ヤトナとは蝶子にとって、「苦労」を可能にし、かつ、かろうじて蓄財を可能にする職なのである。故に蝶子はヤトナを続けたとも言える。また、この限りにおいて、柳吉に自立は望めない。彼に労働意欲が生じないのは、彼女の稼ぎが十分にあったためだとも言えるのだ。ゆえに、ヤトナである限り、柳吉の「出世」は望めず、蝶子の「苦労」も自らの経済活動で柳吉の生存を維持することに変わるのである。

しかし、そうした「苦労」の目的は建前であり、その裏面には真の目的が隠されている。それは、蝶子自身の働きとその成果を柳吉の父親に承認してもらうことにほかならない。二人で生活を始めた当初、蝶子は柳吉を父親に象徴される実家と対等にすることに目的を見出し、自分自身の立場を問題にしていなかったことを鑑みれば、父親による彼女自身の価値付けという欲求が生じることは、テクスト上の大きな変化である。

柳吉の父親に対する蝶子の思惑は、柳吉の妹の見舞によって突然浮上する。

あくる日、十二三の女の子を連れた若い女が見舞に来た。顔かたちを一目見るなり、柳吉の妹だと分った。はっと緊張し、「よう来て呉れはりました」初対面の挨拶代りにそう言った。連れて来た女の子は柳吉の娘だった。ことし四月から女学校に上っていて、セーラー服を着ていた。頭を撫でると、顔をしかめた。一時間ほどして帰って行った。夫に内緒で来たと言った。「あんな養子にき、き、気兼ねする奴があるか」妹の背中へ柳吉はそんな言葉を投げた。送って廊下へ出ると、妹は「姉はんの苦労はお父さんもこの頃よう知ったはりまっせ。よう尽してくれとる、こない言うたはります」と言い、そっと金を握らした。蝶子は白粉気もなく、髪もバサバサで、着物はくたびれていた。そんなところを同情しての言葉だったかも知らぬが、蝶子は本真《ほんま》のことと思いたかった。柳吉の父親に分ってもらうまで十年掛ったのだ。姉さんと言われたことも嬉しかった。

妹との対面は、蝶子にとって初めての柳吉の家族との接触である。そこで「姉さん」と呼ばれたことで、蝶子は突如維康家の一員であることを夢想させられるのである。この出来事以降、蝶子は「自分の腕一つで柳吉を出養生させていればこそ、苦労の仕甲斐もあるのだと、柳吉の父親の思惑をも勘定に入れてかねがね思っていた」、あるいは、

柳吉と一緒に大阪へ帰って、日本橋の御蔵跡公園裏に二階借りした。相変らずヤトナに出た。こんど二階借りをやめて一戸構え、ちゃんとした商売をするようになれば、柳吉の父親もえらい女だと褒めてくれ、天下晴れての夫婦《めおと》になれるだろうとはげみを出した。

というように、柳吉の父親の承認を希求し、その欲望に基づいた振舞いをするようになる。同時に、具体的にどう見なされることが父親からの承認となるのかという点も次第に輪郭を形成していく。はじめ「分ってもらう」と曖昧だったそれは、この引用箇所のように「えらい女だと褒めて」もらうと同時に「夫婦」になることへと形を変える。このようにしていつしか蝶子は柳吉との婚姻関係を望むようになるのである。婚姻関係の希求は柳吉の妻の死という現実的な出来事によってではなく、妹の言葉によって生じた幻想を基礎としていた。妹の一言は、血縁に組み込まれることを蝶子に仮想させる効果を持ち、また、「苦労」の目的を二重化させるものだったのである。

このように「苦労」の目的は変容していくが、しかし、その達成が訪れないため、終始苦労のための「苦労」となっている点で、行動原理としては一貫しているといえる。結果的に柳吉の父親は蝶子に会わないまま死ぬが、危篤の父親と共にいる柳吉に「父親の息のある間に、枕元で晴れて夫婦になれるよう、頼んでくれ」と頼む蝶子の言葉に、彼女が柳吉の「出世」を望めないことは決定的に示されているといえよう。

三　柳吉から蝶子へ向けられた視線

蝶子が上述のような視線と認識の変遷を辿った一方、柳吉の蝶子に対する視線をつぶさに見ると、彼が一般的にイメージされるような「意志の弱い」（青山光二）、「ぐうたら」（種村季弘）な人間というだけではなかったことがわかる。物語内で蝶子以外の人物から、「（蝶子が在籍するヤトナ周旋屋のおきんは—引用者注）「維康さん、あんたもぶらぶら遊んでばかりしてんと、何ぞ働く所を……」探す肚があるのかないのか、柳吉は何の表情もなく聴いていた。維康さんの肚は分らんとおきんはあとで蝶子に言うたので、蝶子は肩身の狭い思いがした」と評される柳吉は、意志を表明する機会が少なく、内面が空白になっている人物のようにも見えるだろう。しかしテクストを分析すると、意外なほど蝶子に対する嫌悪感、悪感情を抱いていることが浮き彫りになる。

まず、柳吉は蝶子に対し、「出しゃ張り」という評価を幾度か与える。そのように評される端緒は、蝶子の芸者時代、暫く顔を見せない柳吉の実家に戎橋「天狗屋」の下駄と手紙を送ったことによる。しかしながら、「うなだれて柳吉は、蝶子の出しゃ張り奴と肚の中で呟いたが、しかし、蝶子の気持は悪くとれなかった」と、「出しゃ張り」とする一方で彼女の好意に浴している面も、この時点では持ち合わせていた。次いで妻の死後、その位牌を蝶子が用意して二人の暮らす部屋に置くことに対し、柳吉は「何となく変な気がしたが、出しゃ張るなとも言わなかった」。その理由として「言えば何かと話がもつれて面倒だ」という柳吉の思惟が挙げられ、彼が蝶子との関係の築き方を学習していることと、蝶子の気遣いを「悪くはとれな」いことから「面倒」だと受け止めるようになったという、蝶子に対する認識の変容が示される。

そもそも柳吉は二人で出奔して熱海に滞在していた時点で「勘当といっても直ぐ詫びをいれて帰り込む肚の柳吉は、かめへん、かめへん。無断で抱主のところを飛出して来たことを気にしている蝶子の肚の中など、無視しているようだった」というように、蝶子の思惑や社会的立場を顧みなかった。
勘当後、蝶子との関係における柳吉の態度は、ある点で一貫している。その論拠となる部分を二箇所、以下に引用する。

千日前へ浪花節を聴きに行ったとき、立て込んだ寄席の中で、誰かに悪戯をされたとて、キャーッと大声を出して騒ぎまわった蝶子を見て、〔家主が―引用者注〕えらい女やと思い、体裁の悪そうな顔で目をしょぼしょぼさせている柳吉にほとほと同情した、と帰って女房に言った。「あれでは今に維康さんに嫌われるやろ」夫婦はひそひそ語り合っていた

娼妓達がひいきにしてくれた。「明日《あした》も持って来とくれなはれや」そんな時柳吉が〔西瓜を―引用者注〕背にのせて行くと、「姐ちゃんは……?」良え奥さんを持ってはると褒められるのを、ひと事のように聴き流して、柳吉は渋い顔であった。むしろ、むっつりして、これで遊べば滅茶苦茶に破目を外す男だとは見えなかった。

これらの引用中にある、「体裁の悪そうな顔で目をしょぼしょぼ」させ、話を「ひと事のように聴き流し」「渋い顔」を見せる、あるいは「むっつり」するという態度は、社会的な場で常に耳目をひく蝶子の振舞いによってもたらされている。二人が並置された場合、他者の注目が全て蝶子に集まっていることは明らかだ。要するに、柳吉の蝶子に対する感情は、彼女との関係によって決まるというよりも、柳吉自身と社会との関係に蝶子という関数が加わることによって変化するのである。
一方、上記のような柳吉の反応を、蝶子は全く感知していないように書かれている。彼女が登場しない場面もあ

るとはいえ、この事態は先述した蝶子の柳吉に対する好意的な誤読や、「苦労」という彼女一人の行動原理に与るところが大きい。こうして二人は相互に直接干渉することや、互いの認識を改めることなく、並行したまま生活を続けるのである。

その結果、柳吉にはジレンマが生じることになる。それは湯崎での出養生の際、柳吉が妹に無心したことによって、先述したように蝶子が他ならぬ自分に対して誤読をしていたことを知ることに誘発されるように、テクスト上に開示されている。

妹に無心などしてくれたばっかりに、自分の苦労も水の泡だと泣いた。が、何かにつけて蝶子は自分の甲斐性の上にどっかり腰を据えると、柳吉はわが身に甲斐性がないだけに、その点がほとほと虫好かなかったのだ。しかし、その甲斐性を散々利用して来た手前、柳吉には面と向っては言いかえす言葉はなかった。興ざめた顔で、蝶子の詰問を大人しく聴いた。

柳吉が蝶子に向けた不満は、彼女が「自分の甲斐性の上にどっかり腰を据える」点、換言すれば彼女が物事をやりとげていく能力、とりわけ経済的自立において社会的存在となりえていることを、自負するように見える点に向けられていることがわかる。だが、蝶子自身が柳吉に働くことを求めたり、自らの労働力を誇示したりしたことは、テクスト上で一度もない。ゆえに、柳吉のこの述懐も、先に指摘した彼の態度の一貫性と同様、彼自身と社会との関係が、蝶子の存在によって明白になってしまうことを示している。また、この本音とも言える述懐も柳吉自身によって蝶子に伝わる機会を奪われ、彼はこれまで同様「興ざめた顔」を示すことしかしない。

この述懐で初めて「甲斐性を利用して来た」という柳吉の意志が示されるが、これによって彼のジレンマの内実が明らかになる。彼が実家に戻りたいという明確な意志を持っているのに戻れない原因は、彼に「甲斐性」がないこと以前に、蝶子の存在によって決定づけられていた。しかしながら、一方で彼が実家に戻る時機を窺うためには、戻れない原因である蝶子に頼り続けなければならないのである。

柳吉にとってこのジレンマは、葬式を口実に蝶子から離れることでしか解決されなかった。なぜなら、この二人にはもとから対話による関係の構築がなされていなかったからである。

こうしてみると、柳吉が蝶子を嫌悪しかしていないように見えるかもしれない。しかし、それでもなお彼が蝶子との生活を営み続けるのはなぜか。それは出奔した時の次の記述から既に明らかだったといえるだろう。

髪をめがねに結っていたので、変に生々しい感じがして、柳吉はふといやな気がした。

蝶子に「生々し」さを見、「いやな気」を覚えたのは、彼女が公の場に芸妓然とした様相で現れたからというわけではない。仮にそうであるなら、最初からお茶屋の外に出て食べ歩きなどしないだろう。そして、梅田という町の現実相を鑑みれば、蝶子がそこに適合しないというわけでもない。キタの中心である梅田は、ミナミとの関係において〈行政主導で開かれていった近代的な都市〉と〈近世以来の都市の古層〉という対比でも捉えられるが、一九二三年当時の梅田駅周辺は、決して行政による風俗の取締りが行き届いた地域ではなかった。そのことは北尾鐐之助『近代大阪』（創元社、一九三二年十二月）に示されている。

大阪駅前の、あの交通地獄から、どちらか一歩裏町へ入つてみると、そこには、殆ど看板でつくられた路次がある。煤けた壁や、庮や、戸障子や、至るところに、縦に、横に、乱雑な看板風景。

口入屋、下宿屋、インチキカフヱ、関東煮屋、女髪結、汁粉屋、仕出し屋など。古い〳〵昔ながらの梅田界隈。〔中略〕駅前の七軒おこしやも、飲食店も、あらゆる看板風景がなくなつて、あの辺一帯が大ビルデイング街になる日が近づいて来る。さうすると、これ等のカフヱもやがて解消するであらう。いまでも、その一部は、さながら遊郭の如き有様である。

北尾の文章と二人の出奔の時期には十年の開きがあるが、一九三二年の時点で怪しげな店が乱立する「古い〳〵昔ながらの梅田界隈」が観察されるなら、その十年前はより「昔ながら」の光景が色濃く示されていただろう。その中に、芸妓然とした蝶子は決して不似合な存在ではなかったはずだ。

それではなぜ柳吉は蝶子に「いやな気」を覚えたのか。それは、蝶子の柳吉に対する色目遣いによるのではないか。逆説的だが、柳吉が蝶子から離れない理由はこの点から見えてくる。柳吉はあからさまな色目遣い、色気の発散というものを好まなかった。それは二人で暮らし始めた途端蝶子を「おばはん」と呼ぶようになることでも証し立てられる。そして「癖で甘ったるい気分は外に出せ」ない彼女だからこそ、柳吉は日常生活を共にすることができたのではなかろうか。

柳吉は蝶子のように相手を誤読せず、また、自身の在りようも正確に捉えている。先にも述べたが、相手に対する好意的な誤読を恋の構成要素だとするならば、柳吉は蝶子に恋愛感情を持っていない。そうかといって、二人の関係は芸者と遊客に留まっているということもない。テクスト上で柳吉が蝶子を経済的に「利用」していることが明示されていたが、ただ「利用」するだけなら他の人間でもよかったはずだ。折檻されてもなお柳吉が蝶子と居るのは、彼にとって結果的に共に居ることができる人間として蝶子がいたからにほかならない。それは恋ではなく、好意に基づく連帯でもない。

柳吉の行動原理は実家への復帰願望とその挫折の繰り返しであることは言うまでもない。その過程で柳吉には、自己の在りようを逆照射する社会的存在としての蝶子が見出され、また、実家をめぐるジレンマが彼女の存在ゆえに生成されていることを自覚する。いわば、彼の行動原理は蝶子によって成立しているのである。

四　二人を動かす行動原理とは何か

これまで検討してきたように、蝶子と柳吉は対話の形で互いの思惑を吐露することによって関係を構築、更新しないにも拘らず、相手の存在自体が自己存在の在りようと分かち難く結びついている点で、〈対〉として表象されていた。この〈対〉は婚姻という社会制度を借りずに成り立つ人間関係であり、いわゆるロマンチック・ラブの形式に当て嵌まらないことはもちろん、〈夫婦〉という対幻想も無効化する力を孕んでいる。

この際、相手の存在自体が重視されるための必然性をもたらすのは、柳吉の実家である。『夫婦善哉』というテクストを動かしているのは、二人の商売遍歴でも柳吉の放蕩でもなく、二人と実家との関係だといえよう。その点において蝶子の行動原理が変容することや、柳吉が復帰願望とその挫折を繰り返すことは既に指摘した。重要なのは、その実家も十年一日の存在ではないということだ。二人の動線は実家の状況の変容によって用意された側面もあるのである。この点を次節で更に検討したい。

第二節　都市イメージの転倒

一　二人の居住歴

『夫婦善哉』における〈大阪〉性は、まず、作中に導引された現実に存在する土地や、その表徴である地名に表れるとするならば、それらはテクスト全篇に亘って繰り返される蝶子と柳吉の移動によって示されている。とりわけ注目されるのは二人の居住地だろう。彼らが大阪のどこに、どの期間住んだか、また、どのような順序で大阪の内部を渡り歩いたかを見ることで、明らかになることは多い。

居住先とその時期に起きた出来事を順番に記せば、黒門市場の中の路地裏（蝶子がヤトナ稼業を始め、柳吉は剃刀屋の通い店員になる）、高津神社坂下（一軒家を借り、二人で剃刀屋を開店、一年で閉店）、飛田大門通りの路地裏（蝶子が二度目のヤトナに出る）、飛田大門通り（二人で関東煮屋、のちに果物屋を営む。柳吉が腎臓結核に罹患したため、湯崎温泉に出養生する）、日本橋御蔵跡公園裏（湯崎から帰阪後、蝶子はヤトナに出る）、下寺町電停前（サロン蝶柳を開店、二人は店の二階に住む）。この中で最も長く居住したのは、飛田大門通り周辺ということになるだろう。これらは全て今でも現実にある、あるいは『夫婦善哉』発表と同時期には通用していた地名である。転居歴から判ることは概ね次の二点だろう。

第一に、大阪市内のミナミ以南に居住地が集中していることがある。正確に述べれば、ミナミは道頓堀を北端とし千日前、日本橋、黒門市場辺りまでを包含するが、二人が初めて店を持った高津神社坂下は道頓堀の東方、上町台地へ上がる坂の下に位置している。そこは厳密にはミナミの一画とはされないが、大阪市全域をキタとミナミで二分するならば、ミナミ側に属す。

また、二人が最も長く暮らした飛田界隈も今述べた意味で広義のミナミだが、一般的に飛田は新世界や今宮、天王寺と併せて語られる。言うまでもなく、飛田は花街として知られた土地だが、近世以来、トビタ、鳶田、飛田等と表記されていた境界の曖昧な一帯が、「飛田遊郭」として公的に区画されたのは、一九一六年のことである。酒井隆史[17]が詳細に論じているが、当時の政治家や大阪土地株式会社、土地の名士などの談合や政略の結果、同年四月十七日に大阪府は突然、飛田を遊郭に指定した。そして五月十五日には「東成郡天王寺村大字天王寺字東松田、西松田、稲谷、堺田のうち左記箇所を貸座敷免許地として指定」する旨の大阪府告示第一〇七号が出されたのである。ここに飛田遊郭は公的に成立した。

この遊郭成立は新世界の展開と軌を一にしている。第五回内国勧業博覧会の跡地を新世界と呼び、洋風のレジャーパークにするという大阪土地株式会社の目論見が破れ、その隙を縫うように「大正芸妓」ことヤトナが興隆したことは前節でも述べた。酒井は「突如、「大正芸妓」こと酌人《やとな》があらわれ、その絶大なる人気によって、第一次大戦による好景気もあいまって新世界は急速に花街化し、「黄金時代」へと突入する」と、ヤトナが新世界の経済的危機を救済したと意味づけているが、このヤトナが警察によって取締りの対象となり、実際に駆逐されたのが、奇しくも飛田遊郭の成立と同じ一九一六年のことなのである。しかしヤトナは新世界内で人目を避けて営業を続け、中には芸を売るだけでない者もいたため、飛田の一歩外に出ても、新世界という非公式の色町が存続するという形になった。そのため、新世界の一画が新たに「南陽新地」、すなわち遊郭として囲い込まれ、同時に蝶子のような宴会専門のヤトナが公的な存在となったのは、一九二二年、『夫婦善哉』の物語内で蝶子がヤトナになる一年前のことだったのである。

さて、このように形成された飛田大門通りだが、テクストには蝶子たちがこの場所で関東煮屋と果物屋を営んだことが書かれている。その中で飛田の一風景が次のように描かれる。

俗に「おかま」という中性の流し芸人が流して来て、青柳を賑やかに弾いて行ったり、景気がよかった。その代り、土地柄が悪く、性質の良くない酒呑み同志が喧嘩をはじめたりして、柳吉はハラハラしたが、蝶子は昔とった杵柄で、そんな客をうまくさばくのに別に秋波をつかったりする必要もなかった。

「おかま」すなわち異性装者あるいは男色者たちは、蝶子たちの前途を祝福する役目を担うと同時に、町の賑わいの一部としてごく端的に書き込まれている。同時代において、その存在は飛田の性格を形作るものだとする酒井隆史[18]は「平井蒼太「大阪賤娼誌」によれば、この年（一九三一〈昭和六〉年）の五月、今宮署は「管内居住の被男色常習者」とみなされている「十九歳より四十六歳に至る迄の変態性格者八十余名のリストを作成」している。大阪の全賤娼街の「変態的存在」というから、界隈の私娼窟としての異形性をかもしだしていたことは容易に想像できようものだ[19]」と述べている。曽根崎や難波など近世以来の公的に承認された遊郭よりも日が浅く、いわゆる格式の生成されていない飛田遊郭は、当時の大阪市の南端に位置しながらアジールとしての独自性を醸成していたのであり、その環境に十分適応し、財を成していった蝶子はれっきとしたアジールの構成員だといえる。

飛田が公的に承認された花街と異なるのは、近代になってから行政によって括られ、囲われることによって存在を許されながら、内部においては性のみならぬあらゆる欲、殊に物欲が満たされるような場所として構築され、むしろそれらの方が比重を占めたことではないか。『夫婦善哉』の物語内時間と同時期の飛田を観察した北尾鐐之助[20]は、「飛田遊郭まで凡そ五町ほどの大門通りは、心斎橋、九條につぐ賑はひをみせてゐる。それ等の町筋に比べては、店舗などは比べ物にならない貧弱さではあるが、場所柄丈けの立派な営業振りをみせてゐる。ところ〳〵遊郭の延長をおもはせるやうな白い女のグループがある。普通の町では、普通の鮓屋であり、うどん屋であり、関東煮屋であるものが、中をみると、みな食べ物よりも女が主になつてゐる。ときには桃割れなどに結んだ、若い目もさめるやうな服装の女などが坐つてゐる」と、「普通の町」ではない飛田を、商売の賑わいと女たちの存在の双方向から捉えようとしている。店舗一つひとつは貧弱でありながら、心斎橋、九条に次ぐ大阪第三の商店街を包摂すると書かれる飛田は、『夫婦善哉』テクストにおいては商売の賑わいのみで捉えられている。商店には専ら酔漢が現れ、「白い女のグループ」は書かれず、「食べ物よりも女が主」とはなっていない。

そして、「土地柄が悪い」と二度強調するという方法で、飛田から「普通の町」としての色付けは排除され、同時に「普通の人」の進入をも拒むかのように、町の登場人物を酔漢と「おかま」に限定する。

一方で、このテクストにおける飛田が、生活者の側から徹底して描かれていることは言うまでもない。すなわち蝶子と柳吉の日常生活と、商売の成功とを飛田において表象することは、彼女たちがその町の構成要員であることを示す。同時に、彼らの飛田での生活を記述することは、大阪という都市の辺境に突如構築された、キタ／ミナミという二分法からは弾かれ遮断される、アジールとしての飛田を、表象として差し出している。

二人の転居歴から判る第二のことは、彼らが広義のミナミの内部を北から南へ、そして再び北上するという、縦長の円を描いて移動していることだ。この移動の様相は、ある点でストーリーの推移と対応している。それは前節で論じた柳吉の実家との関係において、彼らが各々の行動原理を形成していたことと関わっている。

物語中、柳吉の実家だけがキタにあったことに着眼した橋本寛之は、[21]梅田新道という場の特徴と、維康家の稼業の位相について次のように言及している。

現在の梅田新道は国道一号線と御堂筋との交叉点、道路元標の立っているところの地名のように思われがちだが、そもそもは明治三十六年の第五回内国勧業博覧会の折に大阪駅前から大江橋にかけて新設された、まさしくその名の通りの「新道」であったのである。柳吉の店がその梅田新道沿いのどこにあったかは定かでないが、すくなくとも蝶子のいた曽根崎新地とは目と鼻の先の距離である。つまり、柳吉だけがただ一人、この作品のなかでいわゆるキタの住人であるということになる。

梅田新道は、大阪の旧市街地から見れば新開地である。柳吉の家はそこで安化粧品の卸問屋を経営しているのであるが、由田清一編の『大阪小間物装粧品変遷史』によれば、「化粧品が一般化し、女性の必需品視されるに至ったのは、明治末期から大正時代にかけてであって、それ以前は主として官界、上流階級のみが使用したのに止まり、一般的にはさしたる消費をみないというのが実情であった。」ということである。したがって、化粧品の専門店というのは比較的新らしく、江戸時代までは小問《ママ》物店で部分的に白粉、紅などの美容料が取扱われていたにすぎない。

このように、キタの人間であるはずの柳吉が勘当され、その後広義のミナミに居続けることは、彼が実家のみならずキタからも弾き出されたこと、すなわち実家の象徴としてのキタを示している。そして、蝶子も状況としては同様の存在である。前節で言及したように、駈け落ちの場面で梅田駅前に現れた蝶子は、柳吉の認識に限定した上でだが、「いやな気」を喚起させる、その場に不似合な存在としてテクスト内で違和を喚起させていた。実際の梅田駅前には蝶子がいてもおかしくない空間が形成されていたにも拘らず、それがテクスト内では捨象されていたのである。以後、彼女がキタへ行くのは、柳吉の療養費を無心するため維康家を訪問する時だけである。

重い足で、梅田新道の柳吉の家を訪れた。養子だけが会うてくれた。沢山とは言いませんがと畳に頭をすりつけたが、話にならなかった。自業自得、そんな言葉も彼は吐いた。「この家の身代は僕が預っているのです。あなた方に指一本……」差して貰いたくないのはこっちのことですと、尻を振って外へ飛び出したが、直ぐ気の抜けた歩き方になった。

蝶子は日本橋の真西、上町台地の一画に位置する上塩町[22]の出身で、広義のミナミの人間だが、芸者をしていたのは曽根崎新地、すなわちキタである。しかし、芸者でない一個人としての蝶子は徹底してキタに受け入れられない存在として描かれている。

このような二人が目指したのは、キタにある維康家からの承認（蝶子）と実家への回帰（柳吉）だった。そのためにまず黒門市場で生活を始めるが、商売人としての自立を志し、よりキタ寄りの高津で剃刀屋を開く。しかし失敗し、移った先はキタから大分隔たった大阪の辺境とも言える飛田であった。飛田では蓄財できたが、柳吉の病によって財を失った結果、日本橋へ移る。日本橋は初めて同居を開始した黒門市場と接する場所であり、また二人は経済的にも財を失っている点で原点に戻ったといえるだろう。そして、その場から北上した下寺町電停前で再起を図り、経済的安定を得る。電停前という場所も、市電が簡便にキタとミナミとを繋いでくれることを鑑みれば、梅田新道への二人の社会的な距離や二人の目的の達成が、以前よりは近づいたことを、アナロジカルに示している。つまり、経済的自立の意志の強度や事業の成否が、梅田新道との距離において表象されているのだ。

以上が、二人の転居によってテクストに導引される、大阪の地名が明らかにすることである。

二　柳吉の〈往復〉の意味

一方、これまで論じてきたこととは異なる水準でも〈大阪〉は浮上する。それは、柳吉と蝶子のそれぞれが異なる〈大阪〉を表象する機能を持つということだ。前節で述べた二人の並行的な在りようは、この点にも表れている。次に、柳吉によって表象される〈大阪〉について検討したい。

まず、彼は物語レベルだと下手もの食い、メタレベルでは〈往復〉によってテクストを駆動させている。語り手によると「下手もの料理」、柳吉に言わせると「うまいもん屋」は、「北にはうまいもんを食わせる店がなく、うまいもんは何といっても南に限る」と説明された後、高津の湯豆腐、夜店のドテ焼、粕饅頭、戎橋筋そごう横「しる市」のどじょう汁、皮鯨汁、道頓堀相生橋東詰「出雲屋」のまむし、日本橋「たこ梅」のたこ、法善寺境内「正弁丹吾亭」の関東煮、千日前常盤座横「寿司捨」の鉄火巻、鯛の皮の酢味噌、「寿司捨」向かい「だるまや」のかやく飯と粕汁が、澱みなく紹介される。この場面を真銅正宏は、[23]「この場面における固有名詞の「うまいもんや」の列挙には、筋の展開上の必然性でもなく、また実際の「大阪」の案内の目的のためでもない、第三の効果が、意図されていたものと想像される。／おそらくそれは、「列挙」すること自体に孕まれた効果であり、「列挙」されたものの内容に先立つものだろう。しかし、「列挙」されるものが「下手物」であることとなった時、さらにこの作品のある性格が強調されることになるような効果である。それは、良くも悪くも、「大阪らしさ」の強調である」と述べ、また「列挙」の効果を、具体性が物語内容に「先行して読者に伝えられ」、「複雑なほど立体的な「大阪像」の獲得を読者に促すことに求めている。

この指摘に加え、テクストに浮上する〈大阪〉という観点を用意するなら、これらの列挙された料理名はすべてミナミの地名、店名に属することも注目に値する。つまり、柳吉の嗜好とそれに基づく言動によって、ミナミという地域性が象られる。さらに、「下手もの」は「下手もの」故に安価で、大阪イメージの典型にもなっている食に金銭を費やすという意味での食いだおれとは在りようが異なり、ミナミを「下手もの」の溢れる場とすることで一般的な大阪イメージから外していることがわかる。ミナミは〈大阪〉であって大阪ではないのである。

また、柳吉の遊興は将棋やカフェ通い、浄瑠璃の稽古にいたるまで全てミナミの内部で済まされるようになっており、彼が転々とする病院までもがミナミに包摂されている。この点でも、ミナミが柳吉の欲望と生存を満たす場所として表象されている。

しかしながら、彼の願望は実家への回帰にある。テクスト中、柳吉は判るだけでも五回実家へ戻っている。その都度、自らの願いと裏腹な状況に陥り、結果的に実家から拒絶されてミナミへ舞い戻るのだが、この、実家への回帰を求める心性と、実家からの拒絶の繰り返しは、テクストにある効果をもたらしている。そのことを見るために、柳吉の〈往復〉の様相を確認したい。

彼が蝶子との同居後初めて実家へ戻るのは、一九二三年末のことだった。表面上の理由は「正月の紋附などを取りに行く」ためだが、そのまま実家に居座ることを目論んでいたことは言うまでもない。しかし、父親の勘気と頑固さゆえに希望は叶わず、その日のうちに戻る。この出来事は、柳吉には実家へ回帰不可能であることを自覚させ、蝶子には「苦労」に具体性をもたらすことになった。そして、この出来事を契機に柳吉の放蕩は家をあける程度に激しくなり、蝶子は家計の切り詰めに精を出すことになった。

次に戻ったのは剃刀屋の通い店員を辞めた後で、明確な動機は書かれていない。しかし父の勘気がとけないことを確認し、蝶子の住む黒門市場へ戻ってくる。この叶わない帰参は柳吉の憂鬱を深め、蝶子には、柳吉の実家からの拒絶に安心することを放棄させた。

三度目の帰参は飛田に移って三年後に「ぶらりと出て行った儘、幾日も帰って来なかった」という形で実現される。実際は、蝶子と別れることを実家で画策していたのである。しかし、蝶子が実家の使いの者に柳吉と別れるつもりがないことを伝えたため、またもや回帰は叶わなくなる。この出来事は、柳吉に「何か商売をやろう」と蝶子に提案させ、関東煮屋を開くことの契機となっている。

四度目は、サロン蝶柳に娘が来て呼び出されることによって、図らずも帰参するというものだ。理由は父の危篤のためだったが、父親は死に、そのことで柳吉は紋附を取りに帰って来た際、自殺しかけている蝶子を発見することになった。しかし、それは同時に、柳吉が蝶子から逃げ出すことを許す機能も持っている。

最後は、この場面から引き続くところで、父の葬儀に出席した後のことである。しかし、柳吉はやはり蝶子の元へ戻ってくる。この理由は明記されないが、少なくとも既に彼の居場所が梅田にはなかったということが推察される。なぜなら、妹の婿養子が実家を取り仕切っていることは既に明かされていたし、また、種吉に宛てた柳吉の手紙には、実家をも離れる旨が記されてもいたからだ。そして、このテクスト中最後の実家への帰参は、蝶子と「めをとぜんざい」へ行くことを誘引する。

このように見ると、柳吉の〈往復〉は二人に様々な意志や意図をもたらし、それによって彼らの次の行為が導き出されるという効果を持っていることがわかる。つまり、蝶子の労働や二人の商売遍歴は結果であり、柳吉の〈往復〉によってこそ、ストーリーは駆動しているのである。柳吉の〈往復〉という行為によって表れる、一見すると単調な、メタレベルでの「繰り返し」という表現手法は、同語反復的なものではない。形式の点で同じ外装のパーツ――出来事としての〈往復〉――をところどころに並列させつつ、それぞれの中身＝モチーフを変えることによって『夫婦善哉』は構成されているのだ。ゆえにこの「繰り返し」はマンネリズムをもたらさない。

その際、キタとミナミの地域イメージが一般的なそれと重なりつつも、このテクストのモダニティを示す側面も持った形で形成されることになる。一般的かつ象徴論的には、キタは梅田を明確なコアとして、明治初期以降の開発によって合理性、近代性を備え、かつ小林一三の主導により発展した阪急文化圏に代表される、国政の力を介入させない、反官的な風土を形作っているとされている。このイメージ形成には次のような梅田の史的変遷の寄与するところが大きい。

江戸時代まで、現在の梅田周辺は泥田と墓所で構成されていた。当時の市街地は曽根崎新地を北限とし、そこや堂島がキタ、島の内がミナミと呼ばれていた。梅田が町となったのは、一八七四年五月に国鉄大阪駅が開業してからである。それ以降、先述の阪急や阪神がターミナルを作り、新たな文化や生活様式を提供するに伴ない、様相を刻々と変えていったのである。そしてキタは、曽根崎新地や堂島よりも梅田を指示する言葉となった。

ゆえに、例えば宮本又次が言うような「どこかすっきりした、いわば土着的でないものが、感ぜられる」[24]地域として梅田＝キタがイメージされるようになったのである。

一方、ミナミも近代以降、都市化の進展、大阪という都市の膨張に合わせ、指示範囲を道頓堀や、梅田と同じく墓所だった千日前まで拡大し、同時に、キタの対立概念としてミナミの性格づけがなされた。それは、人々の活力に溢れる、近世以来の盛り場の集積というイメージである。スラムの形成も目立ったが、一般的なミナミのイメージにおいては事実が等閑視された。これに加えて、指示範囲の拡大によって生國魂神社や高津神社、四天王寺もミナミに包摂され、新たなイメージ形成に役立てられたといえる。それは古代以来の王権の痕跡をとどめた、信仰のトポスという性格である。

このように近代以降再編成され、より象徴的な意味を色濃く担わされたキタ（近代的）／ミナミ（非近代的）というイメージについて、原武史[25]は「あえて図式的な言い方をするなら、キタを中心とする旧淀川以北の地域の風土が「合理主義」と親和性をもっていたのに対して、ミナミを中心とする旧淀川以南の地域の風土は「浪曼主義」と親和性をもっていたということになろう」と敷衍してもいる。

『夫婦善哉』にあっては、柳吉の「うまいもん屋」談義にも明らかなように、盛り場としてのミナミイメージを踏襲している。しかし、注目したいのは、根本においてキタ／ミナミイメージはこのテクストにおいて転倒しているということだ。それは、キタ／ミナミそれぞれの生活様式に表れている。この場合、キタは維康家の生活、ミナミは蝶子と柳吉のそれに表象される。近代以降に整備された、合理的なイメージをまとう梅田には、伝統的な職住一体の空間を持つ維康家が、その権威も形態も揺るがされることなく存在し、一方、近世以来の性格を保持しているとされるミナミでは、定職を得ることもままならない蝶子と柳吉が、職だけでなく家も転々と替えて生きているのである。彼らの暮らしは都市生活者の流動性を示す点で、維康家よりもよほど近代的である。また、蝶子のヤトナとしての稼ぎで暮らしている間は、住居における職住分離が実現され、この点でも近代的な「家庭」と同じ生活様態を示しているのだ。

このような意味で、一般的なキタ／ミナミイメージの転倒もまた、『夫婦善哉』テクストに浮上した大阪表象のオリジナリティだと言える。維康家の揺るぎなさと蝶子、柳吉の都市生活者としての相貌とが浮上する過程が、同時に新たなキタ／ミナミイメージの産出を意味することが、柳吉の〈往復〉という繰返しの手法によって表現されているのである。

第三節　祈る女と都市の「奥」

蝶子において、大阪の具体的な地名は、河童横丁の材木屋の妾として嘱望され、日本橋三丁目の古着屋で女中奉公をし、曽根崎新地のお茶屋でおちょぼになるという具合に、まず彼女の社会的位相と共に示される。柳吉によって開示される大阪表象はテクスト構成に関わるものだったが、蝶子が柳吉のような役割を果たすことはない。蝶子が大阪の中を移動しても、柳吉のような具体性は引き出されず、町の輪郭を浮上させるような動線は見えてこない。それは彼女がヤトナとして毎晩どこかへ行くはずにも拘らず、行き先が書かれない点にも明白である。

しかしながら、柳吉に比べれば数少ない、蝶子に伴って浮上する地名を追ってみると、彼女の人物像のある側面が目立つことに気付くだろう。それは〈祈る女〉としての蝶子の姿である。

蝶子は労働し、家をあけた柳吉を打擲するだけの人物ではない。柳吉の具合が悪くなれば、猫の糞と明礬と煎じて飲ませるという俗信を実行し、彼が行方不明になれば帰宅を願って金光教の道場にも通う。神仏や新興宗教、民間信仰への信頼を強く見せる人物でもあるのだ。その際、多くの場面で地名が導引されている。柳吉の妻が死亡した際は法善寺の「縁結び」に詣って蠟燭の寄進をし、家をあけた柳吉の行方を知るために新世界で八卦見に占ってもらい、また、芸者仲間の金八と戎橋の丸万ですき焼きを食した後、その足で歌舞伎座横にいる八卦見に、どういった商売をすべきか問うている。

このような蝶子の態度を通して、〈祈る女〉の表象と大阪の地名が導引されることを考えるとき、とりわけ重要なのは法善寺である。なぜなら、法善寺は物語の序盤と結末でも登場する特別な場所であるがゆえに、法善寺を問うことは『夫婦善哉』テクスト全体を問うことにつながり、また、大阪について書かれた他の多くの文献中でも大阪の代表的な場所として名指され続けているため、法善寺表象の系譜の中に『夫婦善哉』を布置することで、このテクストにおける大阪表象のオリジナリティも問えると考えられるからである。

そこでまず、法善寺に言及した諸テクストのうち、近代文学作品の中で法善寺表象を全国的に伝えた嚆矢である上司小剣『鱧の皮』（「ホトトギス」一九一四年一月）、織田の法善寺を描く方法や、法善寺イメージの形成に甚大な影響を与えたと考えられる北尾鐐之助『近代大阪』（創元社、一九三二年十二月）、織田が『夫婦善哉』の文藝推薦受賞直後に「改造」誌上に発表した『大阪発見』（一九四〇年八月）、そして『夫婦善哉』を、この順序で参照したい。まず、『鱧の皮』のテクストを次に引用する。

「千日前ちうとこは、洋服着た人の滅多に居んとこやてな。さう聞いてみると成るほどさうや。」と、源太郎は動《やゝ》もすると突き当らうとする群衆に、一人でも多く眼を注ぎつゝ言つた。

「兵隊は別だすかいな。皆洋服着てますがな。」

例《いつ》もの軽い調子で言つて、お文はにこ〳〵と法善寺裏の細い路次へ曲つた。其処も此処も食物を並べた店の多い中を通つて、この路次へ入ると、奥の方からまた食物の匂が湧き出して来るやうであつた。

路次の中には寄席もあつた。道が漸く人一人行き違へるだけの狭さなので、寄席の木戸番の高く客を呼ぶ声は、通行人の鼓膜を突き破りさうであつた。芸人の名を書いた庵《いほり》看板の並んでゐるのをチラと見て、お文は其の奥の善哉《ぜんざい》屋の横に、祀つたやうにして看板に置いてある、大きなおかめ人形の前に立つた。

「このお多福古いもんだすな。何年経つても同し顔《おんな》してよる……大かたをツさんの子供の時からおますのやろ。」

妙に感心した風の顔をして、お文はおかめ人形の前を動かなかつた。笑み滴《こぼ》れさうな白い顔、下げ髪にした黒い顔、青や赤の着物の色どり、前こゞみになつて、客を迎へてゐる姿が、お文の初めてこの人形を見た幾十年の昔と少しも変つてゐないと思はれた。

子供の折、初めてこのお多福人形を見てから、今日までに、随分さま〳〵のことがあつた。お文はまたそんなことを考へて、これから後、この人形は何時までかうやつて笑ひ顔を続けてゐるであらうかと思つてもみた。

「死んだおばんが、子供の時からあつたと言うてたさかい、余ツぽど古いもんやらうな。」

かう言つて源太郎も、七十一で一昨年《をとゝし》亡つた祖母が、子供の時にこのおかめ人形を見た頃の有様を、いろ〳〵想像して見たくなつた。其の時分、千日前は墓場であつたさうなが、この辺はもうかうした賑やかさで、多くの人たちが、店に並んだ食物の匂をかぎながら歩き廻つてゐたのであらうか。其の食物は皆人の腹に入つて、其の人たちも追々に死んで行つた。さうして後から後からと新らしい人が出て来て、食物を拵へたり、並べたり、歩き廻つたりしては、また追々に死んで行く。それをこのおかめ人形は、かうやつて何時まで眺めてゐるのであらう。

このテクストにおいて、法善寺は寺院ではなく「路次」としてのみ表象されている。そこは「食物の匂が湧き出して来るやう」な飲食店街であり、トポスの象徴として「祀つたやう」な善哉屋のおかめ人形が紹介される。それは主人公のお文によって「何年経つても同し顔してよる」と言われ、不変性や過去の保存を指示する存在として描かれている。このおかめ人形を拠り所として、作中人物たちは自らを、あるいは人間一般を時間軸によって相対化する思索を行う。おかめ人形は過去―現在―未来の媒介であり、彼らに思索へと導く刺激を与えると同時に、その際の基点となる役割を担っている。このような営為を可能にする空間として、法善寺の文学的形象化がなされているといえるだろう。そして、お文はこの思索を機に、東京にいる夫に対する自らの振舞い――鱧の皮を買い、それを持って上京する――を決意するが、その実行が示唆される場面がテクストの結末となっていることを考えれば、法善寺がストーリー上の要諦を占めている点でも重要な場所であることがわかる。

次に、ジャーナリストである北尾のテクストを取り上げるが、北尾の記述した法善寺の様子は『夫婦善哉』の物語内時間と重なっている点でも注目される。また、後に検討する織田の随筆『大阪発見』と比較する関係上、長めの引用になる。

それから法善寺横町、寄席の花月によつて、赤く色どられる飲食街をあるく。

二間とはない細い路次の両側は、殆ど飲食店。敷きつめた石畳みは、いつも水に濡れて光つてゐる。だからこの路次に生活してゐるすべての人たちは、みな前皮のかゝつた高下駄を穿いて、すさまじい響きをあげながら動いてゐる。白い割烹着を着た料理人だとか、艶やかな丸髷にお召を着た女だとかいふのが、みな高下駄を穿いてゐる。通り筋は秋晴れの太陽が、明々と道を照らしてゐるのに、こゝは年中水の底のやうに日の目を拝まず、冷々とした石の上に水槽を置いて、その中には、よく生々とした鯉、子鮎などが泳ぎ廻つてゐる。

狭い道傍に片寄せてある自転車を避けて行くと、突然、横合からさあツと水の飛沫がかゝる。みると、ひとりの若い男が、出刃包丁を揮つて、海老を料理してゐる。真白な美しい肉が、ぴくぴくと動いてゐる。〔中略〕

こゝの食傷街では、新しく開いた、階下一品十銭、階上一品十五銭の「花月食堂」がちよつとした特色を売り物にしてゐる。〔中略〕

細い横道から、ちよつと南に入ると、暗い法善寺の境内にぽかりと出る。まつたくぽかりと云つた感じである。

私はこゝに来て、いつもさうおもふことだが、神仏にも流行がある。これはそのあらゆる手固い信仰の流行を取揃へた、神仏デパートメント・ストアである。この狭い地域は、食欲と、性欲と、物欲と、あらゆる歓楽世界にとり囲まれ、生存欲から来る人間の弱点をつかまうとして、しづかに沈黙して待つてゐる。一切喋らない。そして、それは、実におどろくべき巧者な手段によつて営まれる。ちよつと周囲を見廻した丈けで、観世音がある。歓喜天がある。弁財天がある。稲荷大明神がある。弘法大師がある。不動明王がある。これでいけなければ、あれで来いといふ訳けである。〔中略〕

こつぽりと、日和下駄と、フエルトの音が、毎日毎夜、絶間なくそこの長い石鋪道に響き渡つてゐる。花櫛の半玉から、丸髷の仲居から、銀杏返しの姐さんから、どうかすると断髪の女給たちから、絶え間なく、これ等の神様、仏様に浄財、不浄財が捧げられるのだ。〔中略〕

周囲をかこむ不夜城の明りが、高く塀越しに来て、小さな堂の屋根瓦を照すところ、洗心水の傍らで、空に向つて何かくど〳〵と願文をとなへながら、拝んでゐる男がある。どこかで見た顔だがおもひ出せない。やつと、おもひ出してみると、何とかいふ一度聞いた落語家であつたり、弁財天の堂の前に立つてゐると、突然堂の背後から、白いショールの、目覚めるやうな高島田が風のごとく現れて、またすつと暗に消える。

いまの法善寺の夜の風景である。

北尾は上司と異なり、法善寺を「横町」と「寺」の両面から捉えている。「横町」を「殆ど飲食店」だと表している点は、上司が捉えた法善寺イメージと同一だ。しかし、寄席の赤い灯りと「いつも水に濡れて光つてゐる」「水の底」とのコントラストは北尾独自の観察眼によって獲得された表現であり、ジャーナリストのルポルタージュとはいえ、法善寺に新たなイメージを付与している。

この色彩と質感のイメージは、寺院としての法善寺を描く時にさらに活かされる。北尾は「暗い」寺の境内に「ぽかりと出る」と述べる。ここに、赤い光と地面に撒かれた水が反射する光の溢れる「食傷街」とは確実に異質な空間として寺院が表象される。そこは「神仏デパートメント・ストア」とモダンな名称が与えられるが、内実としては「生存欲から来る人間の弱点をつかまうとして、しづかに沈黙して待つてゐる」場所として認識されている。これをいわば〈人間一般の本質を見つめる空間〉と捉えるならば、『鱧の皮』におけるおかめ人形の役割と『近代大阪』における法善寺境内のそれが重なっていることになるだろう。ただ、おかめ人形と境内という空間とでは、むろん人形の方が象徴性が高く、そこに文学作品とルポルタージュとの表現の差異が浮上してもいる。

奇妙なのは、北尾が書いた一九三一年ごろの法善寺の様子を織田が一九四〇年においてなぞっていることである。『大阪発見』を一読すれば、織田が北尾のテクストを参照したことは明らかだが、織田が記述する法善寺は、一九三二年と変らなかったのだろうか。

以下に北尾のテクストと比較する形で、『大阪発見』に見られる織田の法善寺イメージを分析、検討する。

織田は「法善寺の性格を一口に説明するのはむずかしい。つまりは、ややこしいお寺なのである。そしてまた「ややこしい」という大阪言葉を説明するのも、非常にややこしい。だから法善寺の性格ほど説明の困難なものはない」と述べつつも、まず法善寺が寺院であることに言及し、それに付随する路次があるという認識を示している。北尾が路次から寺院＝界隈としての法善寺の奥に辿りつく感覚を持っているのに対し、織田は奥から周囲を見渡しているのである。その上で、寺院としての法善寺のことを、このように紹介する。

表門の石の敷居をまたいで一歩はいると、なにか地面がずり落ちたような気がする。敷居のせいかも知れない。あるいは、われわれが法善寺の魔法のマントに吸いこまれたその瞬間の、錯覚であるかも知れない。夜ならば、千日前界隈の明るさからいきなり変ったそこの暗さのせいかも知れない。ともあれ、ややこしい錯覚である。

「地面がずり落ちた」という表現が、周囲とは異質な空間であるという認識を表現する点で、北尾の「ぽかりと出る」という表現とかなり近似していることはいうまでもない。これらは両者ともに暗さの表現である。しかし、北尾の表現が単純な空白性を示すのに対し、織田は落下の感覚を示している点で異なっている。他に「法善寺の魔法のマントに吸いこまれた」という表現もあり、足場の不安定な、自己存在自体を安定した日常的な場から消去させるような、夢幻的な異空間として強調して表象されていることがわかる。その上で、北尾のテクストとほぼ同じ表現を使い、法善寺の信仰のありようを叙述する。

境内の奥へ進むと、一層ややこしい。ここはまるで神仏のデパートである。迷信の温床である。たとえば観世音がある。歓喜天がある。弁財天がある。稲荷大明神がある。弘法大師もあれば、不動明王もある。なんでも来いである。ここへ来れば、たいていの信心事はこと足りる。ないのはキリスト教と天理教だけである。どこにどれがあるのか、何を拝んだら、何に効くのか、われわれにはわからない。

しかし、彼女たちは知っている。彼女たち――すなわち、此の界隈で働く女たち、丸髷の仲居、パアマネント・ウエーヴをした職業婦人、もっさりした洋髪の娼妓、こっぽりをはいた半玉、そして銀杏返しや島田の芸者たち……高下駄をはいてコートを着て、何ごとかぶつぶつ願を掛けている――雨の日も欠かさないのだ。〔中略〕祈る女の前に賽銭箱、頭の上に奉納提灯、そして線香のにおいが愚かな女の心を、女の顔を安らかにする。

「神仏のデパート」とは、北尾の「神仏デパートメント・ストア」に基づいた表現であろう。しかし、〈人間一般の本質を見つめる空間〉という『鱧の皮』の系譜を引く北尾の認識に対し、織田はこの引用の後半に表れているような〈祈る女〉に法善寺を表象させた点で大きく異なる。〈祈る女〉は「われわれにはわからない」祈りの作法を身につけているのだが、そもそもどのように言語化されているだろうか。

『大阪発見』には法善寺に限らず、〈祈る女〉が多数登場する。むしろこの小文は〈祈る女〉によって構成されているといえるだろう。

冒頭では「年中夫婦喧嘩をしている」「大阪の御寮人さん」が、高津でいもりの黒焼きを買って夫婦仲の円満を祈念し、過去の「私」の失恋の遠因になった「亀さん」という綽名の少女も、今は結婚し、千日前自安寺の石地蔵の胸をたわしでこすっている。これらの高津や千日前の〈祈る女〉に続き、法善寺の〈祈る女〉たちが登場する。

織田による法善寺の表現は北尾のそれと重なる部分もあるが、北尾が描写した料理人や落語家といった法善寺の男たちは、おそらく意図的に排除されている。それは無論〈祈る女〉たちを浮上させ、法善寺を女たちのトポスとするためであり、彼女たちを書くことで『大阪発見』における〈大阪〉は構成され、法善寺は無数の〈祈る女〉たちが集う〈大阪〉らしい場所だと意味づけられるのである。

『大阪発見』において、『軆の皮』でも象徴的意味合いを担わされていた、店舗としての「めをとぜんざい」にある「阿多福人形」は、「単に「めをとぜんざい」の看板であるばかりでなく、法善寺のぬしであり、そしてまた大阪のユーモアの象徴でもあろう」と説明されるが、次の二点において『軆の皮』における象徴性と異なる。まず、『大阪発見』において「阿多福人形」は「法善寺のぬし」と名指されるが、この女性をモチーフにした縁起物はそのまま〈祈る女〉のアレゴリーにもなっている。すなわち法善寺に数多存在する〈祈る女〉の象徴的存在である。

同時に「阿多福人形」は「大阪のユーモアの象徴」だともされる。それは、甘味処の入口に福助でも招き猫でもなくおたふくを置くという違和や、「夫婦」を名乗る店頭に男女のセットではなく大きな醜女の人形を一体だけ置くという不相応に由来するおかしみであろう。また、「大阪人」をユーモアを愛し、理解し、創造する存在と定義付けた上で、地域としての法善寺にはユーモアを芸として見せる寄席の「花月」や、公衆便所を連想させる名前の関東煮屋「正弁丹吾」もあるとし、ユーモアで充満する空間として法善寺を形象化しているのである。

そうすると、『大阪発見』の中で作られる法善寺イメージは『軆の皮』や『近代大阪』の法善寺イメージを継承しつつも、本質的に異なっていることが見えてくる。それは〈祈る女〉とユーモアを司る〈大阪〉の空間として描出されるということだ。

これらのことをふまえて、『夫婦善哉』における法善寺表象を参照すると、それは専ら蝶子に関わる形で表れていることがわかる。法善寺はまず芸者時代の蝶子にとって、柳吉との仲を深める契機になっていたことが、「法善寺境内「正弁丹吾亭」の関東煮」を食べに行ったことや、「法善寺の「花月」へ春団治の落語を聴きに行くと、ゲラゲラと笑い合って、握り合ってる手が汗をかいたりした」といった記述からわかる。その後、「実家に帰っているという柳吉の妻が、肺で死んだという噂を聴くと、蝶子はこっそり法善寺の「縁結び」に詣って蠟燭など思い切った寄進をした。その代り、寝覚めの悪い気持がしたので、戒名を聞いたりして棚に祭った」という表現で、蝶子が法善寺でこそ柳吉と断つことのできない強固な関係を願うことが示される。これこそが、のちに織田が『大阪発見』で言及する、「われわれにはわからない」祈りの作法を身につけた、〈祈る女〉としての蝶子の姿である。この点で蝶子は〈大阪〉を代理＝表象する存在となっているのである。

さらに、物語の結末では「柳吉は「どや、なんぞ、う、う、うまいもん食いに行こか」と蝶子を誘った。法善寺境内の「めをとぜんざい」へ行った。道頓堀からの通路と千日前からの通路の角に当っているところに古びた阿多福人形が据えられ、その前に「めをとぜんざい」と書いた赤い大提灯がぶら下っているのを見ると、しみじみと夫婦で行く店らしかった」と書かれている。蝶子と柳吉の関係は法善寺を発端とし、法善寺で一定の決着を見ているのは明白だが、重要なのはこの枠構造があること自体ではない。つまり、『夫婦善哉』について法善寺とは蝶子の祈りの場所であり、労働による苦労という行動原理を離れても〈夫婦〉として柳吉と居ることを許される場所、すなわち祈りの利益を顕現する場所なのである。そして、利益の顕現によって〈祈る女〉と法善寺との結びつきが保証され、法善寺の、〈祈る女〉に相応しいトポスとしての、文学的形象化が完成されるのである。

ではなぜ、他ならぬ法善寺がそのような場として選択されたのだろうか。それは作者織田作之助自身の経験知に与る部分は大きいであろうが、『大阪発見』を一つのヒントとして『夫婦善哉』を読み直すと、法善寺の立地そのものに触発されたイメージ形成がなされたと考えられる。『夫婦善哉』末尾の「めをとぜんざい」の位置を説明する「道頓堀からの通路と千日前からの通路の角に当っているところ」という記述には、法善寺の内部へ到達するための、複数のルートを正しく選択する必要性が強調されていることが窺える。同時に、道頓堀と千日前という二つの盛り場に囲繞された、大阪の都市の〈奥〉としてのイメージも与えられる。その空間は、『大阪発見』では「ややこしい」性格と、「地面がずり落ちる」感覚を与える、日常的な世界とは次元が違う異界に近いものという内容で特徴づけられていた。上記の二点――正しく行くための慎重さが必要であることと、非日常的な空間であること――において、『夫婦善哉』と『大阪発見』の記述は重なり合うだろう。

その上で、『夫婦善哉』には法善寺という都市の〈奥〉に、もう一つの日常があったことが書かれているのである。その日常は信仰によって形作られている。その信仰形態は多様で、蝶子が行なった縁結び祈願としての蠟燭の寄進もあれば、苔むした不動明王像に水をかける、通称水掛け不動への信仰など、俗信に近いものも含んでいる。俗信、すなわち組織化、体系化されない信仰のありようは、人々の生活の中で生まれ、存続してきたという意味で日常的なのであり、法善寺の場合、近世以来墓所に臨み、明治期に墓所が阿倍野へ移転されても寺院を含む一画が残り続けたという、その土地への深い畏敬が信仰の基盤にあると言える。仮に、水掛け不動が何事かを機に道頓堀川を臨む位置に移されていたら、どれほどの信仰を集めただろうか。槇文彦は西欧の都市が、空間が無限を本質とするがゆえに、構造物にのみ絶対性が付与されるという思想のもと、「中心」を据えてから周囲を「区画」することで形成されたとする一方、日本の空間はそのように「無限の空間から抽象的な空間と建築をきりとって」つくられたものではないとして、次のように述べ、日本の空間における「奥」の概念を定義づける。(26)

「奥」は構築されたもの（中心のように）でなく本来土地そのものに与えられた原点なのではなかろうか。日本人は割合家を壊すことに抵抗を示さない。実は現世の仮のものにしか過ぎないからだろう。しかし現存する井戸や塚を取除くことを極めて忌み嫌う。〔中略〕さまざまな家屋形態における奥は、奥という概念が普遍化した時点において、内部空間の中に与えられた特殊な座（相対的なもの）に過ぎない。土地そのものの中に実存の原点を求め、奥はその象徴なのではなかったか。かくして奥は都市（あるいは集落）の中に無数に発生する。時に公共的な奥として、またある時は、より私的な領域の中に、無数の奥を包摂する領域群として都市が理解される。都市は絶対的な中心をかかげ、蝟集するところではなく、各々の奥をまもる社会集団の領域として発展してきた。日本の都市は少くとも今世紀の初めまでこうした姿勢を構造上保持しつづけてきた。

槇の論理を敷衍すれば、法善寺とは大阪という都市の〈奥〉の一つである。本来墓所だった千日前や梅田、生國魂神社の年中行事を基盤に日常が営まれる――蝶子の父、種吉がそうした生活を行う人間の典型であろう――上町台地など、たしかに、近代大阪という都市にも無数の公共的な〈奥〉が存在する。その中でも地勢的に最も〈奥〉らしい様相を保っているのは法善寺なのではないか。

そのような場が選択され、盛り場とは慎重に差異化され、蝶子という〈祈る女〉を通してのみ描出されることによって、蝶子の〈大阪〉性は成立しているのである。

第四節　『夫婦善哉』の〈大阪〉性

蝶子と柳吉の物語は、一九二三年から一九三四年の間の出来事だが[27]、この時期の大阪は近代都市として大きな変革期を迎えていた。全国の諸都市に先駆けて、都市政策が実行されていたのである。それを主導したのが、東京高等商業学校教授から大阪市助役、のちに大阪市長へと転身した、社会政策、交通政策の権威である関一だった。彼が市長だった期間は一九二三年から一九三五年であり、奇しくも蝶子と柳吉の同居期間を完全に覆っている。

関が市政を執る直前期の大阪市は、芝村篤樹[28]によると「第一次世界大戦を契機とする未曽有の経済発展によって、全国一の人口と工業生産額を誇る都市となった。しかし反面では、周辺部のスプロール化と中心部の過密化が進み、街路も満足なものはなく、住宅問題、公害問題などの解決も迫られた。市政においては、利権漁りに狂奔する有力な市会議員が跋扈し、混乱がたえなかった」という状態にあった。また、工業化の進展に伴い、第一次大戦前後から朝鮮半島から多くの人が大阪に渡っていたが、その便宜に大きく貢献した大阪―済州島間の航路が開かれたのは、一九二三年二月のことだった。それのみならず、全国の諸地域から労働を求めて人々が流入し、大阪の人口が激増した。その結果、この時点では大阪市内ではなかったが、ゆくゆくは関が行う第二次市域拡張で市に編入されることになる周縁地域のスラム化が進み、衛生問題も深刻化し、都市下層が顕在化した。

当時の大阪は明らかに地域構造が変貌し、日本で最も都市問題が山積していた都市だった。そのことは大阪に、近代日本において国政に頼らない都市行政の先駆となるべき位置を用意することになった。第六代大阪市長である池上四郎が関一を東京から呼び寄せたのは、いわば必然だったのである。

関市政の大きな成果は第二次市域拡張（一九二五年）、御堂筋の計画と完成（一九二七年）、市営地下鉄の開通（梅田―心斎橋間で一九三三年）である。まず、大阪市は隣接する東成、西成の両郡を編入して市域を拡張し、その結果人口が二一一万人、労働者数一五万一三〇〇人、工業生産額八億五四〇〇万円となり、面積、人口・労働者数、工業生産額共に東京市を抜いて全国一位のマンモス都市となった[29]。そして、キタとミナミを直接つなぐ大動脈である御堂筋を作ることで大量輸送を可能にし、地下鉄という手段で高速交通を市域に張り巡らせることで、人的な大量移動も実現したのである。そうすることで、居住地域と商業地域との腑分けも容易になり、近代的な都市としての大阪が形成されていった。これらは勿論、全て『夫婦善哉』の物語内時間のうちになされている。

関市政の特徴は、都市問題の解決を都市整備によって行う、その方法にある。助役になってからも関は学術論文を多数発表しており、そのうち一九二三年八月刊の『住宅問題と都市計画』に関の都市計画は既に表れているとして、同書を分析した芝村篤樹は「目的を実現するためには、都市計画によって郊外住宅地（衛星都市）をつくり出し、住宅地と業務地とを交通機関によって結び、大都市への人口集中を避けて都市を分散させることが必要であり、都市計画をこの意味において住宅政策の基礎とした」(30)と、関市政の本質を明らかにした。また地方政治の観点から近代の大阪を分析した砂原庸介(31)は、関市政の特徴が「「大阪」という都市を、経済発展のなかで無秩序に膨張させるのではなく、都市計画による秩序に基づいて拡大させていく」こと、そして「都市計画をただ商業と工業を円滑に発展させるための潤滑油として利用し続けるよりも、公共の福祉を増進するために計画された社会事業として再認識すること」にあるとした。

関主導の都市計画は上首尾に進んだと言える。大阪の都市としての展開によって人々の住空間が大きく変容した結果、その地に暮らす人々の心境にも都市イメージの変化が生じた。このような抽象的になりがちな議論を実証的におこなった橋爪節也(32)は、関市政以前の一九二一年四月の新市制公布から一九三五年までの「大大阪」という言葉の用例を分析した。そもそも「大大阪」は GREATER OSAKA の訳語だったが、このグレーターとは、英語では都市や国家に関する専門用語として限定的に用いられる言葉であり、中心となる地域とその周辺を含めた領域を指す。その用例として橋爪は GREATER LONDON や GREATER NEW YORK を挙げつつ、以下のようにまとめている。

〝大大阪〟は、人口二百万人を越えた既存の巨大都市そのものを指すと同時に、新しい市民同士の団結をうながすスローガンであり、都市格にふさわしい本来あるべき姿を市民がイメージし、実現を目指す指標として機能した言葉であったとは言えないだろうか。『大大阪物語』〔東尾真三郎『大大阪物語』東洋図書株式会社、一九三五年を指す―引用者注〕で言う「かくあらしめたき大阪への憧憬」という言葉もまた、思想としての〝大大阪〟を反映する。そして比較級による〝GREATER〟（グレーター）と、〝GREAT〟（グレート）を用いた二種ある〝大大阪〟の英訳を、厳密な専門用語としてではなく、それが日本人に喚起させたであろうイメージとして象徴的に用いて語るならば、人口・面積など行政的・空間的に成立した〈量〉としての〝GREATER OSAKA〟（グレーター・オオサカ）を、〈質〉としての〝GREAT OSAKA〟（グレート・オオサカ）へ変換、発展させることが、当時、最大の課題であり、行政もその自覚と努力、犠牲精神の発揮を市民の側に強く訴えたのである。

都市計画という政策面でも、人々の間で更新された「大大阪」イメージの面でも、これだけ大きな変化が『夫婦善哉』の物語内時間において、現実の大阪には起こっていたにも拘らず、『夫婦善哉』の内部ではこれらの諸変化がテクストから排除されている。

テクスト中、近代都市としての大阪の機構を垣間見せるのは、市電であろう。蝶子はヤトナ勤務の後、「夜更けて赤電車〔市電の最終電車の俗称―引用者注〕で帰った」し、柳吉も梅田新道への「電車がなくなるよってと帰って行」く。市電がテクストで果たす機能について、川上由加里[33]は、蝶子が市電に乗ることによって実在の地名が「点」として示され、「読者の読書世界、内的世界にリアリティと速度をもって、読者の経験を利用して素早く作品世界を起想させることができる」効果をもたらすとし、同時にその速度が「線の部分を消してしまう。これが彼らの流転のイメージに利用されているのである。キタつまり梅田新道とミナミしか連結しないのである」と、作品内部の土地の構成を論じている。大阪の市電は一九〇三年九月の築港―花園橋間の開業をはじめ、一九〇七年に梅田新道線、一九一二年に堺筋線が開通しているから、テクスト内に登場するのに何ら不都合はない。しかし、それよりも、同時代の大阪の新しい側面が書かれないことの方が圧倒的に多いのである。テクストに速度をもたらすなら、地下鉄や御堂筋が描き込まれてもよかったのではないか。

その点で、橋本寛之[34]の「読者が「夫婦善哉」を読むとき、その作品世界は間違いなく大正末期から昭和初年代にかけての大阪の町、特にいわゆるターミナルと称する道頓堀・千日前界隈の現実に違いないのであるが、それは同時にその時代の大きな変化からは隔絶された、その意味では現実とは異なる虚構の世界に導かれていっている」という指摘は、『夫婦善哉』というテクストを捉えるうえで重要であろう。橋本の言葉を借りれば、テクストに構築された〈大阪〉は間違いなく「虚構の世界」である。問題となるのはその「虚構」の内容だが、それについては本章で既に論じてきた。

まず、二人の居住地の移り変わりという形で、二人の社会的な位相や各々の目的の達成度がアナロジカルに示される。そして柳吉一人によっては、彼の〈往復〉の描出を通して一般的なキタ／ミナミイメージが転倒されることで、テクストの大阪表象のオリジナリティが保証された上で、都市生活者としての蝶子と柳吉の姿が定位される。そして、蝶子を〈祈る女〉の典型として描出し、彼女の祈りが成就する場に法善寺を選択することを通じて、彼女を〈大阪〉のイコンとするのである。

これらの効果を産み出すためにも、第一節で論じた二人の並行的な在りようは不可欠だった。というよりも、二人が決して同質の存在ではなかったがために、豊饒な意味や機能を担った表象としての〈大阪〉がテクスト上で実現されたと言うべきだろう。もはやこの二人を典型的な大阪の夫婦と捉えることはできない。これまで論じてきたように、二人が描かれることによって多様な形で地名や風物など大阪の固有性が導引され、物語内容の寓意として成立し、また一般的な大阪イメージを乗り越えもし、新たで、かつ現実の都市の相貌が捨象されている点でまさに純粋なイメージとしての〈大阪〉が仮構されたのである。ここに『夫婦善哉』の達成があるといえる。

『夫婦善哉』関連年表　※太字は『夫婦善哉』の物語内の出来事である。

一九〇三年三月一日　第五回内国勧業博覧会（〜七月三十一日）。
　九月　大阪市電開業。
一九〇九年一二月　博覧会の跡地に天王寺公園を開園。
一九一〇年三月　箕面有馬電気軌道開業、梅田駅ができる。
一九一一年一二月　阪堺電気軌道、恵美須町―堺市間開通。
一九一二年一月　ミナミの大火。
　七月三日「新世界」開業式、通天閣、ルナパークが公開される。
一九一四年七月　南海鉄道が千日前に「楽天地」を開業。関一、大阪市高級助役となる。
一九一五年七月　新世界に雇仲居小雪倶楽部開業。
　一二月　酌人鑑札交付。
一九一六年四月　大阪府、飛田を遊郭に指定。裕仁皇太子、大阪行啓①。
　一〇月　新世界の酌人三四七人、置屋一八軒、料理屋二〇〇軒。
新世界「黄金時代」に入る（徳尾野有成『新世界興隆史』）。
一九一七年四月　大阪市に都市改良計画調査会が設置される。
　一二月　飛田遊郭開業。
一九一九年一一月　裕仁皇太子、大阪行啓②。
一九二〇年一月　都市計画法施行。
　一一月　阪急ビルディング竣工。
　通天閣にライオン歯磨の電光広告を附設、住民からは景観上反対の声、紛議に。
一九二二年三月　新世界の一画が芸妓居住指定地域となる（南陽新地）。
一九二三年七月　ルナパーク解消。

　　　　九月　関東大震災（蝶子と柳吉が被災）。
　　　一一月　関一、第七代大阪市長となる。
一九二四年　**柳吉、剃刀屋の通い店員となる。**
一九二五年三月　大大阪記念博覧会。
　　四月　大阪市、近隣四四町村を合併→大大阪の誕生。
　　五月　裕仁皇太子、大阪行啓③。
　　六月　阪急ビルディングに直営の阪急マーケット開業。
一九二六年　**高津に剃刀屋を開く。**
　　七月　阪急梅田のターミナルが地上から高架化。
　　一〇月　御堂筋の拡張工事が始まる。
一九二七年　**剃刀屋を閉じ、飛田大門通り裏へ転居。**
　　一一月『大阪朝日新聞』一二六万部、『大阪毎日新聞』一一七万部（内務省調査）。
一九二八年七月　大阪市、御大典記念事業として大阪城天守閣の復興を新聞紙上に公表する。
一九二九年三月　関一、宮中に参内、昭和天皇に大阪市勢を進講。
　　四月　阪急百貨店完成（地上八階、地下二階）。
　　六月　昭和天皇、大阪に行幸④。
一九三〇年　**盆の後、飛田大門通りで関東煮屋「蝶柳」を開店。**
一九三一年　**花見時、柳吉が妹の婚礼出席を断られる。**
　　夏、果物屋を始める。
　　九月　満州事変。
　　一一月　大阪城天守閣が復興。
一九三二年　**柳吉が入院。その後、湯崎温泉へ出養生。**

一〇月　東京市が周辺町村を合併→面積・人口で日本一に。
一一月　昭和天皇、大阪に行幸⑤→天守閣への登臨。
一九三三年五月　大阪市営地下鉄開業（梅田―心斎橋）。
この頃、下寺町で「サロン蝶柳」を開店。
一九三四年　**女給の売春問題以降、結末までこの年内の出来事。**
一九三五年一月　関一、没す。
一九三六年一〇月　小林一三、阪急会長を辞任。

注

（1）大川渉「編者解説　命懸けの創作意欲」（『聴雨・螢　織田作之助短篇集』筑摩書房、二〇〇〇年四月）
（2）中村三春「〈原作〉の記号学―『羅生門』『浮雲』『夫婦善哉』など―」（『季刊 iichiko』一一一号、二〇一一年七月）
（3）中村論では「視覚としては俳優の表情・演技、聴覚としては俳優の科白や音声によって、原作を表現・変形すること」と規定されている。
（4）青山光二「解説」（『夫婦善哉』新潮社、一九五〇年一月）
（5）種村季弘「解説　いくつもの戦後」（『夫婦善哉』講談社、一九九九年五月）
（6）梅本宣之「漂流する〈私〉―「夫婦善哉」を中心に―」（『帝塚山学院大学日本文学研究』四一号、二〇一〇年二月）
（7）三木輝雄「作品読解「夫婦善哉」（織田作之助）」（『国語と教育』一五号、一九九〇年三月）
（8）宮川康「織田作之助『夫婦善哉』論―ある「大変奇妙な」〈夫婦〉の話―」（『文月』七号、二〇一二年七月）
（9）宗政五十緒「織田作之助「夫婦善哉」と浄瑠璃『艶容女舞衣』」（『仏教文化研究所紀要』二九号、一九九〇年十二月）

(10)　西村将洋「引き裂く言葉―昭和一〇年代と織田作之助「夫婦善哉」―」(『同志社國文学』五三号、二〇〇〇年十二月)
(11)　これ以外にも、『夫婦善哉』と近代艶隠者巻三「都のつれ夫婦」との類似が認められると西村は指摘している。
(12)　橋爪紳也『大阪モダン　通天閣と新世界』(NTT出版、一九九六年七月)、一五四―一六二頁参照。
(13)　宮武外骨『売春婦異名集』(半狂堂、一九二一年)
(14)　酒井潔『日本歓楽郷案内』(竹酔書房、一九三一年)
(15)　池津勇三「関西名物やとなとは何か」(『話』第四巻第七号、一九三六年七月)
(16)　テクストでは「大門前通り」と表記されるが、一般的には「大門通り」である。
(17)　酒井隆史『通天閣　新・日本資本主義発達史』(青土社、二〇一一年十二月)
(18)　酒井隆史、前掲注(17)、六四〇―六四一頁
(19)　平井蒼太「大阪賤娼誌」の初出は「犯罪科学」第二巻第一号、一九三一年。
(20)　北尾鐐之助『近代大阪』(創元社、一九三二年十二月)
(21)　橋本寛之『都市大阪〇文学の風景』(双文社出版、二〇〇二年七月)、三一頁
(22)　町名の表記は二〇一六年現在、「上汐町」で統一されている。
(23)　「下手物とうまいもん――上司小剣「鱧の皮」・織田作之助「夫婦善哉」」(『食通小説の記号学』双文社出版、二〇〇七年十一月)、七四頁
(24)　宮本又次『キタ――風土記大阪』(ミネルヴァ書房、一九六四年四月)
(25)　原武史『「民都」大阪対「帝都」東京　思想としての関西私鉄』(講談社、一九九八年六月)
(26)　槇文彦「日本の都市空間と「奥」」(『世界』一九七八年)
(27)　『夫婦善哉』の物語内時間と、『続夫婦善哉』のそれ、及び両者の甚だしい齟齬については、中島次郎「柳吉と蝶子の年齢―「夫婦善哉」と「続夫婦善哉」―」(『芸文稿』一号、二〇〇八年四月)が詳細に論じているが、『夫婦善哉』の物語内部に限れば整合性は保たれている。
(28)　芝村篤樹『都市の近代・大阪の20世紀』(思文閣出版、一九九九年九月)

(29) データは芝村篤樹『関一―都市思想のパイオニア―』（松籟社、一九八九年四月）、六〇頁による。
(30) 芝村篤樹、前掲注(29)、六九頁
(31) 砂原庸介『大阪――大都市は国家を超えるか』（中央公論新社、二〇一二年十一月）
(32) 「幻影の大大阪―― "GREATER OSAKA" から "GREAT OSAKA" へ、画家たちの……」（橋爪節也編著『大大阪イメージ　増殖するマンモスモダン都市の幻像』創元社、二〇〇七年十二月）
(33) 川上由加里「織田作之助『夫婦善哉』試論―都市の『記号』からのアプローチ―」（『国文学会誌』二七・二八合併号、一九九七年十二月）
(34) 橋本寛之『都市大阪〇文学の風景』（双文社出版、二〇〇二年七月）

第三章　『夫婦善哉』の周辺

第一節　文藝推薦受賞の余波

『夫婦善哉』という作品を、物語内容というソフトの面ではなく、作品それ自体というハードの面から見ると、これまで論じてきたものとはまた異なる〈大阪〉性が浮上する。本章では次の二点につき検討を加える。第一に、作者織田作之助自身の評価に関わる事柄、すなわちこの作品によって織田が「大阪的な作家」として定位されたということ、そして、二〇〇七年に発見された『続夫婦善哉』をめぐる問題である。本節ではまず、『夫婦善哉』が織田の作家像に与えた影響を明らかにする。

織田作之助は約八年間に亘る小説執筆の期間において、ほぼ一貫して大阪を描いたといえる。織田が大阪を代表する作家と目されるのは、小説の多くで大阪が舞台とされ、大阪の言葉が使われること、創作以外の文章でもその土地に言及すること、そして彼の出自に因る部分も無論大きいが、劇作家を目指した旧制三高時代はそのイメージと異なり、戯曲を標準語で書いていた。また彼が同人誌「海風」に発表した初の小説『ひとりすまう』（一九三八年六月）も標準語で書かれている。しかし、小説第二作にあたる『雨』や続く『俗臭』は既に大阪を舞台としたものになっている。それら同人誌「海風」に寄せた諸作を、〈文壇〉に出るための助走期間と捉えるならば、『夫婦善哉』が改造社「文藝」主催の「文藝推薦」を受賞したことは、それまでの大阪を主題化した創作行為のある種の達成に対する評価を示す出来事として意味づけられるべきだろう。
そのことの検討にはまず、同時代の同人誌をめぐる状況を見つつ、文藝推薦という文学賞の位相を定位する必要がある。その文脈において織田の受賞を理解することで、その出来事が同時代の文学状況に与えたインパクト、そして織田自身に与えた影響をはかることができるだろう。

一　文芸同人誌の爛熟期

文藝推薦への作品を募った「文藝」一九四〇年三月号には、選考委員である青野季吉、宇野浩二、武田麟太郎の鼎談「同人雑誌に就いて」が掲載されている。そこで司会を務めた「記者」は青野に現在同人誌は何種類あるかと問われ、「きのふざつと調べてみただけで七十六」と答えている。文芸同人誌のブームは梶井基次郎の存在によって知られるように、大正期に一度起こっていたが、満州事変以降再び流行が訪れていた。試みに、その時期以降刊行された主要同人誌を挙げてみる。(1)

一九三一年九月十八日　満州事変
　十月「現実・文学」（第一次）（～一九三二年十月）
一九三二年三月「コギト」（～一九四四年九月）
　十月「三人」創刊（桑原＝竹之内静雄、野間宏、富士正晴ら、～一九四二年六月）
一九三三年一月「文芸首都」創刊（保高徳蔵編、～一九六九年十二月）
　五月「四季」（第一次）創刊（二冊のみ。堀辰雄編、～同年七月）
　九月「日暦」創刊（高見順ら、～一九四一年十月）

十月「行動」創刊（舟橋聖一、阿部知二ら、～一九三五年九月）
十月「文学界」創刊（川端康成、小林秀雄ら、～一九四四年四月）
一九三四年三月「現実・文学」（第二次）創刊（野口冨士男ら、～一九三五年七月）
四月「現実」（第一次）創刊（亀井勝一郎、小野康人ら、～一九三五年三月）
六月「早稲田文学」（第三次）創刊（谷崎精二ら、～一九四九年）
十月「四季」（第二次）創刊（堀辰雄、三好達治ら、～一九四四年六月）
一九三五年二月「海風」創刊（織田作之助、青山光二ら、～一九四一年七月）
三月「日本浪漫派」創刊（保田與重郎、亀井勝一郎ら、～一九三八年八月）
五月「歴程」創刊（中原中也、草野心平ら）
一九三六年一月「現実」（第二次）創刊（伊藤整ら、～一九三六年六月）
六月「行動文学」創刊（舟橋聖一、阿部知二ら、～一九三六年十二月）
六月「文学生活」創刊（外村繁ら、～一九三七年六月）
七月「批評」創刊（山室静、平野謙ら、～一九三七年十一月）
一九三八年二月「十四世紀」創刊（島尾敏雄ら、一冊のみ）
九月「九州文学」創刊（山田牙城ら、～一九八三年十月）
一九三九年三月「荒地」（第一次）創刊（鮎川信夫ら、～一九四〇年五月）
八月「批評」創刊（吉田健一、中村光夫、山本健吉ら、～一九四九年十月）
九月「風報」（第一次）創刊（尾崎士郎ら、～一九三九年十一月）
十月「構想」創刊（埴谷雄高、荒正人、平野謙ら、～一九四一年十二月）
十月「こをろ」創刊（島尾敏雄、真鍋呉夫ら、～一九四四年四月）

こうして一覧にすると、一九三〇年代が同人誌の爛熟期だと言うことができるし、また、主宰者たちの名前を見るといわゆる戦後派の胎動を感じることもできる。織田たちの「海風」は、まさにこの第二次同人誌創刊ブームの只中で生まれたのである。この一覧は織田の文藝推薦受賞までの時期に絞っているが、その後、一九四一年七月には婦人雑誌の分野から雑誌の統合整理が始まり、文芸同人誌においては同年十一月に東京を中心とした日本青年文学者会が結成され、同人誌八〇誌を八誌にする決議がなされた。翌年二月にはこの決議通り、東京の同人誌は「文芸主潮」、「辛巳」、「正統」、「文芸復興」、「新文学」、「新作家」、「昭和文学」、「小説文化」の八誌に統合された。[2] それと時をほぼ同じくして、大阪では織田ら「海風」同人を中心に関西圏の同人誌数誌が統合、輝文館を発行所とした「大阪文学」（一九四一年十二月〜四三年十月）が発刊されることになる。この時に織田が果たした役割については第五章で述べる。

二　文藝推薦という制度の意味

同人誌の爛熟という現象が起こる必然性を追究することは本節の主旨ではないため、細かな言及は行わないが、その事情の一因として文学賞の存在があることは否めない。殊に文藝推薦を主催する改造社は、一九二七年八月に第一回の募集をかけ、翌年四月に受賞者を発表した「改造」懸賞創作に代表されるように、文学賞を用いた売上戦略に長けた出版社だった。[3] 文学賞の商業的利用と比例する形で、建前上営利目的ではない同人誌という、いうなればば私的領域に居る文学志望者を、作家として公的な存在にする役割を文学賞が担い始めた、そのことの一現象として、発表元を同人誌に限定して作品を募集する文藝推薦が登場したと考えられる。

改造社の戦略性は、その募集告知に至る伏線の張り方にもあらわれている。募集記事が載る前月号の「文藝」一九四〇年二月は、新人特輯と銘打たれ、「新人」とされる作家達の作品五篇を掲載し、また、既に実績のある作家達にどの新人に期待するかというアンケートをとっている。掲載された「新人」の作品は岩倉政治『満潮の下』、橋本寿子『恢復期』、森本忠『日本の笛』、劉寒吉『勝敗』、そして壺井栄『廊下』だった。アンケートでは、丹羽文雄が宮内寒弥、井上友一郎、田村泰次郎、上司小剣が平川虎臣、石上玄一郎、中川與一が太宰治、南川潤、藤佐喜雄を、今後の活躍を期待する新人として挙げるなどしている。同号の編輯後記は新人特輯とした理由を「二月号は新人の月だと言はれる。どういふものか、二月号には新人がよく仕事をするし、またその仕事は定まつていいと言ふのである」と、過去の二月号で活躍した新人を例示することもなく、気ままに書き連ねている。全ての読者が読むわけではない編輯後記、言い換えれば文学業界に関係や関心がある人々——たとえば文学志望者など——であれば積極的に読むであろう編輯後記という場に、こうした内容を書くことには、暗に全国に無数にいると思われる文学志望者たちに「新人」の自覚を煽るメッセージが込められているようにも見える。

そして翌三月号で、事後的に見れば満を持してということになるが、文藝推薦の作品募集が告知された。

「文藝推薦作品募集」

既成文学の行詰りを唱へる声は漸く高く、文壇に新風を待望すること今や切である。新しい時代は新しい作家を持たなければならない。

本誌は常に、新人発見に対する文藝雑誌としての義務を怠らなかつたが、更に完璧を期する為、新に左の規定に依つて「文藝推薦」作品を募集する。各同人雑誌の協力を願ひ度い。

規定

一、応募資格　所在地の如何を問はず、同人雑誌に日本語で発表された小説の中、各同人雑誌の推薦せるもの。

但、一期に就き各同人雑誌一篇に限る。

一、発表　毎年、「文藝」三月号、七月号、十一月号。
「文藝推薦」作品は、発表と同時に「文藝」誌上に再録する。
一、〆切日　四月末日（一月以降の作品）、八月末日（五月以降の作品）、十二月末日（九月以降の作品）。
一、応募作品掲載誌は推薦状を添へ、五部づつ《ママ》「文藝」編輯部宛送附のこと。
一、「文藝推薦」作品には応分の稿料を呈す。
審査員（五十音順）
青野季吉
宇野浩二
川端康成
武田麟太郎
「文藝」編輯部

「本誌は常に、新人発見に対する文藝雑誌としての義務を怠らなかつた」と自負する編輯部は編輯後記で再び、「文学に於ける新人の意義などと今更改まつて言ひ出すには及ばないであらう。それは寧ろ直接的な必要に近い。文学の生理だとさへ言ふことが出来ると思ふ」と「新人」に対するニーズを述べている。そして、「絶えず新人の登場を促すことに努め」、「昨年来、精力的な活動を続けてゐる北原武夫、壺井栄の両氏」を排出した文芸雑誌としての「文藝」が行う点に、文藝推薦という賞制度を意義づける。このように示される新人待望論がメディア戦略の一環に他ならないことは明らかだ。しかし、その一方で実作者たちにとっては、「新人」の登場が切実な要求としてあった側面も見出せる。

この三月号には、募集告知とは別に、先述の通り選考委員の青野季吉、宇野浩二、武田麟太郎による座談会「同人雑誌に就いて」が掲載されているが、これが応募者たちにとって予習教材の役割を果たしたことは言うまでもない。しかし、執筆する上での具体的なアドバイスは示されず、この中で繰り返し述べられるのは、「昔の同人雑誌」から比べた現今の同人誌の質の低下に尽きると言える。特に武田はこの点を強調し、「昔は同人雑誌といふと、積極的でハイカラでスマートな点をキラ〳〵と発散させてゐた(4)」、「昔の同人雑誌と違つて、――昔はとに角頁数の薄いもので毎月出したけれど、今は非常に慎重になつたか、怠けてゐるのか知らんが、実にたまにしか出しません」と、現状を嘆いてみせた。だが、同人誌の質的低下を武田のように印象で批判するだけではなく、この三人は文学状況の中で語ろうともしている。

まず、同人誌への掲載作品のまとまり、据わりのよさ、言い換えれば革新性、前衛性がないことを、宇野が「何かあまりに小説といふ形になりすぎてをる」と言う。それはいわゆる既成作家のエピゴーネンとして同人誌作家たちを位置づける発言である。武田は〈新しさ〉がないと感じられる理由として、「大正生れの若い人と僕等と、日常生活上の考へからしてちがふ」はずであるという前提を立てつつ、それにも拘らず「文章にする場合、僕等の思考法のあとをついて来てゐるでせう。何か彼らの実際と小説とちがつて来てゐる」と指摘する。既成作家のエピゴーネンであるという見方としては宇野の認識と等しいが、武田が語っているのは世代論であり、世代によって「思考法」つまり表現方法が変わってくるはずだという認識が示されている。そして、その世代なりの表現が生まれない限り、「彼らの実際」は形象化されることがない。若い世代が書くものが若書きであるとするならば、武田が求めているのはまさにそうした表現であり、文章の巧拙は問わないという態度が、この場では表明されている。

また、この鼎談でなされているのは文学賞批判である。それは青野の「最近は何か少しいいものを書けば既成文壇から認められる。賞なんかを目的としてゐる」という発言に端的に表れている。青野は自らの過去を振り返り、自分の場合は自作を「既成文壇の人に」承認してもらうことを目指したと告白する。それは作家の推薦や持ち込みによって「新人」が登場することでこれまで成り立ってきたという、文学界の状況を鑑みれば当然だろう。それに比して現在は「芥川賞、新潮賞と賞が十指に余る程あ」り、それゆえに「若い人はなか〳〵認められなかつた」これまでの状況から一転し、〈文壇〉への登場が容易になっていると力説する。武田も再び過去の同人雑誌周辺に存在していたムードを懐かしみつつ、「破壊力——既成文壇を破壊しようと生意気の考を懐いてゐた。今は追従しよう。芥川賞に追従しよう。（笑声）」と文学賞が支える同時代状況を茶化している。

同人雑誌の現状を嘆き、文学賞を批判する彼らは、それでも選考委員の任を果たした。文藝推薦という制度は、実質的には、実作者たちは闇雲にかつ漠然と〈新しさ〉を希求し、編集側は文学賞の創設と実施自体が目的化しており、募集の時点でその賞としての目的が空洞化していたのだった。そして実際に選考をする三人が同人雑誌へ向けた視線を参照すると、この賞の特異な斬新さとされる、同人雑誌で発表された作品に限るという制約が、〈新しい〉文学の推薦という建前を無意味なものに感じさせていたことが予想される。すなわち、「賞」の一文字を冠さないことで同時代のモードと一線を画すポーズを示した文藝推薦も、やはり数ある文学賞の一つに過ぎなかったのである。

このような文脈をよそに、むしろ文藝推薦を好機として、織田は『夫婦善哉』を執筆したのだった。「海風」同人の瀬川健一郎などの証言から、『夫婦善哉』がはじめから文藝推薦への応募を目指して書かれたことが指摘されている。(5) そのためか織田は「海風」第七号も文藝推薦第一回応募締め切りの四月末日までに発行しようと、同人たちに主張した。同号の編集を担当し、当時東京帝国大学付属図書館に勤務していた同人の吉井栄治は、まさにその締切日にできた「海風」を印刷所で受け取り、その足で改造社へ向かい、担当者に直接提出した。それは締切日の夕方のことだったという。こうして『夫婦善哉』文藝推薦受賞の準備は整ったのである。

果たして、「文藝」一九四〇年七月号は、織田の受賞を伝えた。しかし審査後記を参照すると、それが決して満場一致ではなかったことが窺える。文学賞批判を展開した青野は「形の完成した、これだけに書いてあれば推薦する資格はあると云ふ程度の、織田作之助の「夫婦善哉」」と、消極的な推薦だったことを語り、川端康成は「傑れたものが少くて、織田作之助氏の「夫婦善哉」に落ちつく」、宇野は「この小説に危な気がないから」と、授賞理由を述べているが、三者に共通しているのは『夫婦善哉』および織田作之助を〈新しさ〉のなさゆえの安定感によって評価していることだろう。その安定感らしきものの内容は、審査過程を示す速記録から明らかになる。

『夫婦善哉』や織田の安定感の内実を言説から整理すると、それは過去の作品への評価と表現形式への興味の二点に求められる。まず、織田が既に一部の選考委員に旧作で知られていたことは大きい。前年の芥川賞選考で『俗臭』を読んでいた宇野浩二は、文藝推薦の選考会に遅れて出席したが、開口一番「『夫婦善哉』は僕は取りません。『俗臭』の作家ですね」と発言する。宇野は『夫婦善哉』が『俗臭』に劣るとの認識を述べ、それに対し同じく芥川賞選考に関わった川端が「『俗臭』はいいでせう」と言う。川端は芥川賞の時には「清新な出発のし直しが必要」と述べていたが、今回は『俗臭』を評価している。しかしこれは、『夫婦善哉』を「完成は余りしてゐない。見方をもう少し深くすることはできるでせうね。見方が余り深くないから品が無い」と見ていることから相対的に『俗臭』の評価が高くなったのだといえる。そして、藤澤桓夫の手引きで「文学界」（一九四〇年五月）に発表したばかりの『放浪』も、選考委員に読まれていた。川端、青野、武田の三人までもが、「『放浪』はそうといいですな」（川端）、「いいです」（青野）、「『夫婦善哉』よりいい」（武田）と評価している。旧作が複数話題に上がり、その一つが既に芥川賞候補になっており、新作が一定の評価を得ているという状況は、作者の安定性として受け取られ、織田の受賞を推し進める有力な根拠となっただろう。

そうした外部に根拠を置く安定感とは別に、『夫婦善哉』テクストへの評価もまた、安定という文脈でなされている。それを下支えしているのが、テクストにおける大阪弁の再現の巧みさである。最も明確に、そして高い評価を与えたのは宇野である。

武田　宇野さん好みなところがあります。
青野　僕はないと思ふ。
宇野　ちがふ、この作には何か粘ツこいところがある。あれが本当の大阪の味だよ。
川端　宇野さんとは違ふ、ちよつと…。
宇野　つまり、あの粘ツこさは大阪だよ。あの前の『俗臭』でも、大阪言葉は実によく描けてゐた。
武田　河内言葉です。
宇野　いくらかね。河内言葉にしても、何にしても、あれだけ大阪言葉をなかなか文章に書けないもんですよ。しかも、わりにわかりやすくて…。
武田　万才言葉。大阪言葉とは違ひますね。
宇野　本当の大阪言葉をそのまま書いたらわかりません。「おまへん」とか、「行きまよ」とか（笑声）だからあの程度の大阪言葉が遣へたら相当旨いと思ふ。

選考過程においてこのような評価がなされたことが、織田が「大阪的な作家」と認識されることの布石になっているだろう。その意味で、大阪弁の表現に対する評価が持つ意味は大きい。ただ、この点以外にも宇野は「この人は余り纏つてゐましてね。いろんな人物や事件を寄せ集めてゆきますね。つまり、一種のモンタアジユといふか、うまいところはあるが、型が出来てゐる」という表現形式の安定、言い換えるならば硬直を危惧している。それは奇しくも作者自身の「既に私はあの小説の文体の行き詰りを感じてゐた」（「感想」「文藝」一九四〇年七月）という受賞コメントでの反省と重なる指摘だった。

三　〈大阪的〉な作家の誕生

織田の文藝推薦受賞は、様々な反響をもたらした。概してそれは織田自身の資質や『夫婦善哉』テクストそれ自体をめぐるよりも広く、同人誌への評価の一環としてなされていたのではないか。文藝推薦審査委員だった武田麟太郎[6]は、審査を終えての所感として「新しい観念」も「形式の新しい探求もなかつた」と述べ、「今日の小説は熟してゐると云ふか、何か一種の飽和状態にある事実が、同人雑誌に反映してゐるのかとも考へた」と、文学状況の相似形として同人雑誌を位置づけ、両者を批判した。そして、おそらく文藝推薦への応募作全般のことであろうが、「標題のつけ方にさへ、芸術的な観点からではなしに、眼を惹く広告文案の精神によつてなされたのがある。我ひとともに戒心すべきことだ[7]」と文学賞受賞を狙う同人誌作家たちに警告している。作品の内容、テーマや表現方法のみならず、作者の振る舞いまでがパターナリズムに陥っていることを批判するのである。文藝推薦は、武田にとってこれらの事柄を確認する機会だったといえる。

文藝推薦の当事者である武田の言葉に反応したのは、上林暁と荒木巍だった。彼らはみな同人誌の文学界における位相にまで視線が届いていた。

上林暁[8]は武田が同人誌の硬直化の原因を、同人誌だけでなく小説界全体に求めるべきだと述べたことに賛意を示しつつ、織田の受賞の「感想」の書き出しが藤澤桓夫と織田が将棋を指しながら談笑する挿話であることを、「文壇摺れのした文章」と明言して嫌悪を示した。織田の、先輩作家の懐に入り、私的にかつ親密に交際していることを見せるというそのパフォーマティヴィティは、「若き世代における悪風潮」の代表例であると同時に「私達の醜い姿」の反映だという。そして織田のような若い世代が集う同人誌が抱える、経済面、思想面、そして文学志望者たちのパフォーマティヴィティが、「如実に示されて」自分達の反省を促したという点で文藝推薦の意義を皮肉を込めて評価した。

荒木巍（「人間探求〈文藝時評〉」「知性」一九四〇年九月）はまず『夫婦善哉』を「才気はひらめいてゐるが」「悪達者な筆」だと批判し、それを「一種同人雑誌摺れがしてゐる」と言い換える。「同人雑誌摺れ」の内実はその文章から窺えないが、当時既成事実化していた〈文壇〉に参入し、渡り歩くための抜け目のなさと捉えてよいだろう。そして荒木は織田のみならず全同人雑誌作家に対して、「彼等は既成の作家の思考以外の思考を持たず、既成作家の芸術方法以外の方法を知らないと言つてよい」と断罪する。

織田の登場は、同時代の同人雑誌の数的隆盛と、既に文学界へ出ている人間から見たら質的低調と見られる二つの現象を象徴するものとして、〈文壇〉に迎えられた。その風当たりは不当に厳しいものだったかもしれないが、批判を生み出したのもまた、『夫婦善哉』というテクストの特質、そして織田自身の振舞いだったのである。

さて、織田が〈大阪的〉な作家として定位された時期が、文藝推薦受賞に求められることは先に述べた。今では自明視されている大阪を代表する作家という織田の地位は、大阪を舞台にした作品を繰り返し発表することで自然に発生したのではなく、〈文壇〉への本格的デビューの時期に既に確定されていたのである。文藝推薦での評価のポイントとして、大阪弁の表現の巧みさを挙げたのは宇野浩二だったが、同じく大阪出身の武田麟太郎は『夫婦善哉』の「巧さ」を「一寸大阪人でなければ解らない」と囲い込むなど、「大阪人」でなければ解らないものを描くことに優れているとした。

文藝推薦の直後に中村光夫(9)は、のちに〈文壇〉で『夫婦善哉』評価として批判的に流通することになる観点を提出した。それは「若さのなさ」である。中村は「一読して何か厭な小説だと思つた」と印象を述べたうえで、「織田氏が略歴によればまだ二十八の若さであることを思つて暗然たらざるを得なかつた。氏の若さの特権が一体何処にあるのかと思ひ惑はざるを得なかつた」とするが、それは、蝶子と柳吉の生活のような「素材」は「徳田秋声氏や永井荷風氏のやうな作家が才能の爛熟の極に達した時、始《ママ》めてその本当の味はいを描き得る」からだという。織田の「若さのなさ」に対してはほかに、高見順も、[10]「「夫婦善哉」を読んで、かういふとつちやん小僧は困ると思つた。〔中略〕子供の癖に大人振る意味である。滑稽であり、いやなものである」と述べている。ただ高見は同じ文章で中村光夫についても、中村の「現代文化の心理」（「中央公論」一九四〇年八月）を読んだ印象として「悪質のとつちやん小僧を感じた」と述べている。中村は織田の二歳年上である。

　こうした批判のコード生成に対して、宮内寒弥は評者たちの批判内容よりも彼らの振る舞いに着眼し、彼らを相対化しようと試みた。宮内は「〔『夫婦善哉』は—引用者注〕不幸にして描かれた男女の世界が、当代の風潮に反してゐたことと、それに、あの中の大阪的なものが、東京の評家の神経にふれて、その点が妙な反感となつたのかも知れないと思ふ。〔中略〕東京と大阪の感情は、永遠に氷炭相容れざるものと思ふ。だから、東京中心の今日の文学感情が、織田氏に反感を感じたことは、それだけ大阪的であつたといふことにもなる」（「文藝時評—新人について—」「文学者」一九四〇年十一月）と述べることで、大阪対東京の図式を用意し、また『夫婦善哉』を宇野や武田たちとは異なる文脈で「大阪的な作品」と意味付けた。つまり、この時点で『夫婦善哉』および織田評価の焦点は、同人誌という文学状況の問題や若さを問われる世代の問題から、地域の問題へとスライドしたのである。しかし、事実はこのように容易に図式化できない。宮内の言う「大阪的なもの」が招き寄せる「東京の評家」の「反感」とは、昔ながらの表現を使えば「上方贅六」、すなわち江戸っ子から見た上方者の「勘定高さ、抜け目のなさ、果ては公徳心のなさ、大阪弁の品性のなさ——彼らから見た大阪人の属性をすべて引っくるめ[11]」た、ステレオタイプな大阪イメージのみに因るものでないことは、これまで見てきたとおりである。そこには同時代の文学状況における同人誌の位相や、同時に顕在化した文学志望者の振る舞いが深く関与していた。ただし、後者の問題に焦点化すると、若い世代に向けられた「文壇摺れ」や「同人雑誌摺れ」といった印象が、もし既成文壇に対する阿りとして受け取られ、勘定高さや抜け目のなさがそれらの用語の意味として補塡されていたとしたらどうだろうか。大阪を舞台とし大阪弁をテクストに持ち込んだ織田作之助は、その振る舞い自体が上方贅六のイメージと重ね合わせられ、その結果「東京の評家」の格好の批判対象となったとも考えられるだろうか。

宮内による各人の評価の相対化がもたらした、織田自身への眼差しの変転に最も影響を受けたのは、織田本人に外ならない。宮内の文章から四ケ月後には、織田自身が宮内の評言を参照しつつ、「大阪のもつ伝統的な性格が理解されなかったために、あの作品は大人振っていると簡単に定評づけられた」[12]と振り返ることになったのである。このように『夫婦善哉』への評価を通して、織田作之助、あるいは彼の作品が「大阪的である」と言われる時の大阪は、〈東京＝文壇〉の対立項として措定されるに至ったのである。

第二節　『続夫婦善哉』の執筆時期

改造社を創業した山本実彦の遺族が、一九九九年、改造社関係の資料を実彦の出身地である鹿児島県川内市（現薩摩川内市）に寄贈した。その後、川内まごころ文学館で資料調査が行われた際、織田作之助の『続夫婦善哉』二〇〇字詰原稿用紙九十九枚が発見されたのは、二〇〇七年である。『続夫婦善哉』テクストの分析や、それに基づく織田の作品史への位置づけについては別稿で論じることにするが、本節では現在些か混乱している『続夫婦善哉』に関した事実関係の確定や問題提起を行う。

発見後、『続夫婦善哉』の原稿は翻刻されたテクスト、並びに『夫婦善哉』テクストと共に一冊に纏められ、『夫

婦善哉　完全版』（雄松堂出版、二〇〇七年十月）として刊行されている。原稿それ自体の位置づけ、すなわちその原稿はどのような媒体への発表を見込み、いつ改造社（山本家）に渡されたのかをめぐっては二つの説が存在する。織田作之助が活動していた時期、小説を掲載する改造社の雑誌は「改造」か「文藝」に限られており、目指された発表媒体はおそらくそのいずれかになる。

一つの説として、この原稿が「文藝」一九四〇年九月号への掲載を予定されたものだったという立場がある。このことは『六白金星』（「新生」一九四六年三月）をめぐる織田の発言が端緒となっている。織田は同作を単行本に収録した際、「あとがき」で「『六白金星』といふ題で、同じやうな材料を、私は昭和十五年に書いたが、当時発表を許されなかつた。『新生』に載せたのは、べつに新しく書き直したものだが、六年の歳月は私の文学をどれだけ進歩させたか、心細いものがある」と述べた(13)。また、杉山平一宛、一九四〇年八月二十四日付書簡には、どのような作品について述べているのか明らかでないが、次のように記されている。

「文藝」のオール創作号にのる筈だつたが、削除された。（同誌のノンブルが飛んでいるのはそこにぼくのがあつたわけ）検閲の点で今までの行方はいけないことになり、いま新年を考えている

「創作号」と表紙に銘打たれた「文藝」一九四〇年九月号のノンブルは、たしかに「129」の次が「162」となっており、「編輯後記」にもわざわざ「本誌の頁数が一二九頁から一六二頁へ飛んで居りますが、これは手違ひのためで、落丁ではありません。御諒承願ひます」と書かれている。この抜けは一枚の紙の表と裏の数字が「129」と「162」になっている時点で単なる落丁ではなく、印刷直前に誰かの判断で何かが「抜き取られた」と判断するのが妥当だ。この抜かれた頁に入るべきものが、『六白金星』だったという見方は、これまでの定説だった(14)。

そこに改造社の資料の中から『続夫婦善哉』が現れたことで、調査にあたった紅野敏郎は、「落丁部分にはこの小説が掲載される予定だった可能性も出てきた」と指摘した。(15)また、『夫婦善哉　完全版』の解説を執筆した日高昭二も、先に引用した杉山平一宛書簡を参照しつつ「もしかすると、これが「続夫婦善哉」なのかと想像したりもするが、現在この原稿は短篇の「六白金星」（この作品は、戦後になって発表された）とされている」と述べている。(16)

その一方、『続夫婦善哉』発見後に改めて「文藝」に掲載予定だったものは『六白金星』だと言及したのは、浦西和彦(17)である。浦西は『続夫婦善哉』の原稿にポイント指定などが一切なされていないことから、この原稿を掲載直前まで進んだものではないと判断した。また、中島次郎(18)も浦西説と同じ立場から、従来の説が正しいことを述べている。

ここで論者の見解を述べておきたい。端的に述べると、「文藝」一九四〇年九月号に掲載されかけたのは、『六白金星』の方である。根拠は、中島も触れているが、戦後に発表されたものとは異なる内容の『六白金星』原稿が発見されたことにある。これは現在関西大学図書館に所蔵されているが、論者は発見の報道(19)がなされた翌日、二〇〇八年一月二十六日に、東京・神保町の八木書店にて実物を確認した。そこにはポイント指定や「文藝」「九月号」などの書き込みが見えた。ゆえにこのような結論に暫定的には至っている。しかしながら、依然として「何年の」「文藝」「九月号」なのかが明らかでないという不確定要素は残っている。原稿用紙が四〇〇字詰であることを確認した以外、現在論者の手元に情報は入っていない。どの用紙かがわかれば年代も特定できるだろう。

次に問題となるのは、『続夫婦善哉』の執筆時期である。この点につき浦西は一九四三年頃としている。(20)中島は「今は憶測を離れて、筆跡や使用原稿用紙など「直筆原稿」そのものからの考察を進めるべき」だとし、明言を避けている。(21)

使用原稿用紙を参照すると、『続夫婦善哉』は全て松屋製二〇〇字詰原稿用紙に書かれている。論者が大阪府立中之島図書館織田文庫で草稿を調査した結果、確実にこれと同じ原稿用紙を使用しているものは次の七点あった。

『夫婦善哉』（「海風」一九四〇年四月）　※何種類かの原稿用紙を使用している。
『「海風」第六巻第二号「あとがき」』（「海風」一九四〇年十月）
『合駒富士』（「夕刊大阪」一九四〇年十月〜四一年一月）
『雪の夜』（「文藝」一九四一年六月）
『写真の人』（「大阪パック」一九四一年六月）
『「青春の逆説」ノート』（単行本『青春の逆説』「あとがき」）（一九四一年七月十日）
『大阪・大阪』（「朝日新聞」一九四一年八月八〜十、十二、十三日）

こうしてみると、『続夫婦善哉』と同じ原稿用紙は、一九四〇年から翌年にかけて使用されていたと考えられる。他作品の用紙を見ると、初期作品の『雨』（一九三八年十一月）は丸善と盛文堂のそれぞれ四〇〇字詰、『大阪発見』（一九四〇年八月）と『子守歌』（同年十月）は久楽堂四〇〇字詰、『探し人』（一九四〇年八月）は盛文堂四〇〇字詰である。後年になると満寿屋製四〇〇字詰（『月照』（一九四二年七月）、『わが町』（一九四三年四月））や「織田作之助」というネーム入りの四〇〇字詰用紙（『漂流』（一九四二年十月）、『わが町』、『聴雨』（一九四三年八月））などを使用しており、松屋製原稿用紙を用いていない。

さらに、織田文庫には「続夫婦善哉」と題された草稿一枚が現存する。これは松屋製四〇〇字詰原稿用紙であり、川内まごころ文学館で発見されたものとは形態が異なるが、「八日の宵宮雨が降り、九日の本祭におし」という表現は、『続夫婦善哉』の書き出し「柳吉が「蝶柳」へ帰ってから一年が経ち、夏が来た。／七夕が済むと、直ぐ生国魂神社の夏祭で、七月八日は宵宮、九日にはお渡御がある。」という一節と重なっている。また、同じ松屋製四〇〇字詰用紙を使った草稿には『秋深き』（「大阪文学」一九四二年一月、他に松屋製二〇〇字詰、盛文堂四〇〇字詰が混在している。）がある。

これらのことから、『続夫婦善哉』は『夫婦善哉』完成後の一九四〇年四月から、翌年中に書かれたと言える。更に当然ながら、『夫婦善哉』の「文藝推薦」受賞が決まらなければ、改造社に受賞作続編の原稿が紛れ込むという結果も生じなかったと考えるのが常識的だろう。ゆえに、『続夫婦善哉』は一九四〇年六月下旬から四一年中の一年半の内に執筆されたと考えられる。すると一九四三年頃の執筆というのは当たらないのではないだろうか。

第三節　『続夫婦善哉』の同時代性

さて、この『続夫婦善哉』は、正編末尾の一年後から始まり、蝶子の父親が死に、柳吉が競馬に凝り出した結果「蝶柳」の権利を売却し、それを元手に別府へ移るという筋立てが全体の三分の一を占め、後半は別府で二人が商売を始め、店を大きくするやりくりが中心に描かれている。

この作品は改造社において、発表が許されない作品と判断されたことは確実だが、その原因は検閲に対する編集者の配慮に求められている。紅野敏郎はその物語内容が問題視されたとして、「金属統制などの影響もあり、改造社の編集部の自主規制が働いての「お蔵入り」と推測される」[22]としているし、日高昭二も単行本『夫婦善哉』（一九四〇年八月）への検閲による削除処分を「お蔵入り」の背景として挙げ、自主規制の可能性を述べている。[23]先述した「文藝」の〈落丁〉をめぐっては両者と立場を異にした浦西和彦も、自主規制という見解で一致している。[24]また、中島次郎は正編と続編における作中人物の年齢や物語内時間の齟齬を問題化し、「言論統制（検閲）に沿っての自主規制という以前に、この続編の整合性のなさが問題視されたのではないか」と指摘した。[25]「お蔵入り」の理由はいずれも推測の域を出るものではなく、また、何らかの一次資料が出ない限り、理由の真相を実証することは不可能である。ただし、検閲への配慮の有無を問うのであれば、これまで第一部で論じてきた同時代状況や織田への処分を鑑みると、「あった」とするのが妥当だと考えられる。そのことはテクストの内容からも跡づけられる。それは日高昭二の言を借りれば、「続編は、国防婦人と徴兵される弟という、いわば「国民」の「身体」を、突然浮上させていることが知られよう。そのことは「めおとぜんざい」という小さな器の外部に、それとは異なった役割があることを、はじめて告知してみせているともいえる」[26]という、蝶子とその弟の信一が戦時体制に特有の属性を身に付けていることに表れているが、検閲への配慮を問う前に、こうした物語内容から、物語内時間について述べておきたい。日高が指摘しているのは、蝶子が国防婦人会に入会したということと、信一の徴兵である。前者の内容は例えば次の記述に表れている。

　　薄暗がりのなかで腰紐をきりりと緊めていると、そんな時刻にめずらしく、大勢の人々がぞろぞろと表を通って行く声がきこえることがあった。出征する人を見送るために、停車場へ急ぐ人々で、いつか事変がはじまっていたのだ。窓から覗くと、知った顔の芸者が寝起きの皮膚を見せて、小旗を振り振り通って行った。帯の結び方や着つけのせいでいつもより背の低く見える後姿へ、蝶子は呼びかけ、「わても行きまっさ」間もなく国防婦人会の支部ができて、蝶子は幹事になった。

国防婦人会の起源は一九三二年三月十八日の大阪国防婦人会の発足に求められる。この組織が全国化したのは、一九三四年四月十日であり、その時点で「地方本部八、支部四〇、分会一一三六、会員総数五四万二八〇〇人を数えた。まだ会員の半数は関西本部で占めていたので、地方への組織拡大が緒についたばかりである」と藤井忠俊[27]は指摘している。ここで、テクストの「いつか事変がはじまっていた」と書かれている「事変」がどの「事変」を指すかが問題になる。可能性があるのは一九三一年の満州事変と、一九三七年の日華事変（あるいは北支事変、支那事変、すなわち日中戦争）の二つだろう。

テクストに即すと、「事変」後「間もなく国防婦人会の支部ができ」たとすれば、満州事変と考えるのが妥当である。また、史実を参照すると、大分県内には日華事変以前に国防婦人会支部ができていることが確認できる[28]。しかし、別府市での活動はいつ頃から、どのような規模でなされていたのか不明である。加えて、織田が他のテクストで「事変」と書く時は、日華事変を指すことが多いことを鑑みると、にわかに『続夫婦善哉』の「事変」がそれを指示する可能性が浮上する[29]。

例えば短篇『髪』（「オール読物」一九四五年十一月）で、語りの現在時に「三十三歳」の「私」が高等学校の寮を去り下宿に移ったのが「丁度満州事変が起った直後のこと」であり、その後留年し、高等学校生活の長さに飽きて退学したのが「事変がはじまる半年前」と書く時、その「事変」は日華事変を指すことが明らかである。

また、『世相』（「人間」一九四六年四月）で「その頃はもう事変が戦争になりかけていたので、電力節約のためであろうネオンの灯もなく眩しい光も表通りから消えてしまっていたが、華やかさはなお残っており、自然その夜も――詳しくいえば昭和十五年七月九日の夜（といまなお記憶しているのは、その日が丁度生国魂神社の夏祭だったばかりでなく、私の著書が風俗壊乱という理由で発売禁止処分を受けた日だったからで）――私は道頓堀筋を歩いているうちに自然足は太左衛門橋の方へ折れて行った[30]」と述べる場合は、「戦争」は太平洋戦争を指すことが確実であり、「事変」を満州事変とすると「事変が戦争になりかけていた」という経年的変化を指すには不自然なくらい長い。また、テクストに表現されている電力統制も国家総動員法（一九三八年）を根拠としてなされており、「事変」は日華事変を指すと捉えるのが妥当である。

『続夫婦善哉』における「事変」が上述の理由により一九三七年を指すとするならば、国防婦人会の全国的な動向にかなり遅れた形で別府の女性たちが参入するということになるが、その一方でテクスト内の他の出来事との辻褄が合う。『続夫婦善哉』では、蝶子が国防婦人会に入会した直後に信一の徴兵と病気による除隊、別府来訪と京都への帰還が立て続けに起き、信一が去った直後に次のような記述がある。

問屋からはいつになくきびしい催促で、友達甲斐もない奴だと、柳吉はぷりぷりしたが、問屋も最近目立って内緒が苦しくなって来たらしかった。やがて、それが金属類の使用制限や禁止のために、思うように品物の製造が出来ないためだと、わかった。

テクストではその後、蝶子が奔走して別府での「△△ランプ」特約店となることに成功し、電球の出張付け替えなども商売に含めるが、それでも物資が減り、店を閉めて貸間屋として再起を図るというストーリーが続く。

金属類の使用統制において決定的な役割を果たしたのは、国家総動員法第二条での、何に統制をかけるかという点を具体化した条文である。しかし現実的には統制はその前から行われていた。例えば同法が成立する一ケ月前、一九三八年三月七日の「中外商業新報」の記事「時局下の金属類　歪曲された需給状態」では、「支那事変の勃発を契機に戦時体制へと移行した我国経済界の動きは、その間凡ゆる商品の生産、貿易、配給及び消費に真に画期的な変革を齎した」として、鋼材が真先に時局の影響を受けたと述べ、商工省が近日中に鉄鉱統制協議会を設置し、「自治的配給統制」から「官治的配給統制」へと向かうという見立てを提示している。このように、金属類の使用統制が本格的になされたのは、満州事変ではなく日華事変の後である。また、一九三九年には電球類の口金に銅が使えなくなるなど、金属への統制が蝶子の手懸ける電球にも影響していた。[31] これらのことからも、「いつか事変がはじまっていた」の「事変」が日華事変を指すと見ることができるのである。

ゆえに『続夫婦善哉』の物語内時間は、日華事変を分水嶺とする前後である。中島次郎はテクスト末尾の「柳吉は五十一、蝶子は三十九、丁度ひと廻りちがいの夫婦だった」という記述と、二人が午年であることから、結末を一九三二年だとしているが、[32] この見解とは齟齬が生じるだろう。この齟齬は物語内の出来事と作中人物の年齢とのどちらを勘案するかに由来している。確かに中島の言う通り、『続夫婦善哉』は作中人物たちの年齢の点で正編との「整合性のなさ」が問題となるが、正編との物語としての連続性を取り出すならば、一九三四年という正編の結末から一年後（『続夫婦善哉』冒頭部に「柳吉が「蝶柳」へ帰ってから一年が経ち」とある）以降の時間の流れの中に、日華事変と金属類の統制という昭和十年代前半の話題が入ることは、およそ五年間（「五年前別府へ来るときと同じ船をわざとえらんで」との作品末尾の記述を参照）という幅をテクスト内で根拠づけられなかったとしても、妥当ではないだろうか。

さて、先に検閲への配慮が「あった」と述べたが、これはやはり編集者の立場を視座とした、「お蔵入り」の理由を自主規制に求める欲望の表現であろう。テクストに即すと、その中では検閲への配慮が逆に「なかった」ということになる。これは『続夫婦善哉』が示す同時代的な出来事の、叙述方法の特異性に因っている。

テクストに浮上している同時代的な出来事としては、先述の通り、蝶子の国防婦人会への入会、信一の応召と入営の他に、出征兵士の見送り、金属類の統制が挙げられる。しかしながら、これらの記述をつぶさに見れば違和感を覚えるのではないだろうか。

まず、蝶子は国防婦人会に入り、幹事にもなるが、駅頭での演説は「ほかに適任者がいた」として実現がなされないと同時に、兵士を送り出す際には「戦地イ行きはったら、髭も剃りはらへんやろけど、たまには流川の大阪屋の剃刀も想いだしとくれやっしゃ」と言う。しかも「流川通の大阪屋というとき、蝶子の声は特別大きかった」と書かれるとき、その発声は兵士の鼓舞や兵士への献身を示すより先に、店の宣伝活動を意味することになる。これは『大日本国防婦人会十年史』（一九四三年）の序文で当時の元常務理事・陸軍少将の谷實夫が「大日本国防婦人会は、過ぐる満洲事変に際して出動する将兵に対し、優しき母心を以て何かと身のまはりのお世話をなし、その行を壮にすると共に銃後のかためを引受けたことに端を発し〔中略〕甲斐々々しき制服姿の婦人の奉仕活動を見、兵隊さんのなつかしい小母さんとして慕はるるに至つた其の輝かしい跡を顧みて感慨無量なるものがあります(33)」と述べるところの〈婦人〉像と余りにかけ離れている。

また、信一は入営しても戦地へ赴く前に軍隊から弾かれてしまうし、出征の見送りをするのは「寝起きの皮膚を見せて小旗を振り振り」歩いて行く、蝶子の「知った顔の芸者」たちである。そして戦力を支えるものとしてあるはずの統制は、先述の通り作中人物にとっての不利益としてしか表象されていない。

つまり、これらは全て事変下でしか起こり得ない「出来事」であるにも拘らず、同時代において期待される意味内容や表現の効果を挫く形で表象されている点で、「ただの出来事」として物語内に在り続けている。このように「ただの出来事」が書かれることによって、テクスト全体がどのようなものとして意味づけられるかは、次に触れることと併せて改めて論じることにしたい。

第四節　別府の位相と〈大阪〉性

なぜ物語の舞台が別府になっているかを問うことは、テクストを論じる際の本質的な問題ではないかもしれない。とはいえ、ここで織田作之助における事実の位相を確認する必要はある。それは作家自身が表象する場所とどのような関係を結んでいたか、場所をどれだけ知悉していたかということに関わり、本論の問題設定の場合、それを踏まえたテクストの理解が必要だからである。

織田にとって別府とは、八歳年上の次姉千代が住んでいた場所である。千代は『夫婦善哉』の蝶子のモデルとも言われる人物で、一九三四年に夫と共に大阪から別府へ移った。この姉を頼って織田が幾度か別府に滞在したことは知られており、『別府温泉史』（別府市観光協会編、いずみ書房、一九六三年二月、三五九頁）には「作家織田作之助も昭和一〇年、一四年、一八年に来た」とも書かれているが、このうち「一四年」とは十三年の誤りである。この年、織田は日記に「別府の姉より、手紙。ぼくが病気との夢みて心配して手紙を書いた由。別府へ来いとのこと。別府へ行く決心。」（一九三八年五月三日）と記しており、五月から七月まで滞在した。また、千代は別府でも知られた人物であったようで、『別府市誌』第三巻（別府市、二〇〇三年七月、一四四頁）には「流川通り4丁目に化粧品などの山市商店を開き、後に割烹文楽、終戦の翌年骨董品などの店を経営、駅裏に旅館「文楽荘」を開店した。かたわら竹瓦善哉と甘辛両党の店夫婦善哉とその隣にバー・タデ（34年）を開いた」と記述されている。

別府での見聞は創作にも活かされ、『雪の夜』（「文藝」一九四一年六月）は別府を舞台とした代表的な作品と言える。他には戦後に書かれた『湯の町』（「トップライト」一九四六年七月）や『怖るべき女』（「りべらる」一九四六年十月〜四七年二月）がある。別府を評した文章には、初出不詳の『電信棒の電燈』があり、名所旧蹟に興味関心がないこと、自分が都会生れであることから、どこへ行っても都会的なものにしか興味がないことと共に、「温泉地の都会化などと悪口をいわれているが、僕にはたとえば別府などがいちばん興味がある。そこの流川通りが大阪の道頓堀にちょっと似ているからだ」と述べている。つまり、織田にとっての〈別府〉はその都会性の点であくまで〈大阪〉との相似形で捉えられ、かつ姉のいた流川通りという別府温泉街のメインストリートを中心として構成されていたのである。

〈別府〉の都会性は、別府の実相の一面を的確に捉えた理解である。温泉地としての別府は「江戸時代以来、広く知られた湯治場」だったが、幕府領だったため「入湯するには当局の許可を得ることが必要」だった[34]。それが近代以降、まさに近代的な発展を遂げたということは、諸氏の指摘するところである。成田龍一は明治期の別府について、「明治初年に旅館数が二〇軒であった温泉町別府（大分県）は、一九一一年（明治四四）に旅館数が二八六件に増え、二四年に市制を敷く[35]」と簡潔にまとめているが、飛躍的に観光地化するのは市制施行の直後からである。交通の発達、余暇という概念の浸透により、温泉地に湯治客とは異質な観光客が入るのが、大正末期から昭和初期にかけてのことだった。北條浩はその変化を近代国家としての日本の、「農業国から工業・商業主導型国家への移行」に比例することを述べ、「伝統温泉にしても新興温泉にしても、地主資本としてではなく観光資本としての自己の変質こそ、近代的な観光温泉地としての形成への第一歩であった」としている[36]。

昭和初期の別府には、温水プールやテニスコート、動物園、スイスから輸入したケーブルカーといったモダンな施設があったという[37]。一九二九年には大阪―別府航路が一日二回出帆されることとなり、大阪からの客が更に増えた。その前年には別府市で中外産業博覧会が催され、それに合わせて洋風建築の浜脇温泉が創設された[38]。織田が訪れる昭和十年代にも、たとえば「昭和一一年の鉄輪蒸湯・天然砂湯浴場の改修、同一二年の竹瓦温泉改築、一五年の柳温泉改修、一六年の永石温泉改築[39]」がそれぞれ行われ、一九三七年には国際温泉観光大博覧会が開催された[40]。別府はまさに近代的な殷賑を極める一大観光地だったのである。

しかし、こうした近代性を「都会的」と呼ぶのであれば、織田の〈都会性〉はこれと一致しない。そもそも『続夫婦善哉』では、これらの温泉地としての表象がなされていないのである。「柳吉はいつの間に調べたのか、狭い市《まち》だがさすがに日本一の温泉地だけあって理髪店がなんと百六十軒もある、なお市《まち》がまるで銭湯同様ゆえ顔剃の道具などいくらでも売れる」という、柳吉の商売気の確かさを証明する表現に、温泉地としての別府の地名が使用されているに過ぎない。また、『電信棒の電燈』で織田自身が称揚した、流川通りの華やかさも、「流川通は別府の目貫場所で、芝居小屋こそないが大阪の道頓堀筋に似て」と、似た記述があるものの、「日に何度か通る時、蝶子はしばしば両側の店の内部に眼を配り、陳列棚の配列や飾窓の飾り方などを仔細ありげに観察した」と、柳吉と同様に商いをするという視点から、言い換えれば観光客ではなく生活者としての目線から描出がなされている。『続夫婦善哉』において、栄える温泉地別府の「都会的」な側面は排除され、「道頓堀筋に似」た流川通りが〈都会性〉の象徴として呼びこまれている。つまり、「都会的」で近代的な身体を持つ観光客は一切描かれず、〈都会性〉を帯びた大阪の相似形としての虚構の町〈別府〉の中に、生活者としての蝶子と柳吉が仮構し直されているのである。

だが相似形とはいえ、二人が〈大阪〉で担っていた役割は、『続夫婦善哉』テクストの内部で発揮されていない。なぜなら、大阪から二人が離れ、〈別府〉に置かれることによって、二人における〈大阪〉性も大きく変質するからである。その様相は柳吉よりも蝶子において顕著に表れている。

『続夫婦善哉』において、蝶子は大阪に居るテクスト前半の部分だと「蝶子は毎日千日前の自安寺へ行き、水掛け不動の腹をたわしでこすりこすり、「四十五才午の歳の男、胃腸がようなりますように……」と呟いた」と、やはり〈祈る女〉として表象されている。その祈りの利益の顕現として意味づけるにはより精緻な分析が必要だが、差し当たり柳吉の胃腸の回復は別府という温泉地への転居によって保証されるかのように書かれている（「「別府テ良え所やぜエ、なんしょ、お、お、温泉やさかいな。わ、わいの胃腸もようなるやろ」と柳吉が意気込んで言うと、蝶子はもう諦めた。」）。

また、正編における蝶子の行動原理を形作っていた、柳吉の実家との関係は、次のように書かれている。

お渡りの見える屋形にあがって散在してるのんと違うやろか。いや、それならまだましや。梅田新道イのこのこ行って、娘を連れだして祭見物させてるのんと違うやろか。それを想えば気が気でなく、もう蝶子は物を言う元気もないくらい塩垂れ

蝶子の〈苦労〉を承認可能な存在である柳吉の父親が亡くなった今、柳吉が自分の元を離れるとすれば、その理由は家督の相続ではなく娘の存在のみに求められる。また、蝶子にとって柳吉の娘とは、自分と天秤にかけられる唯一の存在であり、正編では蝶子の己惚れを覚まさせ、長年に亘って蝶子の存在基盤の一つとなっていた、柳吉と自分自身への好意的な誤読を解除する機能を果たしていた。ゆえに柳吉が娘といるという想像や可能性は蝶子にとって恐怖と不安の謂いであり、「物を言う元気もないくらい塩垂れ」るのである。同時に、柳吉の父を表象していた梅田新道は、今や娘を象徴する場所として機能している。続編では蝶子に関わる記述の中に梅田新道という言葉が七回も表れている点に、蝶子の恐れの顕在化、肥大化を見ることもできるかもしれない。

また、注目すべきは蝶子の「かつてない言葉」である。それはおきんとのやり取りを通じて浮上する。

おきんは蝶子の言葉をしんみりとききき、「あんたもたいていいやないけど、しかし、あんな娘さんと別れて暮さんならんて、蝶子はん、あんたの前やけど、維康《これやす》さんも因果やなア」と、こんな慰め方をした。「そや、そや」と蝶子は眼をうるまし、柳吉のさびしさもにわかに胸に来て、梅田新道にいないとすれば、いまごろ何処にいることやらと、もう啜りあげて、「わても子供があったらなア」かつてない言葉を口にすると、おきんも貰いなき、おきんもまた子供が出来ぬのだった。

子供を望むことには、柳吉の父の死の反映があるといえる。かつては、柳吉を社会化し、父に認めてもらうこと

が存在理由だった蝶子にとって、妊娠・出産はご法度だったはずである。彼女にとって子供を望むことは婚外子を産むことと同義であり、万が一そうなれば父の承認が遠のくだけでなく、実際には〈苦労〉に支えられていることによりヤトナ稼業をはじめとした諸労働によって蝶子の生は成り立っていたがゆえに、現実的な望みではなかったはずである。だが、承認を求める存在がいなくなった今は、人前で望むことを許されたのだと言える。しかし、この場合望みはあくまで仮定が前提となっている。なぜなら蝶子の話を聞いたおきん「もまた子供が出来ぬ」と書かれるなら、蝶子「は子供が出来ぬ」、すなわち蝶子の不妊が示唆されているからである。

また、この場面で彼女が望む「子供」は、柳吉の不在を埋め、あるいは柳吉を呼び戻す存在であり、また「柳吉のさびしさ」をも想像する蝶子にとっては、柳吉の実娘に会えない「さびしさ」を解消する存在としても認識されている。総じて、実娘に自身が対抗していくための「子供」である。このいわば我欲に基いた、おきんという他人の前での空想は、妊娠・出産があくまで仮定に過ぎないからこそ、実娘への対抗として実行できるものである。

一方柳吉にも父の死の影響は表れている。それは彼が梅田へ無心をする際、「たとえ廃嫡になっても長男は長男だ」と書かず、「これが最後の無心ゆえきき届けてもらいたい」と妹聟に手紙を送った場面に示されているだろう。この時点で柳吉は「廃嫡」という事実を全的に肯定しており、また「これが最後の無心」としたことから、実家への回帰願望も消失していることがわかる。

蝶子にとって正編後の〈大阪〉での生活は、〈祈る女〉としての在りようを保持しながらも、梅田との関係において正編よりも恐怖や不安という感情によって明確に輪郭を付けられていた。しかし、当然ながら、別府へ渡った後は梅田＝娘の存在も後景に遠のく。〈別府〉で蝶子は梅田への不安を抱くことはなく、それまでとは異なる〈大阪〉性を付与されることになる。芸妓として〈大阪〉を表象することがそれである。

蝶子は「大阪屋」という屋号を持つ店を確かに経営しながらも、その生活は〈別府〉の芸妓たちや置屋との関係にも保証されていたといってよい。

大阪の北で鳴らしただけあって、「大阪の芸子衆にはかなわんわ」とかつて熱海の芸者たちが言ったぐらい、ここでも蝶子の芸ごとはちょっと太刀打ち出来る妓がなかった。たちまちにして蝶子の顔は検番じゅうに知れ渡った。芸者の名差しも蝶子が良いわるいを決めて、気に入った妓を呼ぶという按配だったから、道で会うて挨拶せぬ妓はひとりもないくらいになった。

という叙述によって、蝶子が〈別府〉の色町の女性たちの間で覇権を握って行く根拠が、〈大阪〉に求められる。そしてこの〈大阪〉は芸妓としての蝶子を指示するものに他ならない。また、蝶子は「浄瑠璃の文句をうなりながらちちらと横眼」を遣って芸妓の鬘を見抜き、芸者と女将の分け隔てなく「友達のような口を利」くという「さっくりした気性」や「垢ぬけた容姿」によって、女性たちの支持を集める。浄瑠璃は〈大阪〉の象徴であると同時に自身が芸妓であったことを指し示すものでもある。そして「垢ぬけた容姿」やその気性もまた、〈大阪〉の「北で鳴らした」ことの証しとなっている。そしてこの〈大阪〉性が、先の引用のように「芸者の名差し」を蝶子が独断で決めても、異議を立てられない程度の覇権を彼女に握らせるのである。こうして〈別府〉での〈大阪〉は、蝶子が生き抜くための旅券として機能している。

だが、蝶子が示す〈大阪〉性は、

「うまいもんどっさり食べて、からだ良うしイや」船が動き出すと、蝶子が言った。見送りの人々も甲板の人々も、その言葉が面白いと、笑った。

という形で強権性だけを示すものではないものとして〈別府〉では流通している。とはいえ、〈別府〉と蝶子の差異を示す旅券としての〈大阪〉という点では、この記述も同じ位相にあるだろう。

実在の都市としての大阪は、『続夫婦善哉』には一切書かれない。「信一の入営を見送ると、蝶子は大阪を素通りして別府へ飛んで帰り」と敢えて書かれることに違和が生じているが、前章で論じたように『夫婦善哉』でも近代都市としての大阪の現実相が書かれなかったことを想起すれば、『続夫婦善哉』では非言語化という手法による一般的な都市イメージの封鎖が徹底して行われていると、ここでは理解したい。そのことは、貸間屋開店のため蝶子と柳吉の二人で資材を買いに大阪へ行こうとした前日、柳吉の娘から手紙で二人揃って婚礼に招かれることで作品が閉ざされ、大阪の現実相を再び描かないという結末まで一貫している。

注

(1) なお、この年表は上坪裕介編「文芸雑誌年表」(『同人誌の変遷―文藝学科所蔵同人誌を中心に―平成22年度日本大学芸術学部芸術資料館企画展』日本大学芸術学部芸術資料館、二〇一〇年六月)に基づき作成した。

(2) これらは更にその後、用紙不足と統制のためになされた一九四三年十一月の第二次雑誌統合をうけ、「日本文学者」(一九四四年四月～四六年三月)の一誌に再統合されるに至った。

(3) 『改造』懸賞創作が持つ戦略性やその内実、問題点を明らかにした和泉司『日本統治期台湾と帝国の〈文壇〉――〈文学懸賞〉がつくる〈日本語文学〉』(ひつじ書房、二〇一二年二月)は、同賞が「それまでの進歩的知識階級を読者層として狙っていた編集方針」が、一九二五年の「キング」(講談社)創刊の影響を受け、「「大衆」よりに修正」されたことの「延長上」に位置すると指摘している(五六―六一頁)。

(4) しかし、この発言に対して宇野浩二は即座に「しかし、昔だつてどうかなア」と牽制をかけている。

（5）大谷晃一評伝、一七四―一七五頁
（6）武田麟太郎『一種の飽和状態　同人雑誌の作家達に就て（1）』（「東京朝日新聞」一九四〇年六月十一日）
（7）武田麟太郎『潔癖性を守れ　同人雑誌の作家達に就て（2）』（「東京朝日新聞」一九四〇年六月十二日）
（8）上林暁『若き世代について』（「新潮」一九四〇年八月）
（9）中村光夫『若年作家と作品』（「東京朝日新聞」一九四〇年六月三十日）
（10）高見順『羞恥なき文学』（「文藝春秋」一九四〇年九月）
（11）小林豊『大阪と近代文学』（法律文化社、一九八九年六月）
（12）織田作之助『二十代の文学』（「文藝」一九四一年二月）
（13）『六白金星』（三島書房、一九四六年九月）
（14）ちなみにこの翌月「文藝」一九四〇年十月には織田の『子守歌』が掲載され、「編輯後記」に「『子守歌』は、織田作之助氏「文藝推薦」以後の第一作である。」と書かれている。
（15）紅野敏郎「織田作之助「続夫婦善哉」の発見」（Net Pinus　六八号、雄松堂出版、二〇〇七年六月）http://yusho-do.co.jp/pinus/68/kaizou/index.html
（16）日高昭二「解説　『夫婦善哉　完全版』について」（『夫婦善哉　完全版』雄松堂出版、二〇〇七年十月）、二〇二頁
（17）浦西和彦「いつ「続夫婦善哉」を執筆したか」（「週刊読書人」二七一〇、二〇〇七年十月）
（18）中島次郎「柳吉と蝶子の年齢―「夫婦善哉」と「続夫婦善哉」―」（「芸文稿」一号、二〇〇八年四月）
（19）「毎日新聞」二〇〇八年一月二十五日
（20）浦西和彦、前掲注（17）
（21）中島次郎、前掲注（18）
（22）紅野敏郎、前掲注（15）
（23）日高昭二、前掲注（16）
（24）浦西和彦、前掲注（17）
（25）中島次郎、前掲注（18）

(26) 日高昭二「「続夫婦善哉」未掲載原稿について」（紅野敏郎・日高昭二編『山本実彦旧蔵・川内まごころ文学館所蔵「改造」直筆原稿の研究』雄松堂出版、二〇〇七年十月）、二一八頁

(27) 藤井忠俊『国防婦人会―日の丸とカッポウ着―』（岩波書店、一九八五年四月）、一〇八頁

(28) 『大日本国防婦人会十年史』（大日本国防婦人会総本部、一九四三年三月）には、「会費・基金・事業資金等醵出ノ為ニスル会員ノ努力」（一九三七年四月）という文書の中に、「大分聯隊区」の「努力」として「1 会員ニ於テ部落電燈量徴集方ヲ電燈会社ヨリ依嘱ヲ受ケ其ノ収金ヲ幾割カノ報酬ヲ受クルモノ／2 村有林ノ下刈、原野ノ草刈、米麦小量宛ヲ持寄リ　活動写真芝居等ヲ郷軍ト協同シテ請負等ノ他諸種労力奉仕事業ニヨル」という内容が書かれている。ただし、この「大分聯隊区」の範囲は明らかでない。『大日本国防婦人会十年史』の引用は、千野陽一監修『愛国・国防婦人運動資料集5　大日本国防婦人会十年史』（日本図書センター、一九九六年六月）、三〇一―三〇二頁による。

(29) 中島次郎（前掲注（18））は「事変」が何事変を指すかと問題提起し、「日米開戦後を指して「事変」と書くとは思えない」と述べている。

(30) 引用における「発売禁止処分」を受けた著作はテクスト中で「『青春の逆説』」と言明されているが、実際に織田作之助の『青春の逆説』が処分を受けたのは一九四一年の八月である。この事実については第一章で詳述した。

(31) 新品の電球が切れ球との引き換え販売制になるのは、太平洋戦争開戦後である（物資統制令（一九四一年十二月十六日、勅令第一一三〇号）による）。

(32) 中島次郎、前掲注（18）。中島によれば他には一九二〇年と一九四四年の可能性もあるが、どちらもあり得ないとしている。

(33) 引用は千野陽一監修『愛国・国防婦人運動資料集5　大日本国防婦人会十年史』（日本図書センター、一九九六年六月）、三二頁による。

(34) 橋爪紳也『人生は博覧会　日本ランカイ屋列伝』（晶文社、二〇〇一年五月）、一六九―一七〇頁

(35) 成田龍一『近代都市空間の文化経験』（岩波書店、二〇〇三年四月）、一六頁

(36) 北條浩『温泉の法社会学』（御茶の水書房、二〇〇〇年五月）、七二頁

（37）須藤廣「戦前の別府と温泉観光地の近代」（『観光化する社会――観光社会学の理論と応用』ナカニシヤ出版、二〇〇八年五月）、四三―四四頁
（38）別府市観光協会編『別府温泉史』（いずみ書房、一九六三年二月）、六六頁
（39）前掲注（38）、六九頁
（40）『別府市誌』（別府市役所、一九七三年八月）、六〇八頁

第四章　一九四〇年前後における〈地方〉・〈方言〉の概念編成

第一節　大政翼賛会による地方文化運動

一九三七年七月七日の盧溝橋事件以降、日中戦争の激化に伴い、第一次近衛内閣は九月から国民精神総動員運動を展開する。そして同内閣が提出した、主に経済、労働、そして言論出版の統制を目的とする国家総動員法[1]が翌年四月に制定されるなど、総力戦体制が築かれるにしたがって、地方概念が体制主導で新たな意味を担わされ、再編されていくことになる。地方をめぐる問題は体制内部のみならず、文学界でも一考すべきトピックとして挙げられ、議論されることになった。これに大きな役割を果したのが、一九四〇年十月に成立した大政翼賛会文化部が指導する地方文化運動だった。文化部には文学者たちも登用されることになり、彼らや「運動」を助けた人々が、メディアで地方文化運動について語り出したのである。こうして地方に関する言説が量産される中ではまた、「地方文化」なるものが実体化され、言挙げされてもいた。この時期新たに光を浴びた地方あるいは地方文化について、大阪に居続ける作家織田作之助は、積極的に大阪を〈地方〉として引き受け、発言する。

本章ではまず体制内での「地方」の取扱いや「地方」を取り上げることの意味を明らかにし、それに対する文学界の反応を確認したうえで、織田作之助固有の〈地方〉、〈地方文化〉言説を分析する。その際、この三つの局面すべてで問題化されたことが、言葉の問題――標準語政策、それに伴って生じる「標準語」と「方言」の関係、植民地における日本語教育、二重言語論に代表される多言語的社会編制と単一言語的社会編制との相剋――であり、就中方言の位置づけはどの局面でも重視されていたようである。この地方・地方文化と方言という二つの側面から、織田作之助が主張した〈大阪〉の内実、そしてその発言の戦略性について論じたい。

一　地方文化運動について

一九四〇年七月に第二次近衛内閣が組閣され、同月、基本国策要綱という形で大東亜新秩序建設を閣議決定することにはじまる新体制運動、いわゆる近衛新体制は、同年十月の大政翼賛会成立を実現させた。政策研究団体、昭和研究会にいた三木清の提言により、大政翼賛会には文化部が設置され、その初代部長に岸田国士が就任した。岸田就任の事情について安田武[2]は、三木清が推挙したと推測しているが、真相は不明である。また、畑中繁雄[3]は「おそらく、岸田が陸軍士官学校出身であったという、その経歴がみとめられ、文化部長の声がかかったものと想像された」と証言している。多くの文筆家や出版関係者にとって岸田の就任は、極端な文化政策の抑止力になることを期待させるものだった。北河賢三[4]によると「翼賛会成立後も、翼賛会指導部は文化部が何をなすべきかという点について定見をもっておらず、文化部の政策・運動目標は、もっぱら文化部長岸田らの手にゆだねられることになった」という。結果的に文化部は地方文化運動、工場文化運動、健民運動などの翼賛文化運動を推進した。この中でとりわけ力を入れられたのが、地方文化運動である。

一九四一年一月に発表された「地方文化新建設の根本理念及び当面の方策」を以下に参照したい。

> 真に世界史を画すべき大業であり、且つ日本民族の運命を決定すべき東亜新秩序建設の企図達成のために、

その目的に照応すべき国内体制の刷新、新体制の確立が何よりも先づ必要なことは最早やいふまでもない。かくして我が国の最高課題たる高度国防国家完成の不可欠な要件として、こゝに政治、経済と共に、広汎な国民生活一般の諸分野を包括する文化機構の再編成が要請せらるゝに至つた。

この時に当り最も大切なことは、国民が文化を全く新しき時代に即応して再認識することである。従来やゝもすれば、文化をもつて政治、経済は勿論のこと、国民生活とは全く遊離した贅沢物乃至は装飾品のごとく考へ、それが根本観念に於て著しく消費的、享楽的であり、且つまた個人的、非公共的性質を帯びてゐたことは争はれぬ事実である。因より文化の正しき消費性は尊重さるべきであるが、新体制に於ける文化の建設は、以上のごとき誤れる観念をしりぞけ全国民的な基礎の上にたつ、生産面にふれた新しき文化を創造しこれが育成と、政治目的の完遂とを国民生活と東亜諸民族の生活の中に実現して行くことにあるのである。従つて国家成員のすべてがその創造と享受とに積極的に参加しなければならぬ。即ち、明日の文化は、倫理性、科学性、芸術性の三要素の渾然たる融合の上に、更にかくのごとき正しい高い意味の政治性が加味されねばならぬ。

思ふに過去の歴史に示されたるがごとき政治上の大改革は、何れも国家の伝統を明徴にすることによつて行はれたことを想起するならば今日の新体制確立もまた、光輝ある伝統の自覚によつて現代の事実に立脚する精神の更生を必要とする。こゝにいふ伝統の自覚とは、過去におけるある特定の時代あるひは特殊の歴史的事実にかへつた我国文化の本質に基いて、新しい時代の文化を創造する維新にあることを銘記しなければならぬ。かくのごとき日本文化の正しき伝統は外来文化の影響の下に発達した中央文化のうちよりも、特に今日に於ては地方文化の中に存し、この健全なる発達なくして新しき国民文化の標識を樹立することは不可能ともいふべきである。地方文化振興の意義と使命はこゝにあるのである。

かくして以上のごとき国民文化新建設の根本理念は同時に地方文化刷新の指導理念にほかならぬが、特に地

方文化振興については、

第一には、あくまでも郷土の伝統と地方の特殊性とを尊重し、地方地方がその特質を最大限に発揮しつゝ、常に国家全体として新に創造発展することを目標とし、中央文化の単なる地方再分布に終らしめざること。

第二には、従来の個人主義的文化を止揚し、地方農村の特徴たる社会的集団関係の緊密性を益々維持増進せしめ、郷土愛と公共精神とを高揚しつゝ、集団主義文化の発揚をはかり、以て我が家族国家の基底単位たる地域的生活協同体を確立すること。

第三には、文化および産業、政治行政その他の地域的偏在を是正し、中央文化の健全なる発達と地方文化の充実をはかり、両者の正しき交流によつて、各地域毎に均衡ある文化の発展を期すること。(5)

ここに示されている地方理解は、次のようになるだろう。まず、「東亜新秩序」の建設を最終目標とした政治・経済の変革に合わせ、「文化機構の再編成」も要請されており、そのためには「新しい時代の文化を創造する」必要があるとの理念が明示される。このテクストにおける「文化」という用語は、二つの対立軸によって分裂している。一つには、「消費的・享楽的」な従来の文化観であり、それに対して「生産面にふれた」新しい文化が想定される。そして、「外来文化の影響の下に発達した中央文化」に対するものとして日本文化の「正しき伝統」を孕むものとしての「地方文化」が設定されている。この場合、「消費的・享楽的」「外来文化の影響の下に発達」という二要素は、従来の文化に与えられるものであり、よって二つの対立軸は相似形をなしている。すると「地方文化」は「正しき伝統」を匂わせると同時に「生産面にふれた」新しい文化だという理解を得られる。しかしながら、「地方農村」と書かれているところに、「地方」の具体的な内実が何だったかが示されている。すなわち、赤澤史朗(6)も指摘しているように、地方文化運動、一九二〇年代以降の農村文化運動の延長線上にあると見做すこともできるのである。

さらに「方策」は、地方文化振興の目標に「郷土の伝統と地方の特殊性の尊重」、「郷土愛と公共精神」に基づく「地域的生活協同体の確立」、中央と地方の「均衡ある文化の発展」の三点を掲げる。

こうした事情の一方で、岸田国士文化部長が地方への取り組みに力点を置いた動機は、帝国の国策に応じることだけに求められるものではない。地方をめぐっては一九三〇年前後から様々な言説が生成され、一つの画期をなしていた。成田龍一[7]はこの時期に「小学校に郷土科がおかれ、郷土史が編まれ、柳田国男は『郷土生活の研究方法』（刀江書院、一九三五年）を著し、郷土教育連盟が一九三〇年に機関誌『郷土』を発刊した。〔中略〕さらに『郷土史研究講座』（全一五冊、雄山閣、一九三一―三三年）が刊行され、「郷土史」の名称のもとに地域の歴史が探索された」と述べ、この時期に新たな郷土概念が生成されていた可能性を指摘している。岸田文化部長の地方への取り組みには、翼賛体制の発想以前に別の文脈が用意されていたのである。

さて、先に検討したように文化部が発表した「理念」に示される通り抽象的な設定を持ち、告知された地方文化運動の実際の担い手は、各地の地方文化団体（文化協会・文化連盟）と地方文化委員会であった。これらの多くはこの「方策」発表を受けて順次結成され、翼賛文化団体とも呼称されるようになった。ちなみに大阪ではそうした団体が生まれなかった。この点からも、地方文化運動が内実としてはあくまで農村文化運動を引き継いだものだったことが窺えるだろう。

文化部主導による上からの文化政策が目指したものは、単一の国民文化の創成に違いない。その際には、先の文書にも理念として表れていたように、これまでの近代日本の文化が、外来的で、消費的＝非生産的な商業的文化であったとして否定され、その代わりに「地方文化」――人々がその固有の土地に住み、生活する場で生み出されたものという理解に基づく――が、日本古来の「伝統」的な文化であると同時に、人々の生活を支えている生産者の文化として二重化され、称揚されているのである。

「方策」に基づいて各地で地方文化団体が相次いで結成されたことは先に述べたが、その任務は「生活文化の次元で地域の「協同化」を推進する「新生活様式の樹立」と、地方に残されている「伝統」文化の維持発展、それに主に映画・ラジオその他の都市大衆文化を利用した「宣伝啓発」」という三点だった。(8) これは当然ながら「方策」の目標と矛盾しないようになっている。

とはいえ、これは文化部すなわち「中央」を視座とした運動の把握であり、実情はこれとはまた異なるものだったようである。「私は側面から非公式に地方文化運動の促進に努め、外部から間接に大政翼賛会の手助けをして来たものである」と自ら名乗る中島健蔵は、(9)「方策」が出されてからの一年を反省する。まず、「地方文化運動の主体は、飽くまで地方在住の人々である」と、運動における統一性、全体性の確保を理念化しながら、現実的には「地方名士の運動」に限られていることに注意を促す。そして、「文化概念の問題」を取り上げる。中島は文化といえば「直ちに芸能を考へ、娯楽を考へ、消費的な生活程度の向上を考へる」ことを戒め、文化を「直接日常生活に関係の深い生産技術、衛生問題、乃至は実質的な消費技術」などの側面から捉えるべきだと主張する。ここに地方文化運動が「多くの人々」に「なめ」られていたという実態が示されている。

そのことは火野葦平も書き留めている。(10) 福岡県翼賛会支部から文化委員会の結成について懇談したいという書面を受け取る程度に、火野は文化運動に明るかった。その火野が問題化するのは、地方文化運動それ自体に対する「偏見」「侮蔑」「軽視」「黙殺」である。そして「実際問題として、翼賛会地方支部の人たちの中にも、地方文化団体がやつてゐる民衆に接触する運動を、低俗だと考へる人もあるやうに聞いてゐる。翼賛会の大政翼賛運動自体が、大いなる国民運動であるのに、文化団体の民衆との接触運動（たとへば、町内会、隣組、産報、商報、婦人団体、等との結びつき）を、低調といふことは、理解できない」と批判する。これは中島が述べていた、文化という言葉をめぐる、一般的な理解と運動理念との差異と同じことを指しているといえよう。

戦時下の文化の政治利用の一端を担っていた地方文化運動には、地方文化、ひいては地方そのものの価値を構築させる意図が込められていたが、実情としては「文化」という概念自体が「中央」にとっての所与のものであるという認識があったがゆえに、運動の空転は避けられない事態だったといえる。

観念的に展開された側面を持つ地方文化運動は、それでもいくつかの点で実効力を発揮した。その一つに中島が批判的に取り上げていた「地方名士」こと、いわゆる地方文化人の発生がある。福岡という地方在住の、『麦と兵隊』などで知られるベストセラー作家という「名士」である火野葦平が、翼賛会の支部から伺い立てをされていたように、各地域で「名士」と見做された人々が運動の中核を担うことになった。それは彼らに運動の主体たる地方文化人としてのアイデンティティを付与することになったはずである。地方文化人でなくとも、「財政面で国家的援助をうけることがほとんどなかった」運動に対して援助を行った「篤志者」[11]たちも、地元の「名士」だったに違いない。

むろん運動の実効力には運動の具体相も含まれる。たとえば「郷土の偉人」や「先覚烈士」顕彰運動がそれにあたるが、東北の地方文化運動を検証した北河賢三[12]は、「地方文化運動のなかで最も力が注がれたのは、農村医療や生活改良など生活諸条件の改善と、娯楽・芸能文化の振興であ」ったと指摘している。こうした状況を見るかぎり、地方文化運動は「方策」が期待したような中央と地方の「均衡ある文化の発展」とは距離があり、むしろ地域固有の生活文化の発展を求める性格が強かったことがわかるだろう。

二　文芸誌に浮上する地方文化運動の内実

先述の通り、地方文化運動には文学界の人々も多く参画していた。いわば関係者たちが国策に参入していく過程で、直接運動に関わらない人々も様々に発言していくことになる。その際に目立ったのは、文学の担い手としての地方と中央、ならびにその成果としての地方文学とそれ以外の文学という腑分け、そして両者の距離や乖離を問題化し、とりわけ地方文学を実体化しようとする視線だったが、それは大政翼賛会成立に先立つ時期に生成されていた言説の焼き直しという側面があった。

翼賛会成立の直前期、すでにこの問題を提出していたのは中村武羅夫「文学と地方語及び地方文化」（『新潮』一九四〇年六月）である。中村は、「従来の文学は、甚だしく中央集権的に片寄つてゐた。それが最近——農民文学などが盛んになつてから、地方的にも、かなり分散するやうになつて来てゐる。殊に、その題材や、会話などに依つて、地方的特色が十分に表現されることに依つて、その作品のすぐれた価値をなしてゐるやうな作品も、相当に現はれてゐる」として、東京を示唆する「中央」に文学をめぐる諸環境が限定されてきたことへの反省を促す。また、農民文学（中村は長塚節『土』や伊藤永之介『鶯』、『鴉』を挙げている）が地方文学と同定されていることも窺えよう。そして結論として「地方文化と地方語との問題は、単に或る地域を限つて、その地方当局と、また特殊な研究家たちとの間の問題だけにはとどまらない。広く全般に亘る一種の文化問題であ」ると述べ、来たる翼賛体制を予言するかのような提言をなしている。彼がこう述べたのは、同時期に起こっていた沖縄における方言問題に因っている。沖縄では当時、県の学務課を中心として標準語使用の徹底的な励行運動がなされており、小学生に対して家庭における琉球方言の使用を禁じ、使用者を密告する制度を作るなど、過激な政策を実行していた。このような地方での、「中央」への馴致という形式を取る抑圧が表面化していたことは、大政翼賛会成立の布石の傍証ともなるだろう。

「新潮評論　文学の都会的性格について」（『新潮』一九四一年四月）は、中村が指摘したような、中央と地方それぞれの文学の乖離の問題を地方文化運動と併せ、既に始まっていた地方文化運動において「社会の生産面」を扱った文化の好例としての地方文学＝農民文学が盛んになってきたとまずは述べる。しかし、「社会の生産面に対して、政治や、時代の関心が、その方面に傾くからといふので、必ずしもすべての文学が足並みを揃へて、同じ方面にのみ向ふ必要など、毫もない」と述べる筆者は、農民文学のマンネリズムに言及し、結局のところ農民文学は「決して盛んであるとも言へなければ、興隆期にあるとも見られない」という。その主張は元禄以降の文学を引き合いに出し、「凡そ文学と名のつくものはすべて、都会性に依拠して生れ、都会の生活者に依存して栄えもすれば、衰へもしたのが事実である」として、彼の言う「都会文学」の「旺盛な活躍」への願いを述べることに収斂している。

中村もこの筆者も、そもそも「中央集権」「都会文学」なるものが日本のメディア環境そのものに大きな、かつ唯一の根拠を与えられていることには完全に盲目だが、中央（都会）と地方を実体視している点で「方策」の理念と重なり、また地方を中央＝自らの立ち位置よりも過剰に実体視している点でも一致している。中村は別の文章で「地方の中央依存的な考へ方が是正される」必要を訴え、「地方文化はおのおのの地方文化としての自主性と、特殊性とを失ふことなく、しかも孤立し、割拠することなく、中央文化と地方文化とは相交流し、相互に刺激し、影響し合つて生き生きと発展してゆく」ことが最たる理想だと述べているが（中村武羅夫「地方文化の再建問題と一つの提案」「新潮」一九四一年八月）、この明晰な理解は「方策」の目標と限りなく近いことを確認させてくれる。つまり、「均衡ある文化の発展」（「方策」）とは程遠かった地方文化運動の実態は黙殺されたまま、文学界の言説も国家の言説も、この時期に地方を可視化する支配的言説を構築することによって一枚岩となりえていたのである。つまり、こうした従前の図式、古くから継続的に問題化されてきた話題に新たな意味を付与することによって、文学界と国家を分けず、むしろ強力に接合する磁場が総力戦体制に向けて用意されていたのである。

こうして文学界は国家的な視座を共有しつつ、地方に対する視線が結局はステレオタイプのまま簡単に再確認され、そのような言説も大量に再生産されるに留まっていた。彼ら自身の社会的位相は変わるはずがなかった。そして一九四二年前後には、メディアで中央と地方の問題が議論される機会がほぼなくなる。それは太平洋戦争の開戦に伴い、大東亜共栄圏という思想が現実味を帯びてきたように見えた状況で、植民地での言語問題が次の話題となったからである。しかしそれも機会としてはそれほど多くなく、「文藝」一九四二年三月に掲載された座談会「言語政策」（出席者は保科孝一、小倉進平、石黒修、平野義太郎、谷川徹三、木下杢太郎）が議論された最も大きな場だったことだけ指摘しておく。むろんその中では内地のことが参照されることはなかった。

第二節　〈地方〉を引き受ける〈大阪〉

織田が発表した文章の中で初めて「地方文化」という言葉を使うのは、『大阪・大阪』（「朝日新聞」大阪版、一九四一年八月八〜十、十二、十三日）である。そこには「地方文化といことが喧しくいわれてい」る現状に対し、議論が論理に傾いていることを批判する。「百の議論よりも一の実行だ」と言う織田の提言は、「文化雑誌」をまずは発行することであり、それを「われわれ」の手で行うことに意味を見出している。当時の大阪で文化雑誌にあたるものとしては、南木芳太郎主宰の『上方』を挙げられるが、これは古典籍や遺蹟について、あるいは過去の風俗について記録するという趣が強かった。織田も同誌を数多く所蔵していたためその存在を知らなかったとは考えづらく、ゆえに織田の言う「文化雑誌」はあくまで文学作品の発表媒体を意味し、あくまで表現者としての自意識に基づいて地方文化への言及がなされていたと考えられる。しかし「文化雑誌」発行の実現については「果して府や市の当局がこれを許可するだろうか。疑わしい」と危惧し、可能性を棚上げしている。

織田の「文化雑誌」発行という希望は現存する草稿からも跡づけられる。大阪府立中之島図書館織田文庫の草稿一〇〇「大阪文芸協会機関誌発行に関する趣意書」は、執筆時期が不明で完結した草稿ではなく、また完成稿に該当する資料が発見されていないものの、その内容からある程度の実情が窺える。ここに残された五枚の原稿用紙から、比較的まとまっているものを二枚分翻刻する。

今般大政翼賛会大阪支部ニ於テ別紙規約ノ下ニ大阪文化協力会ガ組織サレマシタノニ呼応シテ、ソノ第一部文芸部門ヘノ参加団体トシテ在阪文芸家ヲ網羅シタ大阪文芸協会ガ設立サレ、在阪ノ各種文化団体ト協力シテ、皇国ノ歴史的使命ニ立脚シ、翼賛精神ノ本義ニ則リ、新日本文化ヲ建設シ、聖戦ノ完遂ヲ期シ、併セテ郷土文化ノ確立昂揚ニ邁進スルコトニナリマシタ。

ソモソモ大阪並ビニ近畿ノ文芸家ハ従来個人的ナ活動ニノミ終始シテ、コノ種団体ハ過去ニソノ例ヲ見ナカツタノデアリマシテ、今般大阪文芸協会ガ全国ニ率先シテ〔※〕ニ貧困ヲ極メテ居ルコトハコノ上ナイ痛恨事デアリマス。

ココニ於テ、大阪文芸協会デハ大阪文化協力会ノ設立ヲ機トシテ、ソノ本義ニ則リ、機関誌ノ発行ヲ試ミテ、過去ノ大阪文化ノ通弊ヲ是正シ、将来ノ大阪文化ヲ確立昂揚シヨウト

〔翻刻者注　この間二枚目にあたる草稿はない。〔※〕以降は「3」と附記された原稿用紙の翻刻である。〕

この草稿からは、織田が翼賛というモード自体に便乗する形で、大阪に居ながらにして創作活動を続ける困難を訴えていることがわかるだろう。草稿にみえる「機関誌」は『大阪・大阪』で述べていた「文化雑誌」に一致すると考えられる。この草稿は大阪における作品発表の機会の絶対的な欠乏の中にあって、体制のモードをむしろ積極的に活用しようとした織田の態度の証左である。

『大阪・大阪』発表の二ケ月後に発表された『地方文学』（「随筆四季」一九四一年十月）は、織田の〈地方文化〉観を見るために重要なテクストである。テクストの冒頭では「これにまさる地方文学論はちょっとほかに見当ら

ぬ」として谷崎潤一郎『東京をおもふ』を長く引用する。

『東京をおもふ』には、「消費者の都、享楽主義者の都」である「東京にあるものは根底の浅い外来の文化か、たかだか三百年来の江戸趣味の残滓に過ぎ」ず、「われわれの国の固有の伝統と文明とは、東京よりも却って諸君の郷土に於て発見される」とある。「消費」という言葉、そして最後の引用部分は奇しくも「方策」に明記された「中央」の理解と一致する。

これに織田が反応した理由は二つあるだろう。まず、谷崎の「東京以外に文壇なしと云う先入主から、あらゆる文学青年が東京に於ける一流の作家や文学雑誌の模倣を事とする」という発言、それに続く「扨それらの雑誌〔同人誌―引用者注〕を見ると、殆んど大部分が東京の出版であり、孰れも此れも皆同じように東京人の感覚を以て物を見たり書いたりしている。彼等のうちには多少の党派別があり、それぞれの主張があるのではあろうが、私なんぞから見ると、彼等は悉く東京のインテリゲンチャ臭味に統一されている」といった言葉を、既に『夫婦善哉』によって〈大阪的〉な作家と定位され、同時にこの五年間同人誌作家かつ編集者でもあった織田自身が、切実なアクチュアリティのある提言として受け取った。しかもその言葉は、文学状況において東京が特権化されていることへの批判だったため、織田自身の意を得たものとして理解された。

そして、谷崎が「東京へ出て互いに似たり寄ったりの党派を作ることを止め、故郷に於て同志を集め小さいながらも機関雑誌を発行して異色ある郷土文学を起したらば、どうであろうか」と書くことで、今度は「故郷」の東京に対する優位性を織田にもたらした。優位性は、「故郷」での同志による「機関雑誌」の発行が、革新的なものを生み出す可能性として織田に認識された。先に参照した『大阪・大阪』での文化雑誌発行への意欲も、あるいはこの谷崎の見解に沿ったものかもしれない。

これらのゆえに織田はこのテクストに過剰に反応したのである。それは「近頃東京在住の評論家が得々と地方文学を論じている」ことへの、織田自身の批判からも根拠づけられる。だが、この批判がテクストの主眼ではない。では次に、谷崎に倣って地方在住者による雑誌の発行が再び提言されるかというとそうではなく、事態は同郷の「若き文学者」への批判に及ぶ。彼らが批判される理由は、彼ら自身が「観念的な文化向上論にのみわれを忘れて、大阪のもつ良き伝統を軽蔑」していることにあると、織田はまず糾弾する。しかし、これが批判の本当の理由ではない。「伝統」の内実が明かされないという、このテクストの性急さは、この記述が本質的な批判の導入部に過ぎないことに因っている。

　織田が同郷人を批判する真の理由は、彼らの創作「技術」の低さにある。しかし、この際に「技術的に東京文壇のレヴェルに達する必要がある」、続けて「地方の同人雑誌で、かねて通弊とされているのは、技術の低級な作品がすく《ママ》活字になってしまうことであろう」と、「東京文壇」と「地方の同人誌」をヒエラルキーで捉え、自分の属す側を下位に置いている点で、まさに「方策」的理念を再生産しているに過ぎないことになってしまう。さらに、この事態は先程谷崎の東京批判に我が意を得ていた織田自身の姿と矛盾を来す。

　織田は確かに、東京に対する下位概念としての〈地方〉の役回りを、大阪に積極的に付与している。しかしそのことを問題化するのではなく、大阪をそのような〈地方〉に結びつけることでいかなる言説が構築されているのかをここでは考えたい。「若き文学者」を批判する言葉として、「生硬な訳語をふんだんに使って、文化、文化と絶叫する」姿、言い換えれば彼らの文化論が「ひどく外来思想かぶれして」いることに無自覚であることが挙げられる。彼らの観念性に着目すれば、それは織田の言う「論理の辻褄を合せることばかしが能で、てんで文学の観賞力なぞない、近頃多数輩出の新進論評家」と、その行為において同じ位相にいることがわかる。さらに、その評論家たちが「概念を楯にとって論じ立てる地方文学論なぞ十把一からげになっても」谷崎の地方文学論には及ばないと裁断していたことを考えると、このテクストでは現今の地方文学論全てを否定していることがわかる。

ゆえに、東京の下位概念としての〈地方〉である大阪で、「文化向上論」を唱える者を批判するというパフォーマンスを通して、このテクストでは最も根本的な地方文学論批判がなされているのである。とはいえ、織田自身の興味は大阪の「若き文学者」たちの、創作技術の向上にあることは間違いない。それは谷崎の文章にアクチュアリティを付与したように、織田自身の文学環境をめぐる重要な問題だったはずである。

あくまで実作者としての視点から地方文化を論じる織田の態度は、その後も一貫していた。本節でこれまで検討対象にしていた時期から二年ほどを経て発表された『関西文化の将来』（『毎日新聞』一九四三年四月二十二日）では、文楽の評価が高まっていることを「万葉ばやり、法隆寺ばやり」と並置して「回顧的な団扇で煽った挙句の煙」、つまりノスタルジーに基づく「流行」に過ぎないと述べる。そして「関西文化の将来を法隆寺や文楽のみに託して置けない」とするのだが、この表現は表層だけ見ればあからさまに同時代の支配的言説、いわゆる日本主義的なもの、復古的思想を「流行」として裁断する抵抗的発言となっている。しかしその現象それ自体に対する意見は述べず、テクストの焦点は別の「煙」を生み出すような「新しい炭」を作り出すことの訴えにある。ゆえにこの評論も、〈地方〉を梃子とした実作者意識の発露である。

このように、織田にとっての〈地方〉あるいは〈地方文学〉〈地方文化〉はすべて、実作すること、創作行為それ自体の重要性、具体的には発表の場の要求と「技術」の重要性を述べるために使われる梃子だったのである。しかし既に確認したように、同時代の支配的言説では地方と見做されていなかった、むしろ日本第二の都市として了解されていた大阪を、あえて中央の下位概念の〈地方〉として作り出す言説は不自然であり、奇矯なものに見えたかもしれない。

地方文化運動やそれに追随したメディア言説を参照すると、「地方」は中央によって保護される、つまり客体として形成されるか（農民文学の取扱いのように）、中央＝帝国の計画に適合可能なものとして完成される、つまり主体の構築が促されるか（沖縄の方言問題のように）のいずれかに属すことがわかる。しかしこのどちらも中央をそれとして存続させるための、同じ秩序に属している。その際に「地方」と名指された側の主体性が問われた場合、地域という、ある一定の拡がりにしか存在しないコンテクストやその地域に特殊な事情のようなものが、性急に取り出されてくると（織田の文楽に関する発言はそのことを指している）、「中央」を補強し、支配的言説との共犯関係が生まれる。文楽という「流行」に価値付けしない織田の態度は、一見この関係を超克しているようにも見える。しかし、繰り返すが、織田は大阪が実態的には間違いなく都市であるにも拘らず、大阪を〈地方〉化する言説を自ら戦略的に生産していた。そして地方文化運動と重なる「伝統」という歴史性を根拠とした〈地方〉化も、のちに法隆寺と文楽への取扱いを「流行」とすることで自ら否定するとはいえ、行っていた。結果としてはこのようになるが、テクスト自体の主眼は常に別のところにあったことを強調しておきたい。

第三節　「標準語」「方言」の序列

一　標準語と方言をめぐる議論

標準語は、一九三〇年前後に盛んに議論されることになる。それは方言と対になる形で、むしろ方言研究の興隆に連れ出される形でなされた。この時期の方言研究をリードしたのは、柳田國男と東條操という二人の学者だった。一九二七（昭和二）年から「蝸牛考」の発表を始めた柳田は、翌年には方言研究会を組織した。その動向を安田敏朗[13]は「方言研究会は一九三一年に東京方言学会、一九四〇年には日本方言学会となり、機関誌『方言研究』（計十輯、一九四四年まで）を発行した。また國學院大学内で一九三一年に方言研究会が組織され『方言誌』（計二十三号、一九三一年～一九三九年）を出した。また盛岡の研究者橘正一が『方言と土俗』（一九三〇年～一九三三年）を月刊で発行するなど、地方での研究もおこなわれ各地に「方言研究会」が組織されるようになると、その連絡機関の必要と研究向上が痛感され、それを目的とした月刊誌『方言』が一九三一年から一九三八年に財政難で廃刊するまで計七十六冊発行された」と纏めている。

柳田が唱えた方言周圏論は「蝸牛」の呼び方の分布を基礎にしている。それは言語地理学の実践であり、戦後大いに発展した。しかし、小森陽一[14]は方言周圏論を分析し、柳田の論は政治と文化の中心にある地域で使用されている言語が、「最も発達した言語」であり、その他の地域、たとえばいわゆる「地方」で使用されている言語は「未発達で進化していないもの」だという、「社会進化論的な優劣関係を中央と地方の間に持ち込むことによって、実は人工的に作られたにすぎない中央語としての標準語が上位にあり、「方言」が下位にあるかのような構図を創り出した」という問題性を明らかにしている。

その一方、柳田と当時双璧をなした東條操は、方言周圏論の発表と同時期に方言区画論を唱えた。これは彼が作成した「方言地図」という形式の採用からも窺えるように、当時の日本国内の方言を、

本州東部方言―東北方言／関東方言
本州中部方言―東海東山方言／北陸方言
本州西部方言―近畿方言／瀬戸内海方言／雲伯方言／土佐方言
九州方言―豊日方言／肥筑方言／薩隅方言／薩南方言
琉球方言―沖縄方言／先島方言

と腑分けし[15]、系統立てて文字通り「区画」するものだった。その系統立ては遠藤仁[16]が「ある一定の方言を大づかみに把握しようとする際に有効であるにしても、どこにウエイトを置くかによって区画が異なってくるばかりでなく、総合的な区画を行おうにも根拠が立てにくい」と評価したように、柳田の方言論とは異なる意味で問題のあるものだった。

しかし東條の取り組みはそれまでの方言に関する議論を通してもたらされた「データをもとにした「学」としての体系化を図るもの」（安田敏朗[17]）として評価されている。

このように方言が活発に議論され、学問化されていくのと機を同じくして、アジア太平洋戦争が始まり、それによって方言研究は新たな局面を迎えたと言える。言うまでもなく、標準語の要請の高まりが生じたのである。それはもちろん、帝国の統制的理念としての性格をより色濃くした標準語を意味していた。

東條操[18]は「国民思想統一の立場から考へると国語統一の必要は勿論いふまでもなく急務であり、国語教育の目的が標準語教育による国語統一にある事は疑ふべからざる事実である」と述べた。東條と同じ認識を示すのは石黒修[19]である。彼は「大東亜共栄圏の建設には、日本語の普及を根基としなければならないこと、日本精神・日本文化の宣揚も、わが国策の遂行も、これによつて本当に可能であることは、ひとしく認められてゐる。／日本語は、日本の日本語であると同時に、既に満洲国、中国、仏印などに、ひろまつて、東亜の、世界の日本語にならうとしてゐる。又、しなければならない」と言い、現在の「国語」を取り巻く様々な問題を「現実の問題」と捉え直し、「現在に即して解決して行かなければならない」と決意を語った。

しかし、いわゆる外地やこの戦争によって新たに占領された地域の「国語問題」と内地のそれとでは状況が異なる。火急の問題なのは前者だった。方言はあくまで内地の問題だった。とはいえ、方言は内地に留まるテーマではなかったことがわかる。それは当時の標準語策定の論議を参照すると明らかだ。東條は標準語の正体を正しく摑んでいた。

現在の日本には標準語といふ名はあつても、その実は存在しない、人は東京の教養ある社会の言語といふ招牌を見て安心してゐるだけである。なるほど国定読本は編纂されて標準語の見本は示されてゐるが、これも見本以上のものでない。その見本も音韻については無関係であるといつてよい[20]。

一九三九年には、内閣によって国語対策協議会が設けられ、同会は企画院、興亜印、陸軍省、海軍省、朝鮮総督府、台湾総督府など多数の省庁機関と連携し、国語の調査や統一のための新機関の設置や、標準日本語辞典の編纂を決定した。こうした国策レベルの動向が、学界に影響を与えないという時代では既になかったのである。

結論から述べれば、この状況下で、標準語の下位概念としての方言の位置が明確化する。例えば石黒修は「語彙については、標準語の確立が必要である。標準語は、方言によつて補ひ、標準語彙に全国性をあたへるため、方言調査をしなくてはならない[21]」、あるいは「標準語は難をいへば、格式が整ひすぎて生気が欠け、中性的な言葉となるきらひがある。それを色づけるのは方言である[22]」と、方言を標準語の不足を補うものだとした。

また佐久間鼎はよりラディカルに方言を裁断する。彼は「この急迫した非常時的国際情勢において、国内的無秩序、不統一がどんな不利益を国家にもたらすかについて一考するならば、地方的感情の如きを清算するのは、何事でもありません。〔中略〕各地各様の方言を愛惜するがために、この日本語の統一を妨げるといふのは、どんなに愚なことだらうかは、この観点に立つとき、何人の眼にも明かに映じるのではありますまいか[23]」と言い切り、場合によっては標準語の規則性、合理性を損なう危険なものとして、方言の排除も辞さない気構えを見せる。彼にとって方言とは、「言語学的研究の対象として、材料として大切[24]」なものにすぎず、材料である限り如何様にも調理可能なのである。ただ、この理解は、佐久間がいわゆる二枚舌的言語使用、つまり国民の生活における標準語と方言との二重言語使用を語る際になされたことに、留意せねばならない。

二重言語使用は標準語の策定と方言の尊重のいずれを優位に置くかという問題が浮上した時に、妥協案として生じた。具体的には学校や職場など公の領域では標準語を使用するのが当然だが、家庭や郷党の間では方言を使用することを許容すべきだという説である。この際、標準語には無感情―思想伝達に適す―人為―公、方言には感情的―活きた言語―自然―私といったイメージがそれぞれ確認された。この事態は人工的で合理的なシステムとしての「標準語」に、生活や日常と不可分なものとしての「方言」が対置され、両者が記号化されたことを意味しているだろう。さらに「方言」について言えば、地方文化運動における「地方」のイメージと同様の図式、すなわちそこにこそ〈生活〉がある、あるいは〈生活〉に直結したものという図式が用意されたのである。

戦時下の方言の取り扱いは、概ね採集の対象として重視される傾向にあったが、一方で標準語の確定を前に一刻も早く消えるべきものとする論も管見の限りだが確認できる。その声は他ならぬ大阪の地で上がったのだが。のちに改めて言及したい。

二　アジア太平洋戦争下の大阪弁の位相

本節ではいわゆる大阪弁について論じる。「大阪弁」は大阪方言と呼ばれる場合もあり、また、そもそもが泉州弁（和泉）と河内弁との集合体として捉えられていたり、大阪内部でも地域や社会階層で言葉が異なる（船場ことばや島の内の言葉遣いなどがよく持ち出される）と指摘されたりするように、全く以って有機的な統一体ではない。本章ではこうした事情を含んだ上で、便宜的にこれらを一貫して「大阪弁」と表記する。

盛岡で、病床にありながら民俗学的興味に促され方言採集を続け、一九三〇年八月に「国語と土俗」（～一九三三年）を創刊した在野の方言研究者、橘正一は、自著『方言読本』で、アジア太平洋戦争期当時の方言一般に対するイメージを「甲」「乙」による対話形式で書き残した。

甲「どうしてつて、私どもの考では、方言といふものは有害なものだと思ふんですが、それを研究するといふのは、どうも……」

乙「有害だからこそ研究するんです。丁度、医者が有害な細菌を研究し、動物学者が害虫を研究する様に。人生に取つて、益も害も無いものなら、研究する価値はありませんよ」

甲「なるほど。しかし、もし方言が無くなつたら、――私は方言はいつかは矯正されて無くなるものと思ひますが――方言学も無くなるわけでせう」

（橘正一『方言読本』厚生閣、一九三七年五月、二三〇―二三一頁）

「甲」が口にする方言イメージは「有害」でいずれ「無くなる」ものである。こうした認識がある程度コンセンサスを得ていたことは、大阪で生まれた言説からも根拠づけられる。上方郷土研究会（主宰は南木芳太郎）発行の雑誌「上方」一四七号（一九四三年四月）は「上方方言号」と題し、目次の順に列挙すれば東條操「大阪方言の諸問題」、池田武四郎「大阪方言の音韻（抄）」、南要「和泉の方言相」、岸田定雄「古典と上方語」、高谷重夫「上方言葉随想」、（無署名）「大阪弁」、竹内逸「京阪俗語風俗」、「上方方言追放」の諸論が掲載されている。

これらのうち池田武四郎「大阪方言の音韻（抄）」は、「大阪の標準語化」を訴える。「近頃の若い人々の間ではたしかに昔の大阪弁は聞かれなくなりました」と言い、「口の悪い東京人」に「大阪製の標準語」「鵜式の標準語」と指差されていると憂いている。それでは今後どうなることを理想としているのかというと、それは大阪弁の復権ではなく、より徹底した標準語の獲得へと向かうのである。その方法は次のように説明される。

我々は徒に理想的標準語を待つ愚をせず、先づ我々の足下の郷土の言語を正確に認識し、一方に於て現在の標準語を精細に研究することによつて、郷土の言葉を適正に醇化すると共により高い標準語をつくり上げて行くことに努力しなければならないのです。

郷土の言葉の標準語化とは単語やアクセントや音韻、語法の一部を標準語の一部と置き換へることではありません、今日の大阪人の標準語に対して「鵺式」などと言はれる理由もこゝに有るのでせう、大阪語の単語、音韻、語法のすべてに精細な検討を加へてこれを適正な方向にかへることが標準語化することであります、つまり大阪語のすべての傾向の一つ一つを是は是、非は非として取捨して行くことにあるのです。

「現在既に標準語が分析可能なものとして実体化している」という前提が空論に留まることはさておき、池田の認識としては「郷土の言葉」は「醇化」≒純化されるべきものである。すなわち現在は〈純〉なものではないということであり、また、いつかは形を失うものであるということだ。その池田と趣旨を同じくするのは無署名の「大阪弁」（しかし記事の末尾には「東区史第四巻文化篇より」と附記されている）である。この、おそらく公的な記録においても、大阪弁は崩壊しつつあるものとして描き出される。「大阪居住者に対する大阪弁使用者の割合も亦漸時低下しつゝある。試みに当区内の会社・商店等について見ても事務・商取引用語が次第に大阪弁より標準語へと推移しつゝあることは見逃すことが出来ない」というのである。そして「一朝一夕に変革されるものではない」としつつ、それでも大阪弁が解消されるべき理由があるとする。それは「大東亜共栄圏の国際語」としての標準語の再定位である。筆者は「支那人にも南洋の土人にも、正しい日本語が普及する時、大阪人のみがいつまでも大阪弁と大阪的アクセントを墨守し得ざることは自明の理である」という事態を想定し、中央（東京）／地方という腑分けを飛び越えて大東亜共栄圏／大阪というスケールを作り出す。その中では大阪弁に積極的な価値が見出されるはずがない。ゆえに「大阪弁の特色は次第に失はれて行くと見なければならない」のである。

このように述べると、「上方」というメディア自体が大阪弁の消滅をどのような意図で取り上げたのか、疑問が生じる。しかしそのメディア特性、即ち南木芳太郎の思想を考えれば事態は明らかになるだろう。同号の「編輯者より」で示されているように、南木は「大阪方言もやがて残留と滅亡とに別れて特色は次第に薄れゆくであらう」という見立てを論者たちと共有しつつ、その本意が「今の中に大阪方言辞典でも作つて祖先の残した遺物を記録して置くこと」にある。「遺物を記録」するという主旨は、「上方」の一九三一年の創刊以来、一貫した態度であり、それがこの時期の「消えゆく大阪弁」論議と重なる形で具体化されたのが「上方方言号」だった。

さて、同号に寄稿した東條操は大阪弁固有の問題を指摘する。それは採集の遅れである。東條は近年の方言研究の活況によって「全国の重要な地方の言語状態はまづ明かになつたと言つても過言ではない」と胸を張る。ところが、「その中にまだ手の届かぬ地区が実は二つある」として東京と京阪を挙げるのである。その理由として、東京は「東京方言即標準語だと独合点できめてゐる結果、東京に方言があるなどといふ事に一向気づかない」ことにある。これは尤もなようにも聞こえるだろう。それに対して京阪で方言採集が遅れている理由は、その地の歴史性に求められている。特に京都に関して「京都あたりの人達の中には、京都こそ古来王城の地であつて京都語は最も由緒正しきものである、これを方言などといふのは怪しからぬといふ自尊心から方言の研究に手をださないといふ事情もあると思ふ」という推測で対処してしまっている点に、京都の都市イメージが露わになっている。しかし肝心の、大阪での採集が遅れる理由については、残念ながら言及されていない。

東條の大阪弁それ自体に対する理解は、上のような理由で多くは書き残されていないのだが、たとえば『国語の方言区画』（前掲）では自らの方言区画論に依拠し、「近畿方言の地方は京都方言、大阪方言を二つの中心とした地方で兵庫、和歌山奈良三重、滋賀、福井（木芽峠以西）の六県と京都、大阪の二府を包摂する。京都方言の影響は滋賀に及び、大阪方言の影響は兵庫、和歌山から海を越えて徳島県にまで及んでゐる。この方言は二千年以上、文化の中心地の言語として標準語と仰がれ、古くから、文学上の用語となつた。（和歌山県の一部に二段動詞が文語のやうな形式で残つてゐるのは珍しい）」と述べている。明確な図式化による分類だが、この記述からわかるのは、京都方言が滋賀に及び、大阪方言が兵庫、和歌山、あるいは徳島にまで及ぶという、地方間に付与された上位／下位の関係性を、東條が設定したことである。その根拠は近畿地方の中でも畿内の属性として語られる歴史性である。

　この点では先に引用した橘正一も、東條と見方を同じくしている。

> ここに近畿方言といふのは、近畿地方の半分以上（四府県以上）に行はれてゐる言葉といふ意味である。近畿以外に無いといふ意味ではない。そも〳〵、近畿地方は、国の中央に位し、殊に、京坂語は標準語として、近頃まで仰がれて居たのだから、京坂語は全国的に模倣された。中国・四国・中部地方はもとより、意外の遠方に、京坂語を発見するのはこれがためである。要するに、京坂語は、京坂人のみの独占すべきものではない。
>
> （橘正一『方言読本』厚生閣、一九三七年五月、一三三頁）

　橘が「京坂語は、京坂人のみの独占すべきものではない」と述べる理由は明記されないが、彼らが「独占」しているように見えるのであれば、それもまた東條の述べていた京都方言の採集が遅れる理由と、京阪のイメージ形成の面で重なっているといえるかもしれない。また、橘は「日本の三大方言」として「東北方言、近畿方言、九州方言」（一三三頁）を挙げているが、この発言は先に引用した「甲」と「乙」の対話で「乙」の言葉として書かれており、これらが「大」である理由は「数県乃至十数県に亘つて行はれる」その範囲の広さに求められている。

東條の大阪弁観に戻ると、彼は採集が捗らない代わりに、大阪弁が使用された文学作品を自著で紹介している。[25]「大阪はかなりすぐれた方言文学を持つてゐる」と東條は述べ、上司小剣『鱧の皮』、水上瀧太郎『大阪』、『大阪の宿』、谷崎潤一郎の大阪での創作活動それ自体、石丸梧平『船場のぼんち』を挙げている。そして感想として、前者三人が全て大阪の女性の言葉を描出したことを指摘し、かつ作者たちの多くが東京出身であることを訝しむに留まっている。そして次のように文章を締め括る。

　大阪言葉が東京にも勢力があることは曽我の家五郎一座の喜劇が東京人士に喜ばれるのでも分る。之に反して博多仁和加の如きはラヂオ放送によつても其土地以外では喜ばれない。之は九州方言の勢力が広くない為である。

「大阪言葉」と「九州方言」とを「東京」において比較しているように、この記述からは東條が中央／地方の関係性の構築だけでなく、〈地方〉内部の差異も「区画」していたことがわかる。

また、先に検討した通り、国益のためなら「地方的感情の如きを清算」も厭わない、それは「何事でもありません」と述べていた佐久間鼎は、そもそも「方言が自体よほどほほゑましい存在たることは事実」[26]と、非方言使用者としての絶対的な位置を確保していたのだが、彼が述べる大阪の印象は、その立ち位置ゆえに、疑う余地もなく当時の一つの典型を示している。

　田舎の人たちは、都会に出て一言毎に笑はれたり、不思議がられたりします。笑はれるのを苦労に思ふ心もちは同情すべき程度に及ぶことがあります。笑ふのを遠慮するといふほどの心やりは、誰にもあつて欲しいのですが、実際またをかしいと感じるのが人間的でもあります。

大阪言葉は、東京人にとつては、もうそれ自体が面白くもあるし、をかしくも聞えますので、何でもない当り前の事をしやべつてもお臍の辺がむず〳〵して来ます。またその一方で生粋の大阪人にとつては、東京弁など実にケツタイなもんでせう。(27)


この引用箇所では一見大阪と東京のそれぞれに対する見方が均質に指摘されているように見えるが、「むず〳〵して来ます」という断定と「ケツタイなもんでせう」という方言使用及び推測表現から、佐久間自身の視点の位置が窺えるだろう。その前提となる引用の前半を参照すれば、大阪弁が「都会」＝おそらく東京で受ける視線の位相に佐久間もいたことが明らかである。

第四節　織田作之助にとっての〈大阪弁〉

しかし、佐久間が描出したような「面白い」「、笑われるものとしての大阪弁イメージは、実社会で広く共有されていたようである。そのことへの違和を表明したのは、織田作之助に「文学界」への執筆機会を与え、〈文壇〉デビューへと導いた一人である、藤澤桓夫だ。

藤澤は、その詳細は不明なのだが、文芸銃後運動講演と題された講演会において、広く大阪弁をめぐる事柄について語った(28)。そこでは大阪弁が「面白い」と言われることについて、「結局それは何か変つた突飛な妙な歩き方をする動物に対するをかしさといふ風にとられてるのぢやないか、たゞ変つてゐるからといふのぢやないかと思ひます」と、それが差別的視線に基づく「面白」さなのではないかという疑義を率直に述べている。

その藤澤と直接関係を持っていた織田自身もまた、「面白い」大阪弁について言及しているのだが、織田は方言の問題にどのような角度から斬り込んだのだろうか。

織田が彼の文章で初めて大阪弁に言及するのは、『大阪・大阪』（「朝日新聞」大阪版、一九四一年八月八～十、十二、十三日）である。

> たった一つ、声を大にして私が、いいたいのは、大阪弁の良さである。これだけはもう疑いもせぬ、一歩も譲らぬ大阪の良さである。しかも、その大阪弁を、ここ二、三年まえまでは、私は使おうとしなかった。使うのを恥じていた。想えばばかばかしいことだった。

大阪弁を再び使いだした「二、三年前」に遡ると、それは織田が大阪弁を初めて作中人物の科白に用いた『雨』の執筆時期に該当する。つまり、「大阪弁の良さ」の認識を促したのは、小説の創作という行為自体によってであることがわかる。しかしながらその「良さ」はこの文章に記されていないため、事後的に把握しなければならない。

藤澤桓夫[29]は先に参照した講演で、「大阪を知らない東京の作家の作品の中にたまたま大阪の人がでてくると、俗悪で善良で無神経で何か怪物的な商売人といふやうなものに大抵きまつてゐる」と言い、無条件に産出されるそのいわば〈えげつない〉大阪人のイメージが大阪の現実と乖離していることを批判していたが、織田はその〈えげつなさ〉を積極的に読み替える。

『大阪論』[30]では、「単にえげつないというだけが、大阪の味ではなく、たとえば執拗に人生の手を握ったあげく、『阿呆らしい』と離してしまうのも、大阪であ」るとし、〈えげつない〉と〈阿呆らしい〉を両極としてその変転の中に〈大阪〉を見ている。そして〈えげつなさ〉の源泉は「現世への関心の露骨さ」と「現実へ迫るねばり強さ」を言語化したものであるとして、織田の言う〈大阪〉の長所へと読み替えているのである。

さらにそのような内実を伴った〈えげつない〉とその対極として並存する〈阿呆らしい〉は、文学にも現れていると述べる。

大阪の文学もまたそうで、大阪人がもっている芸の細かさ、話術の巧妙さ、執拗に迫りながら、さっと身をかわす、何物にも捉われまいとする精神の強さなどによって、露骨さがぼんやりぼかされてはいるものの、底にあるものは、やはりこの現世への関心の強靭なリズムであろうと、私は思う。

「執拗に迫」る〈えげつな〉さと「さっと身をかわす」〈阿呆らし〉さとが、「大阪の文学」の本質であり、特質だと認識されている。しかしながら、これは大阪弁という言葉ではなく小説の表現技法に限定したものである。織田が何よりも表現手法に興味を持ち続けていたことはこれまで論じてきたとおりだが、ここで織田が大阪らしさを巧みに描いているとする先行作品について整理しつつ、織田がそれらのどの部分を評価したのかを明らかにしておきたい。

『大阪作者』（初出不詳[31]）では、「大阪人をもっとも巧みに描いた」として上司小剣『鱧の皮』、水上瀧太郎『大阪の宿』、宇野浩二の「諸作」、谷崎潤一郎『卍』、そして武田麟太郎と藤澤桓夫については「改めていうまでもなかろう」と名前だけ挙げている。この中で宇野のみが唯一「大阪弁をわかり易く書いた点と、尻取り式のその話術（スタイル）がいかにも大阪的である」と具体的に賞賛を受けている。ここにも織田の表現手法への興味が窺えるだろう。

かなり時期は下るが、その宇野を含めた座談会が一九四五年三月四日に大阪で行われた。出席者は織田と宇野の他に藤澤と鍋井克之だった。座談会は発表の機会を得ないまま敗戦を迎え、「無頼派文学研究〈大阪文学〉」（復刊十一号、河原義夫編集兼発行、一九六八年十一月）に初めて掲載された。その記事を参照すると織田は「僕だけでの感じでは「髑の皮」には、あまり大阪を感じませんでした」とし、大阪を書いた作品で自分が最も「大阪を感じ」たのは宇野の『楽世家等』だと述べている。また、里見弴『父親』の「大阪弁はうまい」とも評価した。だが、本人を前にしてか織田は宇野の作品を読解する。

織田　たとえば、宇野さんの「子の来歴」の中で主人公の奥さんが夫の隠し女を訪ねて行って話しているうちに、突然隣の部屋から女の母親が「つきましては…」といって出て来る。あの「つきましては…」はいかにも大阪という感じですね。

ここで指摘されている場面は次のようなテクストである。「隠し女」の光子が「主人公の奥さん」君子に、子を育てながらの女給生活を打ち明けている場面である。

「併し結局、子供がいては、子供の為めにもよくございませんし、自分達も都合が悪いものでございますから、よほど余所へ預けてしまおうか、いっそのこと余所へやってしまおうか、とまで思いました事も随分ございましたけれど、先生（健作のこと）から子供は父親がいなくても母親を慕うものだから、子供は、母親のあるものは、母親の手で大きくした方がいいだろう、と云うお手紙がありましたので、それでまた気が変って、今日まで育てて来ましたのですが……」

その時、突然、「就きましては、」と云う声と共に、奥の間から老母が殆ど這うようにして入って来た。彼女はその時まで寝ていたらしく寝間着を着ていた。(32)

君子は夫の隠し子を自分が貰い受けるために、意を決して光子の家を訪れたわけであり、もちろん二人は初対面である。光子に子を貰いに来たことを伝えると、光子が現在の自分の生活の苦しさと子育ての苦労や、それでも湧く子供への愛情を語るうち、なぜか女二人は打ち解ける。会話の文脈から読者は、語り終えた光子が「それゆえ子供をあげたくはない」と言い出しそうな気配と、それを君子が許してしまいそうなことを予感し、どう転ぶかと緊張を強いられる場面である。そこに現れた老母の存在自体と、発せられる「就きましては、」という事務的な言葉は、それまでの女二人の会話を茶番に仕立てる。織田は先の引用部分以外に言及を行わないものの、その評価は、予感の裏切りと物語自体の終結を同時に達成するこの場面のカタルシスに向けられていると考えられる。更に言えば、そのようなカタルシスを、饒舌と読点の配置による緩急の表現という技術によって構成し得たことを、評価しているのではないか。

こうした表現への評価は『大阪論』にも表れている。「いったいに、日本の小説には語り物の伝統が相当根強く尾をひいていて、話術の優れた小説には、多少とも講談、浄瑠璃や落語の話術が、極めて巧みにそれと気がつかないくらいにこっそりと取り入れられているとは、私の持論であるが、ことに、地の文と会話とのつながりや、描写と説明との融合や、大胆な省略法、転換法や、人名や地名の選び方などまだまだ日本の小説は、これらのものから学ぶところが多い」と述べるとき、話術と表現手法すなわち技術は織田にとって同義である。ここでは引用後半で彼が評価する表現手法がかなり詳細に述べられている。そのうち「大胆な省略法」については藤澤が講演（前掲）で述べていた「大阪の人は極めて簡単なちよつとした言葉でいつてしまふし、また極端な場合は単純な音の組み合せだけで実に簡潔に自分のいはんとする複雑なことをいふてゐる」という視座と一致するだろう。藤澤が挙げた「ボヤボヤスナ」「わやくちやや」「ヂヤラヂヤラしたこといひな」といった例によって、その内実は明らかになる。(33)

さて、大阪弁それ自体への評価とこれら技術への評価はどのような関係にあるのだろうか。織田が大阪弁それ自体に言及するとき、ポイントは二つある。まず、敬語の発達が挙げられる。

いったいに大阪弁は敬語が発達していて、――これは他の方言に見られぬ驚くべきことであるが、――ことに、物に対してまで敬称を以てする。たとえば、米のことを、お米という。芋は、お芋さん、油揚げがお揚げさんなどと、まるで親しい人、いや目上の人を呼ぶような言い方をする。こういうところに、大阪人の物への観念が顕著に現われているのであるが、しかし、これほど大阪人が大切に扱っている物乃至金とは、けっして現実に手で触っている個々の物乃至何円何十銭の金のことではない。

大阪人にとっては、物乃至金とは、象徴にまで高められた現実であり、ある種の神聖な観念であり、しかも、それは物的な偶像崇拝ではなくて、倫理的なものなのである。（『大阪論』）

芋を「お芋さん」と呼ぶところに敬語の発達を見、それによって他の地域の方言から大阪弁を上位に浮上させている。その態度には問題があるが、ここで織田が述べているのは大阪弁のヘゲモニー構造ではなく、大阪弁の特色から引き出される「物の倫理化」という大阪の人々の思考様式である。ただ、この人々は実体ではなく、あくまで織田の認識上の〈大阪人〉である。織田は大阪弁を見ることで物の倫理化を読み取り、恣意的に理想の〈大阪人〉を仮構した。大阪弁はそのような達成を導くための素材の一つなのである。

次に、標準語との比較において大阪弁を捉え返している。これまで論じてきた同時代状況と直接関わるのは、次の記述であろう。

してみれば、今日の日本の伝統文化の復活とはそのまま、上方の復活である。しかし、わが大阪は果してよく上方と共に復活し得るだろうか。

東夷の言葉であった東北語の変形したものが、日本の標準語として指定されて以来、二千六百年の燦然たる文化に育まれて来た上方の言葉、いいかえれば日本の文学や演劇の言葉であった上方の言葉は、単なる一地方の方言になり下ってしまった。同時に、上方も下落してしまった。

そうして、その被害をもっとも蒙ったのは大阪である。今日、大阪の言葉は、文学や演劇や映画の中で、三番手のぼうっとした間抜けた男を表現する手段として、嘲笑的に使われている。ひとつには、つねに阿呆の相棒を必要とする落語や漫才が、大阪弁の品位を下げてしまったこともその原因であろう。が、いずれにしても、大阪弁がこのように下落したということは、即ち大阪の文化的下落を物語るものである。（『大阪・大阪』[34]）

大阪弁が「単なる一地方の方言になり下ってしまった」ことを慨嘆する調子ではあるが、ここでは「上方」に掲載された池田や『東区史第四巻文化篇』のような、大阪弁自体の変化や使用者の減少は捉えられておらず、方言の社会的、政治的位相の低下を見ている。さらにその事態を「上方」の下落、「大阪の文化的下落」へと敷衍して解釈してもいる。だが、この引用に続く一文は「してみれば、今日大阪の文化的復活とは、大阪を大坂へ戻すことに外ならない」である。「大阪を大坂へ戻す」というのは、復古を意味しているのだろうか。

織田はこの一文に続けて更に「大坂の文化の伝統は、今日の大阪の底にも根強く尾をひいている。それを私流に探ろうというのが私の仕事の一つである」と書いている。すると、先に見たように、織田が講談、落語、浄瑠璃といった近世以来の語り物の様式が垣間見える小説を「優れた」ものとしていた（『大阪論』）ことを考え合わせれば、「大阪を大坂へ戻す」とは、復古という同時代的、精神的なモードではないことがわかるだろう。織田は「大坂」という言葉に大阪弁の中に言語表現の豊饒を見ているのである。織田は標準語と方言との政治的関係の中に自らの仕事を確かに布置している。しかし、それは同時代の政治的状況へ、大阪弁という武器を携え参入しようとする、銃後の作家の振舞いではなく、同時代の言葉をめぐる大きな枠組みを利用した一つの宣言である。大阪弁に表現技法の豊饒を見、その言葉の豊饒の中に自分の文学の可能性、具体的に言えば小説という表現形態にもたらす可能性を見ているのである。その豊饒さを見出させたのは、創作するという行為それ自体だった。それは『夫婦善哉』の文体に明らかである。『大阪論』で自身が称揚する「地の文と会話とのつながり」、「描写と説明との融合」、「大胆な省略法」、「転換法」、「人名や地名の選び方」は、全てこの中で実践されている。

織田は中央の下位概念としての地方、標準語の下位概念としての方言という、同時代の総力戦体制下で明確な輪郭を持たされた枠組みを積極的に活用した。同時代の支配的言説に同調するその態度は、一つの論法であった。〈地方〉は議論に創作行為が先立つことを訴えるための梃子であり、〈方言〉は小説という表現ジャンルの今後の展望を語るために利用された、それぞれが同時代の支配的言説の中核を構成する概念を活用し、そして全く異なる内容に概念化された用語なのであった。

注

（1）条文にはこれらの具体的な統制の対象は明記されていないが、同法に基づく勅令によってカルテル、物資、金融、出版などが個別に統制を受けた。

（2）安田武「翼賛会文化部と岸田国士」（「文学」一九六一年五月）

（3）畑中繁雄『覚書　昭和出版弾圧小史』（図書新聞、一九七七年一月）、一二四頁
（4）北河賢三「戦時下の地方文化運動―北方文化連盟を中心に―」（藤原彰・今井清一編『十五年戦争史3』青木書店、一九八九年一月）。また、北河論によれば岸田を推挙したのは三木か山本有三だったという。
（5）作成者不明「地方文化新建設の根本理念及び当面の方策」（一九四一年一月）（東京都立大学法学部書庫所蔵・大政翼賛会総務局庶務部編『大政翼賛運動ニ関スル参考資料抄録・特輯』一九四二年五月所収）。引用は赤澤史朗・北河賢三・由井正臣編『資料日本現代史13』（大月書店、一九八五年七月）。
（6）赤澤史朗「太平洋戦争下の社会」（藤原彰・今井清一編『十五年戦争史3』青木書店、一九八九年一月）、一七〇頁
（7）成田龍一『増補　〈歴史〉はいかに語られるか　1930年代「国民の物語」批判』（筑摩書房、二〇一〇年三月）、五六―五八頁
（8）赤澤史朗「戦中・戦後文化論」（『岩波講座　日本通史　第19巻　近代4』岩波書店、一九九五年三月）
（9）中島健蔵「主体は地方在住者に――地方文化運動の実状について」（「帝国大学新聞」一九四一年十二月八日）
（10）火野葦平「地方文化委員会に関連して」（「文学界」一九四一年九月）
（11）赤澤史朗「太平洋戦争下の社会」（藤原彰・今井清一編『十五年戦争史3』青木書店、一九八九年一月）
（12）北河賢三「戦時下の地方文化運動―北方文化連盟を中心に―」（藤原彰・今井清一編『十五年戦争史3』青木書店、一九八九年一月）
（13）安田敏朗『〈国語〉と〈方言〉のあいだ　言語構築の政治学』（人文書院、一九九九年五月）、一四四頁
（14）小森陽一『日本語の近代』（岩波書店、二〇〇〇年八月）、二五〇―二五一頁
（15）東條操『国語の方言区画』（育英書院、一九二七年三月）、四二頁
（16）遠藤仁「東条操らの方言研究推進と各地の方言集作り」（加藤正信・松本宙編『国語論究第13集　昭和前期日本語の問題点』明治書院、二〇〇七年九月）、三三六頁
（17）安田敏朗『〈国語〉と〈方言〉のあいだ　言語構築の政治学』（人文書院、一九九九年五月）、一四四頁
（18）東條操『方言と方言学』（春陽堂書店、一九三八年六月）、一九一―一九二頁
（19）石黒修『日本語の世界化』（修文館、一九四一年十二月）、「前書き」

(20) 東條操『方言と方言学』(春陽堂書店、一九三八年六月)、一九五頁
(21) 石黒修『日本語の世界化』(修文館、一九四一年十二月)、四七頁
(22) 前掲注(21)、一五二頁
(23) 佐久間鼎『日本語のために』(厚生閣、一九四二年五月)、八三―八四頁
(24) 前掲注(23)、七三頁
(25) 東條操『方言と方言学』(春陽堂書店、一九三八年六月、三三六―三三八頁
(26) 佐久間鼎『日本語のために』(厚生閣、一九四二年五月)、三一八頁
(27) 前掲注(26)、三一九―三二〇頁
(28) 講演の記録は藤澤桓夫「大阪弁―文芸銃後運動講演―」(「文学界」一九四一年九月)として残されている。
(29) 藤澤桓夫、前掲注(28)
(30) 『大阪の顔』(明光堂、一九四三年七月所収)
(31) 『大阪作者』は初出不詳であり、初収は『織田作之助選集5』(中央公論社、一九四八年八月)である。
(32) 宇野浩二『子の来歴』の引用は富岡多惠子編『大阪文学名作選』(講談社、二〇一一年十一月)による。
(33) また、藤澤は「日常生活の卑近な譬へをもつてきて、深い意味を、ひとことで現してゐる。さういふところが大阪弁の特徴になるのぢやないかと思ひます」と述べ、例として「幽霊に向ひ風や」「狸の家に小便かけたやうな」という慣用句を挙げているが、この理解も卓見である。
(34) この『大阪・大阪』は先に引用したものとは異なる文章であり、初出は未詳。ただ、文中で五代友厚に言及しており、織田が長篇『五代友厚』を「日本織物新聞」に一九四二年一月から連載したことを鑑みると、この文章の執筆も一九四二年前後だと考えられる。

第五章　体制関与の真相――「鉱山の友」「文学報国」への寄稿を中心に――

第一節　出版新体制――大阪の出版業界と織田作之助――

一九四〇年は大阪の出版業界にとって変革の年だった。近衛新体制を構成する具体的実践の一画として浮上した出版新体制の掛声に応じ、近々できるであろう全国的組織の日本出版文化協会に連なるものとして、出版組合の再編がなされたのである。一九四〇年八月十九日、大阪図書出版業組合は臨時総会を開催し、同組合の解散と、出版文化協会への参加を決議した。さらに、解散付帯事業として「享保以来の大阪出版史編纂」、「業界回顧の座談会」、「古文書展観」、「先賢慰霊祭」、「役員表彰と功労金贈呈」、「組合員への記念品贈呈」の六つを実行することとした。

解散はスムーズに行われたようだが、その後の事態は彼らの想像するようには進展しなかった。大阪の出版組合としては東京出版協会の解散に際し、東京が大阪・京都の両出版組合の立場を考慮したうえで、全国の出版業界を包摂した出版新体制準備委員が選出されるという期待をしていた。しかし、東京は独自に委員を選定したのである。そこで大阪側は八月二十五日には「大阪出版組合からも準備委員候補者を選定して関係当局に折衝すべき」との意見をまとめ、次の準備委員候補を用意した。

大塚桂三（宋栄堂）湯川松次郎（湯川弘文社）脇坂要太郎（日本出版社）藤谷芳三郎（崇文館）京極喜太郎（京極書店）

ちなみに、同日京都では日本出版文化協会の成立を見越して、京都出版業組合の解散決議が行われたが、同組合は準備委員を立てることはしなかった。

日本出版文化協会の設立委員は同年十一月一日に発表されたが、そこに大塚ら大阪の出版組合が立てた準備委員候補の名前はない。大阪の出版業者で委員になっているのは、組合長だった博多成象堂の博多久吉と創元社の矢部良策のみである。『出版新体制の全貌』（一九四一年七月）[1]に各委員の名前が掲載されている。「民間側委員」に挙げられている大阪の出版社および新聞社に傍線を付すが、これを見るだけでも出版界における東京への一極集中化と、大阪の出版業界の規模が小さい事を推し量れる。

（官庁側委員）委員長　内閣情報部長　伊藤述史、副委員長　内閣情報部情報官　久富達夫、内閣情報部書記官　川面隆三、内閣情報部情報官　田代金宣、同　内山鋳之吉、内務書記官　福本柳一、内務事務官　国塩耕一郎、商工書記官　樺島千春

（民間側委員）欧文社　赤尾好夫、主婦之友社　石川武美、ダイヤモンド社　石山賢吉、岩波書店　岩波茂雄、第一公論社　上村哲彌、有斐閣　江草四郎、工業組合　円地與四松、金井信生堂　金井英一、文芸春秋社　斎藤龍太郎、新潮社　中根駒十郎、誠文堂　小川菊松、三教書院　鈴木種次郎、千倉書房　千倉豊、産業組合　徳川義親、三省堂　永井茂彌、講談社　奈良静馬、成象堂　博多久吉、目黒書店　目黒四郎、創元社　矢部良策、海と空社　横関愛造、第一書房　長谷川巳之吉、博文館　大橋進一、川流堂　小林勇太郎、放送出版協会

和田利彦、平凡社　下中彌三郎、河出書房　河出孝雄、冨山房　坂本守正、弘文堂　八坂浅次郎、内田老鶴圃
内田作蔵、丸善　荒川実、南江堂　小立鉦四郎、研究社　小酒井五一郎、同盟通信社常務理事　畠山敏行、大日本青年団　熊谷辰治郎、工業図書会社　倉橋藤次郎、共益商社　白井保男、中央公論社　島《ママ》中雄作、改造社
山本実彦、日本評論社　鈴木利貞、実業之日本社　増田義一、朝日新聞出版局長　飯島幡司、大阪毎日営業局長　鹿倉吉次郎

設立委員発表の五日後、十一月六日に第一回設立委員会が行われ、諦観や業務規定を審議決定する委員が任命された。その中に創元社の矢部良策が入ったが、他は岩波茂雄や嶋中雄作など、全て東京の出版者だった[2]。続く十九日の第二回創立委員会を以て日本出版文化協会は発足したが、その折りに決定された理事ならびに定款署名人からは、ついに大阪の出版業者の名前が消えた[3]。

　このように出版新体制という名の下に行われようとしていた、物資、言論統制ならびに国内の出版流通の一元化に先立ち、大阪の取次店は不利益を危惧し陳情を行った[4]。それは出版物が東京から直接小売店に流れるという、まさに自分たちの事業の存続を否定する構想を思えば当然の反応だったかもしれない。

　出版新体制を受けてまず手入れをされたのが出版流通であり、出版社の再編はその後戦局が進展する中で時間をかけて行われていったが、同人誌の場合は事情が異なる。同人雑誌の統合は全国的な動きとしてただちに、否応なく進められた。大阪の場合、その結果として創刊されたのが「大阪文学」である。この雑誌の創刊において、織田作之助は重要な役割を担っていたと考えられる。

　一九三〇年代という同人誌の爛熟期を経て、一九四一年七月の婦人雑誌の整理を皮切りに、物資統制を名目とした雑誌出版の一元化が始まった。文芸同人誌の分野では同年十一月に東京で日本青年文学者会が結成され、都内及

びその周辺地域の同人誌八〇誌を八誌にすることが早速決議された。そして翌年二月にはこの決議どおり、東京の同人誌が「文芸主潮」、「辛巳」、「正統」、「文芸復興」、「新文学」、「新作家」、「昭和文学」、「小説文化」の八誌に統合された。

他方、大阪の文学同人誌統合の話は、一九四一年の春ごろからおこっていたという(5)。その話がまとまった同年七月、織田、小野十三郎、田木繁、名木晧平ら十名ほどが集まり、雑誌の合併準備会を開催した。つまり、婦人雑誌統合の実現とほぼ同時に、そして東京の日本青年文学者会に先立つ形で、大阪では自主的に話が進んでいたことになる。合併準備会の折のことを名木はこのように説明している(6)。

第一に問題になったのは、編集者の選出方法である。編集者によって雑誌の傾向が決まるからだ。織田はすでに有名になっていたが「海風」に拠って参画する限り、他の参画者と対等に見做そうという空気が多くの出席者の間にあった。もちろん、織田を主軸にしてだが、他の編集者をどのように選ぶかで、会はなかなか進まなかった。ほかに誌名や同人費の問題もあった。

やがて織田から、出版社の輝文館が雑誌の費用いっさいを負担する旨の報告があり、平岡が編集者の選出、誌名など、各自考えてもういちど案をもって会合しようとの発議があり、出席者はこれを了承し、第一回の会合は閉会になった。

この場における織田の役割は、きわめて大きい。織田はあくまで合併される同人誌「海風」の同人の一人として出席していたが、実質的には合併雑誌の中心となることが初めから予定調和的に決まっており、半ば茶番のような形で話が纏まっていったことが窺える。そして経済面の問題を織田が「報告」することに仄見えるのは、既に確固として結ばれていた、輝文館と織田との関係であろう。名木や田木といったプロレタリア文学出身の「新文学」に拠る作家たちは、この織田と輝文館の振舞いに違和感を持っていたようが、この話に乗らざるを得ない状況が用意されていた。

続く会合は同年八月のなかごろに、輝文館事務所で開かれた。出席者は一回目の会合と同じだったが、二回目の場で織田は輝文館の編集者田島義男を紹介した。そして田島の提案によって、作品の選は織田に一任することになり、「大阪文学」という雑誌名の決定と、雑誌の費用を輝文館が負担することの確認がなされた。名目上の編集者には輝文館の田島が、編集同人は小野十三郎、杉山平一、田木繁、織田の四人に決まった。この事態を後年名木が「織田と田島の下相談にまんまと乗せられた恰好」(7)と評したのも妥当であろう。この二回目の会合の夜、名木、小野、田木らは「輝文館が「大阪文学」に金を出すのは、織田の作品を出版したいからだ」と語り合うことになる。

このようにして、一九四一年十二月一日に「大阪文学」は創刊された。織田は創刊号に、動物の名前を小見出しに付した連作短篇『動物集』を発表している。増田周子(8)によれば、同誌は全部で二十三冊発行されたようだが、三巻一号、三巻三号、三巻四号は所在が確認されていない。

「大阪文学」創刊までの経過で鮮明に浮上した織田と大阪の老舗出版社・輝文館との関係について言及しておきたい。

そもそも、江戸時代から続く大阪の出版界は、株式会社化せずあくまで個人経営によっていた出版社が多く、青木嵩山堂（一九二一年頃に廃業）のように小売店を兼ねていたものもあり、それらの書店がそれぞれに独自の本作りを行っていた。青木嵩山堂は末広鉄腸『雪中梅』などの政治小説や植木枝盛、田口卯吉、井上円了の著作をはじめ、幸田露伴『五重塔』の初版や黒岩涙香『巌窟王』など、分野を問わず幅広く出版した。他にも文芸書や学術書を中心に扱う駸々堂、金尾文淵堂（薄田泣菫、菊池幽芳の著作や与謝野晶子『みだれ髪』を刊行）や、講談速記本の出版から始まった岡本増進堂、博多成象堂、立川文明堂などが活動していた。他にも化粧品会社の中山太陽堂から展開されたプラトン社や、関東大震災を受けて東京からの流通が止まったことから起業し、谷崎潤一郎『蘆刈』の装丁で一躍名を知られた創元社など、特色のある出版社が多かった。大阪図書出版業組合の活動は盛んで、一九二六年三月には出版文化展を催した。大阪出版界が正当な評価を得ていないとして出版文化展の開催を主張、主導した当時の組合長が、のちに組合の解散を決議することになる博多久吉だった。[9] 大阪の出版業界はこのような独自で自立的な出版文化を形成していたのである。

その中で輝文館は、アイデアマンの創業者植田熊太郎ならびに二代目の植田進午の名と、漫画雑誌「大阪パック」の発行で知られている。社の成り立ちや「大阪パック」発刊の経緯については、熊太郎の孫である文館輝子も定かでないと述べている。[10] しかし、熊太郎は「大阪パック」を全国の国鉄駅売店に独自に卸すなどの独特な経営方法によって、また進午は太平洋戦争が激化する中、織田を始め小島政二郎、藤澤桓夫、武田麟太郎などの著作を次々に刊行したことによって、輝文館を特色ある出版社にした。

「大阪パック」は一九〇六年十一月に創刊された。発行は大阪パック社となっているが販売所は輝文館であり、同社が実質的な発行を担っていたのが実態だといえる。同誌は四十四年間にわたり、およそ九百冊発行されたが、その消耗品に等しい性格上、今もって全号揃いで収蔵している機関はない。特に昭和期に入ってからのものは未だに存在が確認されない号もあるが、比較的揃っている明治・大正期の同誌を復刻した清水勲は、[11] この雑誌の特徴の一つに地域性を挙げている。それは同誌が「東京パック」に刺戟されて刊行されたようであるものの、内容面で「国際問題や国内中央政治の動向を大きく扱った」「東京パック」に対し、「大阪パック」は「関西という地元の問題や風俗世相を描くことに力点を追いた」ということだ。しかしながら、地方の漫画雑誌としての性格は、アジア太平洋戦争下の社会変動によって変容することになる。まず、一九四一年に「東京パック」が終刊すると、全国的漫画雑誌は「大阪パック」と「漫画」〈近藤日出造主筆、漫画社〉のみとなったため、「大阪パック」にはそれまで東京で活動していた漫画家も寄稿する全国誌となったことが挙げられる。

そして、太平洋戦争期の特徴として、文学への傾斜が見受けられるのである。詩人杉山平一はこの傾向について「現在の感覚では違和感はないが、純文学と大衆小説の区別がはっきりしていた時代に、漫画と小説を同じ雑誌に並べたのは珍しい。中間小説雑誌的な試みで、〈輝文館が―引用者注〉さまざまなアイデア販売を行ってきた伝統から生まれたと思う」[12]と評価しているが、雑誌の体裁は中間小説雑誌的でも、掲載作品の中には戦時に漫画雑誌＝諷刺雑誌を刊行することに起因する時局への配慮がなされたものもあり、その一つとして織田の「時節柄世の人心の参考になりさうな、且つ傑作を、わざと選んで現代語に翻訳した」という前書きが付された『西鶴物語集―町人物―』〈一九四一年一月新春増刊「皇軍慰問特輯号」〉が掲載されたりもした。織田が「大阪パック」へ寄せた作品は、全集に収録されていないものもあるため、ここに一覧にする。はじめの二つが全集未収録作品である。

①西鶴物語集―町人物―　第三六巻第一号〈一九四一年一月新春増刊〉
②節約合戦〈野田丈六名義〉　第三六巻第三号〈一九四一年二月〉
③写真の人　第三六巻第七号〈一九四一年六月〉
④バーナー少佐の手記　第三七巻第四号〈一九四二年四月〉

漫画雑誌に作家たちが集まった事情が、「大阪文学」創刊の経緯と重なることは明白である。一九四〇年六月から四三年一月までの「大阪パック」細目を作成した高松敏男も、[13]「この〈同人誌統合の―引用者注〉前後から、織田や小野〈十三郎―引用者注〉を中心とした文学者らと、輝文館との関係が急速に密になっていったと考えられ」ると指摘したが、実際にそうであったことは本節で述べた通りである。また、文館は日中戦争期の輝文館編集室に「秋田実や藤原せいけん、平井房人（「思ひつき夫人」の漫画で一世を風靡した漫画家）などが入った」と証言している。[14]出来事のいずれが先立つかというと、先に「大阪パック」に漫才作家の秋田実らが入り、次いで彼と知遇を得た織田が輝文館に出入りを始め、そして「大阪文学」の発刊へと繋がることになる。

すなわち、同人誌統合の話が具体化したのが一九四一年の夏で、太平洋戦争の開戦もあった同年十二月には「大阪文学」が創刊されたという、出来事の展開の迅速さは、ひとえに織田と輝文館との関係に拠るものだとわかる。両者の関係は、それまでに織田が「大阪パック」へ三作も寄稿していることからわかるように、既に確固たるものとして出来上っていた。それでは、そうした良好な関係を築く端緒、つまり織田と秋田実との関係はどこで築かれていたのか。このことには、大阪という実社会の現実における織田の社会的位相が深く関わっている。

太平洋戦争が始まり社会状況が刻々と変容するなか、織田作之助は「作家」以外に二つの肩書きを持っていた。それが「大阪鉱山監督局文化委員」と「日本文学報国会近畿聯絡部幹事」である。それらは各年の『文藝年鑑』や日本文学報国会『昭和十八年度（昭和十八年三月十日現在）会員名簿』、更に日本出版文化協会監修『現代出版文化人総覧　昭和十八年版』で確認できる。本章では、これまで究明されてこなかった織田の銃後の作家としての活動を解明する。そのため新出資料を取り上げることもあり、織田の伝記的資料の整理の側面も本章は孕むことになる。その上で二つの役職の内実や就任の経緯と、両者の機関誌・機関紙に寄せた織田のテクストについて言及したい。

第二節　大阪鉱山監督局

まず問題になるのは「大阪鉱山監督局文化委員」という肩書きを織田がいつ得たかである。事実をある程度まで推測させてくれるのは『文藝年鑑』である。このうち、二六〇〇年版（一九四〇年十二月）と二六〇三年版（一九四三年八月）とでは、織田に関する内容に差異がある。それは後者には前者になかった「大阪鉱山監督局文化委員」の肩書きが付されているということだ。同じ肩書きは『現代出版文化人総覧』（一九四三年二月）でも確認でき、織田がこの職名を得たのはこの期間だったことが、ひとまずはわかる。

該当する時期に一社会人としての織田に何が起きていたかを確認するため、『資料織田作之助』[15]の年譜を参照すると、会社員としての織田の足跡が窺える。それをまとめるならばこのようになる。まず一九三九年に織田はそれまで記者として勤めていた日本織物新聞社を退社し、その後同年九月一日に大阪市北区堂島浜通三丁目にある日本工業新聞社へ、再び記者として入社した。はじめは化学を担当していたが、のちには非鉄金属を担当するようになる。そして年譜は「当時、大阪市東成区勝山通八丁目にある大阪鉱山監督局に主に詰め、銅、真鍮の動向や業績を取材」と記している。この新聞記者時代、既に大阪鉱山監督局とのつながりはできていたのである。また、一九四〇年二月ごろには、大阪鉱山監督局が宣伝のための劇映画を企画し、藤澤桓夫、秋田実、井葉野篤三らを招き意見交換を行った際、織田も隣席していたことも年譜には記されている。この点については、藤澤桓夫が「初対面の時のこと」（「文学雑誌」一九四七年五月）と題した織田の追悼文の中で回想している。

今から七八年も以前のことだ。大阪鉱山監督局で鉱山に働く人たちに見せる劇映画を作る企てがあり、その相談に招かれて、私は秋田実他一二の人たちと勝山通の東の方にあつた鉱山監督局に出かけて行つたことがある。その時の局長はたしかに宮田忠雄と言ふ若い人で、会合は局長室で行はれた。〔中略〕若い局長は物解りがよく、面白くもないお説教映画を作ることは反対だと言ふ私たちの意見に賛成した。現代作家の鉱山を描いた作品で何か適当なものはないかと言ふやうな話になり、私は橋本英吉君の名前を持ち出した。

するといと、私の斜め向ひの入口に近い席に坐つて、その時まで私たちと一緒に給仕の娘さんの運んで来る紅茶を啜つたり洋菓子を口へ運んだりしながら一言も口を利かないでにやにやしてゐた二十七八の痩せた背の高い蒼白い顔をした長髪の青年が、急に

「橋本英吉の作品なら……」

と発言した。そして「坑道」その他の映画になりさうな作品の名前を二つ三つ大阪弁の訛りの標準語で言つた。

本節でのちに詳述する大阪地方鉱業報国聯合会の機関誌「鉱山の友」第一巻第二号（一九四〇年五月）には、藤澤の証言を裏付ける記事が掲載されている。「大鉱聯便り」の頁の「「鉱山映画」を作る　興味百パーセント画期的な企て」がそれだ。そこには「従業員の鉱業報国精神を喚起するため」に映画を製作するとして、制作は東宝系の南旺映画会社、台本は橋本英吉『坑道』を脚色するなどの情報が記載されている。そして記事の末尾には「近く撮影開始の為本聯合会文化委員藤澤桓夫、秋田実、井葉野篤三、八田尚之氏らを中心に着々準備中」と書かれており、記事に織田の名前がないこと以外は藤澤の証言と一致する。これらの資料から、織田が『夫婦善哉』の発表前、つまり〈文壇〉で知られるようになる以前に、藤澤ら大阪在住の作家達と知遇を得ていたことが窺えるだろう。そしてその一人に秋田実がいたのである。同人誌統合の話が起こる一年前のことだった。

では、大阪鉱山監督局とはどのような組織だったのか。『大阪鉱山監督局五十年史』（大阪鉱山監督局編、一九四二年十月）には次のように記されている。

大阪鉱山監督局の濫觴たる大阪鉱山監督署が開庁したのは、日清戦役勃発に先立つこと僅かに二年、明治二

十五年六月一日である。今にして思へば、世界の新局面に登場せんとする新興日本が打つた数々の歴史的な布石の一つであると共に、鉱業行政の一大飛躍であつた。

同書を繙いていくと、「新生日本確立の第一戦であつた日清戦争前夜の慌しい風雲下に発足し、大東亜共栄圏確立の鍵となるべき此の決戦下、輝かしき勝報と共に五十周年の誕生日を迎へた我が鉱山監督局の歩み来つた道は、そのまゝ皇国国防国家体制確立史の縮図に外ならない」（一三―一四頁）とも書かれているとおり、監督局が殖産興業のスローガンに全く適切な歩みを進めていたことがわかる。監督区域は大阪や関西のみならず名古屋を含む紀伊半島全域と、関西以西の本州および四国全域に亘っている。ゆくゆくは戦局の悪化を受けて縮小を免れなかったようだが、大阪の名を冠しつつも内実は西日本を統括する、かなり大きな組織だった。藤澤の回想にも登場する勝山通りの庁舎は「昭和十五年九月十七日庁舎の狭隘を痛感し新館増築工事に着手、翌十六年四月三十日竣工し今日の威容を誇るに至つて居る」（一九頁）とも記された堂々たる建築物だった。ちなみにこの『五十年史』巻末には一九四二年六月一日時点での職員録があるが、文化部の名も、織田の名前も確認できない。

文化委員の編成経緯は不明だが、先の藤澤の回想からもわかるように、監督局の主意で労働者の慰安のための企画を構想し、実現させることに役割があったのだろう。一九四〇年二月頃の時点で織田自身はまだ文化委員には含まれておらず、会議の場に上手く紛れ込んだ一介の新聞記者にすぎなかった。その証左としてこの頃の仕事について書いたと推定される杉山平一宛書簡が挙げられる。

モリブデンや石炭、乃至重石、二酸化満俺など、そして、労務者募集嘱託設置、改正鉱業法是非、産金量届出規則解説、等々………今や気持も荒んだ。今夜、日本放送交響楽団の未完成交響曲の演奏があり、寝床でうっとりきいていると、過ぎし日のあれやこれや想出し変ったと思ったことである。

（杉山平一宛（一九四〇年推二月））

この時期織田は未だ文化委員でなかったが、しかしながら、既に一介の新聞記者ではなくなろうとしていた。そのことが、雑誌「鉱山の友」の誌面に表れている。

「鉱山の友」創刊は一九四〇年四月一日、発行者は大阪地方鉱業報国聯合会となっている。そこに織田の短篇小説『署長の面会日』が掲載されていることを紹介したのは宮川康である。[16] 宮川はこの作品の執筆時期を一九四〇年二月二十日ごろから三月二十五日と推定しているが、これは織田の『俗臭』が芥川賞候補作品になった直後であり、[17]『ひとりすまう』『雨』『俗臭』に続く自身四作目の小説で、『夫婦善哉』に先立つものだと位置づけている。そのうえで宮川は大阪鉱山監督局と織田との関係について、以下のようにまとめている。

雑誌『鉱山の友』は大阪鉱山監督局長が会長を兼務する大阪地方鉱業報国聯合会の機関誌であり、戦時下の鉱山労働者に対する労働意欲と戦意の昂揚を目的として職場回覧された月刊誌である。発行所は、大阪地方鉱業報国聯合会の改組により第二巻第六号（昭和十六年六月十日）からが大阪地方鉱山部会、さらに確認できる限りにおいては第五巻第七号（昭和十九年七月三十一日）からは西部地方鉱山部会となっている。文芸頁の寄稿者には、織田のほかに、長沖一、秋田実、白川渥、桜井忠温、田木繁、上林暁、長谷川伸、山岡荘八、宇井無愁（執筆順）らがいる。

先に指摘したように、一九三九年九月一日に日本工業新聞社へ入社した織田は、記者として大阪鉱山監督局を担当し、同局に週に二、三日は詰めるようになっていた。監督局側から見れば、担当の新聞記者が実は作家で、しかも芥川賞候補であるという事実は、同局を中心に組織していたと推測される大阪地方鉱業報国聯合会の機関誌創刊にあたって、時宜に適った話題だったにちがいない。創刊号への『署長の面会日』寄稿を契機に織田は同誌への関わりを深め、他にもいくつかの作品を寄せている。これらも先の「大阪パック」と同様、全集未収録作品を多く含むため、ここで一覧にしておきたい。また、創作でないものも含んでいる。

①署長の面会日　第一巻第一号（一九四〇年四月）
②大きな風呂敷包　第二巻第四号（一九四一年四月）
③作家と記者に鉱山を聴く（座談会）　第二巻第五号（一九四一年五月）
④吾輩――『署長の面会日』続編――　第三巻第一号（一九四二年一月）
⑤西鶴物語　第三巻第八号（一九四二年八月）

このうち西鶴テクストから任意の三話を現代語訳した⑤以外は全て全集未収録である。ただし⑤についても第三話の『銀が落してある』は未収録である。これは宮川が指摘する通り[18]、第一話『青砥左衛門』が「大阪文学」（一九四三年十月）に、第二話『世界の借家大将』が「双樹」（一九四七年六月）にそれぞれ再録され、それらが全集の底本となったことで、一つだけ全集から漏れたという事情に因っている。

本節ではまず、③『作家と記者に鉱山を聴く（座談会）』に着目したい。一九四一年四月八日に行われたというこの座談会記事を参照すると、新進作家でありながら遠からぬ過去に新聞記者として大阪鉱山監督局に詰めていた[19]という織田の、複雑な立場が窺える。まず、この記事は出席者を「語る人」と「聴く人」とに分けて記載している。

語る人　作家（文化委員）　藤澤桓夫
　　　　作家（文化委員）　井葉野篤三
　　　　作家　織田作之助
　　　　朝日新聞記者　辰井正明
　　　　大阪時事新報記者　篠原正典
聴く人　会長　山口喬
　　　　常務理事　高橋通夫
　　　　理事　平塚卓之助
　　　　常任幹事　戸引達
　　　　幹事　梶原茂
　　　　同　澤井隆義
　　　　書記　矢野晴近
　　　　同　石川喜徳郎
　　　　編輯部　石川克己
　　　　同　中村治之
　　　　興亜通信社　前川市郎
　　　　松本号印刷所　群馬正三

注目すべきは織田の肩書きである。この時点で藤澤と井葉野は「作家（文化委員）」だが織田は「作家」となっていることから、一九四一年五月の時点で彼は文化委員ではないことがわかる。「聴く人」には「鉱山の友」の発行母体である大阪地方鉱業報国聯合会の役員や印刷元（松本号印刷所）の社員、群馬正三（同誌奥付によると松本号印刷所の社主は松本研三となっており、群馬は経営者ではないことがわかる）など十二名の名が挙がっている。

座談会の目論見は「本誌一周年を機会に、本会の文化委員や新聞記者に物をきいてみたもので、鉱山文化発展のため、これからもこうした文化人にドシ〳〵協力してもらひたい」（編輯後記）という点にあるあるとひとまずは言える。座談会のトピックをいくつか挙げると「初めて見た鉱山の印象」「鉱山の人に頭を下げる」「玄人はだしの増産名案」などとあり、その見出し通りの内容が各人から語られている。

談話の内容は、鉱山を知らない「都会」の作家や新聞記者が鉱山の現実を知ったことで認識を変え、その実態を称揚する体裁をとっている。作家たちは設備が整っていることを賞賛するが、それ以上に「鉱山の人々」の「礼儀が正し」く（井葉野）、自分が「頭を下げた」（藤澤）ことを述べる方に言葉が割かれている。そしてたとえば井葉野は「事変以来、鉱山の人々がいかにお役に立つてゐるかを世間に再認識させたい」と意欲を語り、辰井は「鉱山の人々が僕らよりいふこと、考へることがしつかりしてゐた」と感心してみせる。織田は藤澤らに続き、「聴く人」の戸引に実際に鉱山を見た印象を尋ねられたところで漸く発言する。

織田　僕も初め頭に描いてゐた鉱山は、菊池寛の小説「恩讐の彼方」のやうに、あゝいふ風に掘るものと考へてゐた。また鉱夫はみんな丸太ン棒を枕に寝て、朝、ガーンと叩くと起きるものとおもつてゐたものですが、じつさいに見て感心したのは、あの大きい山を人間の五臓六腑をえぐるやうに掘り、そこに胃袋もあれば心臓もあるといふ風に、人間のからだのやうになつてをり、まるで精密な地図のやうに人工で征服してゐました。それから鉱山の人が入坑するまへに、みんな勢揃ひして音楽をきいてから電車で入坑してゐたが、職場へ音楽の伴奏で入るのは、都会の工場でもないとおもふ。僕の行つた鉱山では、参観人が非常に多くて一日三人位はあるといふが、そのうち何パーセントが鉱山といふものを民衆に知らしてくれるか、心細いかぎりだとおもひますね。ある鉱山で映画の夕を催したところが、三里離れたところから母親を背負つてきた鉱夫があつた。それをきいて僕は感激したものですが、大鉱聯が全国に率先して巡回映画をやつたのは、その意味でいい着眼だとおもひますね。

ここには藤澤たちと「感心」という態度を共有しながらも、新聞記者（辰井）よりジャーナリスティックな視線を持った織田の姿が浮上している。織田は「人々」ではなく鉱山それ自体や鉱山を中心に営まれている生活の現実相に言及することで、作家というより記者として得た情報を発信しているのではないか。それを跡づけるのは、増産のアイデアを求められての次の発言である。

織田　増産の問題で一つは労働者が足らんのぢやないかとおもふ。それから鉱石の値をあげるべきだ。それと掘つた鉱石を製錬するのにあちこちとあまり遠方へ運ばぬやうに、あるブロックで製錬するようにすればいゝ。国家はいままでたとへば銅として買上げてゐたが、これを鉱石として買上げるやうにしたらいゝ。また賃金に本番と請負とあるが、これだけ掘ればこれだけやるといふ風に請負賃金の方がいゝとおもふ。労働者の異動も一つは賃金で防げますからね。

戸引　賃金は八、九割までが請負制度ですね。増産の方法としてはこれがいゝですな。

平塚　鉱石を遠方へ送らせぬためには、鉱石配給統制ですね。

織田は鉱山関係者からの同意も得るような具体的なプランを案出している。この具体性は自身の担当記者としての情報収集力に基づいている。さらに、戸引が最後に「鉱山の友」の「編輯上お気づきの点をいつて下さい」と促すと、藤澤から順に、労働者に誌面を与えること、英雄が出てくる漫画の連載（藤澤）、「やはらかく親しめるやうに」書くこと（篠原）に続き、井葉野）、新聞社と連携し「国策記事をもつと積極的に出」すこと（井葉野）、

織田　この間某新聞紙上に、四阪島製錬所の子宝記事がのつてゐたが、これはさういふ意味でよかつたですね。

と答えている。篠原の発言を引き継いでの発言だが、この具体性と詳細さも一新聞記者としての見識に基づいていると考えられる。こうした振舞いから、作家として参加しているにも拘らず他の作家と視線を異にし、出席した新聞記者よりもジャーナリスティックな視線を持ち合わせているという点で記者らしい存在となっている織田の、微妙な社会的位相が明らかになる。

一方織田が「鉱山の友」に寄せた創作にも言及すべきことが多い。ユーモア小説と銘打たれた『署長の面会日』は、人民相談所を新設した警察署の署長が、三人の相談者の悩みをそれぞれ解決するという筋である。署長は女の金の指輪を献納すべきだと思い、署の小使が「勤続賞に貰った債券が当選し、国から割増金が出たらどうすべきか」と話すと、割増金を国防献金するか、その割増金で更に債券を買えと勧めるところに、産業報国の旗印を掲げる雑誌の特質に合わせた筆致を見ることができる。しかし、それらはすぐに、署長が金の指輪もメッキかもしれないと思い直し、小使が、債券の当選金を献金するのは二度手間で無駄だと述べるという形で転倒される。とはいえ、結末は金策に窮し自殺を志願する男に小使の債券を署長が与え、割増金が出たら一万円が配当されるからそれまで

自殺を待ってみてはどうかと提案することが描かれる。そこに、雑誌の特質に合わせることが目的化せず、それを前提としつつ一回反転させ、それでも結末は穏当に治めるというストーリー構築の才気と、テクストを殆んど作中人物の発話で済ませ、地の文に責任を持たせないという表現の工夫が見受けられる。また、自殺志願者に、自分が掘り出した金鉱石だと思っていたものが、「鉱山監督局」で雲母だと言われ絶望したことが自殺志願の動機だと語らせるところに、きわどい諧謔がある。

この『署長の面会日』の続編『吾輩』は、署長が警察を退職したあと個人で相談所を開くという筋である。「鉱山の友」第三巻第一号（一九四二年一月）に掲載されたそれは、織田の別のテクストとほぼ同様の内容になっている。それは『私設人事相談所』（「サンデー毎日」一九四一年十二月二十一日号、全集第三巻所収）である。これは大阪市文化課が指導していた隣組で行う「お座敷芝居」の脚本として織田が書いたものを、脚本形式のまま「サンデー毎日」に転載したテクストである。芝居は実際に一九四一年十一月八日に大阪市教員養成所で試演され、同誌にはその観覧の記録が併載された。それによると織田の脚本は「国民服、勤労の神聖、多産奨励などのテーマを巧に採り入れて即興風の喜劇にまとめた佳作」と評価されている。[20]たしかに、国民服を着ている男が浮気をするはずがないと署長に言わせ、働かない若者を署長が更生し、署長に子供が十一人いることを周囲が賞賛するという筋立てが入っている。

それに対し、『吾輩』は小説であり、署長の一人称「吾輩」によって文体が規定されている。このテクストが、織田の数少ない一人称体小説の嚆矢である。相談者は前作と同じく三人登場するのだが、一人目の相談者が夫の浮気を疑う婦人だという設定と、彼女に対する署長のアドバイスは、前作『署長の面会日』の一人目の相談者と全く同じである。「鉱山の友」の編集者はもちろん、織田自身でもこのことに気付かなかったようである。また、両作の最大の差異は、テクストの全体のいわゆる「オチ」の部分にある。前者は、妻が産気づいた男が突然駆け込んで来て、相談所の故障していたはずの電話を使うと不思議と産婆に繫がり、男の退場後に署長が使おうとすると再び故障するというオチである。それが『吾輩』だと妻のある男が登場せず、部屋に一人でいる署長が何とか電話がかからないかと試行錯誤していると、相談者と思しき男がやってくる。

しかし、男は相かはらず、何か言ひたげである。

「あのウ……」

吾輩はすつかり疳が立つてしまつた。

「君！　黙つて！　黙つて！　君が物を言ふと一層電話がきこえないぢやないか。電話が済むまで待つてくれ給へつたら！」

すると、男は静かに言つた。

「あのウ！　電話局の者ですが、電話の故障を直しに上がりました。それぐらゐ待てば良いのでせうか？」（終）

先述したとおり、両者の発表時期、すなわち『私設人事相談所』が「サンデー毎日」一九四一年十二月二十一日号で、『吾輩』が「鉱山の友」一九四二年一月号であることを考えると、両者の執筆のどちらが先行するか明確ではないが、前者が十一月の試演脚本と同じものであれば『吾輩』がそのバリエーションだと言える。すなわち脚本の小説への変換が、一人称という表現手法を用いてなされたということである。

最後に、発表時期は前後するが『大きな風呂敷包』（「鉱山の友」一九四一年四月）は、宮川康[21]が指摘する通り、短篇集『素顔』（撰書堂、一九四三年一月）に収録された『大人の童話』の原型である。物語内容は両者とも変わらず、呉服の行商人の青年が「贅沢は敵だ」と言われるなかで生活に困り、通りかかった川で当てもなく砂金を探していると、鉱山監督局の技師と出会い、鉱山労働者になるというものだ。大阪府立中之島図書館織田文庫蔵の当該号には、本文に織田自身による書き込みが数ヶ所確認できる。印刷で消えている文字の補足もあるが、標準語を大阪弁に訂正してもいるので、『大人の童話』への改稿に使用されたと考えられる。

織田が諸作を掲載した後「鉱山の友」に掲載された小説テクストは、たとえば「（大政翼賛会提供）」と付された上林暁「豆小説　心機一転」（一九四三年十一月）や、「（産報本部提供）」の長谷川伸「判任官と海軍大佐」（一九四四年三月）に表れているように、大阪で独自に集められた作品ではなくなっていく。そこに総力戦体制下で産業界と言論界が共に一元化へ向けて進展した、その重なりを見ることができる。

「鉱山の友」は、織田にとっては記者としての縁があるがゆえに、『俗臭』あるいは『夫婦善哉』で全国的な認知を得たとはいえ、それでもなお専業作家であることを彼に許さなかった場だと言える。しかし、「ユーモア小説」という括りによるバイアスや雑誌自体が持つ言説への規制力（増産報国に関わる言説の導入）といった所与の条件を引き受けながら、言い換えればそういった外圧を受けながら創作できるかということを問う修業の場であり、同時に一人称体や、他の表現ジャンルへの自作の書き換えなど、多様な課題を自分に課すことによって、つまり内圧を織田が自ら与えることによって、作家としての自らの力量やアイデアを試すいわば試金石として機能した場だったといえる。

文化委員就任に関わる資料は発見されていないが、大谷晃一の評伝に付された「織田作之助年譜」には、一九四二年六月に文化委員となるとの記述がある。その根拠が同書では示されていないが、ここで一つの仮説を述べておきたい。どうやら、織田の文化委員の拝命は、彼の新聞記者生活の終わりと重なっているのではないか。織田は一九四二年四月に夕刊大阪新聞社を退社している。その二ヶ月後に文化委員になったとすると、文化委員の肩書きは、織田が文字通りの意味で専業作家になったことを示す符牒なのではないだろうか。先に言及した鉱山映画の制作が実現した形跡はなく、他の文化委員たちの活動の成果も明らかになっていない。そうであるとはいえ、その肩書きが藤澤や井葉野など在阪の作家の、産業報国活動上の名誉職であったとすれば、織田は『俗臭』や『夫婦善哉』での功績を前提条件として、実質的には完全に新聞記者でなくなることによって、会合に紛れ込むというやり方ではなく、正式に文化委員となることを許されたと見ることができる。

第三節　日本文学報国会への関与

織田作之助研究において日本文学報国会（以下適宜「文報」と表記する）と織田との関係が焦点となることは今までなかった。その要因の一つに、織田と文報との関係自体が必ずしもクリアになっていないことがある。『資料織田作之助』[22]の年譜には、織田と同会との関係に関わる記述がない。だが、大谷晃一による評伝の年譜には、一九四三年夏ごろのこととして「このころ、日本文学報国会の近畿連絡部長と自称する。春の文学報国大会に大阪代表として上京し、秋の京都での大会で西鶴尊重について発言[23]」と記されている。評伝の本文を参照すると、長姉や、義兄が営んでいた商店の番頭に部長になったと報告していること、そして一九四三年四月の文学報国大会出席のために上京したこと、同年九月五日に大東亜文学者決戦大会に出席したアジア各国代表が京都にやって来た時、織田が接待したこと、さらに十月か十一月頃、京都帝大の楽友会館で開かれた文報の会合で織田が発言したことが書かれている。本節では、これらの出来事の真相を究明すると共に、アジア太平洋戦争下で出版言論統制の最終段階としての意味合いを持つ、日本文学報国会という組織への織田の参入という出来事の意味を考察する。

言論統制の第一歩と言われているのが、一九三三年の文芸懇話会の設立である。その後、一九三七年には文芸懇話会自体も解散するが、さらに再編や別団体の結成が繰り返される。そして一九四〇年十月には文芸家協会、国防文芸聯盟、日本文学者会、日本ペンクラブなどの団体が集まり「日本文芸中央会」が結成される。吉野孝雄[24]はこのことを以て「昭和八年以来続けられてきた「文芸統制」の動きはいよいよその総仕上げの段階に到達したのだ」という見解を呈示している。その後、一九四一年十二月二十四日という太平洋戦争開始直後の時期には、大政翼賛会文化部（岸田国士部長）との連携において文学者愛国大会が開催され、新団体を作る決議がなされた。

こうして登場したのが、日本文学報国会だった。同会は、一九四二年五月二十六日に東京で創立総会を開催した。次いで六月十七日に社団法人の許可がおりたため、翌十八日に発会式を執り行った。文献によっては文報の成立日につき諸説存在しているが、正式な成立は一九四二年六月十八日だと考える。社団法人の認可後であり、また、この日会長が徳富蘇峰に決まり、かつ翼賛会会長として東条英機も列席、祝辞を述べたため、こちらの方がその内容の公的性格から判断して成立日とするに相応しい。

発会は政府、軍部の主導下になされた言論統制の「総仕上げ」（吉野）を象徴する出来事であり、文報結成の立役者となった久米正雄などの一部作家と、彼らと連携した情報局第五部第三課[25]との相補的な政治の達成だったと言える。その達成の内実を端的に示すのは、畑中繁雄[26]が「文学とはおよそ縁もゆかりもない安藤紀三郎（陸軍中将）、橋本欣五郎（陸軍大佐）といった当時においても極めつきの古手軍人を顧問にいただき、さらに松村秀逸（陸軍報道部、陸軍大佐）、佐藤勝也（海軍大佐）といった現役将校、および河原謙蔵、橋本政実といった現役官僚を参与にならべ」ると表現した、文化団体への軍人の直接的な参入であろう。しかしながら、この軍人たちは作家達の活動に直接加わったわけではなく、活動の具体相は久米など作家たちの主体性に相変らず委ねられていたと思われる。その後の文報の動きを簡潔に説明する文献は管見の限り存在しないため、ここで織田作之助をめぐる事柄と併せて一覧に供したい。

一九四二年六月十八日　成立
　八月一日「日本学芸新聞」第一三六号から、同誌が文報の機関誌となる。
　十一月三〜十日　第一回大東亜文学者大会（於東京、大阪）
　十二月「大阪新聞」に織田『文壇を鞭打つ』
一九四三年一月　企画委員会で辻小説などの計画がなされる。
　三月十日　陸軍記念日に朗読会などの行事を行う。織田、自作を朗読に推薦。
　四月八日　織田、文学報国会の大会出席のため上京。
　四月二十、二十一日「大阪新聞」に織田『文学者会の印象』
　七月一日「日本学芸新聞」終刊
　七月『辻小説集』刊行、織田『妻の名』を寄稿。
　八月二十日「文学報国」第一号発行（〜第四八号（一九四五年四月十日）？）
　八月二十五日　第二回大東亜文学者決戦会議（於東京）
　九月一〜五日　会議の出席者たちが西下
　九月二十日「文学報国」に織田『挙措、親愛に満つ　大阪大会の成果』
一九四四年十月一日「文学報国」に織田『皮膚』
　十一月　第三回大東亜文学者大会（於南京）

吉野孝雄(27)は文報の具体的な活動として、最大のイベントとして三回にわたる大東亜文学者会議があった他に、『愛国百人一首』や『国民座右銘』の選定と、「日本各地での「文芸報国運動講演会」の開催」を挙げている。つぶさに資料をあらためると、他にも上記のような朗読会や『辻小説集』『辻詩集』の刊行などの活動がなされている。

さて、織田が就任したとされている「近畿連絡部長」の役職は実際に存在したのだろうか。一九四二年十一月三から十日に行われた第一回大東亜文学者大会は、期間の後半で会場を大阪に移した。櫻本富雄[28]は、その際に近畿地区（奈良、滋賀、大阪、京都、兵庫、和歌山）に文報の支部を設置する案が提出、決議されたと指摘している。[29]さらにその場で「織田作之助、木村哲二、山上貞一、八尋不二、小野十三郎、竹中郁、平田春一、五島美代子、田村木国、岸本水府、淀野隆三ら一一名が準備委員」となって近畿連絡部という名称が冠された支部の設置を進めることが決まった。それから一ケ月後の十二月十八日、近畿地区会員の総会が開かれた際に「織田作之助、小野十三郎、大山定一、大庭さち子、加藤順三、桑原武夫、五島美代子、竹中郁など三一名の幹事」が決定されたという。しかしながら、連絡部の機能や役割は明らかになっておらず、実際にどのような活動をしたのかも定かではない。おそらく実際的な活動はほとんどできなかったというのが真相だろう。

上記のことから織田が一九四二年秋の時点には確実に、ともすれば文報成立の時点から会員であったことは確実である。同様に、事態としては機能していなかったとしても、近畿連絡部の幹事（「部長」であるかは不明）だったことも確実である。

その後織田が徐々に文報への関与を深めていったことが、諸資料から窺える。織田が公表した文章で最初に文報に触れたのは、「文壇を鞭打つ」（「大阪新聞」一九四二年十二月二十四〜二十八日）である。この年の文学界を回顧する文章で織田は文報を取り上げ、次のように書いている。

昭和十七年という年ほど多くの作家が街頭に進出した年はかつてなかった。この文学報国運動に対して里見弴、武者小路実篤の諸氏は「作家の報国は書斎にあって書くことにある」と酬いて、文壇を騒がした。

ところで、日本文学報国会の事業の一つである日本の母顕彰運動は、街頭進出と作品制作の両道かけたもので、多くの作家がこのように全国に派遣されて日本の母を訪れ、その感想文を書くという試みは、全く画期的な試みであったが、しかし、発表された感想文には、意図はともかく文章そのものにおいて、報国の実をあげたものはすくなかったのは残念であった。

言いかえれば、その感想文の中にはわれわれは真の文学者の目を感じなかったのである。報国ではあったが、文学者たるが故の報国に成り得なかったのである。

日本の母顕彰運動の一環として執筆された感想文に「報国ではあったが」と留保しつつ「文学者の目を感じなかった」と書いていることに、報国の達成を文学としての達成と厳しく弁別し、かつ報国の達成が文学としての達成に決して結ばれないとする織田の態度が示されている。「文学者たるが故の報国」は未だ達成不可能なもので具現化、実体化されているものではないという点で、未決の事項として担保され続けている。

一方で、この文章は近畿連絡部幹事の決定から一週間後に新聞紙上へ発表されたものであり、この意味では「近畿連絡部幹事」としての織田の仕事の初発にあたる。この一年の文学界回顧として、この時点でわずか半年前に成立したに過ぎない文報の活動に殊更に触れたのは、その役職を負っての責任感の表れだと捉えることができる。

翌一九四三年が、文報としても織田としても最も活動が盛んだった時期である。文報の企画委員会で一月に決定された辻小説とは、小説部会の会員に四〇〇字詰め原稿用紙一枚で小説を執筆させ、デパートや大手書店で原稿の展示即売会を行いその売上を、あるいは原稿がメディアに掲載された際はその稿料を建艦献金として寄付するという企画だった。[30]それらは全てが売却されたようではなかった。なぜなら、この年の夏に単行本化されているからである。『辻小説集』（日本文学報国会編、八紘社杉山書店、一九四三年七月）[31]として刊行されたそれらの原稿は二〇七篇あり、すなわち二〇七人の作家が参加したということである。その中に織田作之助の名前も見える。文報の事務局長であり、実際に会のブレーンとして機能していた久米正雄は、この単行本の「諸言」で、建艦献金運動の全国的な盛行に資することが辻小説の意義であること、その目的のために小説のモチーフを海軍や建艦、献金などの国民運動に設定したことを述べる。そして「その数十篇は、既に諸新聞雑誌等に発表したが、余りに多数であつた為に、まだ大部分は印鑄に附されてゐない」という事情を単行本刊行の動機として挙げている。本は一人一頁、つまり四〇〇字が一頁に配されるという余裕のある作りとなっている。

織田の『妻の名』はこの『辻小説集』が初出であり、即売会に出されたものではない。

朝から粉雪が舞ひはじめて、ひる過ぎからシト〳〵と牡丹雪だつた。夕方礼吉は雪をふんで見合に出掛けた。が、雪の印象があまり強すぎたせゐか、肝腎の相手の娘さんの印象がまるで漠然として摑めなかつた。が、想ひ出せない所を見ると、萬更わるい印象を受けたわけではないのだらうと思ひ、礼吉は貰ふ肚を決めた。貰ふと決めてみると、さすがになんだか心細い気もした。さうして一週間ばかり経つたある朝、新聞を見てゐた礼吉は急に耳まで赤くなつた。建艦運動の献金欄に松野一江といふ名がつつましく出てゐるのを見つけたのである。松野一江といふのはその娘さんの名であつた。礼吉はなにか清潔な印象を受け、ほつとして雪の日の見合のことを想ひ出した。

（以上全文、『辻小説集』七一頁）

この三〇四字の一篇には、建艦献金運動という辻小説自体の目的がそのまま取り込まれている。それが、雪や結婚という出来事、朧げな相手の印象といった抒情的なイメージの集積の中で、全体のオチとして機能するという構成は、建艦献金や辻小説の実社会における文脈を措けば、織田の物語の構成力の高さを評価できるだろう。

次に織田の文報への関与として挙げられるのは、一九四三年四月に東京で行われたという会合への出席である。これは第二回の文学者大会に先立つもので、開催の意図は不明だが、ともかく織田が上京し、これに出席したことは明らかである。「現代文学」一九四三年五月号の「消息」欄には「▲織田作之助氏　文報大会出席のため、四月上旬、上京した。」の一文が見える。会合の様子は織田の文章が詳細に伝えている。『文学者会の印象』（「大阪新聞」一九四三年四月二十、二十一日）がそれである。全集をはじめいずれの文献にも未収録であるため、次に日本新聞博物館蔵のマイクロフィルムより全文を翻刻、引用する。なお、末部に一箇所判読不能な文字があり、□で示した。

折柄地方長官会議の開催されようとする四月八日の東京で、全国の文学者が一堂（九段の軍人会館）に会して、文学報国のことをはからうとするまことに文運目出度き盛観であつた。

もつとも、不要不急の旅は慎むべき刻であるから、閑人が語り草に上京するといふのであつては、何にもならない。当然、収穫がなければならぬところであつた。

収穫はあつた。文学者は書斎に在れば、一国一城の主である。しかし、今やその城を背負つて、国難に馳せ参じ、米英撃滅の文学の創造を誓ひ、そしてまた、一国一城の主も今やおしなべて一庶民であるといふ自覚のもとに、庶民としての文学者の実践を議し、その実行を誓ふといふのだ―収穫は十分予想されるところだ。

当日、雨である。午前十時―文学者はけつして朝寝坊でない証拠に、この定刻には殆んど出席者の顔が揃つてゐた。事務局長の久米正雄氏は例によつて誰にともなく愛想を振りまきながら開会前の廊下を歩いてゐたが、見ればゲートルを巻き、いつもの久米さんではない、凛然かつ颯爽としてゐる――警戒警報が出てゐたのだ。いや、出てゐなくとも、そのいで立ちといふ予定であつたと聞く。

私は、女流作家のモンペ姿を見るのを、ちよつとした楽しみに思つてゐた、といふのも、当日は（警報の如何にかかはらず）女流作家は、すべて創案手製のモンペ姿で出席するといふ約束になつてゐると、きいてゐたからだ。

果して一人を除き（といふことであつた、仔細に勘定し、調査したわけではない）全部の女流作家は、モンペ姿を、まことに逞しく現して、瞠目に値した、しかし、つくづく見ればモンペといふよりズボンといつた形のものが多かつた。もつとも非常に似合つてゐた壺井栄さんのは、モンペモンペしてゐて、なるほどと思つた。真杉静江女史は、女流作家を代表して、このモンペ服を、日常の服装にまで延長したいといふことを提案した、私は大賛成であつたが、しかし、モンペなら知らず、ズボンが女性の日常服装になるといふことは、ちよつと考へられない、反対者は多からうと思つたのだ。

提案者の名と題目が、プリントに刷つて、渡された。提案者の中に誰彼の名を求めて得られないうらみはあつたが、しかし、今は名よりも、個人的趣味よりも、実である。それに、時間の関係で、提案者のうちの三分の一しか発言できないほど、多くの提案が出されてゐた。

久米さんが、四月十八日をもつて「米機学童掃射記念日」とし、すくなくともわれわれ文学者は永くこの日を銘記したいと、日ごろの久米さんとは思へぬ情熱的な口調と身振りで提案した。

議長は菊池寛氏で、外してゐた眼鏡を半分だけ耳へ掛けながら、「只今の提案はまことに至当と思はれるから、提案者の久米君は幸ひ事務局長であるから、早速その準備に善処されたい」と言ふ。

だんだん時間が経つて「あともう二分しかありませんから」と駄目を押されて、火野葦平氏が立つて、軍人が五ヶ條の勅諭をいただいて、その生活の基準としてゐるやうに文学者もまたそれに似たいはば文学者訓といつたものを、文学者の手でつくりたいといふ趣旨の提案をした。

この二つの提案は、非常に熱がこもつてゐて、私は気持よく聴いた。他のひとびとにも感銘を與へたことと思ふ。

発言しなかつたが、もし発言すれば相当威勢が良かつただらうと思はれたのは、某氏の「ジヤーナリズムを撲滅せよ」といふ提案であつた。

どういふことをいふつもりだつたか知らないが、もしこれ以上ジヤーナリズムをなくするとしたら、ただでさへ紙面の狭隘を嘆いてゐる文学者はいつたいどういふことになるのだらうと、苦笑してゐる向きもあつた、もつともそのひとはもつとほかのことをいふ積りであつたと思ふ。

午後四時、雨なほ降り止まず、菊池さんの発声で、聖□の万歳を奉唱して散会した。菊池さんは、かなりの老体と見受けられたが、その声は若々しく、今日一日の会の情熱がここに集つたかと思はれるくらゐ熱があり、このことに私は一番感銘した。

この文章に久米正雄への言及が多いことが眼を惹く。当時、織田は久米と面識を得ていなかったのだが、久米が「例によつて誰にともなく愛想を振りまきながら」歩いているという描写には、彼をよく観察している織田の視線、その注目の度合いが窺える。「例によつて」という言辞には皮肉が込められているようにも一読すると思えるが、そう即断することはできない。事実は少々異なるのではないか。壺井栄の姿を「モンペモンペしてゐて」と言うのもからかいのように見えるが、そうした結果的に揶揄となってしまうような効果を孕む表象の方法は、このように、特に久米だけに向けられたものではなかった。

とはいえ、「見ればゲートルを巻き、いつもの久米さんではない、凛然かつ颯爽としてゐる――警戒警報が出てゐたのだ。いや、出てゐなくとも、そのいで立ちといふ予定であつたと聞く」、あるいは「四月十八日をもつて

「米機学童掃射記念日」とし、すくなくともわれわれ文学者は永くこの日を銘記したいと、日ごろの久米さんとは思へぬ情熱的な口調と身振りで提案した」という表現にも諧謔を読み取ることは可能である。この文章における描写には、諧謔や揶揄はあっても皮肉を読み取ることはできないだろう。こうした一文を発表することができたことは、「大阪新聞」という媒体に由来すると考えられる。同じ文章を『文藝』や『新潮』に向けて書くことは想像しにくい。織田が大阪に在ったことと、大阪にローカリティに基づいたメディアが残っていたことが、このような同時代的な事実の記録を可能にしたのである。

　大阪にメディアが残っていたと述べたが、しかし、『文学者会の印象』には書き手の窮状も書き込まれていた。議場での「ジヤーナリズムを撲滅せよ」という提案に対する、「どういふことをいふつもりだつたか知らないが、もしこれ以上ジヤーナリズムをなくするとしたら、ただでさへ紙面の狭隘を嘆いてゐる文学者はいつたいどういふことになるのだらうと、苦笑してゐる向きもあつた」という叙述は、第四章で論究した織田の作品発表の場への渇望が持続していることの表象である。同時にこの叙述は、「鉱山の友」で獲得していた技術の発露も示している。「苦笑」したのが自分ではない（「苦笑してゐる向きもあつた」）としつつ、しかしそのこと自体を記述すること、そして直後に「もつともそのひとはもつとほかのことをいふ積りであつたと思ふ」と書くことは、『吾輩』で見られたテクストの言葉に対する書き手自身の責任を回避すること、また、回避がもたらしてしまう読み手の違和をテクスト上で角立てずに収めることといった表現手法と同様のものである。

　では、もし大阪に限定されない範囲に伝達される媒体に、織田が文報のことを書くとしたらどのような手法を用いるのだろうか。

　その観点に有益な示唆を与えるものが、資料として残っている。再び全集及び織田作之助関連テクスト未収録の文献のため、[32]全文を翻刻引用するが、長文となるため本章末尾（二二〇頁）に付すこととし、ここでは適宜参照したい。

織田が文報の機関誌である「文学報国」に『挙措、親愛に満つ　大阪大会の成果』（一九四三年九月二十日）を寄せたのは、あるいは「近畿連絡部幹事」としての務めだったのかもしれない。このテクストは第二回大東亜文学者決戦会議の一環として、九月三日に一行が大阪を訪れ、織田が接待をした際の印象記である。

三回行われた大東亜文学者大会（毎回名称が少しずつ異なるが、三回を併せて述べる時は「大東亜文学者大会」と表記される）の開催は、事務局長の久米が文報の抱負として発会前に構想を語っていた(33)という肝入りの企画である。第一回が「文学者大会」であったのに対し、第二回は「文学者決戦会議」となっている点を、尾崎秀樹は「第一回大会が「大東亜の文芸復興」となかば夢物語ふうに印象づけられたのにくらべて、第二回は「決戦会議」であり、それだけ戦況の悪化に苦慮する日本の焦躁感が色濃くにじみ出していた」と評価している(34)。しかし、織田の印象記を読めばその印象は大きく変わる。

そもそも、文学者たちの西下は「会議」の要素が全くなく、講演と各地の名所の見学で構成されていた。九月一日は名古屋に着いてから工場見学と歓迎会、二日は動物園を見学後、宇治山田へ向かい伊勢神宮参拝、三日に大阪で造幣局と工場見学、歓迎会と講演会、四日は奈良へ移動し橿原神宮参拝と天理図書館見学、五日に春日大社参拝と懇談会、京都に移動し祇園で接待、最終日の六日は修学院拝観、午後自由行動、夜は南座で文楽見学、七日午前に解散である(35)。このうち、講演に当たる催しも三日に大阪で行われただけである。

さて、織田はこのうち三日の出来事を、一行を出迎えた「大阪人」の立場から記録している。電車が到着してからホテルへ移動、昼食、見学、宴会、夜のそれぞれの行動が書かれる中に挟み込まれているのは、「由来大阪は文学者を粗末に扱ふところだ」という一点である。「大阪新聞」に掲載されたテクストに表れていた諧謔を生み出す表現手法はほぼ封じられ、わずかに「れいの疲れた顔」をした片岡鐵兵、「ちよんちよんと弾みながら降りて来」

る林房雄、「小柄なお角力の感じ」がする舟橋聖一、「子供つぽい帽子を被つた」今日出海という表現を見出す。これらはテクストにおいて先述のような機能における諧謔性を持たず、徒にこれらの作家をからかっているか、あるいはそうとしか書けない織田自身の未熟さとして読まれる可能性を孕んでいる。

久米が来阪したことにも触れるが、先のように執拗な観察を披露してはいない。重視されるのは大阪府市の文学者たちへの対応の記述と、文学者同士がどのように交流しているか、外地の文学者がどのような行動をして日本への同調を示したかということである。全体として文報の意図、すなわち作家たちの外地／内地を超えた交流を示すことを敷衍するに十分な内容である。その中に大阪の文化状況への不満を一つだけ忍ばせ、自身の窮状を推し量らせるテクストを構成している。大阪の文化状況への認識は織田自身が繰り返し述べていたことであり、「文学報国」だから特別に披瀝したものではなく、むしろ媒体の特質や時期を超えた織田の一貫性を示しているといえるだろう。

このような「文学報国」紙上への文章の発表は他にもある。先の年表にも示したが、一つは一九四三年三月の陸軍記念日に合わせた朗読に関するものである。朗読は大政翼賛会文化部長だったころの岸田国士（岸田は前年七月に文化部長を退任した）が提案した運動で、文報は朗読に適した作品を翼賛会に推薦するという形で貢献していた。その一環として会員に自作を推薦させるアンケートを取り、結果を「日本学芸新聞」一九四三年三月一日に掲載した。その中に「織田作之助（友宗覚書、わが町・第一章）」の文字がある。「友宗覚書」は全集未収録であるほか、その存在自体が未確認のテクストだと考えられる。とはいえ、陸軍記念日に大阪で催しが行われた形跡がなく、織田の作品も朗読されたか怪しい。

また、「文学報国」紙上に見える織田の名前としては最後期のものに、一九四四年十月一日に『皮膚』が掲載されている。以前同紙で行った「朗読文学短篇小説特輯」が「各方面より、非常なる好評を得、所期の成果を収めた」ため、再び特集するという前書きが付され、織田の作品と共に加藤武雄『煙草』、中村星湖『茗荷の子』、打木村治『稲』、島村利正『故郷の梅』が掲載されている。『皮膚』はハワイで拘留されていた日本人の少年（現在は少年工）が、その時に入れられた入墨を寄宿舎の労務官の計らいで切除、医師たちに感謝の手紙を書くというストーリーである。また、実際に朗読会に供されたというデータは残っていない。

「日本学芸新聞」あるいは「文学報国」、および文報関連の内容を含んだ織田のテクストに示されていることは上述の通りだが、最後にもう一つ事実を指摘しておきたい。

社団法人日本文学報国会『昭和十八年度（昭和十八年三月十日現在）会員名簿』には、関東軍機関誌という名目の「満洲良男」という雑誌の発行が、日本文学報国会の仕事として挙げられている。この雑誌にも織田は複数作発表しているようなのである。浦西和彦編『織田作之助文藝事典』（和泉書院、一九九二年七月）によれば、それは『満洲山』（一九四四年四月）と『二十四の太陽』（一九四四年十一月）である。しかしながら、これら原本は確認されておらず、したがってテクスト自体も明らかになっていない。それにも拘らずこうした情報が流通していることの理由は不明だが、一つ言えるのは、織田が満州と無関係ではなかったということであろう。それが織田の「幻の単行本」と言われる『初姿』の存在である。同書は関根和行[36]の紹介によれば、勝進社から一九四四年九月に刊行された。勝進社は大連の出版社である。同書に『満洲山』が収録されており、そこで関根は「「満洲良男」に発表」と解説している。

「満洲良男」は現在、織田の作品が掲載されたという号以外でも、所在がほとんど確認できない。それは大陸、そしておそらく満州周辺限定で読み捨てられた、慰問雑誌という性格に因る。

西原和海[37]はこの雑誌が三つの版元を転々としていたであろうことを推測している。「当初、『満洲良男』は関東軍司令部から発行されていた」「A４サイズ、縦型、全八ページの旬刊誌」であり、創刊は一九三八年三月ごろだったと推測している。それが一九四〇年五月ごろになると、版元が関東軍から在満出版社の大陸講談社へ移り、「ますらを」と改題された。判型も「A5。三十ページ程度の、紙質の悪い、薄っぺらな」ものになり、月二回発行された。その翌年、一九四一年の半ばごろには版元が新京の満洲雑誌社へと移されることに伴ない、名前が「満洲良男」へ戻る一方、体裁は再度「B5判、二百ページ前後の月刊雑誌」に変わったという。しかしながら、大陸前線への慰問雑誌という性格は一貫していた。

実際に「満洲良男」を編集していた菊地康雄[38]は「満洲良男」が「関東軍報道部でだしていた機関誌『ますらを』の後進」であることを証言しており、さらに満洲雑誌社の成り立ちについて述べている。それによると、何らかの事情で大日本雄弁会講談社を退社した野間清三（野間清治の甥）、鮫島国隆、桜庭政雄の三人が創始したのが満洲雑誌社で、桜庭は同社設立以前に満州で出版事業をやるためのテストを受けたという。その際の、いわば試験官は、「総務庁弘報処長武藤富男氏、満映理事長甘粕正彦氏、関東軍報道班長長谷川宇一中佐、その他の関係者」だった。合格した三人は「長谷川中佐から『ますらを』資金として機密費五万円をもらい」、これが満洲雑誌社の基礎固めになったということである。

菊地の証言の中には、文報と関東軍との関係も記されている。時期は不明だが「文学報国会審査部内に「満洲良男編輯企画委員会」が設けられ」、「委員長は審査部長の河上徹太郎氏だつた」ということである。この委員会の設立は「関東軍の福山報道部長と文報事務局長久米正雄氏との談合による」と菊地は述べている。つまり、文報の一事業としての「満洲良男」という位置づけは、ひとえに久米と福山の関係に拠っていたのである。そして委員会では「誰に何を書かせるか、何を誰に書かせるか、などをきわめて閑談的に月に一、二度話し合うだけ」だった。

しかし、太平楽だったのは文報内部だけである。菊地は編集上の苦労を証言しているが、諸機関の板挟みにあってトラブルは絶えなかったようである。中には執筆依頼が編集部を通さず、関東軍の公用便で直接作家に通達されていたということもあり、そうなると本意でない執筆をした作家もいたと推測される。

ちなみに菊地は織田の寄稿にも触れ、「織田作之助氏のは「万年山」という作品だつた」と述べているが、「万年山」は『満洲山』のことであろう。

大阪府立中之島図書館織田文庫には、その『満洲山』が載っているはずの「満洲良男」が残っている。その調査結果を報告したい。

「関東軍機関誌　満洲良男（別冊）（第150号）」（一九四四（康徳十一）年四月一日（発行：満洲雑誌社））の一冊のみが所蔵されている。目次は以下の通りである。

陸軍中佐・竹田光次「現代戦と資源消耗戦」
中野五郎「敵アメリカの軍需生産を衝く」
匝瑳胤次「敵米国の短期決戦主義の真相」
岡野少佐「地下戦論」
内藤少佐「地下戦の実際」
森本治吉「萬葉の御製―萬葉集講話―其の三」
上田廣／堀内巌・画「紅葉」（短篇小説。バダアン半島の総攻撃直前の話。）
陸軍少佐・原丈夫「液体空気爆薬」
浅野晃・文／岩田正巳、磯田長秋、服部有恒、小堀安雄・画「やまとごころ」
池田謙三「荒鷲の重要資材　ヂユラルミン」
小山寛二／布施長春・画「流星賦―大村益次郎の最期―」（短篇小説）
鎌田弥寿治「赤外線写真―理論と実際―」

竹内てるよ「一輪の花」（詩）

表紙には「玉稿掲載」の印が捺されているが、この目次および誌面に織田作之助名義の文章はない。菊地の言に従うと、当時の「満洲良男」は本誌と別冊に別れており、ここに残っている「別冊」は内容を「いくらか高度にして将校を対象に編集された」（菊地）という、まさにそのものなのではないか。そして織田の「玉稿」があるとするなら、それは失われた「本誌」に掲載されていたのではないか。ただし、それが『満洲山』であるという確証はない。(39)

さて、織田と文報との関係がいつまで持続的に成り立っていたかについて、簡潔に言及する。織田が敗戦の間際まで文報の名を主体的に背負っていたことが、二反長半という人物に宛てた書簡（一九四五年六月十五日）から窺える。そこには「さて、当地の文報は近畿連絡部というものがあり、目下これを近畿支部に改組する準備中ですが、空襲のため活発な運動も会合もないような状態です。しかし何れ何かやり出すのではないかと思いますので、その折はお手伝ねがいます」とある。この記述から近畿連絡部の活動と、織田の文報会員としての立ち位置が証し立てられる。

銃後の作家としての振舞いを、「便乗か抵抗か」という二項対立で測る禁を犯すならば、織田にとって便乗は意識するまでもなく所与のものだった。織田は文報に積極的に関与したが、その積極性の内実は、文報の活動目的と必ずしも一致していない。しかし、それは全く問題ではなかった。なぜなら、織田に「抵抗」があるとするならば、それは体制に対するものというよりも大阪の文化的な土壌に向けられていたことが、様々な発言から明らかになったからである。織田にとって急務だったのは体制へ抵抗的言辞を連ねることよりも、書く場所の確保にあったのである。それが可能なのであれば、テクストの宛先が産業報国を謳う組織の内部でも戦地の最前線でも、織田にとっては差異がなかったのではないか。
そしてその一方、織田の小説テクストに表象される〈大阪〉は、現実相を一層離れ、概念化していくのである。

注

（1）小島新生編『出版新体制の全貌』（出版タイムス社、一九四一年七月）、六八頁
（2）この小委員会のメンバーは、矢部、岩波、嶋中の他、新潮社の中根駒十郎、平凡社の下中彌三郎、有斐閣の江草四郎、目黒書店の目黒四郎、丸善の荒川実、工業組合の円地與四松、工業図書会社の倉橋藤次郎である。
（3）理事には丸善株式会社専務の荒川実と工業図書株式会社社長の倉橋藤次郎の二名が就いた。そして定款署名人は赤尾好夫（欧文社）、金井英一（金井信生堂）、大橋進一（博文館）、石山賢吉（ダイヤモンド社）、嶋中雄作（中央公論社）、永井茂彌（三省堂）、奈良静馬（講談社）、斎藤龍太郎（文藝春秋社）、横関愛造（海と空社）、下中彌三郎（平凡社）、円地與四松（工業組合）である。
（4）小島新生、前掲注（1）参照
（5）名木皓平「『大阪文学』創刊当時」（『織田作之助研究　大阪文学』復刊三号、一九六七年三月）
（6）名木皓平、前掲注（5）
（7）名木皓平、前掲注（5）
（8）増田周子「大阪の雑誌—主として『大阪文学』（輝文館）について—」（『大阪春秋』、二〇〇七年十月）
（9）この時の状況は吉川登「大正期大阪の「出版文化展」」（吉川登編『近代大阪の出版』創元社、二〇一〇年二月）に詳しい。
（10）文館輝子「『大阪パック』発行元・輝文館主としての祖父と父」（『諷刺画研究』三〇号、一九九九年四月）
（11）清水勲「日本一の長寿雑誌『大阪パック』」（『漫画雑誌博物館8　大正時代篇』国書刊行会、一九八六年九月）
（12）「ユニーク雑誌「大阪パック」」（『読売新聞』大阪版、一九九二年七月十五日夕刊）
（13）「漫画雑誌『大阪パック』の戦時」（深井人詩編『文献探索2005』金沢文圃閣、二〇〇六年五月）

（14）文館輝子、前掲注（10）
（15）関根和行『資料織田作之助』（オリジン出版センター、一九七九年一月）
（16）宮川康「織田作之助「署長の面会日」―職業作家としての出発点―」（『日本近代文学』四四、一九九一年五月）
（17）『俗臭』が芥川賞候補となったことを「文藝春秋」の記事が告げたのは、一九四〇年三月号でのことである。
（18）宮川康、前掲注（16）
（19）織田は一九四〇年六月に夕刊大阪の社会部へ転籍したため、この時点ではもう鉱山に通わなくなっていた。
（20）山口廣一「隣組常会のお座敷芝居試演拝見記」（『サンデー毎日』一九四一年十二月二十一日）
（21）宮川康、前掲注（16）
（22）関根和行、前掲注（15）
（23）大谷晃一評伝、三五七頁
（24）吉野孝雄「「文学報国」という名の言論統制　戦争と日本文学報国会」（『作家と戦争』河出書房新社、二〇一一年六月）、一六頁
（25）畑中繁雄『覚書　昭和出版弾圧小史』（図書新聞、一九七七年一月）、一一〇頁は「情報局第三課」としているが、これは文化全般の指導を担当する「情報局第五部」のうち、「文学、美術、音楽、文芸、文化団体の指導」（香内三郎「情報局の機構とその変容」「文学」一九六一年五月）を行う「第三課」とするのが正確である。
（26）畑中繁雄、前掲注（25）、一一〇頁
（27）吉野孝雄、前掲注（24）、一八頁
（28）櫻本富雄『日本文学報国会　大東亜戦争下の文学者たち』（青木書店、一九九五年六月）、二二一―二二四頁
（29）このことは「大阪毎日新聞」一九四二年十一月十一日の紙面でも確認できる。
（30）櫻本富雄（前掲注（28）、三〇〇―三〇七頁）によれば、渋谷の東横デパート、神田の三省堂、東京堂、冨山房で即売会が行われたという。
（31）『辻小説集』からの引用は岩淵宏子・長谷川啓監修『「帝国」戦争と文学26　辻小説集』（ゆまに書房、二〇〇五年六月）による。

(32) ただし、櫻本富雄（前掲注（28）、二六六―二六九頁）はこの資料の一部を引用している。
(33) 尾崎秀樹「大東亜文学者大会について」（「文学」二九号、一九六一年五月）
(34) 尾崎秀樹、前掲注（33）
(35) 日程は「文学報国」一九四三年九月二十日を参照。
(36) 関根和行「資料紹介　織田作之助著『初姿』」（「芸術至上主義文芸」一二、一九八六年十一月）
(37) 西原和海「関東軍の慰問雑誌『満洲良男』と『ますらを』」（「彷書月刊」二〇〇八年七月）
(38) 菊地康雄「雑誌『満洲良男』のこと―わが編集者一年生の記―」（「本の手帖」一九六五年八月）
(39) 「満洲良男」の基礎資料として、該当号の四二頁を翻刻引用しておく。

☆満洲良男　御註文について
○団体申込＝『満洲良男』は恤兵品として配布することになつて居ります。依つて、部隊として割当配布数以上に購読御希望の向は、左記振替を御利用お申込み願ひます。
○個人購読＝個人にて購読御希望の方は、左記振替御利用の上、前金にてお註文下さい。
○申込先＝新京特別市大同大街二一三番地　満洲雑誌社直売部
○振替口座＝新京三五九一番
○代金＝一部（本誌共）七十銭（送料三銭）
○割引＝但し団体にて十部以上まとめて御註文の向、及び個人購読にて半年分（六冊）以上御註文の方に限り、送料は当社負担いたします。

▼全集未収録資料

織田作之助『挙措、親愛に満つ　大阪大会の成果』全文

（「文学報国」一九四三年九月二十日。不二出版の復刻版〈一九九五年〉より翻刻）

宇治山田から大阪へ来るには、関急電車に乗るのが便利である。たいていの人は皆さうしてゐる。昨年の秋第一回大東亜文学者大会の代表一行が大阪へ来た時も、さうしてゐた。今年もやはり、前夜宇治山田で一泊した代表一行は、朝九時十分発の関急電車で大阪に向ひ、十一時三十九分に大阪の上六へ着くらしいと、私たちはあらかじめ聞いて、毎年同じだと思つた。

ところが、電車を降り立つた一行の顔触れを見て、出迎へた私たちは昨年とは違ふと思つた昨年と同じなのは、電車だけである。ほかはまるきり違ふ。外地の代表が昨年と顔触れが違つてゐるなどといふ判り切つたことを、感じたのではない。たとへば、一行と共に片岡鐵兵さんがれいの疲れた顔で、頭髪をかき上げたり、眼をパチパチさせたりして、元気な足取りで降りて来る。『やあ』といふ太い元気な声は、丹羽文雄氏だ。林房雄氏がちよんちよんと弾みながら降りて来て、出迎へた淀野隆三氏の肩を敲きながら、慌しい立ち話をする。林氏は和服だが、もうひとり、印籠を腰にぶら下げた人がゐる。小柄なお角力の感じがちよつとして、胸につけた記章には『舟橋聖一』とある。黙黙として首をうしろへそらせながら、澄んだ眼でぢつと前方を贈めてゐる浅黒い顔のひとは、小林秀雄氏である。髪の毛も皮膚も白い端麗な痩せ顔を、だれかと聴けば、亀井勝一郎氏である。子供つぽい帽子を被つた二人、あれは今日出海氏だとあとで誰かに教へられた。勿論事務局の久米さんや甲賀氏の顔も見える。

昨年は日本側の作家は、事務局の人を除けば、一人も電車から降り立たなかつた。ただひとり草野心平氏が

満華代表の人人を引率してゐるといふ感じであつた。ところが、今年はこれらの作家や評論家が大阪へ随いて来た。この晩大阪で講演会があるのだが、壇上に立つのは片岡、亀井の両氏だけといふから、いはばこれらの作家たちが来たのは、講演のためではない、かつは案内役としてかつは日本側の代表として、大東亜の文学者の血盟と友誼を一層緊密にするために、とくに行を共にして来たのであるとは、上六の駅で出迎へた瞬間にもう判り、昨年とはなんといふ違いであらうと、私は思つた。

出迎への光景も昨年のやうに固くるしく儀式ばつたものではなかつた。一行の表情にも親しみがあり、ことに中国の代表が日本の文学者を同志として頼んでゐるその信頼に満ちた表情を見て、私はこの人達が昨日、伊勢大廟にお詣りして来た人達であることを、びしやつと想ひだした。

二台のバスで一行は宿舎の新大阪ホテルへ赴き、すぐ中食をとつたが、柳雨生氏があつといふ早業で和服に着かへてロビーへ出て来た『柳さん』と誰か日本の代表が声を掛けると、にこつと振り向いてそして黒足袋にひつかけた草履をひきづりながら食堂へはいつて行つた。なんでもないことのやうだが、これだなと私は思つた。私の傍らでは周金波氏が丹羽氏に日本語で話し掛けてゐた。

中食が済むと、一行はまた二台のバスに乗つて造幣局と鐘紡淀川工場を見学に出掛けた。私も同じバスに乗つたが、ふと気がつくとバスには日満華の国旗がついてゐて、そしてこの国旗のついたバスの行くところ交叉点の信号待ちはないのである。とくに一行のために交通整理の巡査が要所に立ち、信号無視を許してくれてゐるのである。この大阪府市当局の細かい心づかひについては、夜の府市共催の招宴で久米正雄氏も挨拶の中で感謝の意を述べて居られたが、その言葉が通訳されると一斉に満華代表の間から拍手が起つたところを見ても、この人達は実にそれをよろこんでゐた。私も大阪人の一人として、うれしかつた。なぜなら、由来大阪は文学者を粗末に扱ふところだからである。やはり大阪府市が大東亜文学者大会といふものを認識してゐるからであらうと思つた。

造幣局と鐘紡淀川工場の見学といふのは、いはゞ大阪見学の定職のやうなものである。定職では本当の料理が解らないやうに、この二つの工場の慌しい見学だけで、大阪の真の姿がわかるまいと、私は危んだが、それでも一行は大阪の商工都市としての逞しい姿の一端をはつきりと摑へたらしく、夜の招宴でそのことを口にし、そして日本の大阪が今や大東亜の経済の中心であり、とくに中国の文学者は大阪の支援をまつところが多いといふことも発言された。

夜の府市共催の招宴は五時半から新大阪ホテルで催され、坂間市長や久米氏のあいさつにつづいて満洲の古丁、北京の沈啓旡、広東の陳璞の諸氏が立たれた。陳璞氏はこれがはじめての発言で『陳璞氏沈黙を破る。』と誰かがいつた。最後に林房雄氏が立つて、こんどの大会では大東亜の文学者が裸かになつて触れ合つてをることがあらゆる機会に見出されたことをお互いの言語の勉強や旅行中の親密な情などの例をひいて述べて、文学者のささやかな思ひつきであるこの大会ほど『アジヤは一つなり』といふ岡倉天心の天才的な表現を肉づけしてゐるものはないと結び、招宴は終つた。その頃、もう朝日会館では講演がはじまつてゐた。

陳綿氏はしきりに大阪の芝居を見たがつた、自分の講演が済むと、今日出海氏と共にあはてて歌舞伎座へ駈けつけた。大阪の芝居を見るなら文楽と私は思つたが、文楽は京都の南座へ出てゐて、一行は京都へ行けばそれを見るのだと、たのしんでゐた。日本の作家たちもひどく乗気になつてゐた。私は沈啓旡、林房雄、小林秀雄、台湾の齋藤勇の諸氏を案内して大阪の夜の町を歩いた。沈、林、小林の三氏が仲良く齋藤氏から高砂の歌を習つてゐるのを見て、私はここでもアジヤの文学者は一つなりと思つた。林、小林の両氏は中国語で沈氏と喋つてゐた。

第六章　戦略としての〈西鶴〉

第一節　織田作之助の西鶴受容に対する評価

織田作之助は井原西鶴に触れた評論・エッセイや、西鶴テクストの現代語訳を多く残し、とりわけ書き下ろし評論『西鶴新論』（一九四二年）によってその受容が知られている。さらに自身の小説にも西鶴テクストのモチーフや筋立ての援用が指摘されているが、この点については後述したい。

織田の井原西鶴受容に対する評価は、肯定的であれ否定的であれ、西鶴を通じて織田自身が創作の方法論的に何かしらの認識を得たとする点で共通している。ただし、先行研究では『西鶴新論』を取り上げたものがほとんどであり、現代語訳への評価や、『西鶴新論』以外の評論も含めた論究はなされていない。ともあれ、肯定的評価としてはたとえば川口朗が「織田は西鶴を知り、西鶴論を展開することにおいて、一方では自己の作風を客観的に見て自己のスタイル、作風の意義、その妥当性を自覚し、いわば方法的自覚を得たのである(1)」と創作に関わる認識を得たこと自体を達成としている。その反対に否定的なものとしては吉田精一の「彼の西鶴から得たものが、個々の人間生活を主とする表面的な描写や手法に限られ、それらが相よつて構成する広大な社会的視野や、人生の本質を洞察する鬼の眼は、獲得するに至らなかつた(2)」という発言にあるように、西鶴の描写に対する理解が織田自身の創作に活かされていないという批判がある。さらに久保田芳太郎は「その論〔『西鶴新論』―引用者注〕は力を傾倒したものであることは間違いないこととしても、西鶴のすべてをみなことごとく大阪へと帰納し、収斂することによって西鶴の、そのほかの部分、いやことによるとその本質の一端をも削りとってしまつたかもしれない(3)」とするが、このような織田が西鶴を〈大阪的〉というタームに終始回収したことに対する批判的な論が顕著であるのは、自身が西鶴研究者で織田とも面識を得ていた(4)暉峻康隆が、織田の死と同年に発表した『織田作之助の悲劇』（「人間」一九四七年十一月）で示した「西鶴の成功を個人的な大阪町人的性格に帰し、強力な民衆の支持を読み取ることができなかった」という織田の西鶴理解に対する総体的な評価が各論の礎石となっているからだろう。尤も暉峻は織田が西鶴と生産的な関係を結んだことを評価してもいる(5)。とはいえ、暉峻の論を下敷きにした先行研究が硬直したままであるのは、織田が西鶴の「大阪町人的性格」（暉峻）という言葉で述べようとしたことの内実、また西鶴を通して得た織田自身の「方法的自覚」（川口）、すなわち創作の方法論の内実にまで論究されていないことに要因があるだろう。

〈大阪〉という言葉で西鶴を取り上げるなかで、何らかの創作上の方法論を織田が得たとするならば、その内実に論及する際には次の諸テクストが検討対象となるだろう。まず、西鶴に言及した文章、特に書下ろし評論である『西鶴新論』（一九四二年）がある。加えて『西鶴物語集』（「大阪パック」一九四一年一月）をはじめとする西鶴テクストの現代語訳、さらに西鶴テクストを下敷きにしたと推測される小説テクストである。三点目についてはさしあたり先行研究で指摘されている諸テクストを挙げられる(6)。暉峻康隆は『雪の夜』（「文藝」一九四一年六月）が『西鶴置土産』の中の「人には棒振虫同然に思はれ」の「テーマを現代化」したものとし、『猿飛佐助』の第一章「火遁巻」（「新潮」一九四五年二月）における信州新手村の年中行事の描写が『世間胸算用』巻四「闇の夜のわる口」を「敷写ししたもの」としている。吉田精一(7)は暉峻が指摘したものに加え、動物の名をつけた七つの掌編から成る

『動物集』（「大阪文学」一九四一年十二月）のうち、『十姉妹』には「永代蔵巻一の「二代目に破る扇の風」からヒントを得ている部分があ」り、『猫の蚤』は『織留』巻三「何に手も知恵の振売」が典拠で、また『烏金』の「ひよんなことから運命がひらける転機となるのは、西鶴の町人物によくある筋だ」としている。

第二節　西鶴摂取の状況

諸テクストの分析を行う前に、織田の西鶴摂取の具体的な様相を整理したい。織田が西鶴に言及した評論・エッセイは七本、現代語訳は全集未収録のものを含めて五本ある。それらを時系列に沿って挙げると、つぎのようになる。行頭に「＊」を付したものは現代語訳である。

＊『西鶴物語集』（「大阪パック」一九四一年一月）
＊『世間胸算用』（「西日本」一九四一年十二月〜十七年三月）
『西鶴新論』（修文館、一九四二年五月）
『西鶴論覚書』（「上方」一九四二年七月）
『西鶴二百五十年忌』（「大阪新聞」一九四二年八月八日）
＊『西鶴物語』（「鉱山の友」一九四二年八月十日）
『西鶴忌』（「新文化」一九四二年十二月）
＊『武家義理物語』（「大阪文学」一九四三年十月）
『西鶴の眼と手』（「台北西鶴学会報」一九四四年一月）

『西鶴の読み方』（「大阪時事新報」一九四六年七月十七日）
『西鶴の眼と手』（「りべらる」一九四六年八月）※一九四四年のものとは内容が異なる。
＊『西鶴名作集』（「双樹」一九四七年六月）

このうち単行本となっているのは『西鶴新論』のみである。現代語訳が目立つがその内訳は、竹野静雄[8]が指摘している「『胸算用』全章、『武家義理物語』九章、『永代蔵』二章、『織留』二章、『文反古』一章」の他に、『置土産』一章（「人には棒振虫同然に思われ」）があることを補足したい。これは全集未収録の『西鶴物語集』で訳出されているものである。なおこれらのうちには複数回訳されているものもある。この点に関しては次節で詳述する。

全集未収録の文献は今後も発見される可能性がある。このように判断するのは、大阪府立中之島図書館織田文庫の一次資料に示唆を得られるからだ。それは「作者のノート」と題する満寿屋製二〇〇字詰原稿用紙十七枚の草稿[9]で、刊行が実現されなかった単行本のために用意されたあとがきだと考えられる。「昭和十六年師走」（十七枚目に附記）とあることから、その前後の時期に執筆されたのだろう。草稿二枚目には単行本の目次が記されており、「雪の夜」「大人の童話」「立志伝」「秋深き」「私設人事相談所」「西鶴短篇集」「作者のノート」となっている。

このうち「西鶴短篇集」について書かれた部分を以下に翻刻、引用する。傍線部は引用者による。

私はいまライフワークの一つとして西鶴を研究してゐる。まだ手をつけたばかりで、まづ西鶴を読むことからはじめてゐる。読むためには現代語に直してみるにしかずと思ひ、暇を見てそれをやつてゐる。既に「世間胸算用」の現代語訳を完了し、目下ある雑誌に連載してゐる。ここには「日本永代蔵」「世間胸算用」「西鶴織留」のいはゆる町人物として一括される三草子のうち、六つの短篇をえらんで訳出した。この六つの短篇はいはゆる良家の子女に読ませても良いものである。いや、それどころか、良家の子女にして文藝に親しまんとする者は、まづかかる短篇をこそ読んで、文藝の何たるかを納得されたい。単に倹約思想の強調といふ点から言つても、このやうに鋭く、このやうにしみじみと語られた作品は遺憾ながら現代には皆無である。文藝的価値はいふも更である。私の現代語訳は極めて未熟で、西鶴の名文は私の郷土的血のつながりを以てしても全く手に負へなかつたが、しかし一字一句もゆるがせにしなかつた。西鶴の呼吸をうつすためには、創作以上の苦労もし、かつある点では抱負ももつてゐる。あへてこの創作集にこの訳文を入れる所以である。

傍線の箇所は「西日本」（京都・日本文化社発行）一九四一年十二月から翌年三月まで連載された『世間胸算用』を指すが、「六つの短篇」がどのテクストを指すのかは不明である。

織田は一九四一年年末の時点で「まだ手をつけたばかり」だと述べているが、実際どの時期に西鶴テクストに触れはじめたのか。その時期については大谷晃一の評伝に、『夫婦善哉』の文藝推薦受賞（一九四〇年七月）後のこととして、「週刊朝日の大久保恒次は作之助から『夫婦善哉』を献呈されると、もう一冊もらって志賀直哉のもとへ持って行った。この男はもっと井原西鶴を読む方がいいよ、と直哉は感想をもらす。大久保はこれを作之助に伝えた。〔中略〕有り難う、ようわかりました、と作之助はていねいに礼を言った」と書かれている。この評伝は関係者への聞書きも含めて成立しているため、それぞれの出来事を事実と確定するには危うい部分もあるかもしれないが、反証することも現実的ではない。ただ、大谷以外の各論者もこの志賀の発言を西鶴摂取の原点とする説を踏襲している。

しかし一九四〇年五月六日杉山平一宛書簡の、杉山による『夫婦善哉』への感想に対する返答と推測される部分に「西鶴とは意外だが、べつに異をたてぬ。真似たつもりはない。文芸七月号で諸家がどう批判するか、たのしみだ」と書いていることから、杉山が志賀よりも早く織田と西鶴の類似を指摘したのではないか。また同年十月三日品川力宛書簡には「いま西鶴に関する本を蒐めています」とあり、摂取開始時期に関しては織田自身が「まだ手をつけたばかり」とする時点から一年は遡ることが実証できる。ともあれ、品川に度々西鶴本の購入を頼んでいる事から文藝推薦受賞後に「あわてて西鶴を読みだし」た（『わが文学修業』「現代文学」一九四三年三月）というのも事実に近かったことが判る。

高松敏男は「織田作之助の西鶴現代語訳についての覚書―新資料『西鶴物語集』の紹介―」（「大阪府立図書館紀要」28、一九九二年三月）の中で、織田の西鶴摂取が表立って現れた時期を確定している。高松によると、全集未収録の西鶴現代語訳『西鶴物語集』（「大阪パック」臨時増刊号、一九四一年一月十五日発行）がその成果の始まりであり、その発行年月日から一九四〇年中には織田が西鶴を現代語訳していたことを立証している。

「大阪パック」については第六章で論じておりここでの詳述は省くが、織田が漫画雑誌である同誌に西鶴現代語訳を掲載したことは、戦時下の社会状況によって実作者たちの創作の発表舞台が縮小されていくという、硬直しつつあった文学をめぐる状況の反映だと言える。

織田の西鶴摂取は積極的なものだといえるが、その摂取の具体的な在りようを示すものとして現代語訳が残されている。現代語訳は翻案に比べて書き換えた人間の創意を検討しにくい側面があることも否めないが、どのテクストを訳したのか、そしてそれをいかに訳したのかという点に焦点を当て、織田の西鶴テクストの現代語訳に浮上する意図や達成を見ていきたい。

第三節　西鶴テクストの現代語訳

田山花袋[10]は「西鶴の文章を翻訳するのは難しいが、せめて其書いた事だけでも翻訳して、西洋人に見せて遣り度いと思ふ」と述べたが、昭和初年代から十年代はその西鶴の現代語訳が次々に試みられていた。たとえば『現代語西鶴全集』（春秋社、一九三一年七月〜三三年二月）、『現代語訳西鶴名作集』（非凡閣、上巻は一九三七年五月、下巻は一九三八年六月）、佐藤春夫『打出の小槌』（「新日本」一九三八年一月〜三九年六月）がある。織田の現代語訳もこの系譜に連なるものとして位置づけられるだろう。よく指摘されるように、近代文学で西鶴が評価されてきたのは、その表現方法が坪内逍遥のいう「写実」や、自然主義作家たちのリアリズム観と重なり合っていると見做されてきたからだと、まずは言える。その一方で佐藤春夫は「凡そ西鶴ほど詩的な作家もない[11]」と述べ、西鶴の詩人としての側面を強調し、これもまた西鶴のこれまで評価されてこなかった側面を見出した。

西鶴テクストが現代語訳されたのは、そうした様々な〈近代文学〉としての評価を西鶴が得てきたことにより、そのテクストを現代語に訳す作業を通して自身の創作技術の向上がはかられると、実作者たちが夢見たからかもしれない。近代文学の実作者たちにとって現代語訳とは、古典を成り立たせる古語という起点の言語から、自ら意味を汲み取って自らの表現機構としての現代語の中に再構築する作業であり、同時に、古典の中で表象されている物語世界――それはもちろん実作者にとって十分には了解不可能な過去の世界として認識される――と自分の置かれた世界とを架橋するプロセスでもある。実作者たちは古典作品を自らの手の中で再構築していく過程で、そうしたいわば異世界も理解しなければならない。また、訳す時点での社会的文化的環境にあっては理解の困難な部分を説明するために、加筆したり、注釈を付けたりする必要も生じるだろう。現代語訳とはこの意味であらゆる翻訳と位相と同じくする、言語表現においてきわめて創造的な営為なのである。

西鶴テクストについて遡れば、一八九〇年の時点で既に幸田露伴が「西鶴は今の所謂写実派か理想派か。西鶴時に甚だしき理想派となることあれども、写実派と云はむこと当れるに近かるべし。二百年前の人情風俗、掌上の紋を見るが如くに我等に知らるゝのみならず、西鶴が写し出せし如き事情の日々夜々今尚行はれ居るを見る。唯西鶴が時に或は甚だしき理想派の如く見ゆるは、人の心内の表現を其まゝ実事の如く写し出せる場合を以て多しとなす」(12)と、その融通無碍であることを指摘していた。また、一九三一年に訳文を刊行した菊池寛(13)が、

西鶴の名文は訳さゞるに如かずであるが、しかしかうした現代語訳に依りて、西鶴の偉大さが少しでも多くの人に知られることは我等西鶴崇拝者にとつて本懐である。西鶴の短篇は、短いけれども実に、小説のエッセンスとも云ふべきものである。現代の作家などに書かすれば百枚も二百枚もになる小説の筋を、わづか十枚十五枚にかいて、しかも人に迫る真実さを持つてゐる。その筋の複雑さ、深刻さ、皮肉さ、その人物の人間的なる、私はこの仕事をしながらも、今更のやうに西鶴の偉大さに打たれた。

と述べたように、それは確かに実作者にとって気付きの多い実践だったのではないか。

織田の場合、現代語訳を行った西鶴テクストは、個人の好悪や興味よりも時局に合わせるという意味で、時宜に適ったものを優先的に選ばなければならないということが、前提条件となっている点に特徴がある。このことは、訳文発表の嚆矢となった『西鶴物語集』を発表した際の前書きにまず表れている。

大阪が産んだ偉大な作家、西鶴の作品中より時節柄世の人心の参考になりさうな、且つ傑作を、わざと選んで

現代語に翻訳した。単に諷刺、ユーモア小説として見ても、現代のその種の作品を遥かに抜いてゐることは、読者も納得することであらう。／筆者は西鶴の名文を現代文に写すにあたり、一字一句もゆるがせにしなかった。いふところの逐語訳だが、国文学者のそれとはいささか趣の違ふところもあらう

「時節柄人心の参考になりさうな」西鶴テクストとは何か。それは実際のところいわゆる町人物に限られ、「鼠の文づかひ」（世間胸算用）、「長刀はむかしの鞘」（世間胸算用）、「二代目に破る扇の風」（日本永代蔵）、「人には棒振虫同然におもはれ」（置土産）の四話が訳出されている。「鼠の文づかひ」に表れた吝嗇はともかく、「長刀はむかしの鞘」と「人には棒振虫同然におもはれ」は、零落し窮乏している下層町人の哀れさを描いたものであり、「二代目に破る扇の風」は吝嗇の金持ちが遊郭で身を崩すという転落の半生が物語の主眼である。「鼠の文づかひ」も同時代に社会的に通底していた倹約・節約の奨励と重なるわけではなく、むしろ徹底した吝嗇を描き込むことで主人公の「隠居の婆のエゴイズムをテーマとし(14)」ていると理解されてきた。倹約・節約と吝嗇とはその内容として実質的に同義であり、「鼠の文づかひ」に老婆を通じて吝嗇を戒めるような教訓的色彩がなく、むしろ母屋に言いがかりをつけて金を受け取り安眠を得る老婆の姿で物語が締められていることから、倹約・節約というモードへの批評性すら内包している。

あるいは「大阪パック」の発行時期から、年の瀬という「時節」に適ったものかとも思われるが、「二代目に破る扇の風」が入っていることを見るとそれも当たらない。すると差し当たり、織田による口上は建前に過ぎないということになる。言い換えれば、ここでは単に織田の興味を惹いた西鶴テクストが選ばれていると見てよいだろう。

織田の西鶴テクストの選定が、同時代的な制約、つまり好色物は訳に適さない、あるいは建前上「人心の参考になりさうな」ものを選ぶという体裁をとらなければならないなどの諸条件を前提としつつも、内実として自身の興

味に基づいて行われたということは、これらが全て後日再訳されたことも傍証となるだろう。ここに一度織田の訳業を整理すると共に、後日再訳されたものには囲み線を付す。

西鶴物語集（「大阪パック」一九四一年一月十五日）

「鼠の文づかひ」（世間胸算用）

「長刀はむかしの鞘」（世間胸算用）

「二代目に破る扇の風」（日本永代蔵）

「人には棒振虫同然におもはれ」（置土産）

世間胸算用（「西日本」一九四一年十二月～四二年三月）※原典の順に全話訳出

「問屋の寛濶女」

「長刀はむかしの鞘」

「伊勢海老は春の紅葉」

「鼠の文づかい」

「銀一匁の講中」

「訛言も只は聞かぬ宿」

「尤も始末の異見」

「門柱も皆かりの世」

「都の顔見世芝居」

「年の内の餅花は詠め」

「小判は寝姿の夢」
「神さえ御目違い」
「闇の夜の悪口」
「奈良の庭竈」
「亭主の入替り」
「長崎の餅柱」
「才覚の軸すだれ」
「つまりての夜市」
「平太郎殿」
「長久の江戸店」
西鶴物語（「鉱山の友」一九四二年八月十日）
「青砥左衛門」（武家義理物語「我物ゆえに裸川」）
「世界の借家大将」（日本永代蔵）
「銀が落してある」（近年諸国咄）
武家義理物語（「大阪文学」一九四三年十月）
「我物ゆえに裸川」
「瘊はむかしの面影」
「衆道の友よぶ衛香炉」
「神のとがめの榎木屋敷」

「死なば同じ浪枕とや」
「身体破る風の傘」
「御堂の太鼓打ったり敵」
「松林ばかりや残るらん脇差」
「我子をうち替手」
西鶴名作集（「双樹」一九四七年六月）
「煎じよう常とは変る問薬」（日本永代蔵）
「世界の借屋大将」（日本永代蔵）
「二代目に破る扇の風」（日本永代蔵）
「大豆一粒の光り堂」（日本永代蔵）
「塩売の楽すけ」（織留）
「所は近江蚊屋女才覚」（織留）
「百三十里の所を拾匁の無心」（万の文反古）

織田の西鶴現代語訳として公表されたものは以上である。これらを参照すると、いくつかのテクスト、特に初めて訳文を発表した『西鶴物語集』での西鶴テクストを、発表の約一年後以降に再度訳しなおしていることがわかる。それぞれの訳文は時期によって差異が多く見受けられるため、これらの二回現代語訳している文章同士を比較することによって、翻訳方法の変化を明らかにし、それらを更に原典と比較検討することで、その変化の意味やそれぞれの時期における織田の作為を解明したい。いま「作為」と述べたのは、現代語訳という翻訳が訳者の創造をめぐる意図が反映される作業にほかならないからである。

検討対象は西鶴テクスト現代語訳の嚆矢である『西鶴物語集』に発表された訳文の、その後の変容についてである。訳文としては最初期のものからの変容を問うため、『西鶴物語』（「鉱山の友」一九四二年八月）「青砥左衛門」から『武家義理物語』（「大阪文学」一九四三年十月）「我物ゆえに裸川」への改変については、本章においてはひとまず措くことにする。

ここでは『西鶴物語集』の四つあるテクストのうち、A「鼠の文づかひ」、B「長刀は昔の鞘」（それぞれ『世間胸算用』巻二）、C「二代目に破る扇の風」（『日本永代蔵』巻一）を取り扱う。Cとした「二代目に破る扇の風」の再訳は、織田の死後遺稿として「双樹」（一九四七年六月）に発表されたもの、つまり生前発表されなかったものであるがゆえに、織田による改稿の時期を特定することはできない。

テクストの引用元は、原典については『日本古典文学全集40　井原西鶴集』（小学館、一九七二年四月）に拠った。全集未収録の『西鶴物語集』は「大阪パック」（一九四一年一月十五日）を、『世間胸算用』は『定本織田作之助全集　第二巻』を、そして『西鶴名作集』は『定本織田作之助全集　第七巻』を、それぞれ典拠としている。訳文の比較対象の際、織田の訳文についてはそれぞれ行頭に【物語】【世間】【名作】と付す。

A「鼠の文づかひ」

『世間胸算用』巻一の四「鼠の文づかひ」は先述の通り吝嗇の老婆の物語である。妹からもらった銀一包が盗まれ、銀の在処を問うた山伏がいわゆる仕掛山伏であり、結局のところ騙されたと嘆く老婆だったが、煤払いの後、屋根裏から銀が発見された。人々は鼠のせいにしたが、老婆は納得しない。すると近所の医者が難波長柄豊碕宮遷都の時に大和の鼠が家財を運んだという故事を引き合いに説得する。更に医者が鼠つかいの男を呼び、鼠が物を運ぶのを見せると、ようやく納得した老婆は「物を盗むような鼠がいる長屋を貸されたために、銀を一年放置せねばならなかった利息を母屋から取る」と言い、母屋から金を受け取り正月を迎える。

このテクストをめぐる織田の二つの訳文で大きく異なる点は、作中人物の発話に集中している。先立つ【物語】の訳に様々な工夫が凝らされているのに対し、後発の【世間】では原典への回帰が目立っていると言えよう。【物語】でなされた工夫を大別すると、「説明的補足」「意訳」「より自然な話し言葉化（大阪弁化を含む）」とに分けられる。

「説明的補足」としてはまず、①隠居の老婆が風呂を沸かすために自分の下駄を火にくべる際の発話を挙げられる。

【原典】まことにこの木履は、われ十八の時この家に嫁入せし時、雑長持に入れて来て、それから雨にも雪にもはきて、歯のちびたるばかり、五十三年になりぬ。我一代は、一足にて埒を明けんとおもひしに、惜しや片足は野ら犬めにくはへられ、はしたになりて是非もなく、けふ煙になす事よ

↓

【物語】ほんまに此の下駄は私が十八で此の家へ嫁入した時、雑長持ちに入れて持つて来たものだ。それから雨の日も雪の日にも履いて、歯がちびるだけで五十三年保つて来た。自分一代は此一足で事済ませようと思つてゐたのに、惜しいことだ。片足は野良犬めにくはへて行かれ、はんぱになつてしもうたのだ。それで是非もなく、今日たきつけて煙にするのだ

↓

【世間】ほんまにこの足駄は、私が十八でこの家に嫁入りした時、雑長持ちに入れて来て、それから雨にも雪

にも履いて、歯がちびただけで、五十三年になる。私一代は一足で間に合わそうと思っていたのに、惜しいことだ。片足は野良犬めにくわえていかれ、はんぱになったので、是非もなく、今日、煙にするなんて

また、②風呂に入っていた医者に老婆が語りかける際の発話には、説明的補足の他に、大阪弁的な音便への変更が認められる。

【原典】いかに愚痴なればとて、人の生死をこれ程になげく事ではござらぬ。わたくしの惜しむは、去年の元日に堺の妹が礼に参つて、年玉銀一包くれしを、何ほどかうれしく、恵方棚へあげ置きしに、その夜盗まれました。そもや、勝手しらぬ者の取る事ではござらぬ。その後色々の願を諸神にかけますけれども、その甲斐もなし。又山伏に祈りを頼みましたれば、『この銀七日のうちに出ますれば、壇の上なる御幣がうごき、御燈が次第に消えますが、大願の成就せししるし』といひける。あんのごとく、祈り最中に御幣ゆるぎ出、ともし火かすかになりて消えける。

↓

【物語】なんぼ女が愚痴だからとて、人が死んだ位で、これ程悲しみますかいな。吉年の元日に、堺の妹が礼まゐりに来て、年玉の銀を一包くれたので、なんぼうにも嬉しくて恵方棚の上へ置いときましたのに、その晩それを盗まれました。それが惜しうてならんのぢや。よもや家の勝手の知らぬ者が盗つたのでもあるまい。其ののち、色々の願を神様に懸けましたのやが、効目もない。また、山伏に祈をしてもらうたところが、その銀が七日の中に出るやうなら、壇の上の御幣が動いて、燈明

がだんだん消えるだらう、それが大願の成就した験だと言ふことだつた。
案の條、祈の最中に御幣が動いて、燈明が心細うなつて消えました。

↓

【世間】なんぼ私が愚かじゃと言うて、人が死んだぐらいで、これほど悲しみますかいな。去年の元旦のことでした。堺の妹が礼まいりに来て、年玉の銀を一包くれたので、なんぼうにも嬉しくて、恵方棚へ上げて置きましたところ、その晩それを盗まれました。よもや、勝手の知らぬ者が盗ったのでもありますまい。その後、色々の願を神様にかけましたがその効もありません。また、山伏に祈を頼みましたところ、その銀が七日の中に出るなら、壇の上の御幣が動き出し、御灯明がだんだんに消える、それが大願成就の験だと言いました。案の定、祈りの最中に御幣が動き、御灯明がかすかになって消えたのです。

この場面の「なんぼ」「のやが」「もらうた」が大阪弁的な音便表現への変更に当たる。そして「それが惜しうてならんのぢや」は地の文にない説明的補足であり、老婆の内面を補強する効果を担っている。また、話し言葉化については大阪弁化以外にも次のような書き換えがなされている。

③②の続きの場面、老婆による仕掛山伏の説明

【原典】その御幣のうごき出づるは、立置きたる岩座に壺ありて、その中に鯲を生置きける。数珠さらさらと押しもんで、東方に西方にと、とつかう、錫杖にて仏壇をあらけなくうてば、鯲がこれにおどろき、上を下へとさわぎ、幣串にあたればしばらく動きて、しらぬ目からはおそろし。

↓

【物語】其の御幣の動くのは、立て、ある仏壇の台に壺があつて、その中へどぢやうを入れてあるのぢや。数珠をさらさらともんで、東方に西方に、と文句をとなへながら、独鈷や錫杖で仏壇を無やみにたゝいたら、どぢやうも驚いて上を下へぢや。それが幣串に当れば、一寸の間は動くから、知らぬものには薄気味わるいのぢや。

↓

【世間】その御幣のうごくのは、台の上に壺があって、なかに鰌を生けて置く。数珠をさらさらと押しもんで、東方に西方にと、独鈷錫杖で仏壇を乱暴に打てば、鰌が驚いて、上を下へと騒ぎ、それが幣串に当るので、暫く動いて、知らぬ目には薄気味わるい。

「ぢや」「のぢや」は話し言葉であることを意識した訳である。また、「と文句をとなへながら」は地の文にない補足にあたり、「一寸の間は動くから」は原典の「しばらく動きて」の言い換えだが、【世間】では「暫く動いて」と原典とほぼ同一の表現に戻されている。

意訳として目立つものは三か所ある。

④老婆の発話

【原典】今年の大晦日は、この銀の見えぬゆゑ胸算用ちがひて、心がかりの正月をいたせば、よろづの事おもしろからず」

↓

【物語】今年の大晦日ばかりはその銀が出て来ぬ故、大分勘定が違うて、もうその事を心に掛けながら正月をするかと思へば、何もかも面白くない」
←【世間】今年の大晦日ばかりは、その銀が出て来ぬ故、胸算用が違って、気がかりな正月をするかと思えば、ことごとに面白くありません」

⑤医者が老婆を諫めようとする言葉
【原典】「何と〳〵我を折り給へ」
←【物語】「さあ、もう我を折りなさい」
←【世間】「なんと、なんと、もう我を折りなさい」

⑥鼠づかいの藤兵衛の口上
【原典】「只今あの鼠が、人のいふ事を聞入れてさま〳〵の芸づくし。若い衆にたのまれ恋の文づかひ」
←【物語】「さて、これから鼠の曲芸、曲芸、はじまりは若い衆に頼まれ恋の文使ひ！」
←【世間】「只今、あの鼠が人のいうことをきき入れて、さまざまの芸尽くし、はじまりは、若い衆に頼まれて恋の文使い」

④では「胸算用ちがひて」が「大分勘定が違うて」とされた後、「胸算用が違って」と変わっている点で③の「しばらく動きて」（原典）と同じ変遷と辿っている。さらに「こころがかりの正月をいたせば」は「もうその事を心に掛けながら正月をするかと思へば」と意訳されたあと、「気がかりな正月をするかと思えば」と単純な語訳に直されている。同様のことは⑤の医者の発話にも言える。

⑥の口上は【物語】において意訳が最も明らかな部分である。「さて、これから鼠の曲芸、曲芸」という表現には、原典の表現をより芸人の口上に相応しいようにすること、すなわち原典を織田の解釈した人物像の表象が可能になるように適合させる作業が表れている。また、口上末尾の「！」は【物語】の訳文に著しい特徴である。他にも【世間】と比べると鉤括弧やダッシュの使用、あるいは改行などといった、近代の日本語表記の制度に則った改変が【物語】には施されている。

総じて「鼠の文づかい」の訳文には、【物語】において構築されようとしていた訳文の表現機構や、それに基づいてなされる作中人物の声への肉付けの作業、また、その結果としての人物の表象が、【世間】では原典に回帰することによって失われているとひとまず言える。【世間】ではこれらの工夫をリセットすると同時に、改行も目立たなくなっていることも原典回帰を跡づける現象だと言える。

これらの特徴や変化が「長刀はむかしの鞘」でも一貫して実行されているか確認する。結論を先に述べれば、【物語】から【世間】での再訳へという道筋は「鼠の文づかい」と同様だが、「文づかい」と「長刀」とではその訳のバリエーションの中で少々異なる部分がある。

B 「長刀はむかしの鞘」

登場人物が全て無名の『世間胸算用』に特徴的な表現手法である、いわゆる固有の名前を持つ主人公が不在の集団描写によって構成されている巻一の二「長刀はむかしの鞘」は、長屋の住人たちの大晦日の生態描写である。長屋の人々は新年を迎えるための質草を工面する。そのうち浪人の妻は長刀の鞘の部分だけを質屋に持ち込み、断られると「自分の父が関ヶ原の合戦で手柄を立てた時に持っていた長刀だ」と泣きつく。人々は質屋に女の夫はゆすり者だから彼が来る前に示談すべきだと勧め、女は金を手にする。他にもどうして金を工面できるのかわからない怪しげな独身女や、元は飯盛女だったが旅人の米を盗み出奔した末、現在はこの長屋に住みながら托鉢で米をもらいながら生きている女などが描かれる。

織田はこうした人物に名を与えるという形で創意を見せているわけではない。「鼠の文づかい」と同様の変更としては、まず、【物語】から【世間】への原典回帰を挙げられる。ただし改変が人物の発話に集中していた「鼠の文づかい」とは異なり、「長刀はむかしの鞘」では、地の文における改変も多く見受けられる。例えば、次の箇所が挙げられる。

①末部の教訓的言辞

【原典】まことに世の中の哀れを見る事、貧家の辺りの小質屋、心よわくてはならぬ事なり。

↓

【物語】誠に貧民街の近くの質屋では世の中の哀れさを見せつけられるから、気が弱くては商売も出来ぬ。

↓

【世間】まことに、貧乏長屋の辺の小質屋ほど世の哀れさを見るものはない。気が弱くてはとてもつとまらぬ。

ここでは、「見せつけられるから」という因果化という形で文脈づくりがなされており、また、「ならぬ事なり」を「商売も出来ぬ」としている点で、他に比べて意訳が甚だしい箇所だと言える。

また、「鼠の文づかい」と同様の原典回帰の傾向としては、改行や各種の記号といった近代的な表記の制度に関するものが挙げられる。

②醜女が無器量に生れついた身の上を嘆く箇所

【原典】鏡見るたびに我ながら横手うつて、「これでは人も合点せぬはず」と、身の程を観じける。

←【物語】鏡見るたびに、われながら膝を打つて、／「この器量でひとり身とは人の合点せぬのも当然だ」／と、身のほどを観じてゐた。

←【世間】鏡見るたびに、われながら横手を打って、これでは人も合点せぬ筈だと、身の不器量を悲観していた。

醜女の心内語の、意訳から原典回帰へという差異もさることながら、ここでは【物語】で改行と鉤括弧によって括り出されていた女の言葉が、地の文に埋め戻されるという形で近代的な表現制度が手離されていることがわかる。同様のことは、ゆすりの浪人の妻の発話にも表れている。

③浪人の妻の台詞

【原典】牢人の女房、そのまま気色を替へ、「人の大事の道具を、何とてなげてそこなひけるぞ。質にいやならば、いやですむ事なり。その上何の役にたたぬとは、ここが聞所ぢや。それはわれらが親、石田治部少輔乱に、ならびなき手がらあそばしたる長刀なれども、男子なき故にわたくしに譲り給はり、世にある時の嫁入に、対の挟箱のさきへもたせたるに、役にたたぬものとは先祖の恥。女にこそ生れたれ、命はをしまぬ。相手は亭主」と、取付きて泣出せば、あるじ迷惑して、さま〳〵詫びてもきかず。

←

【物語】浪人の女房はいきなり気色を変へ、／「人の大事の道具をどういふわけで投げて傷つけたか。質種にいやなら、いやですむことです。それをわざ〳〵何の役にも立たぬとは、どういふわけか、聴きたい。これは妾の親が石田治部少輔の乱に竝びなき手柄を立てられた長刀だけれど、男の子がないゆゑ、妾に譲られたものである。暮しの良かつた時の嫁入りに、対の挟箱の先へ持たせたものだのに、役に立たぬものとは先祖の恥。女にこそ生れたが、命は惜まぬ。相手は亭主！」／と、取付いて泣き出した。主迷惑してさま〳〵詫びても肯かなかつた。

←

【世間】浪人の女房はいきなり色を変えて『ひとの大事な道具を投げるとは、どういう所存か。質にいやなら、いやで済むこと、それを何の役にも立たぬとは、さあ、きかせて貰いましょう。これは妾の親が石田治部少輔の乱に並びなき手柄を立てられた長刀だけれど、男子がない故に妾に譲られ、世にある時の嫁入りに対の挟箱の先へ持たせたもの、役に立たぬといわれては先祖の恥。女にこそ生れたが、命は惜まぬ。相手は亭主』と武者振りついて、泣きだしたので、主人は困りはて、さまざま詫びても、きくでない。

一方で【世間】が一口に原典回帰とも言い切れない部分もある。一箇所だけだが、【物語】では書き言葉に近かったものが【世間】で大阪弁化しているところがある。

④質屋を説得する人々の発話
【原典】「あのつれあひ牢人はねだり者なれば、聞きつけ来ぬうちにこれをあつかへ」
→【物語】「女のつれあひの浪人はゆすりだから、聞きつけてやつて来ぬうちに、話をつけてしまへ」
→【世間】「あのつれあいの浪人ちゅうのはゆすりだっせ。ききつけて、やって来ぬうちに、話をつけてしまいなはれ」

この過程は【物語】での意訳を踏まえての【世間】における方言化ということになる。しかし、こうした作業がなされているのはこの一箇所のみであり、全体にわたる統一的な改変とは言えず、織田に体系立った改変への意志があったとするかは疑わしい。これと同じ傾向を孕んだ出来事として、また、「鼠の文づかい」には見られなかった傾向として、【世間】において発話のみならず地の文に大阪弁の音便表現が施されている箇所も、一つだけ存在する。

⑤地の文「坊主も体が頑健でなくては勤めがたいものである。」
【原典】道心も堅固になくては勤めがたし。

→【物語】余程道心堅固でないと勤めにくいではないか。

→【世間】托鉢も達者でのうてはむずかしい。

総じて【物語】で使用した近代的な表記の制度を【世間】では放棄し、原典により近い訳文を心がけていることがわかる。この原典回帰は、たとえば「長刀はむかしの鞘」で参照した浪人の妻の発話③に続く部分の、「あるじ迷惑して、さま〲詫びてもきかず」という、「あるじ迷惑して、さま〲詫びて」という主述の関係から「きかず」の三文字で妻の動作に急転させるような、西鶴の文体が持つリズムを織田が自身の表現機構に取り入れようとした、そのような目論見を示唆している。

また、織田が自身の表現機構を、西鶴テクストの現代語訳を通して行おうとしていたことは、大阪弁化をめぐる試行錯誤にも表れているだろう。『大阪論』で称揚していた「地の文と会話とのつながり」、「描写と説明との融合」、「大胆な省略法」という表現方法は、大阪弁による言語表現自体にアプリオリに内包されているものとして、織田には認識されていた。そのことは既に『夫婦善哉』で人から指示されぬうちに実践されていた手法だったが、織田は西鶴テクストの訳出を通して更にそのことを再確認し、その結果が『大阪論』での言辞へと結実していったのではないか。

「二代目に破る扇の風」は【名作】への改変がいつなされたのか明確ではないが、その大阪弁化において、これまで見た二作とは大きく異なる傾向を持っている。

C 「二代目に破る扇の風」

『日本永代蔵』巻一の二「二代目に破る扇の風」は、先述の通り色に溺れて零落する二代目町人の物語である。親は倹約を徹底して一代で財を成し、二代目もはじめは「生れ付たる長者」であった。しかし、ある日道で島原の最下級の女郎に宛てた手紙を拾い、中に金が入っているのを見つけ、それを渡しに行こうと登楼する。しかしその金で遊んでしまい、以後遊び人となり、家も没落する。家名にゆかりのある古い扇一つを手に門付芸人になった男のこのような半生を、倹約家の「鎌田屋の何がし」という男が子供に語り聞かせる体裁を取っている。

ここでも、【物語】における説明的補完や意訳から【名作】での原典回帰の傾向と、それに伴う近代的な表記制度の放棄が、これまでと同様に見られる。

①手紙の中から金が出て来た時の反応

【原典】「これは」と驚き、まづ付石にてあらため、その後秤の上目にて一匁二分りんとある事をよろこび、胸のをどりをしづめ、「思ひよらざる仕合せはこれぞかし。世間へさたする事なかれ」

↓

【物語】「是は——」／と、驚き、先づ付石でこすつて偽物かどうかあらため、其の後秤の上目で一匁二分きちんとあることがわかつたので、よろこび、胸の躍るのを静めて、／「思ひも寄らぬ仕合せとは此の事だ。世間へ吹聴してはならぬぞ」

↓

【名作】これはと驚いて、まず付石であらため、後秤にかけたところ、一匁二分たっぷりあるのがうれしく、躍る胸をしずめて、「思いも寄らん仕合せとは、このこっちゃ。世間へ吹聴したら、あかんぞ」

このように、人物の発話においては殊更に大阪弁で書かれる方向へと改変されているのが、「二代目」の訳文での特徴である。さらに、女郎へ宛てた手紙を読んだ時の男の動揺が、大阪弁化によって性急さを付与され、より個性的な輪郭を伴って表象される部分もある。

②手紙の内容を受けての心境

【原典】哀れふくみての文章、読む程ふびんかさなり、「いかにしてもこの金子を拾うてはゐられじ。この存念もおそろし。その男に返さんとすれば住所を知らず。先のしれたる島原に行きて、花川をたづね渡さん」

↓

【物語】哀れな文章で、読んで行く内にだんだんに不憫さが重なり、／「どうしても此の金子は拾つたままではおかれない。此一年も恐しい。と、いつて、其の男にかへさうにも居所がわからぬ。行先の分つてゐる島原へ行つて、花川をたづね渡さう」

↓

【名作】哀れをふくんだ文章ゆえ、読むほど不憫が重って、／「どないしても、この金子は拾うたままでは置いとけん。こいつの執念がおそろしい。というて、返そうにも居所がわからん。宛先のわかった島原へ行って、花川をたずねて、渡そう」

そして、これまでの訳文と大きく異なる現象として、【物語】で一度補足された地の文が、【名作】で更に大阪弁化されるということが認められる。

③変心する場面

【原典】「元この金子我が物にもあらず。一生の思ひ出に、この金子切に今日一日の遊興して、老いての咄の種にも」と思ひ極め、

↓

【物語】「もともと、此の金子は自分の物ではない。無いものと思ひ一生想出に此の金子だけ今日一日の遊興をして、老ひの話の種にもしよう」／と、決心した。

↓

【名作】「もとを言うたら、この金子はおれの物ではあらへん。無いもんと思うて、一生の思い出に、この金子かぎり今日いちにちの遊興をして、老後の話の種にも……」／してこましたろと、決心した。

この③は重要である。【名作】における「老後の話の種にも……」／してこましたろ」という発話から地の文への引き継ぎは、『夫婦善哉』でも既に実践されていたが、ここでは西鶴への原典回帰として理解できることから、『夫婦善哉』と西鶴テクストとの共鳴を見ることができる。注意すべきはこの訳文が『夫婦善哉』の後発だということだ。すなわち、『夫婦善哉』の文体は西鶴の文体の反映ではなく、両者は計らずも一致した表現機構上の特徴を備えていたということである。

西鶴テクストの現代語訳は織田にとって『夫婦善哉』などでの言語表現上の様々な実践と並び立つ意味を持つ作業だったと考えられる。しかし、織田自身も西鶴テクストを「現代文に翻訳することは、難事中の難事だ」（『西鶴新論』）と述べているとおり、〈西鶴の物語世界を、西鶴特有の簡潔な文体や諧謔を誘うリズムを備えた現代語の文

体で再現する〉というのは、やはりいつまでも達成できない夢に過ぎない。実作者たちができることがあるとすれば、それは現状で構築されている実作者自身の文体、すなわち自らの表現機構に古典を合わせる作業になるか、古典を微視的に捉えることで自らの表現機構を抑制し、結果的に穏当な「現代語訳」を生産するに過ぎない作業になるか、であろう。織田が選んだのは後者だった。

ゆえに、例えば太宰治の『新釈諸国咄』のように翻案した実作者の創意を問える強度を、織田のテクストは持ち合わせていない。それでも織田の現代語訳からわかることは、実直なまでに逐語訳をする、その作業においてもなお浮上する実作者の文体をめぐる葛藤である。近代的な表現機構、表記の制度では西鶴テクストを訳したことにならないという織田の認識は、そのまま近代的な表現機構から自らの文体を離反させる実践をもたらした。というよりも、訳業の以前から自らに適合するものとして創出、選択していた表現手法が、近代的な表現機構と一致しない部分があった、ということを、西鶴テクストの訳業を通して再確認したのである。先に参照した『大阪論』での、大阪弁の表現機構に対する理解は、西鶴テクストやその他の言説の読解によってもたらされたのではなく、自らの小説テクストの創作と、西鶴テクストの現代語訳という実践によって体得されたものに他ならない。ここに西鶴テクスト現代語訳の倫理的な意義がある。

また、訳業という営為自体が様々に論じられているが[15]、織田の場合は一般的に考えられがちな「文化Aにおける素材、対象の、文化Bへの〈移植〉」という訳業のイメージとはずれが存在している。織田の西鶴テクストへの取り組みは、時期を追って「西鶴を現代に移してくる」のではなく「自らの〈現代語〉を西鶴の文章に近づける」方向へと旋回し、文化A（西鶴）と文化B（織田）を弁別、実体視していることに差異はないが、そのベクトルにおいて、むしろ自身を自身の生きる環境（それは言語表現をめぐる所与の社会的環境だと言える）から引き離す方向へと力が働いている。その過程ではどうしても折り合いをつけなければならない部分、すなわち「古文」と「現方で人物の発話に大阪弁を始めとした話し言葉を付加することで図ったのである。

第四節　『西鶴新論』への同時代評価および先行研究

『西鶴新論』刊行（一九四二年七月）と同年における諸氏の評価においては、前田重信が「織田君が西鶴に傾倒してゐるのは、僕の見解では彼の作家的な情熱であつて必ずしも文学史としての対象でない」（「織田作之助の近著『西鶴新論』」「大阪新聞」一九四二年八月十七日）と述べ、小田切秀雄が「低調な小説「夫婦善哉」の作者の西鶴をかりての自己の創作態度の弁護を見る」（「織田作之助著『西鶴新論』」「都新聞」一九四二年九月二十一日）としているように、それが西鶴論であるよりも織田自身の興味に基づく自己の創作態度の正当化として理解された。しかしながら、ここまで各人が批判している点は、既に織田自身が自己言及していた。しかも『西鶴新論』の「あとがき」においてである。

或はこの評論は西鶴論に名を藉りた私自身の小説論になつてゐるかも知れないが、しかし、西鶴に対する二三の新しい発見はあらうと信じてゐる。その意味でこの書は西鶴未読の人は勿論、専門家諸氏にも読んでいただきたいと思つてゐる。／もつとも、西鶴に関する考証など私の柄でも、出る幕ではない。したりありげに考証めかしたのは、実は私の本意ではない。考証と見せかけて、別のことを言ひたかつたのである。／西鶴の人と芸術における最も重要な性格、即ち彼の大阪的性格をひとはややもすれば忘れようとしてゐる。私のこの評論に些かでも新しいものがあるとすれば、この点を明らかにしたことではなからうかと、私は己惚れてゐる。

一方、同書は同時代の学界でも取り上げられたが、評価の焦点は無署名の「彙報」（「西鶴研究」第二冊、台湾三省堂、一九四二年十二月）に端的にまとめられている。即ち「西鶴の大阪的性格を甚だ強調」した点を第一に挙げ、「中世的なすべての思想を軽蔑し、儒教的仏教的世界観を信じなかつたといふ所に彼の思想性を認めようとしてゐる」ことも特色と捉えられた。

戦後の『西鶴新論』評価は小田切の言を共有しており、織田自身を肯定的に評価する論者はそれを良しとし（たとえば久保田芳太郎「織田作之助と西鶴」「国文学　解釈と鑑賞」一九七三年三月）、その反対は小田切のように批判する（梅谷文夫「麟太郎・作之助」「国文学　解釈と鑑賞」一九六七年六月）という方法が通底している。その方式から一線を画し、内容に即して評価したのは西鶴研究者の竹野静雄（『近代文学と井原西鶴』前掲、三五八―三五九頁）である。

特筆すべきは、むしろ長所である。第一は「俳諧人西鶴を無視して、西鶴を理解することは出来ない」として、俳諧と浮世草子との関係に論及したことで、この視点は寒月・紅葉の衣鉢を継ぐ。第二は非写実的手法の強調で、これは山口剛氏の「虚実皮膜の間」（『理想』昭和四・七）に触発されたものに違いないが、自然主義的西鶴観への批判として、詩人的特質を力説した佐藤春夫のそれとともに傾聴すべきものがある。

また西川長夫「織田作之助とスタンダール（上）」（「立命館文学」一九八六年六月）も「限られた文化的イデオロギー的な視野のなかで新しいスタンダール像、したがって新しい西鶴像を描きえたこと」、「スタンダール論の視点を借りて、わが国における文学のもう一つの可能性、もう一つの系譜を想定しえたこと。——軍国主義時代に支配的であった万葉集—芭蕉—志賀直哉の系譜に対して、談林をへて西鶴において開花したもう一つの文学の系譜を設定し、そのなかに自己の文学を位置づけようとする試みは、単に東京的なものに対する大阪的なもの、武士的なものに対する町人的なものの主張であるだけでなく、近代文学の理解という点でもきわめて優れた卓見であった」といういう二点を評価している。ただ、竹野・西川共に織田のいう「大阪的」「俳諧的」といったタームに触れていない点で、『西鶴新論』の内実それ自体を意味づけてはいない。

『西鶴新論』は織田の「自己の創作態度の弁護」（小田切）であるかどうかは措くとして、西鶴を論じつつもそこに留まらない内容を含む小説論である。同論では小説家や研究者の諸文献を、名前のみ挙げているものを含めて計三十七本引用しているが、これら以外の文献で織田が参照した痕跡があるものも、大阪府立中之島図書館織田文庫には所蔵されている。以下に調査の内容も踏まえつつ、織田が西鶴を通して叙述した文学観の内容について検討する。そのためにはまず、織田が西鶴を評するために晩年まで繰り返した「彼はリアリストの目をもっていたが、書く手はリアリストのそれではなかった」という言葉の意味内容を明らかにせねばならない。

なお、織田文庫蔵の西鶴関連文献をここで目録に記載された順で一覧に供しておく。また、このうち織田による書き込みがあるものについては、本章末尾に翻刻し、本章末尾に参考として掲げることにする。

『饒舌録』（谷崎潤一郎、改造社、一九二九年）
『日本文学西鶴研究　西鶴二百五十年記念』（日本文学社編、日本文学社、一九三二年）
『西鶴研究　第2冊』（西鶴学会編、西鶴学会、一九四二年）
『打出の小槌』（佐藤春夫、書物展望社、一九三九年）

『生玉万句』（潁原退蔵編、靖文社、一九四二年）
『生玉万句解説』（潁原退蔵編、靖文社、一九四二年）
『西鶴俳諧研究』（阿部次郎等著、改造社、一九三五年）
『近世小説』（近藤忠義、河出書房、一九三八年）
『近世小説』上、中（山口剛、創元社、一九四一年）
『西鶴』（近藤忠義、日本評論社、一九三九年）
『西鶴研究　金の巻』（木崎愛吉、だるまや書店、一九二三年）
『西鶴「五人女」評釈／現代文学（散文）評釈』（鈴木敏也述／石山徹郎述、出版事項不詳）
『西鶴諸国咄／本朝桜陰比事』（井原西鶴、和田万吉校訂、岩波書店、一九四一年）
『校訂西鶴全集』上、下（井原西鶴、尾崎紅葉／渡部乙羽共校訂、博文館、一八九四年）
『西鶴俗つれづれ』（井原西鶴、藤村作註解、栗田書店、一九三八年）
『西鶴文反古』（井原西鶴、片岡良一校訂、岩波書店、一九四〇年）
『西鶴文集』上（井原西鶴、藤井紫影校訂、有明堂書店、一九三〇年）
『絵入世間胸算用3』（井原西鶴、米山堂、一九四二年）　※和装本
『西鶴世間胸算用詳解』（植松邦正、大同館書店、一九三五年）
『日本永代蔵』一～六（井原西鶴、山海堂出版部、一九三七年）　※和装本
『武家義理物語』（井原西鶴、守随憲治校訂、改造社、一九四一年）
『本朝二十不孝』（井原西鶴、藤村作註解、栗田書店、一九三八年）
『万の文反古』（井原西鶴、藤村作註解、栗田書店、一九三九年）

第五節　〈俳諧的〉と〈大阪的〉

織田の用いるリアリストまたはリアリズムという術語には、意味の多様性がある。それはまず西鶴の「数字好みに、私は西鶴の大阪人を感じリアリストとしての性格を見、かつその技巧をうかがう」という記述に表れる。「技巧」とは「文章の効果を秤にのせる」ことを指示し、また「数字」を「冷酷な現実」、「曖昧や感傷をもたぬ生々しい象徴」と言い換えた上で数字によって「リアリズムの果てのユーモア効果」が生じるとしている。ユーモアは「写実の極点」に現れるものとも後に述べているが、このユーモアの重視こそが他の西鶴論者が言及していない織田の西鶴論のオリジナリティなのだが、この点については後述する。ここでは描写としてのリアリズムが数字を書き込むことに代表されること、そしてこの過程を経て成立した描写が「ユーモア効果」を生むとしていることを確認するに留める。

リアリズムについては次の段階としてそれが拠って立つ基盤に言及される。織田は近松をロマンチスト、西鶴をリアリストと設定し、西鶴がリアリストになれたのは「個人的性格」であると同時に「元禄の性格」に因るとして時代性を導引する。「元禄の性格」は元禄町人の性格と同等で、「金があれば何でも出来た」ということが次のような認識を導く。

> いわば元禄町人は新興階級であった、彼等は公卿でも武士でも農民でもない。新しい階級であった。中世封建社会の暗闇のなかに眠っていた彼等は、元禄時代にはじめて解放された人間としての自己を確信したのである。ここより彼等の勁い自力主義、現世主義が出て来たのである。彼等は人間の力を信じた。人間を讃美した。

ここで、金が全てであることと「人間の力を信じ」るという自力主義とが、どのように繋がるのかという疑問が生じる。しかし『西鶴新論』の中では説明されていない。これには引用されていない、見えない前提が機能している。それは木崎愛吉編『日本文学西鶴研究』（だるまや書店、一九二三年、織田文庫三二四）所収の中谷博「西鶴の芸術的価値―『好色一代男』新論―」である。この副題からも、織田が西鶴論を草するにあたって中谷論が大いに参照されていることがうかがえる。全体で二箇所の傍線部と五箇所のパーレンが確認できるが、ここでは金と自力主義との連関を述べている箇所のみ参照する。

町人文化の内容を形成してゐたものに、右に引用した文章に述べられてゐるが如き、色々な修業があつたのであるが、何と云つても彼等の生活の原動力をなすところの、金を儲けることが根本的な修業であつたことは勿論の話であらう。金の修業に比しては前記の諸々の修業は第二義的なものであつたことは勿論の話であらう。一代男世之介が両替町の春日屋へ金の見習ひに遣はされたのが、年僅に九才の時と〔※ここからパーレンが付されている。―引用者注〕云ふを見ても、その一班は察せられよう。又、此の町人第一の修業を外にして一生の貧に堕した人間をば、西鶴が如何に口を極めて罵倒してゐるかを見ても、その間の消息が知られよう。何を云ふにも町人の根本は金である。金があればこそ公卿や大名に頭を下げさすことが出来るのではないか。金の無い町人に何の力があらうぞ。金がないと云ふことは、町人としての完全な生活を主張する資格の全然欠けてゐることを証明してゐるのだ。こゝに町人と金との動きのとれない因縁がある。実際金が恁うまで人間の生活と密接に結びついた時代、否、それよりも寧ろ金が人間の生活そのものであつた時代が、此の当時の町人の時代を外にして他にあつたであらうか。金の有る無しは、当時の町人にとつては、生きるか死ぬかであつたのだ。

西鶴の多くの著作に現はれてゐる、恐ろしいまでに真剣な文字通り一生懸命な金に対する執着心は、此の解釈を以てして初めて会得出来るのである。しかし、当時の町人の此の金に対する熱心さと云ふものは、決してかの高利貸などに見られるやうな、金そのものに対する病的な愛着ではない。金が自己の生活の原動力なのだから、つまり金に熱心なことは自己の生活の拡張充実に熱心なことである。此の場合金慾は即ち生活慾なのである。だから彼等は金を儲けたからとて、無意義に蓄へて置くことをしない。必ずそれを使ひ切つて了ふのである。その使ひ果たす場所は何処であるかと云へば、勿論金の威光が最も明かに輝き出づる遊里遊郭である。町人、金、遊里、此の三つのものが一直線をなして、一つのものが他のもの丶延長であり、その間に些かの抜差しもならぬことになつて了つてゐるのが解る。即ち町人生活の内容は金と遊女とであり、その他には何もある筈がないのである。此の事を頭に入れて置いてから西鶴を読まないと、幾度読み返へして見たところが無駄である。（九六―九七頁）

中谷が示した、元禄町人の金への愛着ではなく生活欲、即ち「生活の拡張充実に熱心なこと」に基づく金慾という解釈は、織田の自力主義・現世主義へと援用されているのではないだろうか。ただ「解放された人間としての自己を確信」というきわめて近代個人主義的な発想は中谷にはなく、これは織田の想像的飛躍だと考えられる。しかしこの前提がなければ、織田のリアリズム解釈は成り立たない。なぜなら織田にとってリアリズムとは、古い封建道徳から抜けきった先で、現実の生活に密着する事から発生するからである。このように、リアリズムは表現手法であるよりもまず、物の見方それ自体を指す用語としてある。

次に、表現手法としてのリアリズムについて、織田は「唯、浮世を見えた通りに書く態度」とごく一般的な理解を披露する。しかしその直後に「観念を物で受けとめた」、「大切なのは観念ではなく物であった。古い観念は死に、感覚だけが生きている」という言い方で、単なる写実から脱していることを指摘する。「感覚」とは現実の事象を捉えるセンスを意味する。

西鶴はその元禄町人的な性格を基盤にすることで、アプリオリにリアリストとしての視座を得ていたというのが織田の見解だが、表現手法としてリアリズムがいつ獲得されたかということについては、いわゆる武家物においてだとする。リアリズムの方法は武家物によってほぼ確立されたという理解である。近代文学の作家たちの多くは、西鶴の武家物を高く評価しない。それは好色物や町人物に視線が集まっていたからとも言え、また武家物は説話性が高く、教訓的言辞が顕著なことから、ストーリーとして興味を惹いてこなかったという理由もある。織田の武家物への評価は特筆に値するだろう。

西鶴の「リアリストの目」については以上のようにその生成基盤、内実、表現手法との関わりという面から整理できるが、「書く手はリアリストのそれではなかった」ことを述べるためには、〈俳諧的〉という言葉に指示された内容について考察せねばならない。西鶴がまず俳人であった事実を織田が見逃さなかったことを竹野は評価していたが、ではどのような視点からそれを重視したのか。

〈俳諧的〉は度々引用、言及されている西鶴研究者、山口剛の論を抜いては検討できない。織田は山口の研究を「自然主義文学観によって歪められた西鶴の浮世草子を、その俳諧的手法を中心に正そうとされた極めて尊重すべき研究」と高く評価しているが、山口のいう「俳諧的」とは西鶴の古典駆使、古典翻案に焦点化されている。この点を織田は、晩年の西鶴テクストから古典駆使が消えたことを根拠に、この意味での「俳諧的」手法を強調することを警戒している。

織田は西鶴とスタンダールを並置し、ヴァレリーを引用することで彼らが「一つの気取りから身を守るために他の気取りに依」ったと説明する。「一つの気取り」とはこの場合、虚飾や不自然と説明されるが、これはある特定の思想――西鶴にとっては封建的道徳、中世的な神仏信仰、老荘思想、スタンダールにとっては神々と僧侶――を指す。それらを拒絶するために「他の気取り」、つまり西鶴は「俳諧師のたしなみ、気取り」に依ったというのである。創作手法よりもまず生き方の類型として〈俳諧的〉という用語を用いる。

その上で、次に創作理念としての〈俳諧性〉に言及する。織田が「俳諧人とは虚々実々の芸術」という言葉で表そうとした内容は豊富だ。既に「西鶴は個々の事象の描写に於いて、実を以ってし、その配列に於いて虚を以ってする。また、個々の事象に実を以ってし、その配列に於いて虚を残す」という言い方で示していた虚々実々の手法とは「自然を凝視」（実々）しつつも「深刻ではない」（虚々）ことである。実が「リアリストの目」を指し、虚が「リアリストのそれではな」い手を示すことは明白だろう。虚は「出鱈目な嘘八百」を経て「嘘」へと言い換えられ、この「嘘」こそが「物語性《ロマン》」であり、「小説の面白さ」と同定される。通俗小説に表れるような嘘とわかる嘘ではなく、「物語性」と同等の「嘘」を小説に含めるには「効果を綿密に計る算盤」が必要だということになるが、この「算盤」こそが「手」である。

ここでいう「物語性」＝「嘘」は単に虚構性とは言い換えられず、「小説の面白さ」に還元されることは見逃してはいけない。なぜなら「嘘」は「読者に一杯くわせ」るための小説家として「当然の技巧」だからである。「一杯くわせ」ることはのちに「世帯くさい話を面白く読者に読ませるために、痛烈な現実をも、新奇な話めか」すことと、一層具体的に換言されると同時に、織田の物語論があくまで読者を意識したものだと明らかになる。ゆえに〈俳諧的〉手法が「おかしみのための趣向を立てること」と纏められるのである。「おかしみ」はユーモアと同義だ。この点でも自然主義文学者の西鶴のリアリズム理解との大きな差異が見出せる。

また〈俳諧性〉は理念とはまた異なる位相で意味を持つ。それが「俳諧的とは何か。即かず、離れず、これだ」という記述に集約される。この視点も山口剛の指摘に負うところが大きい。山口「解説」（『西鶴名作集下巻』日本名著刊行会、一九二九年十月）では、「西鶴の作と作とが、どんな即離の関係に於いて俳諧的であるか、その一つがどんな扱ひに於いて、俳諧的であるか。いひかへれば俳諧の態度と手法とが、それ等の中にどう見出されるかに就いて」論究する。『好色一代男』と『源氏物語』の関係から始めて諸作の典拠を確認し、また一方で『日本永代蔵』や『新可笑記』では存在しない典拠を挙げることを、「典拠ある時期には、ひた隠しに隠し、ない時期には却つて附会しようとする、例の俳諧の戯れである」と指摘されている。織田はこの論を援用しつつ、「即かず、離れず」を「俳諧の物の見方」、「連句の手法」、「写実の行きつく果ての象徴」とする。このうち「連句の手法」については、西鶴の想念が「常に連俳的に飛躍して行く」と文体の簡潔さを述べる際に再度持ち出すが、この点から〈俳諧的〉とは生き方の類型や文学理念の他に、やはり創作手法にまで及んでいたことがわかる。これは理念としての「効果を計算する算盤」としての手の他に、より創作行為に即した、想念の飛躍を許す〈俳諧的〉な手があったことも意味している。

さて、西鶴の「目」と「手」の連携は、いかにして可能になるのだろうか。そこで要請されているのが〈大阪的〉であることだ。それは西鶴の資質を意味づけると共に、「目」と「手」に象徴される西鶴の表現手法も指し示す。

『西鶴新論』のはじめに〈大阪的〉という術語で提示されるのは、元禄町人の成り立ちである。江戸の町人を、武士を主体とした消費都市を基盤とし、また武士に寄生することで成立した江戸町人を「変態的頽廃」とする一方で、「信用問題一つでこと足り」る「町人道」が成立する商業と金融の中心地として大坂を措定することで、大阪町人＝元禄町人の自活力を説くことが可能になっている。すなわちこの場合〈大阪的〉とは時代状況を指示する。

この状況設定を足掛かりに、織田は元禄町人の〈大阪的〉性格を論じる。まず「露骨と徹底を期する大阪人のねばり強い性格」と「繰りかえしの単調を救う巧妙な話術」を挙げる。そして「非常に重要なこと」として西鶴の感傷や詠嘆、あまさのなさを西鶴テクストの「形容詞のすくな」さを根拠として述べる。その上で、先述の虚々実々という〈俳諧的〉手法が、出鱈目、楽天性、とぼけ（虚に寄与）と、露骨と徹底（実に寄与）という〈大阪的〉性格ゆえに可能になるとする。それは虚実の関係を織田が捉えるにあたって必須の要素なのである。さらに肝要なことは、ユーモアを「忘れてはならない大阪人的性格」に挙げる点だ。これによって「おかしみのための趣向を立てる」という〈俳諧的〉手法が〈大阪的〉性格によって可能になるということが補強される。ユーモアは織田の文学論の要諦であると同時に、他の論者の視座と根本的に異なる指摘で、これは〈大阪的〉であることと分かち難く結びついていることが確認される。

『西鶴新論』には様々な角度から同時代性が入り込んでいる。最も強調されているのは「新人」西鶴の意義である。論の序盤で既に、「文芸復興」という織田にとっての同時代的なタームを利用して、しかしその内容をかつては存在しなかった新しいタイプの人間を適切に、新しい手法を用いて描くという意味での「リアリズム」にずらし、その視座から近松には不可能だった「文芸復興」を西鶴は実現したという文脈を用意した。このように昭和十年代の文学状況という同時代性と連関させることで西鶴が新しい文学運動であることを、すなわち同時代において要請されている〈新しい〉文学の実現を過去において遂行した人物という相似形で認識させることを企図したのである。

この認識は最終盤に再度、「現代的意義」があるものとして提示し直されている。そこではこれまでの近代文学からの西鶴評価を生み出してきた、「写実小説理論」という概念自体が否定されている。この否定を拡大解釈すれば、織田は逍遥に始まり露伴や花袋、そして武田麟太郎や暉峻康隆をも含む、西鶴テクストにリアリティを望む全ての人々と、織田の西鶴理解とに、懸隔があることを示しているともいえる。

織田が述べる西鶴の評価されるべき要素は文体の調子、換言すれば新しい社会機構を虚構に活かすための新しい文体である。そのことを述べる時にも「当時にあっては全く珍しく生産面を扱った作品が多い」という指摘を間に滑り込ませる点で、同時代の文学、社会状況に対する織田のアピールを見出せる。生産というキーワードは、第六章で検証したように、産業報国というスローガンの下で新聞記者と作家の間を漂ってきた織田にとって、同時代の支配的言説に十分歓迎される言葉として認識され、その単語の喚起力を認めていたはずである。

しかし、織田は単純に西鶴の在りかた――文体や作品そのものの特徴や、あるいは「阿蘭陀西鶴」を自認する韜晦的な振舞い、換言すれば彼自身の社会的位相――を同時代の文学、社会状況に置換あるいは援用できると考えていたわけではないはずだ。「考証と見せかけて、別のことを言ひたかつたのである」(『西鶴新論』あとがき)と述べたとき、「別のこと」とは虚々実々という〈俳諧的〉手法が、〈大阪的〉性格によって可能になるという主張にほかならない。そして『西鶴新論』における「物語性」とは「嘘」を指すと言明された時、「嘘」を実現するのは〈大阪的〉性格に依拠した〈俳諧的〉手法である。〈俳諧的〉手法はまた、「おかしみのための趣向を立てる」こと、つまり、「ユーモア」を効果として生じさせる。そうであるならば「物語性」には「ユーモア」が内包されなければならない。もちろん『西鶴新論』で言われている「ユーモア」とは諧謔に終始するものではなく、「叡智のあらわれ」という非常に理知的なものである。たとえば思考放棄のあらわれとしてのおどけや、特異な振舞いを見た周囲の人々がその違和感によって抱くような、差異としてのおかしみではなく、綿密な思考作業を経て発露しながらも、その作業を軽く見せるような洗練された様式を「ユーモア」は示している。すなわちそれは評価ではなくて主体の問題なのである。すると、「物語性」とは書き手の主体を厳しく問うものであることがわかる。

織田の言う「言ひたかつた」「別のこと」とは、こうした実作者の主体性を喚起するための提言ではなかったか。「物語」は実作者の緻密な作意がなければ生まれない。そのことを実証するために、『西鶴新論』は考証のスタイルを採ったのではないか。つまり、井原西鶴という実作者のサンプルを取り上げ、経年的に西鶴自身の作意の変遷を辿ることで、作意があるからこそ実作の豊饒を達成できたということを述べたのである。そうだからこそ、『西鶴新論』では「なぜ西鶴が俳諧から浮世草子作者へと転身したか」という視座や、「なぜ元禄二年から浮世草子作者としては沈黙し、そして元禄五年の『世間胸算用』の発表にどのように至ったか」といった問いの立て方が、しばしばなされているのである。それは井原西鶴を「物語」作者のサンプルとしての〈西鶴〉として、彼の創作をめぐる思考の変遷を辿るためである。

一方で『西鶴新論』の同時代への殊更な、そしてたとえば「今日、古い機構は崩壊し新しい機構がはじまっている。西鶴が元禄の町人社会という新らしい機構の要望する文学を創った事情は、今日の文学の在り方について極めて有意義な示唆を与えていると、私は思う」などという性急なアプローチには、井原西鶴自体への正当な評価を求めるという、素朴な動機も込められていただろう。奇しくも『西鶴新論』の発表年は、西鶴の二百五十回忌に当たっていた。桑原武夫[16]が回想の中で、

次に会つたのは、戦争中に文学報国会近畿支部総会が京大でひらかれたとき。川田順氏が議長になつて、芭蕉三百年忌についての議事を、まるで株主総会のように能率的に、味気なく進行させていたとき、織田君がひよろひよろと立つて、芭蕉もい丶が一年違いで死んだ西鶴を線香一本もあげずに黙殺するのはちとひどすぎる。そこにおられる久米先生はじめ皆さん西鶴には相当御恩がある筈、という意味のことを、例の皮肉な調子で発言した。幹事の諸先生の困惑ぶりが面白かつた。ぼくが織田君に、とてもよかつたよ、というと、彼はテレたように微笑した。

と述べたように、体制主導の支配的言説が西鶴を黙殺することに対する織田の不満は明らかである。また地方紙に『西鶴二百五十年忌』（「大阪新聞」一九四二年八月八〜九日）を寄稿し「倖い南木芳太郎氏の「上方郷土研究会」が

法要をいとなんでくれるし、また「上方」の今月号を「西鶴特輯号」にしてくれるようであるからわずかに慰められるが、しかし、一般の風潮は冷淡である。／つまりは西鶴は遊里小説を書いたから敬遠され白眼視されるのであろうが、果して西鶴は不健康な頽廃的な作家であったろうか」と述べているように、織田の西鶴評価は同時代の文学状況を常に念頭に置いてなされている。

そうであるとはいえ、同時代の学界では西鶴研究が熱を増していたと言えるかもしれない。というのも、織田文庫には昭和十年代の西鶴研究書が多数保存されているし、大きな動きとしては西鶴学会が、学界に留まらない広汎な執筆陣や西鶴関連の講義題目一覧まで備えた「西鶴研究」を四冊に亘って刊行し、学界の最前線を形成していた（一九四二年六月〜四三年十二月）。織田もこの二巻を所持していた。ゆえに『西鶴新論』は学界のこうした潮流に乗るものとして受け取られた側面も持っている。「西鶴研究」で書評されたことがそれを実証している。

しかしながら、織田が西鶴に「冷淡だ」と述べたのはどういうことか。織田も言及した南木の「上方郷土研究会」は、確かに西鶴二百五十年忌を行った。「上方」一四二号（一九四二年十月）には西鶴の墓所誓願寺で法要を営んだ報告が記載されており、研究者の潁原退蔵から祝電が届いたこと、野間光辰が出席し、寺の書院で講演したことが記されている。だが、同時に「本年度の記念すべき大忌日に当り、時局柄心だけの手向をしたいと念願し、誌上を以て発表するに至つた」とも書かれている。上方郷土研究会は過去にも西鶴忌を営んだ。それは二百三十八年忌という些か中途半端な数字である。その際「上方」八号（一九三一年八月）は西鶴記念号と銘打ち、南木は「西鶴の著作が文学的作品として、近時芸術価値を高調されて来たのは当然である。単にこれをエロチックなものとして取扱ひ、甚だしきは宣伝具として用ひられてゐることは西鶴を冒瀆するものといはねばならぬ」（「西鶴記念号に就て」）と述べていた。これに比べると二百五十年忌の縮小は明らかである。織田文庫を確認すると、織田はこの「上方」八号を所有していた。織田本人も誌面の縮小からも十分に窺える、西鶴の取り扱いの変質に気づいていたのではないか。そうであるならば、織田の言う「冷淡」だという批判は、文報にだけ向けられたものではなく、同時代の大阪の社会的、文学的状況に対しても射程に入れていたといえる。その視線は、これまで織田が言及してきた社会の位相における文学の在り方への批判とも通底する。

『西鶴新論』を書き上げ、西鶴忌に関連する言説を生産するといった作業を通して、織田は〈近世を知る資料〉や〈文章道の参考〉という同時代的に許容されていた西鶴の評価軸を遠ざける。その中で大阪という都市社会の現実相は批判対象で在り続け、その一方では織田が自身の文学論を錬成していく過程を通じて、〈大阪的〉・〈俳諧的〉という手法が浮上し、織田にとっての〈大阪〉は現実相から遠ざかり、観念的な度合いを強めていったようである。〈西鶴〉を実作者の一サンプルとして戦略的に用いたことは、そのような道程の一隅にあるが、見落としては決して先に進めない道標としてあったはずである。

注

（1）川口朗「織田作之助と西鶴」（『国文学　解釈と教材の研究』一九七〇年十二月）

（2）吉田精一「織田作之助と西鶴」（『国文学　解釈と鑑賞』一九五九年二月）

（3）久保田芳太郎「織田作之助と西鶴」（『国文学　解釈と鑑賞』一九七三年三月）

（4）この点については暉峻自身が『夫婦善哉』発表直前の時期のこととして、「早稲田文学」の同人定例会に織田が現れ「新宿の廓のあった三丁目、その廓の横の夜明かしの屋台で二人で飲んでいると、「おい、暉峻さんよ、おまえさんの知らねえほんとうの西鶴をおれはこれから書くんだ、計画しているんだ、驚くなよ」って、脅しをぼくにかけたわけ。そうして、それをまとめて本にしたのがこの『西鶴新論』です」と証言している（暉峻康隆・浅野晃・冨士昭雄・江本裕・谷脇理史『西鶴への招待』岩波書店、一九九五年三月）。

（5）暉峻康隆「織田作之助と西鶴」（「織田作之助選集附録」第四号、中央公論社、一九四七年）参照

（6）暉峻康隆、前掲注（5）
（7）吉田精一、前掲注（2）
（8）竹野静雄『近代文学と西鶴』（新典社、一九八〇年五月）、三五八頁
（9）「作者のノート」の織田文庫における分類番号は「草稿一三四」である。
（10）田山花袋『西鶴』（「文章世界」一九〇九年五月）。引用は『田山花袋全集　第十五巻』（文泉堂書店、一九七四年三月）による。
（11）佐藤春夫『打出の小槌（三）』（「新日本」一九三八年三月）
（12）幸田露伴『井原西鶴』（「国民之友」一八九〇年五月下旬号）
（13）菊池寛『武道伝来記　武家義理物語─現代語西鶴全集第三巻─』（春秋社、一九三一年七月）、「序」
（14）暉峻康隆「解説」（『井原西鶴集　三』小学館、一九七二年四月）、一九頁
（15）酒井直樹『日本思想という問題　翻訳と主体』（岩波書店、一九九七年三月）、四頁は「一つのテクストを別のテクストに翻訳あるいは通訳しなければならないのは、二つの異なった言語の統一体があらかじめあるからではなく、翻訳の行為が言語を分節化し、その結果、翻訳の表象を通じて、あたかも翻訳する言語と翻訳される言語の自立的で閉じられた統一体が存在するかのように、それらの言語を措定することができるような制度が成立することになるからなのである」と、翻訳によって規定される言語の実体化を問題化している。
（16）桑原武夫「織田君のこと」（「織田作之助選集附録」第二号、中央公論社、一九四七年）

▼大阪府立中之島図書館織田文庫蔵『西鶴新論』の参考文献

【織田文庫七九　近藤忠義『日本古典読本9　西鶴』日本評論社、一九三九年五月】

• 二五六頁　※パーレンあり

文学といふものは、さういふ場合に極めて大きな教化的な力を発揮するものなのだが、文学の中でも、この場合談林の俳諧が、まつ先きにその役割を買つて出たのである。

〔※「さういふ場合」の直前の記述は次のものである。「近世は新しい若い社会であり、そのやうな近世を形作つて居る人間は、他の誰でもない町人たちであつた。町人が己れたちの社会を健やかに成長させて行く為には、まづ何よりも、旧い因習的な者の見方――それは彼等をうしろに引戻しこそすれ、彼等を前進させる助けとはならない――を棄てて、新しい自由な眼で物を見ることを獲得しなければならなかつた。」―引用者注〕

• 二七〇頁　※パーレンあり

煩を厭はず引用した右の序跋からも、矢数俳諧に対する西鶴の自信に満ちた見解を窺ふことが出来、たとへ彼の主観の裡では、それが一つの遊びであつたとしても、さうした速吟が流行し、そのやうな形式を通じて、すでに述べたやうな、当時の町人文学としての、避けることの出来ぬ、当面の課題に答へたのであつた点は、正当に認められなくてはならぬところである。

• 二八一頁　※黒インクで傍線あり

更に又、西鶴に於けるこのやうな写実が、当時の町人生活にとつての、一つの健康な・力強い自己主張であり、そのこと自体が、すでに積極的な・建設的な意義を持つものであつて、それよりも更に数段高次のリアリズムが把握せられねばならぬ筈の現代文学に在つては、右のやうな西鶴的写実を模倣することは、単なる一片の「風俗誌」を制作する結果となるに過ぎぬものであるといふ点をも此の際理解して置く必要があるだらう。

• 二八九頁　※青インクで傍線あり

怪異の否定といふ形をとつて現れる合理主義思想のみを引用したが、この思想は、町人生活のあらゆる面に浸み入つて、其処に人間の本性を高く認め人間の力を深く信じるところの、人間主義とも言ひ得る思想を展開してゐるのである。「諸国咄」巻四の第六話「力なしの大仏」などに示されてゐるものは、一見人間の力の遥か彼方に在ると考へられるやうな、驚異に値する能力も、撓まぬ修練によつては、獲得しうるものだとする、人間への大きな信頼の気持の一つの現れであつた。

- 二九五頁　※鉛筆で傍線
　中世以来の伝統的な、一定の型を成してゐる見方から離れて、新たに独自の眼で対象に眺め入り、その眼の訴へるまゝを、有るが儘に再現しようとする写実主義的態度を、彼等の言葉から読み取ることが出来るのである。

- 三〇〇―三〇一頁　※鉛筆で傍線
　人間の文学――新たに蘇つた人間の文学としての、西鶴・近松・芭蕉のそれ〳〵の文学は、いづれも人間性を激しく追ひ求めたものであるには相違なかつたけれども、その追求せられる人間そのもの、実体は、決して同じものではなかつた。生ける町人――町人こそが此の時代に在つては人間の典型であつたと、旧時代・封建の世界からその片足を抜き得ない半町人的人間と、抽象人間にまで濾過せられ、昇華させられた農民的人間と。

【織田文庫八八　谷崎潤一郎『饒舌録』改造社、一九二九年十月】

- 三頁　※黒インクで付されたパーレン
　いつたい私は近頃悪い癖がついて、自分が創作するにしても他人のものを読むにしても、うそのことでないと面白くない。事実をそのまま材料にしたものや、さうでなくても写実的なものは、書く気にもならないし読む気にもならない。私が毎月の雑誌に現はれる現代諸家のものを読まうとしないのは、そのせゐも余程あると思ふ。ちよつと最初の五六行へ眼を通して見て、「ハハア自分の身辺のことを書いてゐるな」と気が付くと、もうそれつきり直ぐイヤになる。個人的乃至は楽屋的興味の為めに見ることはあるが、さうでなく、身辺雑記や作家の経験をもとにしたもので、イヤ気にならずに、どんどん引き摺つて行かれるやうなさくひんはめつたにない。

【織田文庫一三七　植村邦正『西鶴世間胸算用詳解』大同館書店、一九三五年四月】

- 一頁　※鉛筆で傍線
　西鶴の浮世草紙は大体、好色物、武家物、町人物及奇談物、教訓物、裁判物等に分類されるが、特に前三者が彼の作の大部分を占めるものであつて、彼の文学史的価値もかゝつて此三者に存する。観点こそ異なれ、共に浮世の勢粧を描いたもので、結局は同一平面上に立つ三角塔なのである。

- 四頁　※行頭に鉛筆で〇
此処に好色物と町人物との力強い交渉の形式を持つ。云ふまでもなく当時の社会は階級の社会である。

●四頁　※鉛筆でパーレン

町人、金、遊里、此三つのものが一直線をなして、一つのものは他のもの、延長でしかなかつた。これが所謂生の欣求たる二面生活なのである。

●五頁　※黒インクでパーレン

一体当時町人の理想としては経済生活より好色生活へと進むのが常態とされてゐたが、彼の創作は時勢に支配されて好色物よりも町人物への道程を辿つてゐる。町人物は一度好色といふ餙に掛つてゐるのである。

●五頁　※鉛筆で鍵かっこ

一体色欲と物欲とは我々人間の二大本能ではあるが、それ自身独自性を持つが故に即ち各々が有機的に、自己発展をなしうるが故に、古来屢々両者を別々に考へ、その本質上、比較的優位に立つ好色物のみを以つて西鶴は価値付けられてゐる。私は嘗つて赤木桁平氏が「女性」に於て「単に好色本のみをよんで全西鶴を語る事は必ずしも不当でないが単に日本永代蔵や世間胸算用をよんで全西鶴を語る事は断じて不当である」といはれたのには俄に従ひ難い。此議論は全西鶴の価値がそのポルノグラフイにあるといふ前提の上に立つ限りに於て正しい。一個の基調音があつて凡ての諧調音は奏でられる。此の関係を好色物と町人物とにあてはめるは妥当でないかも知れぬ。

●六頁　※鉛筆でパーレン

さてこゝにもう一つ見残してならぬのは西鶴が此両者の製作に注がれた時代的影響である。何故に彼の筆が好色物より武家物に更に町人物へと移つたか。その原因は外部の圧迫要求と内部の動揺とにある。又何時迄も一処に彷徨停滞してゐるには彼はあまりに機を見るに敏であつた。熱火煮えたぎる情欲の膏は、沛然として注ぐ豪宕の白雨に洗はれ、一葉落ちて天下の秋は大空に冴え渡る。あくどい色欲の世界を去つて爽快な武士の道に生き、更に才覚を命とする金の天地に闊歩した西鶴の足取は、正に移り行く自然の姿であつたのである。

【織田文庫二一七　山口剛『近世小説　上』創元社、一九四一年三月】

●一二―一三頁　※パーレンがかかっている部分

西鶴の伝記資料も、実はさうまで乏しくないのかも知れない。たとへば、「見聞談叢」の例もある。この書、伊藤仁斎の第二子梅宇の筆録に係る。伝写してわづかに好事の間にのみ読まれてゐた。それがたまたま昭和三年六月「日本藝林叢書」に収められてから、はじめて世に弘く読まれるやうになつたのである。

貞享元禄の頃、摂津の大坂に、平山藤五といふ町人あり、有徳なるものなれるか、妻もはやく死し、一女あれども盲目、それも死せり、名跡も手代にゆつりて、僧ともならす、世間を自由にくらし、行脚同事にて、頭陀をかけ、半年程諸方を巡りては宿へ帰り、甚俳諧をこのみ、一晶をしたひ、後には又流義も自己の流義になりたる、西鶴とあらため、永代蔵又は西ノ海、又は世上四民雛形なといふ書を、作れるものなり、世間の吉凶悔吝患難予奪の気味、よくあしらひ、人情にさとく生れつきたるもの也、又老荘ともみえす、別種のいき形とみゆ、黒田侯帰国の時、大坂の御屋敷へ、大坂に召して、次にてはなし聞き給ひ、世上へ出し、使番聞番留守居の訳に云付侍らは、かゆき所へ手のと丶くやうにあらん人からと称し給ふよし云々。

この時期のうちにどうであらうかと首傾けられる節々も少くない。しかし、西鶴の著作を通じておもひ偲ぶ風貌を鮮にしてくれる点も多い。

西鶴の大阪生れであることは、伝ふる書が多い、しかし、町人の出であることは、その記事が初見のやうである。なほ彼の著作はまたこれを裏書する。

• 六二―六三頁　※パーレンあり

常人の世界に住して、隠者の生活を見れば珍しい、不孝者の行為を見れば珍しい。この作者は常人の読者のために、その珍しいものを材料とする。町人の境涯にあつて武士の境涯を見れば、幾多の異相を見る。珍しさを求める町人の読者のために、この作者はまたそれ等の材料を類聚する。いふところの西鶴の武家物はか丶る意味を以て成立したのではなからうか。男色の意気と義理を探ねて、武家の世界に入つたのと違つて、世の耳目を驚かす敵討事件に出発した西鶴は読者に対する義理から、敵討の幾章を作り、章毎に敵討事件を書いてはゐるが、必ずしも章の中心、作の重心をそれにおかうとしない。興味は依然として町人と共通のものにとゞまる。いな、時に町人の読者のために、武士を町人化することを避けない。かくある武士生活でなく、かくありたい武士生活でなくして、最も町人に解し易い武士生活が書かれがちになる。武道の型である。内容のない外殻である。その内容を最も易く充実するのは、「男色大鑑」に於いて、一度試みた衆道沙汰である。「武道伝来記」の刃傷事件に、敵討成立の原因に、衆道沙汰の纏はることの多きに、驚かされる。

西鶴のこの態度は、模倣の作「新武道伝来記」と参照することに於いて、一段と明であらう。本の体裁までも「伝来記」を模倣してはゐるが、一読直にその相違に驚かれる。これには敵討のみが書かれてゐる。しかも、作者の眼は武士生活に徹しない。故に敵討の外輪のみに留る。武士ならぬもの丶興味にも充されないそれは、たゞ読者の倦怠を誘ひがちである。

・七五頁　※傍線あり（以上すべて黒インク）

　しかし、西鶴としては、自家の所見をさながらに読者に示すべきでなかつた。理を裏にして、興を表にする事件をのみ伝ふべきであつたらう。この表裏の関係は、なほ長者の事実を繞る虚実の関係と似てゐる。西鶴は見聞の正しきをそのまゝ伝へると共に、精しからぬ筋には虚を以て補ふ、虚を実と見紛らす場合もあつた。虚を虚としてをかしさに資する場合もあつた。それがすべて俳諧の興趣である。

【織田文庫五八九　守随憲治校訂『武家義理物語』改造社、一九四一年八月】

・二七―二九頁　※「巻一　二　瘊子はむかしの面影」の本文に黒インクで「」」が二箇所ある→現代語訳の際の底本？

明智日向守の已前は、〔中略〕妻女の親のもとへ状通いたせしに、」世には移り変れる歎きあり、〔中略〕亀山におくられける。」十兵衛も縁のはじめを祝ひ、……

【織田文庫雑一八一「文学」第四巻第三号、一九三六年三月】

〔目次〕

務台理作「文学と表現的世界」
柳田國男「竹伐爺の昔話」
後藤丹治「四人比丘尼の成立と原拠」
＊熊谷孝「「永代蔵」の成立過程」
小瀧久雄「「談峯延年五十五年志」について」
次田真幸「萬葉集巻十一「夕方枉恋無乏」考」
林達夫「季節おくれの考察」
世阿弥能楽論研究　金剛右京出席　笹野堅　新関良三
西尾実　野上豊一郎　能勢朝次　和辻哲郎
新刊紹介
学界消息
雑誌分類要目

＊熊谷孝「「永代蔵」の成立過程―町人物の成立と、その意義―」

・五九頁　※パーレンあり

　これら（「諸艶大鑑」からの引用）は、いづれも華やかな遊里生活のかげにひそんでゐる暗い裏面の描写であるが、たとへば「誓紙は異見のたね」の、傾城ぐるひにたいする教訓的な口吻だけを取り上げてみても、そこには、「一代男」に於ける西鶴の眼とはおのづから異つたものがみられるのである。いひかへれば、「諸艶大鑑」に於いて、西鶴は、「一代男」に於ける殆ど同一の素材を取扱ひながら、経済生活面をはるかに意識的に、いはば町人物に於ける彼を想はせるやうな筆致をもつて描き出してゐるのである。われわれは、そこに、も早「一代男」にみられるやうな、好色物らしいおほらかな描きを、再び見出すことはできないであらう。

•六〇—六一頁　※パーレンあり

かうした町人物へのあゆみよりは、「五人女」・「一代女」・「本朝二十不孝」などに至つて決定的なものとなつてくるのである。

•六一頁　※パーレンあり

権威の否定が、そこでは、あらゆる「権威あるもの」の人間化——町人化への方向に於いて表現を持つた、といふことは十分注意されてよいであらう。（さうしたところに、近世レアリズムがいひあらはす人間発見が、どのやうな人間の発見であつたかを理解するための、一つの鍵が與へられてゐるやうに考へられる——。彼ら町人にとつて、人間〔人間性〕とは、つねに「町人」のいひだつたのである。神の人間化とは、いひかへれば、神の町人への還元だつたのである。）

•七二頁　※パーレンあり（線はすべて黒インク）

「永代蔵」の、傾城ぐるひの結果、親の遺産を蕩尽するといふ説話（巻五・「大豆一粒の光り堂」）を取り上げてみれば、「可笑記」・「他我身の上」などに於いてみてきたやうな傾城ぐるひにたいする批難的・教訓的な口吻も、「浮世物語」にみられるやうな刹那主義の態度も、そこには見出されない。いつてみれば、すでに好色物の主題として取り上げたところの、さうした町人生活の現実面を、経済生活的な視角からみなほし（前章参照）、それを「分〔ここから73頁、パーレンは掛かっていない—引用者注〕散」の一つの型として描写しようとする態度をみるのである。町人生活の現実を現実として凝視してゆかうとする、つよい現実主義の態度があるのみである。

【織田文庫一一〇『日本文学西鶴研究　西鶴二百五十年記念』日本文学社、一九三二年】

中谷博「西鶴の芸術的価値—『好色一代男』新論—」

•八一頁　筆者の信ずるところを以てすれば、最高の文芸は総べてリアリズムに基礎を置いてゐる。その意味に於て、総べての傑作はそれの作られた時代の時勢粧を、最も明かに反映、若しくは直視してゐる。世間には時代そのものに少しの関係もない、云はゞ一種超越的な一定不変の理想とか心理とかを抽象せんとして、無用の骨折りをする有閑者流があるが、それは全く生きた人間の活動を無視したものであつて、筆者から見れば一つの笑ふべき滑稽事に過ぎない。文芸的作品に於ても、斯うした理想や空想からの産物が少なからず存在してゐるが、いくらよく見ても第二流以下のものであることを断言するに憚らない〔※ここからパーレン付―引用者注〕のである。「最も緊迫した生活をしてゐる者に理想がない如く、最も深刻な芸術には理想の余地がない。潑剌たる人生にとつては、その生活が心理であるより他に、何の真理をも認めることは出来ぬ。その心理が取りも直さず永久不変の真理ではないか。即ち最高の文芸は此の心理を描くことによつて、そこに一定不変な真理を伝へることになる。其の態度は飽くまでもリアリズムで押し通されなければならぬ。

• 八二頁　※パーレンあり

即ち何等かの意味に於て、自己ならぬ自己を期待するのではないか。自己の有する真理以外の真理を望むのではないか。しかしその時には、その人は、自己の真理を完全に主張し得ない状態にあることを忘れてはならぬ。真理を確実に把持することなくして、他に真理の存在を云為するところに間隙があるのだ。だからさうした態度の文芸は、いくらよく見ても第二流のものなのである。

• 九三―九四頁　※パーレンあり

更に又当時の町人の人を人とも思はなかつた様子に就いては、「二本道具の大名も此の身変ることなし。先手はいゝと声かけれども、天下の町人の気まゝは足早やにもよけず」（二代男巻之四）とか、「人を恐れず我儘をしければ、三ヶ津の町人の徳なり」（俗つれ〳〵巻之五）とか書かれてゐる。殊に『本朝町人鑑』などの中で、さして豊でもない町家の男が、女房を相手にして、「公家もあたまにかづき装束がむづかし、大名も腰にあして袴肩衣いやなり、町人ほど心やすきものなし」（同書巻之六）など、語らつてゐるのを見ると、町人礼讃の至極を思はされるではないか。況んや此の夫婦の会話を立ち聞きしてゐた去る御所のお局が、早速お暇を頂いて町家へ嫁入りしたと云ふのだからして、愈々以て町人万歳となるわけではないか。西鶴ほど大胆に町人讃美を敢へてした作家は、我が近代文学の作家の中にも少いのだ。それと云ふのがつまり、真に人間としての生活を生活してゐた連中が、此の当時の此の町人の階級に多かつたからであらうが、西鶴その人が矢張りさうした生活の中に、真の意味の生き甲斐を感じてゐたからでもある。

• 九六―九七頁　※パーレンあり

町人文化の内容を形成してゐたものに、右に引用した文章に述べられてゐるが如き、色々な修業があつたのであるが、何と云つても彼等の生活の原動力をなすところの、金を儲けることが根本的な修業であつたことは勿論の話であらう。金の修業に比しては前記の諸々の修業は第二義的なものであつたことは勿論の話であらう。一代男世之介が両替町の春日屋へ金の見習ひに遣はされたのが、年僅に九才の時と〔※ここからパーレン―引用者注〕云ふを見ても、その一班は察せられよう。又、此の町人第一の修業を外にして一生の貧に堕した人間をば、西鶴が如何に口を極めて罵倒してゐるかを見ても、その間の消息が知られよう。何を云ふにも町人の根本は金である。金があればこそ公卿や大名に頭を下げさすことが出来るのではないか。金の無い町人に何の力があらうぞ。金がないと云ふことは、町人としての完全な生活を主張する資格の全然欠けてゐることを証明してゐるのだ。こゝに町人と金との動きのとれない因縁がある。実際金が伝うまで人間の生活と密接に結びついた時代、否、それよりも寧ろ金が人間の生活そのものであつた時代が、此の当時の町人の時代を外にして他にあつたであらうか。金の有る無しは、当時の町人にとつては、生きるか死ぬかであつたのだ。西鶴の多くの著作に現はれてゐる、恐ろしいまでに真剣な文字通り一生懸命な金に対する執着心は、此の解釈を以てして初めて会得出来るのである。しかし、当時の町人の此の金に対する熱心さと云ふものは、決してかの高利貸などに見られるやうな、金そのものに対する病的な愛着ではない。金が自己の生活の原動力なのだから、つまり金に熱心なことは自己の生活の拡張充実に熱心なことである。此の場合金慾は即ち生活慾なのである。だから彼等は金を儲けたからとて、無意義に蓄へて置くことをしない。必ずそれを使ひ切つて了ふのである。その使ひ果たす場所は何処であるかと云へば、勿論金の威光が最も明かに輝き出づる遊里遊郭である。町人、金、遊里、此の三つのものが一直線をなして、一つのものが他のもの、延長であり、その間に些かの抜差しもならぬことになつて了つてゐるのが解る。即ち町人生活の内容は金と遊女とであり、その他には何もある筈がないのである。此の事を頭に入れて置いてから西鶴を読まないと、幾度読み返へして見たところが無駄である。

・一〇七―一〇八頁　※パーレンあり

時代の代表的人物であると共に、あらゆる他の人格の人間からも理解出来る人格が描かれてゐる。飽くまで時代に即した人間であると共に、時代を離れても生活し得る人間である。永久に生きて居る人間である。彼こそ全であると共に個である。個であると共に全である。こゝに徹底したリアリストの強味がある。こゝに是れを描いた西鶴の芸術的価値がある。リアリズムの態度とは、一切の利害の打算を超越し、一切の功利の慾を排除して、現実そのものを在るがまゝに、即ち大なれば大に、小なれば小に、深ければ深いやうに、浅ければ浅いやうに、否、総べてさうした識別さへも捨て、了つて、全く無理想に無自覚に、現実そのものを身に享けて、自己の全部として生活することである。それが時代に生活することであると共に、人間の生活を生活することである。一つの真理であると共に、永久の真理である。さうして斯くの如き人間を、又斯くの如き態度を以て丸彫りに表現した芸術家は、特殊なる一人格を描いて、同時にそれに普遍性を附与して居るのだ。何となればリアリズムは唯一であり、絶対であり、永久であるからである。

▼全集未収録資料

織田作之助『大阪の性格』全文（「都新聞」一九四一年七月十七、十八日。日本新聞博物館蔵のマイクロフィルムより翻刻）

暉峻康隆氏の西鶴に冠するエッセはいつも愛読してゐるが、こんど氏が「文藝春秋」と「俳句研究」に発表された二つのエッセ、ことに前者の「西鶴の再発見」は、モラルなき作家として常識づけられてゐる西鶴を弁護してくれるものとして、興味深く読んだ。

氏は西鶴の女性観の健全なる所以を、作品の中から無理矢理に（と私には思はれた）ひきだして、それを現代のモラルと関連させながら、西鶴を弁護してゐるのであるが、しかし私はさう故事つけてまで西鶴を弁護する必要があらうかと、思はぬこともない。むろん、西鶴の現代的意義を発見するためには、そのやうな仕事も極めて有意義なのだらうが、さうすると《ママ》によつて、西鶴を無理に小さくしてしまふおそれがないともいへぬ。

西鶴は大阪人である。西鶴のもつてゐる大阪人的性格を、その独特の文章の上に於ても、思想に於ても、理解しなければ、西鶴はわからない。彼は女性観の健全性とか頽廃性とかいふやうなことが問題になる場所を通り超えた、逞しいふてぶてしさの上に胡坐を組んでゐる、真の大阪人なのである。

恐らく地下の彼が右のエッセを読んだとしたら、女性観の健全性などといふ方面は近松の門前へ行つて問合はせてくれと、苦笑するにちがひないだらう。

近松は一見ロマンチストである。唯美主義者である。だから、彼の女性観はそんなに不健全な筈がない。健全だといつてもよからう。それどころか、私は、彼の描いた女性のもつてゐる義理、人情の美しい心意気が、いまもなほ大阪の女性の血のなかに通つてゐることに、淘酔《ママ》的な共鳴を覚えるのである。まことに近松こそは、ひたむきに美しい義理、人間の思想を追究したロマンチストであるやうだ。

しかし、その近松の浄瑠璃の文句にも、「何が善やらあくびやら」といふのがある。近松のロマンチシズムもこれをもつてみると、どうやらあやしいものだ。その代り、近松もこの文句をもつていよいよ大阪人たる所以を発揮したことになる。

「何が善やらあくびやら」といふ文句など実に西鶴的である。してみると、近松も西鶴も同じ大阪の芸術家として、その根のところはたいして違はないのではなからうか。全く「何が善やらあくびやら」などといつてのけるロマンチストはあり得ない筈だ。しかし、それでは近松の作品にあらはれた匂ふばかりのロマンチシズムはなんであらうか。

敢ていふならば、私はこれを近松の技巧だと思ふ。いまの言葉でいふと、大阪人近松門左衛門は彼のロマンチシズムを計算でやつてゐるのだといふことになる。

一般に大阪人は金の計算に細かいと言はれてゐる。私はこれを全部承認しようとは思はぬ。しかし、大阪人が彼の芸術までも計算せずにはやまぬといふのつぴきならぬ性格を、殆んど宿命的にもつてゐることは、大いにこれを認めてゐる。西鶴、近松だけではない。たとへば、藤澤氏にしろ川端氏にしろ武田氏にしろ、大阪出身の小説家は、全く聡明そのもの丶如く、技巧に於て間然するところがない。

川端氏などは、作品の思想に就いて様々議論されるところの多い作家であるが、私は川端氏の小説にあらはれた思想よりも、まづその技巧を見るべきであると思ふ。そして、この技巧は自己の文学までも計算せずにはやまぬ大阪人的性格を抜きにしては到底理解しがたいものであると思ふ。

つまり、川端氏の小説にあらはれた思想は、近松のロマンチシズムと同じく、極めて細かい計算の上に立つてゐる。その底にあるのは、「何が善やらあくびやら」である。

全く大阪人のなげきとは「何が善やらあくびやら」の思想から逃れなれないところにある。

自己の文学、芸術までも細かく計算せずにはをれぬといふのも、実はこの思想から逃れられない果てのなげきである。しかし、そこにこそ、大阪人の聡明さもあれば、強さもあると、いへばいへるであらう。

そして、また「何が善やらあくびやら」といふ表現だけを考へてみても、実に大阪的なのである。この逞しさ、楽天性、この感覚、いづれをとつても大阪的であるが、ことに、この表現のもつユーモアは見逃してはならない大阪的な特色である。大阪人は狂人になつても、実にユーモラスな狂人になる人が多い。

ある老人は気が狂ひだしてから生きた金魚をペロリペロリと食べた。そしてお不浄へ行くとき、竹の竿をかついで行く。排泄物のなかで泳いでいる金魚を釣るためである。

私はかねがね最も大阪を象徴する場所として、法善寺と文楽座をあげてゐるが、法善寺は迷信と食気といふ大阪の二つの特色のほかに実にユーモアに満ちている。迷信とは、法善寺全体が神仏のデパートメントストアかと思はれるぐらゐ、たとへば観世音、歓喜天、弁財天、稲荷大明神、弘法大師、不動明王など、天理教やキリスト教をのぞくたいていの信仰の対象がここにあるからであり、食気とは、ここの路次が食傷露地、乃至食道といはれるぐらゐ殆んど軒並みに飲食店が並んでゐるからであるが、ユーモアとは、すなはち漫才小屋の花月、夫婦善哉の阿多福の看板人形、関東煮屋の「正弁丹吾」といふ名前など。

そしてまた文楽座にもユーモアがある。浄瑠璃の筋の組立て、文句、人形の出入り、仕草、表情などに、思はず微笑させられるユーモアがある。

むろん文楽座にあるのはユーモアだけではない。ここの芸人たちが、金に細かいといはれる大阪人でありながら、金の計算も知らぬやうな人が多いといふこと、そして金の計算もわからなくなるほど、ただ一筋の芸の道に血のにじむやうな精進を一生涯続けてゐるといふこと、そして日本屈指の芸術家といはれながら、日常生活では極めて愛すべき一市井人として終始してゐることなど、文楽座が最も大阪を代表する場所の一つである理由がいくらでも発見できるのである。

第七章　『わが町』『異郷』論——土地の概念化と〈大坂〉の虚構化——

第一節　『わが町』の成立

織田作之助『わが町』成立の背景には、映画界の人々と織田との関係が影響している。まず、溝口健二監督が『立志伝』（「改造」一九四一年七月）を読んで気に入り、松竹京都撮影所を通して織田に映画の原作執筆を依頼した。杉山平一宛織田作之助書簡（一九四二年五月二十七日）には「目下溝口映画のシナリオを執筆中」とある。その二ケ月後、同年九月二十二日付杉山宛書簡では「映画の原作は「文芸」十一月号にのせることにした」と言っている。これがその通り、「文芸」一九四二年十一月号に掲載された『わが町』を指す。その後『わが町』は大幅に分量を増した形で、一九四三年四月三十日、大阪の錦城出版社より刊行された。

分量が増えたのは、織田作之助の先行作品『夫婦善哉』（「海風」一九四〇年四月）と『婚期はずれ』（「会館芸術」一九四〇年十一月）の内容が抱合されたからである。「文芸」版と単行本版とのテクストの差異をもう一つ指摘すると、「文芸」版『わが町』には主人公他吉の妻・お鶴が登場しない、他吉との再婚を望むオトラ婆さんが登場しないといった、単行本版独自のプロットの一部が見られないこともある(1)。

また、先に挙げたものを含む一連の杉山平一宛書簡には『わが町』に関する出来事が多く認められる。単行本の刊行後にあたる一九四三年六月四日付書簡では、「わが町批評ありがとう。映画にするために無理が多かった。ベンゲットの他吉は、はじめ「刺青の他あやん」にして置いたのだが、シナリオライターが「我慢の他吉」乃至「マニラの他吉」にしたので、あわててベンゲットの他吉にしたのだ。／俥のあとへついて走るのは、すこし無茶だが、溝口の注文なのだ。溝口は「立志伝」のれいの俥のくだりが気に入っているのだ」と書いている。ここには『わが町』が織田以外の人間の希望を取り入れながら成立していった可能性が示されている。また、単行本刊行後の一九四四年五月三十日付書簡には「小生さいきん一つシナリオ書いた。わが町を脚色したのだ。溝口かマキノ正博の予定」ともある。しかし、溝口たちによる映画化は実現されなかった。そこには、戦局の悪化によってフィリピンのもつ意味が急激に変わったことなどの理由も考えられる。映画化を果たしたのは日活にいた川島雄三監督で、時期を一九五六年まで待たねばならない。

このように映画界との関係、プレテクスト『立志伝』の存在、過去の自作の取り込み、「文芸」版との差異など、『わが町』については見るべきものが多い。そもそもこの長編小説は、明治時代にフィリピンのベンゲット道路開鑿工事に従事した佐渡島他吉のその後の生涯を、同じ大阪の路地（河童路地）に住む人々の姿を関わらせながら、明治・大正・昭和の三代にわたって描いたものである。それを一九四三年という時期に発表するならば、程度の如何はあるとしても時局の反映は容易に想定できよう。しかし、作中に頻出する「フィリピン」はいかに書かれ、いかなる意味を担っているのか。本章の目的はこの点を検討することにある。時局便乗的か否かを判定することに焦点はなく、作品内のフィリピン関連言説を検討し、他吉における〈フィリピン〉の意味と、他の作中人物、殊に彼が手塩にかけて育てる孫娘の君枝とその夫・次郎が胚胎させた〈フィリピン〉の意味内容の更新とを意味づける試みとしたい。より端的にいえば、それは土地をめぐる記憶とその継承という奇妙な事態の内に、人がいかに主体的に土地と自己存在とを結び、またそのことが元手となって土地がどのようなものとなるか、その様相を探ることである。

第二節　ベンゲット移民異聞

『わが町』の第一章「明治」は、他吉が参加したベンゲット道路建設工事に関する記述が、そのほとんどを占めている。青山光二[2]はこの作品を、「便乗的粉飾をかなりほどこした作品」、「南方作戦下の国状を大いに意識して書かれたと思われる」と評している。太平洋戦争における日本軍のフィリピン侵攻は一九四一年十二月八日、太平洋戦争開戦と同時に始まり、翌四二年一月二日に日本軍はマニラを占領した。攻略はコレヒドール島での全アメリカ軍の降伏が完了した同年五月十日を以て終了し、『わが町』刊行時のフィリピンは日本による統治がなされていた。ちなみに一九四四年十月からは、アメリカを中心とした連合国軍がフィリピン奪回作戦を進行することになる。

遡って一八九八年、スペインからアメリカにフィリピンの植民統治権が譲渡された。その後に避暑地バギオに通じる道路を作るというアメリカの発案で、ベンゲット道路は一九〇一年に着工され、一九〇五年三月に開通した。『わが町』本文では建設が難工事であったこと、アメリカや中国など列国の人間がなし得なかった工事を、日本人が成功させたことが強調されている。この日本人、いわゆるベンゲット移民が一九〇三年十月から工事に従事したことは史実である。しかし、『わが町』で述べられたような〝この工事は他国人の手には負えなかったが、日本人には成し遂げることができた〟という文脈は、史実としてどの程度まで保証されるのだろうか。

早瀬晋三[3]は、戦中から現代に至るまで語り継がれる[4]ベンゲット移民のいわば伝説について、「現在利用できるベンゲット道路工事当時の日本の外交文書のなかに、「日本人によって完成されたベンゲット道路」の記録もなければ、「日本人七〇〇人の人柱」の記述もない」ことを明らかにし、その成立過程を検証している。日本だけでなく、アメリカ、フィリピンに残されたどの史料にも、工事に関する一次史料はない。アメリカの場合は公式文書が保存機関の火災によって消失しているということはあるが、公式文書以外でもアメリカ人によって書かれた文献に、日本人労働者の記述はないのである。この点に関して早瀬は「日本人のフィリピンへの渡航は、当時非合法であった契約移民という事実を隠すために、形式上、種々の方法がとられ」た結果だとしている。結局のところ、現実のベンゲット移民は、植民地経営を展開するアメリカ人に雇用された外国人労働者に過ぎない。では日本におけるベンゲット移民の伝説はどのように構築されたのだろうか。

早瀬の調査を参照すると、大正期に書かれたフィリピンに関する文献では、ベンゲット移民について特別な注意が向けられた事実はなく、少なくとも活字として残されることは殆んどなかった。それが昭和期に入ると変容をみせる。一九三八年に刊行された入江寅次『邦人海外発展史』（移民問題研究会）、蒲原廣二『ダバオ邦人開拓史』（日比新聞社）という二冊の書物を嚆矢として、フィリピン関連書籍が一九四〇年代になると増え、それらの中で元移民の回顧談が披露されるうちに(5)、優秀な日本人たるベンゲット移民像が形成された。その過程では、証言のなされた時代が下るにつれて工事中の死亡者数が増加するといった形で工事の悲惨さが強調され、ベンゲット移民の物語が固定化されていった。そしてこの流れを踏襲した、第五期国定修身教科書『初等科修身　四』（第六学年用、文部省、一九四三年）によって伝説は完成された、と早瀬は結論している。

だが、『わが町』刊行時の一九四三年に伝説が完成されたとしても、織田が当時どの程度までそれを知っていたのか、あるいはいつその情報を手に入れたのか、ということは測定し難い。大阪府立中之島図書館の織田文庫には、織田の逝去時に残されていた雑誌書籍等が収められているが、その中でフィリピンを含む南洋に関する書籍は五点ある。刊行順に列挙すると、①台湾南方協会編『南方読本』（三省堂、一九四一年十一月）、②花園兼定『南進論の先駆者菅沼貞風』（日本放送出版協会、一九四二年二月）、③野村愛正『ダバオの父　太田恭三郎』（偕成社、一九四二年六月)、④渡邊薫『ソイリツピン図説』(冨山房、一九四二年七月)、⑤読売新聞社出版部編『比島作戦』(一九四二年十一月)である。うち⑤の刊行は「文芸」版『わが町』と同月である。これらを見ると、④渡邊本に一箇所だけ、万年筆で傍線が引かれている部分がある。

是〔一八九一年―引用者注〕から暫く杜切れた日本人渡航は、一九〇〇年に着手されたツウヰンピーク、バギオ間二一哩三五のベンゲット道開鑿に当り、米支比人失敗の後を受けて時の工事監督ケノン少佐は、一九〇三年六月十八日マニラ日本領事館を訪問して邦人労働者供給方を乞うた。

この箇所への書き入れを以て織田のベンゲット移民の発見と見做すのは早計にすぎるが、結論を先に述べるなら、『わが町』のベンゲット工事に関する記述は、そのほとんどがこれらの本、特に③野村本、④渡邊本の文章を繋げて構成したものである。

ベンゲット道路工事に関する記述は、そのほとんどを参照した本の記述に依拠している。となると、それらを抜いた果てに残った部分は、織田が『わが町』のために創作した記述であるはずだ。この点を検証することはテクストのオリジナリティを見定めるということ以上に、同時代の歴史化された語りと創作との齟齬を検討する作業となるだろう。同時代に流布していた伝説に依拠しながら、『わが町』のベンゲット移民の挿話はいかなる結構を持っているのだろうか。創作された部分を抽出すると、その内容面から三点に分けられる。

まず、労働者が殉職した仲間を弔う様子が詳細に記述されると共に、それら死者を「犬死ににしないために働く」という、〈犠牲者としての日本人〉の強調と、〈彼らの弔いとしての工事〉という意味の補塡。この点により、工事が完遂されても、「誇りはあっても、喜びはなかった」ということになる。具体的に挙げると以下の部分が該当する。

①死体の見つかったものは、穴を掘って埋めたが、時には手間をはぶいて四五人いっしょに一つの穴へ埋めるというありさまであった。／坊主も宣教師も居らず、線香もなく、小石を立てて墓石代りの目じるしにし、黙禱するだけという簡単な葬式であった。ひとつには、毎日の葬式をいちいち念入りにやっていては、工事をするひまが無くなるためでもあったろう。それ程ひんぱんに死人が出た。

②佐渡島他吉が、／「言うちゃなんやけど、今日まで命があったのは、こら神さんのお蔭や。こないだの山崩れでころッと死てしもたもんやおもて、もういっぺんベンゲットへ戻ろやないか。ここで逃げだしてしもてやな、工事が失敗になって見イ、死んだ連中が浮かばれへんやないか。わいらは正真正銘の日本人やぜ」／と、大阪弁で言った。すると、／「そうとものし、俺らはアメジカ人やヘリピン人や、ドシア人の出来なかった工事を、立派にやって見せちやるんじゃ。俺らがマジダへ着いた時、がやがや排斥さらしよった奴らへ、お主やらこの工事が出来るかと、いっぺん言うて見ちやらな、日本人であらいでよ」／と、言う者が出て

③元通り工事は続けられたが、斃れた者を犬死ににしないために働くという鶴田組の気持は、たちまち他の組にも響いて、何か殺気だった空気がしんと張られた。／屍を埋めて日が暮れ、とぼとぼ小屋に戻って行く道は暗く、しぜん気持も滅入ったが、まず今日いちにちは命を拾ったという想いに夜が明けると、もう仇討に出る気持めいてつよく黙々と、鶴嘴を肩にした。

④難工事を、われわれ日本人の手で成しとげたのだという誇りはあっても、喜びはなかった。

「他国人にはできない事業を完遂した誇り高き日本人」像は、当時の一般化されたベンゲット移民の伝説と重なる形で反復されている。だがテクストにおいて強調されるのは仲間の死とその弔いであり、「喜びはなかった」という高揚なき達成が、結果的に提示されているといえよう。この事態は同時代におけるベンゲット移民伝説の論理と、必ずしも一致しない。伝説の論理を言語化しているものとして見易いのは、『初等科修身四　教師用』（一九四三年）だろう。これはベンゲット移民伝説の完成形とされている『初等科修身　四』の「教材の趣旨」を伝えている。

南方発展の心構に強く資せしめようとするところに、本課のねらひがある。〔中略〕わが先蹤の人々が、遠く海外に発展する意気と実力を備へて、偉大な足跡を印し来つたことも、この立場〔「皇国の道は実に古今に通じて謬らぬといふだけでなく、国の外に施して悖らざる世界の大道である」との立場―引用者注〕に於いて理会さるべきである。それらは、単なる人口問題の解決、ないしは一攫千金をめざしての自我功利の思想に由来するものではなかつた。

南進を称揚する国家にとって、ベンゲット移民は皇国のために尽力し、他国の人間に優り、成功あるいは勝利を収める臣民でなければならないはずだ。しかし『わが町』での彼らは臣民たる「日本人」であることを否定こそしないが、「喜びはなかった」という高揚なき達成を迎えたという点で、臣民を鼓舞するための伝説として十全に機能するものではない。『わが町』の移民たちは文字通り死に物狂いで、晴れやかさはない。彼らの身体を支える論理が「仇討」というきわめて近世的な概念であることにも目を向けなければならない。忠臣蔵と同様、彼らも結末には誇りと悲哀だけが残る。更に、工事の完遂で終わる修身教科書的な伝説とは異なり、『わが町』では事後の出来事も詳述される。それが以下の二、三点目である。

創作部分の二つ目には、犠牲者たちの墓標ともいうべきベンゲット道路の、用途の記述が挙げられる。それは、アメリカ人に娯楽を提供する手段として表される。史実では、道路開通後のバギオにはアメリカ合衆国政府の諸機関が建てられ、夏の間は避暑地であるバギオで執政がなされたという。織田が参照したであろう文献にも、「その後、バギオには、美しい家々が、濃い緑の森の中に点々と絵のやうに立ちならんで、東洋第一といはれるサンマー・キヤピタル（夏の都）ができあがり、アメリカ総督の官邸もあつて、四月から八月までの五ヶ月の間は、こゝに政庁がうつつて、一切の政治をとるやうになつた」（③野村本九八頁）と、バギオが政治の舞台となったことが書かれている。無論、滞在するアメリカ人のために慰安施設もあったことは想像に難くないが、『わが町』では史実よりも想像の方が「物語内の歴史的事実」として優先される。この操作によって、アメリカ人の営みが、生き残ったベンゲット移民にとって死者、ひいては自分達に対する侮辱的行為だと、容易に意味付けられるようになっている。以下に該当箇所を引用する。

①ベンゲット道路がダンスに通う米人たちのドライヴ・ウェーに利用されだしたという噂が耳にはいった。／そんな目的でおれたちの血と汗を絞りとっていたのかと、皆んなは転げまわって口惜しがり、工事が済むといきなりおっぽり出されたことへの怒りも砂を嚙む想いで、じりじり来た。

②「こらッ。ベンゲット道路には六百人という人間の血が流れてるんやぞオ。うかうかダンスさらしに通りや

がって見イ。自動車のタイヤがパンクするさかい、要心せエよ。帰りがけには、こんなお化けがヒュードロドロと出るさかい、眼エまわすな。いっぺん、頭からガブッと噛んでこましたろうか」／と、あやしい手つきでお化けの恰好をして見せた途端に、いきなり相手の横面を往復なぐりつけた。

工事後のフィリピンで出来する事態は、一読すると難事業を成功へ導いたにも拘わらずアメリカ人に侮辱された怒れる日本人像である。だが、『わが町』の記述から落ちている史実がある。それは彼ら移民が本来日本・アメリカという国家の行政からすると非合法のうちに渡航した契約移民、換言すれば不法就労者だったということだ。根本的な政治上の問題が、いわば棄民となった彼らに、今度は否応なく経済上の問題を抱え込ませていく。『わが町』が先行文献に拠らなかった部分の三点目は、政治的前提を捨象し、経済をめぐる問題を佐渡島他吉の心身に密に関わらせる形で描出した部分である。

工事後の移民たちは「翌日からひとり残らず失業者」となり、マニラを彷徨うこととなった。新しく生じるのは持てる者が勝つという資本主義経済に基づく苛烈な生存競争である。その中で「ベンゲットの他あやん」は誕生している。工事における身体レベルの生存競争に打ち克った他吉は、その後の新たで異質な争いをいかに生き抜いたのか。他吉に焦点化すると、実は「明治」の章の記述においては、彼が工事に寄与したことよりも、むしろ工事終了後、彼がアメリカ人に反抗することが同じ日本人からの敬遠につながり、商いにも失敗し、果てはフィリピンに居られなくなった者として、本人の意図せぬ理由で日本へ戻る、という内容が主眼となっている。そのことを示すのが次の叙述である。

「文句があるなら、いつでも来い。わいはベンゲットの他あやんや」

それで、いつか「ベンゲットの他あやん」と綽名がつき、たちまち顔を売ったが、そのため敬遠されて、やがて僅かな貯えを資本にはじめたモンゴ屋（金時氷や清涼飲料の売店）ははやらなかった。

国元への送金も思うようにならず、これではいったいなんのために比律賓まで来たのかわけが判らぬと、それが一層「ベンゲットの他あやん」めいた振舞いへ、他吉を追いやっていたが、やがて「お前がマニラに居てくれては……」かえってほかの日本人が迷惑する旨の話も有力者から出たのをしおに、内地へ残して来た妻子が気になるとの口実で、足掛け六年いた比律賓をあとにした。

「明治」の章は「ベンゲットの他あやん」誕生譚といえるが、そこに浮上するのは他吉が名誉の点でも、経済的にも成功すべくフィリピンへ渡った日本人としては、敗れ去った者だという物語内事実である。資本主義システムの中で負けた彼には、「仇討」の論理で獲得した誇りだけが残ったのである。

そのことと同時に明らかなのは、「ベンゲットの他あやん」はアメリカ人に反抗するパフォーマティヴな身振りとして生成されたこと、またそれが他ならぬ同胞たちから他吉を排除する要因となったことである。彼は、作品内外の同時代に伝説として共有されていたような、皇国の臣民にとって輝かしい成功を遂げた、海外雄飛する日本人であることを挫かれる。「明治」の章というテクストは、伝説に範を取りながらも位相の異なる二つの生存競争を描出する方向へ拡張し、そのことが佐渡島他吉という固有の身体へ読みを焦点化することを可能にするという結構を持つ。身体では勝ったが経済では敗れ去った――これが他吉の自己同一性の核心といえるが、本人の内では身体での勝利と、敗残のうちに形成された身振りだけが誇りとして矛盾なく統合されるという、ねじれた認識が形成されている。また、それを保持することが、自身の過去の存在証明となる。だからこそ他吉は帰国後もマニラ麻の上着を着、「ベンゲットの他あやん」と自称し、名指され続ける。しかし、それは彼の常態ではない。そのことについて述べつつ、一体、彼が「ベンゲットの他あやん」であるのはいかなる時で、また、彼のフィリピンの記憶はどのように反芻されているのかをみていきたい。

第三節　規範化される土地の記憶

他吉が「ベンゲットの他あやん」と称し、称される時と、フィリピン時代の記憶が語られる時とは弁別される。前者は他吉が外界と接触する際に発動する身振りであり、後者は他吉自身の言葉による思惟の開示だからだ。ゆえにここではその態度と回想が叙述される箇所を分けて検討したい。

「ベンゲットの他あやん」は、その様子において眼光鋭く、「凄み」を利かせる点で生涯一貫している。夜店で悪い場所をあてがわれた時、人力車の客を奪い合う時、その態度は現れ、彼は大声をあげる。青山光二は『立志伝』の他吉と比較し、「本来は博奕や喧嘩が何より好きであるはずの、他吉の性格の無法人的な一面が抑えられすぎていはしまいか」(6)と評しているが、確かにそのような性格の要素は抜き取られている。他の人力車夫に囲まれた際「咄嗟に「ベンゲットの他あやん」にかえって身構えた」ところに顕著なように、「ベンゲットの他あやん」の無法人的な性格に見えるものは、彼の常態ではなく、演技の成果なのである。

また「凄み」に関しては「マニラ帰りらしい薄汚れた麻の上着」も演出に一役買っている。この上着は人力車を引く他吉のトレードマークでもあり、死の瞬間まで纏われていた衣装だった。「マニラ麻の白い上着」と明記されているが、上着にマニラ麻が使用されていることには、他吉が単にフィリピンにいたことを示す以上の意味内容が含まれている。マニラ麻とは同時代の資料において、「甚だ軽く而も強靭で特に海水に対する耐久力に富んで」いて、「産額の約七割は綱索及び紐縄に用ひられる。上級品は眞田として婦人帽の原料に供する他、衣服用織物を製し、又蚊帳、帯、紐等に作られ、下級物は日本紙の原料として歓迎される」（前田由之助「ダバオに於ける麻栽培と邦人」「海を越えて」一九四一年二月）と説明される素材だ。名前の通りフィリピンで収穫される植物なのだが、それを事業として成功させたのが、フィリピンにいた日本人なのである。前田は、同じ文章の別の箇所で「ダバオが、今や比島有数の新興産業都市として内外の汽船が盛に発着する殷賑さを呈するに至つたのは、我が邦人開拓者の力であると云つても敢て過言では無い。〔中略〕〔アメリカ人、スペイン人が―引用者注〕多少共開拓の緒に就いてゐた事実は認められるが、ダバオの麻産業を育て上げて今日に至らしめたのは実に邦人移民の力に外ならないのである」と、外地の産業を振興させた功労者として日本人を称揚し、海外雄飛し、他国人を圧倒する邦人移民像と、その象徴としてのマニラ麻という記号を提示している。

同様の言説は他の書物にも見受けられ、それは織田文庫に収められている①『南方読本』も例外ではない。同書は「ダバオに於ける麻事業が、その生産・貿易・海運・消費等あらゆる分野に於て断然他国を圧倒してゐることは、躍進日本の姿を如実に現してゐるものといふべく、我等国民の誇として刮目すべきものがある」と、前田の文章よりも明確に、ダバオの麻事業が持つ意味を述べている。即ち他吉が常に纏うマニラ麻の上着は、『わが町』執筆、刊行の同時代において海外を圧する、成功した日本人の象徴といえる。

だが、『わが町』の中で他吉の上着は書き手により「異様な風態」と指摘され、作中人物の町医者も「変な上着を脱ごうとしないのがけしからぬ」と他吉を解雇してしまう。前者は上着が人力車夫に合わないが故に「異様」と言うのかもしれないが、町医者は明らかに上着自体を「変」だといってしまう。成功した日本人の象徴であるはずのマニラ麻が、「変」だと意味づけられるのはなぜか。ここにはいくつかの可能性が示唆されている。『わが町』という作品内の時空と、昭和十年代後半のコードとのずれを示す可能性――作品内外の時代において、マニラ麻が文献に書き残されたような記号として機能していなかった可能性――他吉の人力車夫という職業が、町医者の目にマニラ麻をそれとして映させなかった可能性――確定的な意味づけをなすのは容易でないが、ここで言えるのは他吉の身体が物語内外の時空いずれとも違和を生じている実態がある、ということだろう。マニラ麻の上着は他吉にとって〈フィリピン〉の象徴として、そこへの帰属を外界に示すための装置であるはずだ。しかしその身振りによって彼はむしろ、物語内容、テクスト、あるいは読書行為、それに伴なう時代差、個人差といったミクロなレベルまで包含する多層にあって、どこででも異物として晒される身体を獲得している。ゆえにフィリピンを触媒とした外界との折り合いは、言葉によって多くつけられることになる。

「ベンゲットの他あやん」の自称は、たとえば孫娘夫婦に自分の貯金を渡そうとしたが「お祖父ちゃんの葬式金に残しといて」と断られた後、「げん糞のわるいことを言うな。葬式金を残すようなベンゲットの他あやんや思てるのか」と声を張り上げるように、周囲の人間が提示した事柄や反応に反撥するためになされる修辞といえる。[7]反撥は矜持ゆえともいえるが、矜持それ自体を生成するために「ベンゲットの他あやん」を自称すると考えた方が正確だろう。なぜなら状況として彼は敗残者だからである。

態度においては上記のことが確認できるが、では、他吉はフィリピン時代の記憶をどのように回想しているだろうか。先に述べれば、彼は「ベンゲットの他あやん」を産んだはずのマニラの苦い記憶――喧嘩を繰り返した挙句、同胞の声によって追い出されたという事実――を召喚せず、ベンゲットのことだけを思い出す。「はげしい労働」を懐かしみ、隙あらば行きたいと願うと共に、周囲の人間に「苦労」して、「体を責めて働く」ことを、ことある毎に推奨、ときに強要するが、書き手によるとそれは、他吉が「無智」であるために「理屈ではな」い。「体を責めて働」けば、ベンゲットでの自分のように他国人にはできない難事業を成功させられる、あるいは修身の「教材の趣旨」にあったように、「皇国の道」が「国の外に施して悖らざる世界の大道」であることを証明できる、などという名誉欲や大義をもたらす論理を以て、彼は伝道しているのではない。では「苦労」し、「体を責めて働く」

とは何か。他吉にとって〈フィリピン〉とはあくまで記憶の場であり、マニラでの苦さを忘却した上で繰り返し回想される、神話化された過去である。記憶は現在との距離と独立を保つと同時に、「体を責めて働いた」という一点が抽出されることにより、生の規範となる。整合性や妥当性を問うことが不可能な領域に、それはある。また、フィリピンでの出来事それ自体も、他吉に精選されたうえで規範を伝道する際の訓話となったのである。

他吉は再び彼の地へ戻ることを熱望しながら、しかし現実に再渡航することは不思議と実現されずにいる。渡航の実現不可能性が、彼が〈フィリピン〉を尽きない夢として繰り返し反芻することを可能にする。しかし大正時代に入ると異郷にまつわる記憶に情報が追加され、他吉にとっての〈フィリピン〉という概念にも大きな変更が認められる。いうまでもなくその契機は娘婿・新太郎の死によってもたらされる。

そもそも他吉は思いつきで自分のフィリピン行きを新太郎に代補させた。しかし、新太郎が現地に着いて早々病没すると、他吉は「わいが殺したようなもんや」という自覚と責任を持ち、新太郎を悼むことに心を砕く。そして〈フィリピン〉への欲望は、ベンゲット時代のように「はげしい労働」を享受することから一転、マニラに赴き新太郎の墓へ参ることへとシフトしていく。果ては、昭和に入ると新太郎と「いっしょの墓に入る」ことを所望するようになるのだ。新太郎の死は記憶となり、他吉のとっての〈フィリピン〉という概念は更新されていく。そこはもはや労働のために目指す場所ではない。実際において、当時船で二日かかるほど離れたベンゲットとマニラという二つの場所は、他吉の中で〈フィリピン〉の一語において融合している。

娘さえも失った後、新太郎に対する贖罪にも近い気持ちは、孫娘の君枝を育てることで贖われるかのように他吉には知覚される。「もうわたいは自分の命をこの孫にくれてやりまんねん」と公言し、また人力車を追って走る君枝を見ながら、「マニラで死んだこの子の父親がいまこの子と一しょに走っているのだ」と幻想しもするように。独りで君枝を育ててこそ赦される、真に新太郎を悼むことになるというのか、故に彼はオトラ婆さんとの再婚を拒絶する。

　一方で、規範化された他吉の記憶が、孫娘夫婦にも継承されていくかのような事態が認められる。君枝という女性は、なによりもまず「ベンゲットの他あやんの孫」であり、「体を責めて働く」娘であった。彼女は度々他吉のフィリピンの記憶を想起し、生の規範を自覚し、そこに疑いを挟まない。また、ベンゲットを祖父が苦労し、労働し、一つの難工事を完遂した町、マニラを父が「ひとりさびしく」死んだ町、即ち墓所として、二つを南十字星という媒介を通して積極的に接続してみせる。


「――さて、皆さん、ここに南十字星が現われて、わたし達はいよいよ南方の空までやって来ました。時刻はマニラの午前一時、丁度真夜中です。しんと寝しずまったマニラの町を野を山を椰子の葉を、この美しい南十字星がしずかに見おろしているのです」

　マニラときいて、君枝は睡気からさめた。

「あ」

　君枝は声をあげて、それでは祖父はあの星を見ながらベンゲットで働き、父はあの星を見ながらマニラでひとりさびしく死んだのかと、頬にも涙が流れて流星が眼にかすみ、そんな自分の心を知ってプラネタリユウムを見せてくれた次郎の気持が、暗がりの中でしびれるほど熱く来た。


　君枝は一見、他吉にベンゲットの挿話を繰り返し聞かされることで、本来彼女が持つはずのない、彼と殆んど同じ〈記憶〉を共有し、生の規範をなぞり、祖父と孫との閉じられた世界を体現しているかのように見える。しかし実は、祖父がそれまで語ることのなかった南十字星の発見によって実父と祖父とを繋ぎ、捉え返しているように、

〈フィリピン〉に新たな意味を創出させている。それは、南十字星の見える〈フィリピン〉という土地が祖父─実父─自分という佐渡島家の血脈を伝える記号として再編成されたということである。彼女の思惟が、祖父が保存してきた神話化された過去に、テクストレベルで裂け目を入れる点で、君枝は他吉に対して批評性を持っているといえる。

君枝の夫となる潜水夫の次郎においても、他吉の生の規範は継承される。少年時代にベンゲットの話を何度も聞かされていたことを鑑みれば、規範伝達のための訓話も継承されているとみてよい。しかしこのこと以上に次郎にあって顕著なのは、「君枝がホースを持っているのだと思えば、次郎はもうどんな危険もいとわぬ気がして、そして、マニラで死んだという君枝の父親の気持が、ふっと波のように潜水服に当って来るのだった」という言い方で次郎の心内に生成された、「マニラで死んだ君枝の父親」に対する、奇妙ともいえる同調である。ここではなぜ新太郎の「気持」までもが想起されるのか、説明されていない。ここにおいて〈フィリピン〉の持つ意味が、他吉とも、また君枝とも異なることが明らかになる。次郎にとって〈フィリピン〉とは、生の規範をもたらす記号であると同時に、君枝が持つホースに象徴されるような、佐渡島家に連なる外部の人間としての紐帯をもたらすものでもあるのだ。

記憶とその反芻＝回想は、労働という点において生の規範となり、〈フィリピン〉という土地は筋目と同義に理解され、また、新太郎の死という点を契機に意味を三様に変え、他吉と孫たちとの落差を生み出す。三人の記憶の持ち方は位相を異にしており、単純に「他吉の記憶を若者たちが継承していった」といえない構造になっているのである。ここに落差を抱えながら、むしろそのために三人がひと繋がりに連なっていくという、連帯の様相が見えてくる。一方で落差が甚だしくなるにつれいっそう記憶が濾過され、新太郎と同じ墓に入るという点で結晶化する他吉の〈フィリピン〉に向けられた記憶に基づく欲望は、終わりなく保持されていく。

第四節　〈フィリピン〉が指示すること

これまで検討してきたように、他吉たちにとっての〈フィリピン〉がさまざまに書き込まれる一方で、『わが町』には執筆・刊行の同時代におけるフィリピンの状況も書き込まれている。たとえば、

間もなくその年も慌しく押し詰り、大東亜戦争がはじまった。

そして、皇軍が比律賓のリンガエン湾附近に上陸した――と、新聞は読めなかったが、ラジオのニュースは他吉の耳にも入った。

「ああ、今まで生きてた甲斐があったわい。孫も立派にやってる。曽孫も丈夫に育ってる。もう想い残すことはない。わいの死骸は、マニラの婿といっしょの墓にはいるネや」

という形でそれはなされる。ここには太平洋戦争における日本軍の戦績上、最も華々しかったといっても過言ではない、フィリピンへの上陸とマニラの陥落という事実が明記されている。そして、他吉もそれを知っているし、彼の隣人で落語家の〆団治は、のちに慰問隊として彼の地へ旅立ちさえするのである。

同時代の戦局は、『わが町』にも明確に記述され、物語内時間を規定してもいる。この点でこの作品は十分時局に与している。だからこそ、再び「元ベンゲット移民」である他吉のことを振り返れば、彼がマニラ麻を纏っても臣民の見本として讃えられることはなく、現地との関わりも、具体的には明治期の出来事に限定されていたことで、彼にとっての〈フィリピン〉がきわめて私的なものとして記憶の中に保持され、生の規範にさえなることが強調さ

れる。他吉にとっては実際の戦果も、新太郎と同じ墓に入るという私的な欲望を成就させる可能性を喚起するためにあり、戦果それ自体が彼の〈フィリピン〉概念に変革をもたらすことはない。いわばそれは同時代の公的な文脈でのフィリピンに関する語りに、影響されない強度を保っている。このような、私的な欲望に他吉が自閉する在り様は、彼の時局に対する非便乗性を担保しているかのように見える。しかし、時局に与しないと書かれること自体が既に、時局の現状を認める事態を生んでいることも認めつつ、他吉の死という終局時の、記憶をめぐる様相をみていきたい。

欲望に自閉する他吉の在り方をテクスト内部から問いうる存在として、再び君枝と次郎が浮上する。先に、二人が他吉の生の規範を継承したと述べた。しかし、彼らは規範をそれとして受け継いでいるものの、他吉がマニラで同胞によって追い出された敗残者であったことを知らない。そして、他吉の新太郎に対する贖罪意識も、二人は持ちえない。贖罪意識を持たないことは、他吉の欲望の核心が継承されなかったことを意味する。ゆえに欲望に先鋭化された他吉の〈フィリピン〉に対して、彼らがどのような距離や位置を取るか、そのことが他吉の逝去直後を描出する作品末尾で最もよく示される。


次郎はかつて、「蝶柳」で遊んで蝶子や柳吉に意見された時のことを思いだした咄嗟に、

「そうだ、マニラへ行こう」

声に出して呟いた。

「――君枝ももちろん一しょに行くやろ」

蝶子はおくやみが済むと、居合わした人へ遠慮しながら、

「ちょっと……」

と、言って、君枝に眼交した。

マニラ行きを所望する次郎に対し、君枝の応答は書かれない。テクストからは、彼女がフィリピン行きに対して感じる何物をも看取することができない。しかし、書かれないことが即ち拒否を示すわけでもなく、君枝の〈フィリピン〉に対する意志は全く空白のまま、テクストは閉じられるのである。この事態は他吉の欲望が直接の筋目である君枝に継承されず、外部の人間だった次郎が新太郎との連帯を通じてそれを果たすということである。

物語内及び単行本刊行時の時局に対応させるならば、目下日本軍は彼の地を占領していたのであり、そこから地続きにあった帝国日本の植民地・フィリピンへ彼女が移住することも、また有り得た事態といえる。だからこそ次郎は彼女を誘ったのだ。二人は他吉の死後にあって、〈フィリピン〉を「フィリピン」にできる点で可能的な存在となる。二人にはテクスト内で「フィリピンに渡ることができるとともにそうしないことができる存在」であると同時に、「フィリピンに渡る自由とフィリピンに渡らない自由」を等しく保存しているが、この選択可能性はあまりに自明で、誰にでも・いつでもあるもののようにみえるかもしれない。しかしこれは他吉の欲望が潰えたときにはじめて彼らに備わる権能である。二者のうち、次郎は「渡れるし渡らないこともできる」という可能的な存在から、「渡る」という選択を為す存在への移行を示す。しかし君枝は次郎の呼びかけに応答したかどうかが書かれないという形で、可能的な存在で在り続ける。その意味で彼女は次郎の欲望≠他吉の欲望をテクスト上で無効化しつつも、〈フィリピン〉を保存することができる存在となる。では、その場合の〈フィリピン〉とは一体何を指示しているのだろうか。

再度確認すると、三人は三様の濾過・生成作業を〈フィリピン〉に対して為した。他吉は苦い記憶を消去し、また欲望の結晶化を果たし、後に連なる君枝は自分の血脈を確認する記号を、また次郎は新太郎との連帯を確認する記号をそれぞれ創出した。各自の作業を通して差異を生み出しながら、それでもなお〈フィリピン〉という場が彼らをひと連なりにできたのは、彼らが連帯できるような共通の記憶、共通の幻視＝集合的記憶が成立していたからではなく、他吉が記憶を繰り返し言語化したことで堅牢な生の規範を構築し、それが伝播されたからである。君枝と次郎が共に手にし、また君枝がテクスト内で先述した意味での可能体であることによって、他吉の尽きぬ夢としての〈フィリピン〉がその特権的な欲望の内容を奪われた時、次のことが明かされるのではないか。永遠に見えない土地〈フィリピン〉は非在でありつつ、一般的な案内記や見聞記に表れるような内閉した有機体として想像されることを解除され、所与のものとして成り立ちえること、共有されえることを証明しているのである。『わが町』は人が土地に対して何らかのイメージを抱くこと自体が固有の生、あるいは複数の生にどのように作用するか、また、ある特定の土地が人と人との間に共有されることの可能性を、シンプルなノスタルジーの発露／玩味や集合的記憶とは異なる論理で形象化してみせたといえる。

第五節　〈大坂〉の虚構化

このような土地の概念化は、単行本『わが町』刊行から五ケ月後に出版された、『異郷』（万里閣、一九四三年九月二十日）にもバリエーションとして表れている。『異郷』は「ロシアに於ける最初の日本人」となった漂流民で大坂商人淡路屋伝兵衛の、ロシアにおける生活を描いた第一部と、伝兵衛の死後、後日談的に付された、日本開国を迫るロシアのプウチャーチンを中心とした第二部によって構成されている。織田はその単行本「あとがき」で、「これはいはゆる歴史小説でも伝記小説でもない。作者の空想より出たロマンである。（中略）ここに描いた伝兵衛は殆んど作者の空想の産物である。作者の描く大阪の町が往往にして架空の町であるやうに、この人物のこの作品に描いた限りでは殆んど架空の人物に近いと言ても良い。〔中略〕作者はかつて伝記小説も書いたが、このやうなロマンの方に愛着を感じてゐる」と述べた。

伝兵衛は一貫して日本への帰国を切望する人物として造形されている。それが見果てぬ夢として担保され続けている点で、他吉の〈フィリピン〉と相似をなしていると言えそうだが、その土地の概念化のありようは『わが町』のそれと大きく異なる部分もあるように見える。

まず、伝兵衛は大坂への郷愁がルーティン化していることがある。彼の日課は「黄昏刻になると、ニコラエフスキイ橋の上に来て、ネヴ河の流れに遠い大坂の横堀をしのぶ」ことである。こうして物語内世界のネヴァ河が大坂の横堀を代補する象徴的機能を持っているため、ネヴァ河は〈大坂〉だといえる。この伝兵衛が生み出す土地概念は、時と場合によって限定的、戦略的に〈フィリピン〉を持ち出し、使い分ける他吉の土地概念と異なり、大坂を非在の土地〈大坂〉としながら〈郷愁〉という感情を日常化し、自ら日々喚起する作業を通して自己が確認され、したがって存立しているということである。これはアイデンティティの確認といった言葉でシンプルに定義づけられるものではない。

伝兵衛は、ヴルコーフスキイ家の夜会への出席を拒んだ時も、ネヴァ河へ向かった。この場合、河へ行った理由は夜会への出席拒否の理由と重なる。それは「私は見世物になりたくない」という言葉で具体化される。伝兵衛は、夜会があると毎度「サロンにひきだされて、ひとびとの好奇心の慰みとなっ」ていたことが我慢できなくなったのだという。そしてネヴァ河へ来たというプロットに示されていることは何か。伝兵衛にとって夜会への参加とは、ロシアにおいて自己の生を保証する手段である。強硬に拒めば自己の生をも脅かしかねない状況に彼は置かれている。そのように、本質的に拒むことのできない貴族の夜会への出席を、それでも拒むために向かうなら、ネヴァ河＝〈大坂〉はすなわち生を損なっても行く意味のある場所ということになる。

このように『異郷』の伝兵衛にとっては、他吉にとっての君枝や次郎のような土地概念の共有者が在りえず、またロシアという状況下で共有の可能性がある人物も現れない。伝兵衛が日本語を教授することになる貴族の娘ナターシャは、日本語という媒介によって例外になり得る可能性を持っているが、伝兵衛が終生内面を開かなかったため、〈大坂〉という土地は個人の中で純粋に概念化される。それはネヴァ河という実在の土地が非在の土地を代補する機能を担ったがために、実態であるにも拘らずというよりも、実態である、すなわち根拠となってしまうからこそ、〈大坂〉の虚構性が高まったからだと言える。

『異郷』における〈大坂〉の虚構性は、第二部の結末において一層完成されたものとなっている。第二部はプウチャーチン一行が日本に通商を迫るため大坂へ寄港するという筋立てになっているが、プウチャーチンにはコロゾフ少尉という部下がいる。彼の先祖は、伝兵衛の決闘時の介添人、すなわち伝兵衛に好意的に接したロシア人の一人、コロゾフ一等大尉である。プウチャーチンとコロゾフ少尉の会話によって、第二部は伝兵衛の死から百五十年が経っていることが明かされ、さらに、少尉の希望で大坂へ寄港することが決定したことも書き込まれる。そして少尉は、

「——しかし、たとえ彼の霊だけでも連れて来てやりたかったと思います。故郷のオサカへ随分帰りたがっていたということですから、とにかく僕は曽祖父のコロゾフ一等大尉が彼の決闘の介添えをしたというそれだけで、なんだかデンベのことが忘れられません」

と述べる。その後日本側の役人に伝兵衛の子孫を訪問することを要求するが、通訳に「デンベのことをたれ《ママ》も知らない。デンベを知らぬくらいですから、当然その遺族や子孫の消息を知っている者はひとりも居りません」と言わ

れる。それを受けてコロゾフが伝兵衛が「伝説の人」になったと呟いた時、伝兵衛すら〈デンベ〉への虚構化が完成される。そしてコロゾフが子孫に会えず、大坂での通商の可能性も絶たれることで、テクスト内に大坂が表象される可能性もなくなる。ここで伝兵衛にとっての〈大坂〉は、〈デンベ〉の〈大坂〉という永遠に非在の土地として虚構化が完成されるのである。

注

（1）なお、『わが町』と先行する各作品の対応箇所については、宮川康「織田作之助の「わが町」について」（「日本近代文学」七三、二〇〇五年十月）が詳細な検討を行っている。

（2）青山光二「作品解題」（『織田作之助全集　第三巻』文泉堂書店、一九七六年四月）

（3）早瀬晋三『「ベンゲット移民」の虚像と実像―近代日本・東南アジア関係史の一考察―』（同文館出版、一九八九年十一月）

（4）早瀬は一九八七年六月七日、鹿児島テレビで放映された「棄てられた民―フィリピン・ベンゲット道―」のナレーションを引用している。

（5）回顧談については雑誌「海を越えて」一九三九年十二月号で特集が組まれている。「海を越えて」は財団法人日本拓殖協会が発行。編集後記にある誌友募集の告知では、「雑誌「海を越えて」は、外地及び海外の実情を平易簡明に叙述した月刊雑誌で、国民海外発展の指針として、最適のものたることを確信します。」とある。記事になる国や地域には、いわゆる〈南方〉だけではなく満州やタイといった大東亜共栄圏に包含される国、またブラジル、ペルーなど南米やハワイといった日本人移民の多くいる地域もあり、管見のかぎり情報はフィリピンに特化したものではない。

（6）青山光二「作品解題」（前掲注（2））

（7）他には、①隣人・〆団治の見舞いの言葉に対する「ベンゲットの他あやんは敲き殺しても死なへんぞ」、②オトラとの婚姻の勧めに対する「わいもベンゲットの他あやんと呼ばれた男や。孫ひとりよう満足に育てることが出来んさかい、ややこしい婆さんを後妻に入れたと思われては、げんくそがわるい」、③フィリピンへの渡航が老齢のため難しいと言われた際の「ベンゲットの他あやんが比律賓へ行けん法があるかい」といった箇所が挙げられる。

(8)　ペテルブルグを流れるネヴァ河だが、全集テクストの表記はヴとなっている。以下、小説テクストからの引用は「ヴ」とし、それ以外の表記は「ヴァ」とする。

第八章　『世相』『郷愁』論——〈大阪〉という場の機能——

第一節　『世相』の執筆状況

織田作之助『世相』の初出は、鎌倉文庫の「人間」一九四六年四月号である。編集を担当した木村徳三[1]の述懐は「戦争が終って、私は『人間』の編集にとりかかるとすぐさま織田君に小説を依頼した。打てば響くように早速送られてきたのが、二五〇枚あまりの「世相」だった。〔中略〕もとのかたちでは阿部定を描いた小説が作中に織り込まれてあったのだが、私が依頼した枚数をはるかに越えているので、少し減らしてもらえまいかといって送り返すと、すぐに書き改められてきた原稿では、その阿部定の小説のくだりが削られ、前後が訂正補筆されていたが、私は更に推敲を求めた。そして『人間』四月号（昭和二十一年）に掲載した」と、少なくとも二回の推敲がなされたことを示唆している。大谷晃一の調査によれば[2]、木村が初校を受け取ったのは一九四六年一月初旬、第二稿が一月末、第三稿（決定稿）が三月十日前後だった。

『世相』は織田の代表作の一つとされ、先行研究も彼の他の作品と比較すれば蓄積があるといえる。その傾向は二点に集約されている。

一つには、「形式」の新しさがどこにあるかを測定するものがある。例えば西田りか[3]が「「世相」における新しいスタイルをどこに見るのか。それは、作者のいる位置の新しさなのではないか、と私は考えている。〔中略〕作中での「私」、つまり語り手である主人公の作家の眼を通して世相が語られまとめられて行く点に、この作品の新しいスタイルがあると私は考えている。このスタイルこそ、昔の世相を書いたとしても、「ただそれだけの風俗小説にならない為のキーポイントなのではないか」と述べ、斎藤理生が(4)「『世相』は語り手であり小説家である「私」に、一方の手でそれまでくり返し描いてきた「スタイル」の小説を掲げさせつつ、もう片方の手でそのような「スタイル」を相対化する作家の意識を綴らせることによって、「現下の世相」が戦前戦中と変わらないようで「ズレ」を抱えた状態にあることを表現しようとした小説であった。そのような、あえて破綻しかかった「形式」をとることで容易には説明できない内容を読み手にうかがわせる小説が、織田にとって「新しい」ものであったことは事実である」と結論することなどに表れている。これらの評価は、作家としての織田の評価を決めたともいえる本多秋五の(5)、以下の評言と重なっている。

時間も場所もとびとびで、八方にとび散ろうとする現実の諸断片を、老訓導の来訪――十銭芸者の話――酒場「ダイス」のマダム――阿部定のこと――天ぷら屋天辰のおやじ――復員軍人の話――という順序で連鎖状に配列し、それを繰り出し手繰りこむ「私」の説話という形式に、辛うじてコントロールしている緊張のうちに、おそらくこの小説の魅力があるのだ。／もしこの作品になにかの「新しさ」があるとすれば、それはここでの「私」のつかい方、「私」の機能を措いて他にはあるまいと思える。

だが、この本多の評価も、『世相』の初版における織田の自作解説の変奏だと言えるのではないだろうか。『世相』の初版『世相』は、一九四六年十二月に八雲書店から刊行された。この単行本の「あとがき」で、織田は次のように記した。

「世相」は「人間」編集長の木村徳三氏の激励に負ふところが多い。この形式は苦しまぎれに作りあげた形式だが、かうした小説の形式の新しさは、ひとは気づいてくれなかつたやうである。しかし「世相」はこの形式で、なほ百枚ぐらゐは続いて書くべき材料を残してをり、それをいつか書き上げることによつて、この形式の新しさは判つて貰へると思ふ。

先行研究の傾向の一点目は、「あとがき」の引力から自由ではない。だが一方で、『世相』は書くことをめぐるメタ小説であることが読む限り明らかであり、小説がいかなる結構を持っているのか分析することは必要だろう。

傾向の二点目には、テクスト内部における戦中／戦後の連続／非連続や同質性をいうものが挙げられる。それは例えば金子俊子[6]の「『世相』の登場人物たちに世相をからめ、戦前の庶民たちにはなかった時代意識を浮かび上がらせようとしたのは、戦前戦後と連続した現実感覚を持ちながらも、戦後の世相の変転の中に今までの生活や世相の変転とは異質のものを感じていたからではないだろうか」という評価に表れ、矢島道弘は連続性・均質さを述べている[7]。このような論調は「織田が敗戦後一躍流行作家になったのは何故か」という問いへの回答として要請されるむきがある。この大きな問いに答える根拠として『世相』は動員されてきたといえる。

また、この小説は織田作之助自身の伝記的事実や、『世相』執筆と同時期に書かれた彼の他の作品に、『世相』と同じ表現が見られるなど、織田作之助自身を考えたときに注釈的な事項が多く確認できることも付記したい。

伝記的な出来事としては、後にもふれるが「私の著書」つまり「『青春の逆説』」が「風俗壊乱という理由で発売禁止処分を受けた日」については、第一章で詳述したように、実際の『青春の逆説』は昭和十六年八月六日、男女関係の記述により風俗壊乱出版として、発売禁止の処分に付されたという事実がある。テクスト内部の方が一年早く設定されている。また、「難波から高野線の終電車に乗り、家に帰ると」という記述については、織田は一九三九年の結婚を機に大阪府南河内郡野田村丈六に新居を構え、『世相』の物語内現在である一九四五年十二月まで同所に住んでいたことが確認できる。ただ、作中で何度か登場する「家人」は一九四四年に既に病没しており、仮構された人物だといえる。その「家人」に「私」が「題はまず『妖婦』かな」と話したその作品は、同名のものが織田の死後遺稿として発見され、一九四七年二月に風雪社より短篇集『妖婦』として刊行された。それは東京・神田を舞台とし、安子という少女が芸者になるまでの半生を描いた内容で、のちに本節でふれる「矢野安」を思わせる。

『世相』発表と同時期の他作品中に類似する表現としては、次の四箇所を挙げられる。

①「（千日前の大阪劇場の楽屋の裏の溝板の中から、ある朝若い娘の屍体が発見された。）」は、『神経』（「文明」一九四六年四月）にほぼ同じ表現がみえる（「もう十年も昔のことである。千日前の大阪劇場の楽屋の裏手の溝のハメ板の中から、ある朝若い娘の屍体が発見された。検屍の結果、死後四日を経ており、暴行の形跡があると判明した。勿論他殺である。犯行後屍体をひきずって溝の中にかくしたものらしい。」）。

②「私」が町歩きをしながら構想しかける「船場の上流家庭に育った娘」が淪落するというストーリーは、短篇『船場の娘』（「新生活」一九四六年一月号）と一致する部分が多い。商家の一人娘と丁稚の恋愛が書かれているが、娘は十銭芸者になることもない。

③「親戚の女学校へ行っている娘は、友達の間で私の名前が出るたび、肩身がせまい想いがするらしい。」という一文は、評論『可能性の文学』（「改造」一九四六年十二月）に「親戚の娘は、女学校の入学試験に落第したのは、親戚に私のような悪評嘖々たる人間がいるからであると言って、私に責任を問うて来た。」とあり、二つが同一の内容だといえる。

④文章だけではなくモチーフのレベルでも、「今の男は変ったポン引ですよ。自分の女房の客を拾って歩いているんですよ」という天辰の主人の言葉は、『夜の構図』（「婦人画報」一九四六年五～十二月）に登場した、ホテルの食堂で男性客を自分の妻が滞在する部屋へと導き、妻に売春させる「コキュ」を連想させる。

以上のように、『世相』はテクスト内に織田自身の情報を、過剰といえるほど取り込みながら成立しているのである。

第二節　〈放浪〉の意味

『世相』には一九三〇年ごろから語りの現在時である一九四五年末までに起きた様々な出来事が、輻輳的に記述されると同時に、出来事の起きた場所が極めて明確に書き込まれている。この具体的な地名は当時の地図でも全て特定でき[8]、物語内世界は大阪市内でも梅田駅や大阪駅のあるキタではなく、道頓堀と千日前を含むミナミが中心だとわかる。さらに、「私」が歩いた場所に焦点化すると、北から島之内、道頓堀、千日前というように、ミナミのいわゆる盛り場に限定される（次頁地図参照）。島之内は北側に職人町、南側に色町を包含するエリアであり、道頓堀は江戸時代からの芝居町、そして千日前は江戸時代まで刑場や墓地があったが、明治初期から遊興街として急速に発展した地域である。

実在の町を歩き、そのこと自体を言語化していく「私」は、自身の町の歩き方を次のように説明する。

【引用①】早くから両親を失い家をなくしてしまった私は、親戚の家を居候して歩いたり下宿やアパートを転々と変えたりしてきたためか、天涯孤独の身が放浪に馴染み易く、毎夜の大阪の盛り場歩きもふと放浪者じ

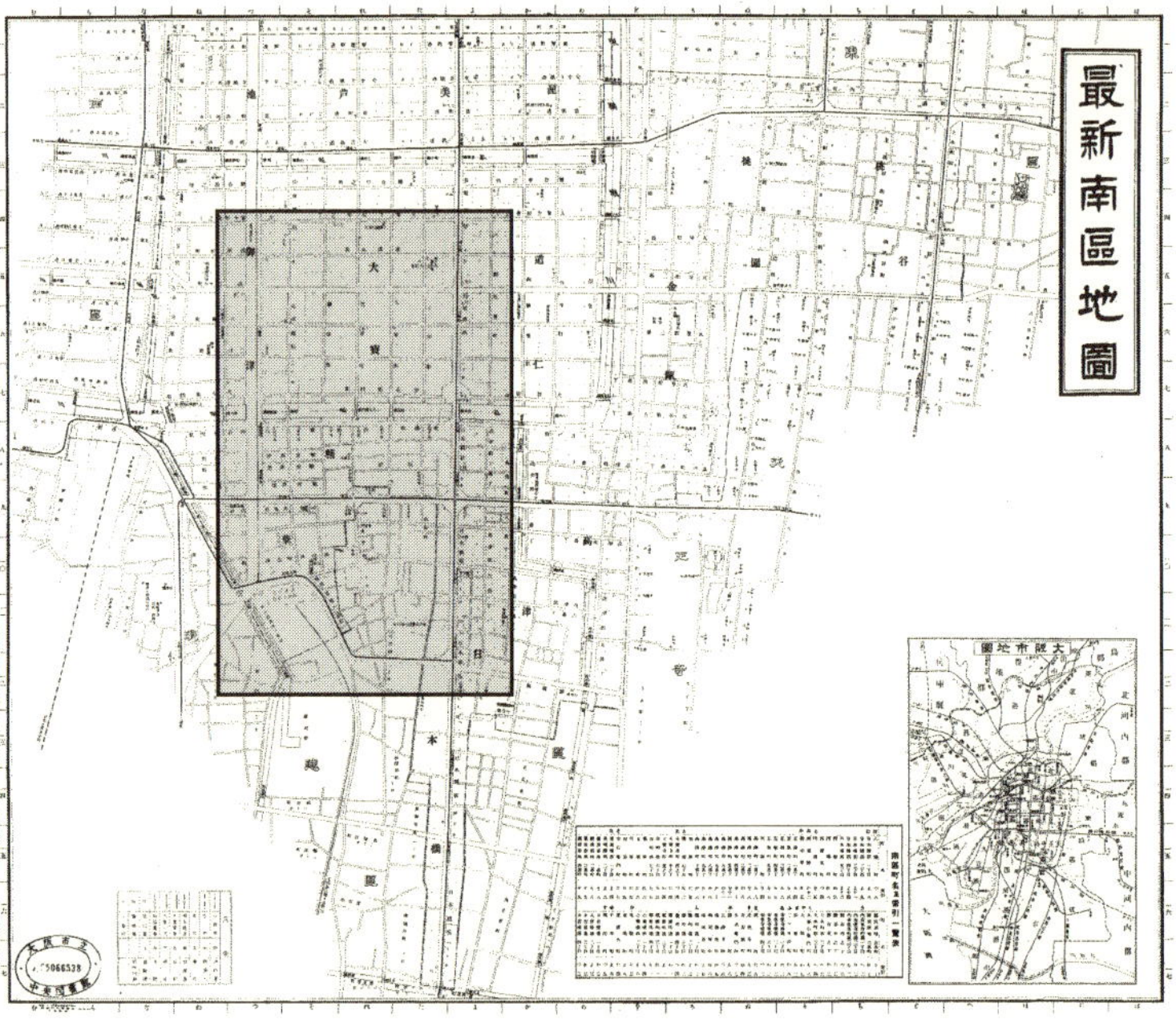

最新南区地図（昭和一六年一〇月五日発行、日本統制地図株式会社、大阪市立図書館蔵。左頁はアミカケ部分の拡大図）

①「私」が「ダイス」へ向かう経路
②「私」が「ダイス」から帰る経路
③「私」が美人座へ向かう経路
④「私」が鴈治郎横丁へ向かう経路
⑤「私」と天辰の主人とが上本町へ向かう経路
Ⓐ「ダイス」
Ⓑ 美人座
Ⓒ 鴈治郎横丁
Ⓓ 興行師になった横堀がいた場所

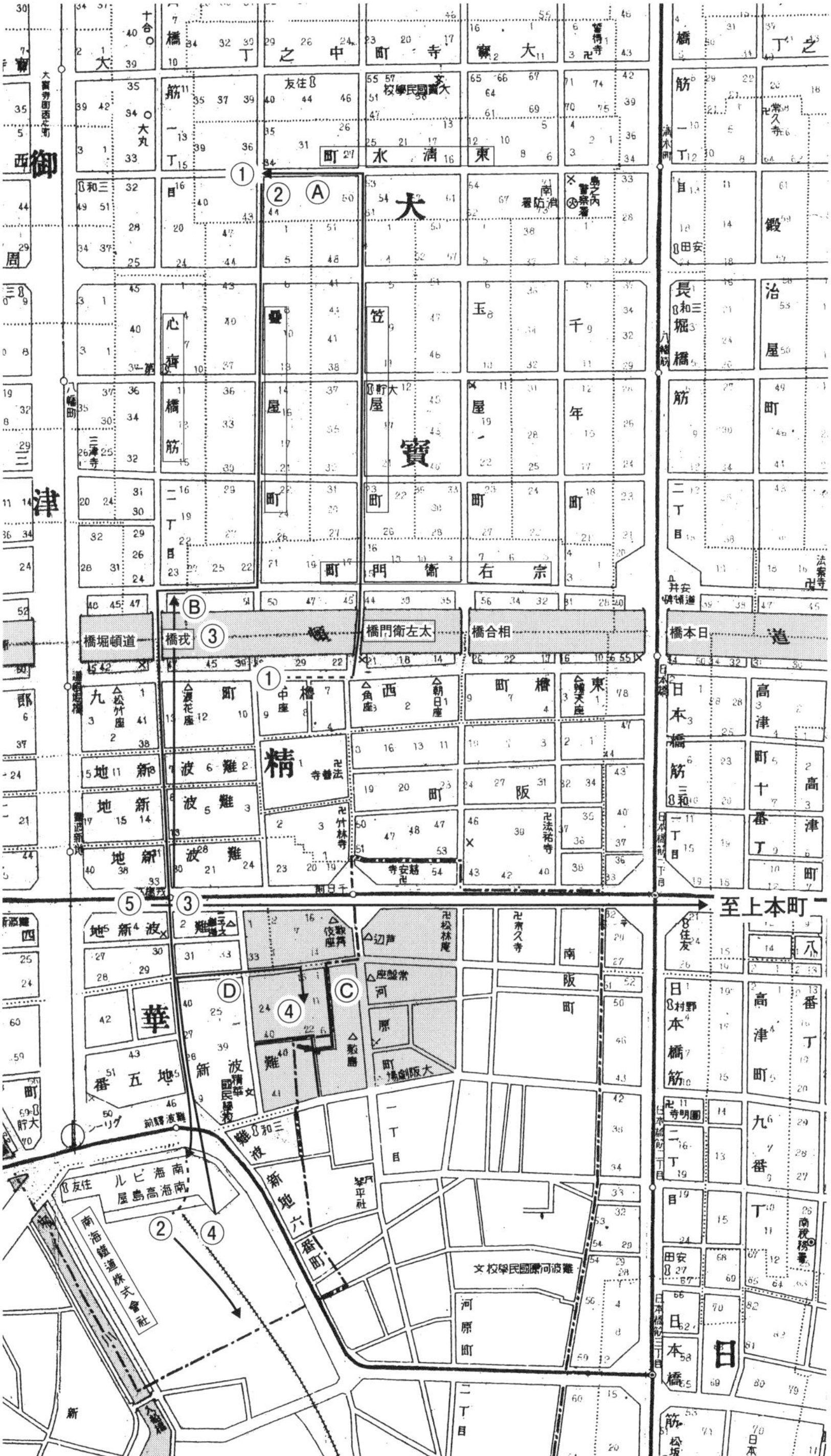
大寶寺町
清水町
宗右衛門町
心斎橋筋
畳屋町
笠屋町
玉屋町
千年町
長堀橋筋
御津
道頓堀橋
戎橋
太左衛門橋
相合橋
日本橋
道頓堀
櫓町
中座
角座
朝日座
浪花座
辨天座
松竹座
法善寺
竹林寺
精華
難波新地
千日前
至上本町
歌舞伎座
常盤座
大阪劇場
河原町
南阪町
高津町
日本橋筋
難波新地六番町
南海高島屋
南海ビル
住友
南海鐵道株式會社
精華國民學校
大寶國民學校
難波河原國民學校
南警察署
南消防署
南稅務署
A
B
C
D
①
②
③
④
⑤

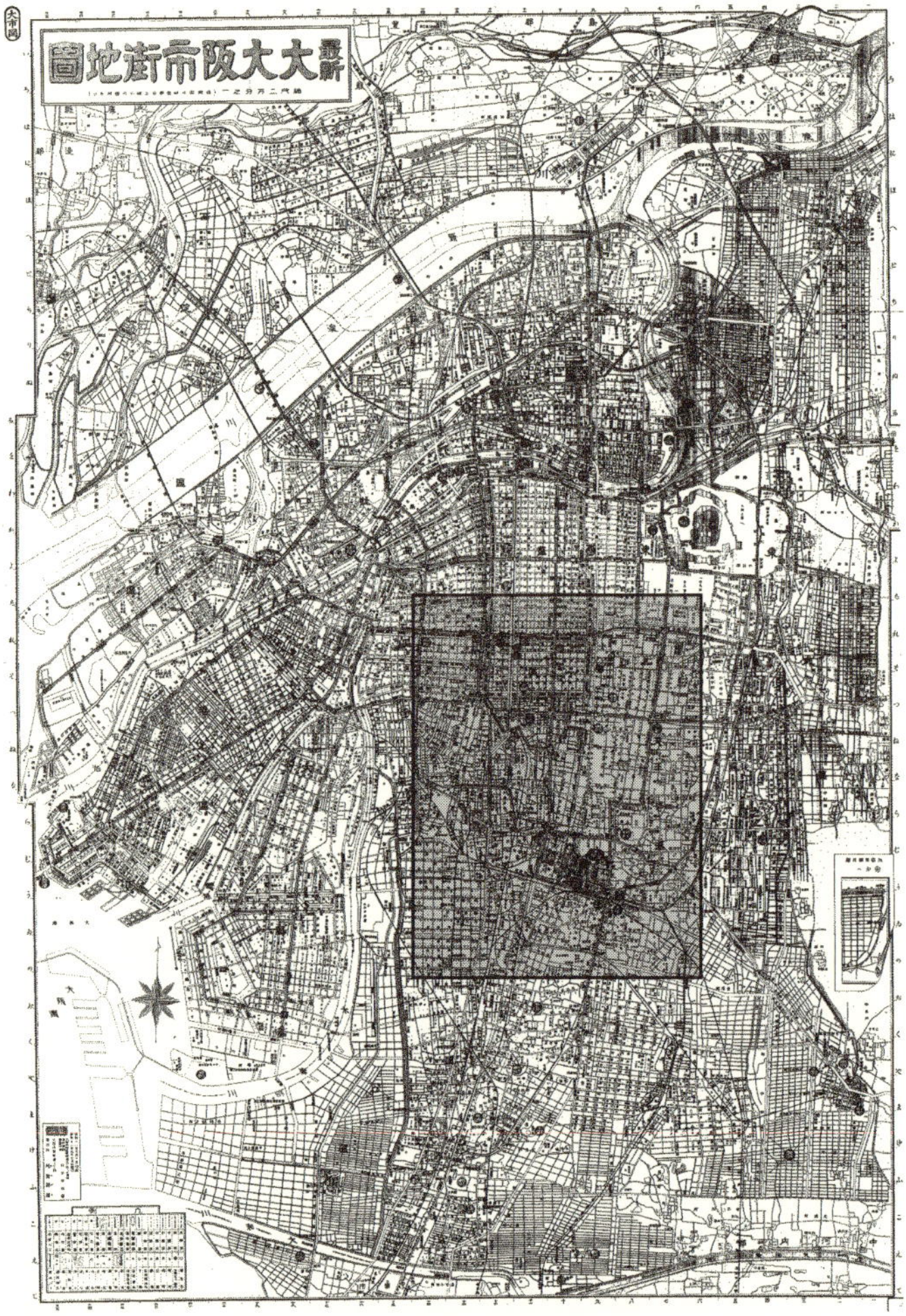

最新大大阪市街地図（昭和一一年三月五日発行、和楽路屋製、大阪市立図書館蔵。左頁はアミカケ部分の拡大トレース図）

❶大阪劇場：「私」が書こうとした殺人事件現場はここの路地裏
❷今宮：十銭芸者がいた
❸清水町：「ダイス」があった
❹宗右衛門町：「ダイス」のマダムが芸者をしていた・「私」がよく通る町
❺生國（生玉）魂神社：七月九日に夏祭を行う
❻電気科学館：「私」と「ダイス」のマダムが訪れた
❼新世界：十銭芸者や横堀がいた
❽飛田：❼に同じ
❾天王寺公園：「私」が構想する「十銭芸者」の舞台
❿阿倍野橋界隈：横堀が放浪した
⓫上本町八丁目近辺：『世相』結末で「私」が訪れた

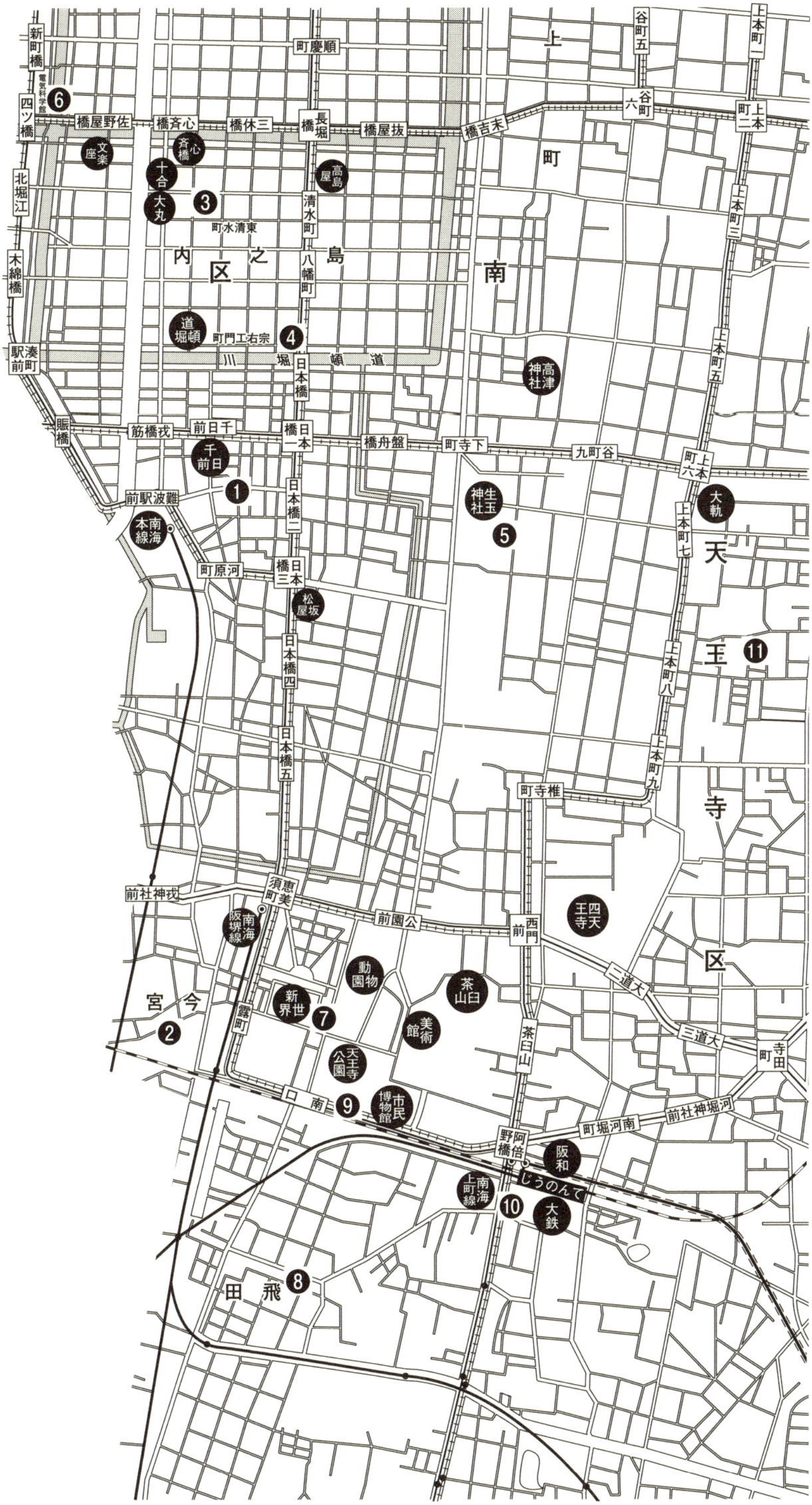

新町橋
電気科学館
6
四ツ橋
佐野屋橋
心斎橋
三休橋
長堀橋
抜屋橋
末吉橋
順慶町
谷町五
谷町六
上本町一
上本町二
上
町
北堀江
文楽座
心斎橋
十合
3
大丸
高島屋
清水町
東清水町
上本町三
島之内区
八幡町
南
木綿橋
道頓堀
宗右工門町
4
湊町駅前
道頓堀川
日本橋
高津神社
上本町五
戎橋筋
千日前
日本橋一
盤舟橋
下寺町
谷町九
上本町六
千日前
1
難波駅前
南海本線
日本橋二
生玉神社
5
大軌
上本町七
天
河原町
日本橋三
松坂屋
日本橋四
王
11
上本町八
日本橋五
上本町九
椎寺町
寺
戎神社前
恵美須町
南海阪堺線
公園前
西門前
四天王寺
動物園
茶臼山
区
新世界
7
今宮
2
霞町
美術館
大道二
大道三
天王寺公園
茶臼山
寺田町
南口
9
市民博物館
南河堀町
河堀神社前
阿倍野橋
阪和
南海上町線
てんのうじ
10
大鉄
8
飛田

みていたので、自然心斎橋筋や道頓堀界隈へ出掛けても、絢爛たる鈴蘭燈やシャンデリヤの灯や、華やかなネオンの灯が眩しく輝いている表通りよりも、道端の地蔵の前に蠟燭や先行の火が揺れていたり、格子の嵌ったしもた家の二階の蚊帳の上に鈍い裸電球が点っているのが見えたり、時計修繕屋の仕事場のスタンドの灯が見えたりする薄暗い裏通りを、好んで歩くのだった。

「私」は自らの過去を説明するが、その半生であるが故に表通りよりも裏通りを歩いたという弁明に打ち出されているのは、〈放浪〉というモチーフである。この言葉は作中で幾度か繰り返されるが、『世相』を貫く非常に重要な要素だといえ、そこには三つの意味内容を確認できる。まず〈放浪〉は、先の引用でみたように「私」に肉親がいないために、安住すべき定点を持たなかった、という時間に関わる側面を担う。次に、「私」が場所を移動するありようも、〈放浪〉という言葉は指している。これは住まいの移動であると同時に、「私」がテクスト内で大阪の内部を歩くことでもある。このように、〈放浪〉の意味は物語内容に関わるものだと一先ず言えるが、またその言葉にはそれらと異なる位相での意味もある。

【引用②】自身放浪的な境遇に育って来た私は、処女作の昔より放浪ただ一色であらゆる作品を塗りつぶして来たが、思えば私にとって人生は流転であり、淀の水車のくりかえす如くくり返される哀しさを人間の相と見て、その相をくりかえしくりかえし書き続けて来た私もまた淀の水車の哀しさだった。流れ流れて仮寝の宿に転がる姿を書く時だけが、私の文章の生き生きする瞬間であり、体系や思想を持たぬ自分の感受性を、唯一所に沈潜することによって傷つくことから守ろうとする走馬燈のような時の場所《ママ》のめまぐるしい変化だけが、阿呆の一つ覚えの覘いであった。

ここでもまず自身の半生を「放浪的」だと述べる「私」は、デビュー作から一貫して自作で「放浪」や「流転」を描いてきたと言明する。「私」が書く〈放浪〉の内容は「流れ流れて仮寝の宿に転がる姿」と具体化されるが、それに続く部分では「私」の作為が明かされることになる。それは、「私」にとって〈放浪〉は、時間と空間の変化として理解されており、それだけを書くことが自分の感受性を「傷つくことから守」るという目的のためになされているということだ。〈放浪〉を書くことで守られる感受性とは、「思想や体系」と対比されるものだが、この二項対立は一九四〇年に左翼くずれの記者・海老原となされた議論の中で、既に提出されている。

【引用③】僕らはあんた達左翼の思想運動に失敗したあとで、高等学校へはいったでしょう。左翼の人は僕らの前で転向して、ひどいのは右翼になってしまったね。しかし僕らはもう左翼にも右翼にも随いて行けず、思想とか体系とかいったものに不信――もっとも消極的な不信だが、とにかく不信を示した。〔中略〕僕ら現在二十代のジェネレーションにはもう情熱がない。僕はほら地名や職業の名や数字を夥しく作品の中にばらまくでしょう。これはね、曖昧な思想や信ずるに足りない体系に代るものとして、これだけは信ずるに足る具体性だと思ってやってるんですよ。人物を思想や心理で捉えるかわりに感覚で捉えようとする。左翼の思想よりも、腹をへらしている人間のペコペコの感覚の方が信ずるに足るというわけ。

「私」は思想・体系を持たないという立場を表明しつつ、その代わりに信をおける具体性として地名・職業名・数字と、空腹感に例示される感覚とを挙げる。この箇所を参照すると、思想・体系と感受性とが字義通りの意味ではなく、創作に関わる問題として対立させられていることが明らかになる。「私」が拒否する思想・体系とは構想が先行するスタイルで小説を書くことを指すといえ、それに対置される「私」が拠って立つ感受性とは、具体性としての地名・職業名・数字と人間の感覚、この両方を備えた小説への志向である。〈放浪〉の三つ目の意味は物語内容に関したものである先の二つと異なり、「私」の創作の方法論という物語言説である。

では、具体性と感受性とを備えた記述とはどのようなものだろうか。それは「私」の盛り場歩きを通してテクスト内で具体的に示されている。そのことを検討する前にまず「私」の盛り場歩きの特徴について述べておきたい。以下は「私」が道頓堀からバー「ダイス」に向かう道行（三〇九頁地図①）である。

【引用④】私は道頓堀筋を歩いているうちに自然足は太左衛門橋の方へ折れて行った。橋を渡り宗右衛門町を横切ると、もうそこはずり落ちたように薄暗く、笠屋町である。色町に近くどこか艶めいていながらさすがに裏通りらしくうらぶれているその通りを北へ真っ直ぐ、軒がくずれ掛ったような古い薬局が角にある三ツ寺筋を越え、昼夜銀行の洋館が角にある八幡筋を越え、玉の井湯の赤い暖簾が左手に見える周防町筋を越えて半町行くと夜更けの清水町筋に出た。右へ折れると堺筋へ出る。左へ折れると心斎橋筋だ。私はふと立停って思案したが、やはり左へ折れて行った。しかし心斎橋筋へ出るつもりはなく、心斎橋筋の一つ手前の畳屋町筋へ出るまでの左側にスタンド酒場の「ダイス」があるのだった。

「私」は「自然」に橋を渡りひたすら「裏通り」を歩く。清水町に行く方法としては、繁華な商店街であった心斎橋筋を北上するルートも考えられるが、「私」が「ずり落ちたように薄暗」い通りを選んで歩いていることが強調されている。「ずり落ちた」というのはそこが他の街路と空間として次元を異にするかのように感じる「私」の感性、また、そこが「表」の繁華な街路の明るさに隠されて、「表」からは決して見えない場所であることを言語化したものである。この行程が一般的でないことが、昭和初期の「ミナミ」について克明なレポートを残した村嶋歸之の文章を参照すると明らかになる。村嶋は『カフエー考現学』（日日書房、一九三一年十二月）の中で「太左衛門橋、相生橋も、南は大衆的な千日前に続いてはゐるが、北は大衆的ならぬ宗右衛門町に連つてゐるために、散歩者を引く力を持つてゐない。散歩者の多くは仮令、千日前から北上して来たとしても、太左衛門橋を渡らずに、道頓堀を西へ折れて戎橋へ外れて了ふ」と記録した。彼は日々道頓堀で通行者の観察を行った結果このような結論を出しているが、そうであるなら「私」が道頓堀界隈を歩く散歩者の作法に背くことが確認できる。

また、『世相』テクストと村嶋とでは、その盛り場歩きの記述方法も異なっている。村嶋が観察の結果、橋や町を分節、比較し、統計的に記述するのに対して、『世相』では「私」が歩いた道順が一続きに記され、歩く「私」そのものを編集することなく記録した記述を構築しているのだ。では、実際の地名を詳細に挙げつつ、編集なしに記述された「私」の移動のドキュメンタリーは、いかなる言説を構成しているのだろうか。

【引用⑤】阪口楼の玄関はまだ灯りがついていた。出て来た芸者が男衆らしい男と立ち話していたが、やがて二人肩を寄せて宗右衛門町の方へ折れて行った。そのあとに随いて行きながら、その二人は恋仲かも知れないとふと思った。（十銭芸者がまだ娘の頃、彼女に恋した男がいる。その情熱の余り女が芸者になれば自分も男衆として検番に勤め、女が娼妓になれば自分もその廓の中の牛太郎になり、女が料理屋の仲居になれば、自分も板場人になり、女が私娼になれば町角で客の袖を引く見張りをし、女が十銭芸者になればバタ屋になって女の稼ぎ場の周囲をうろつく――という風に、絶えず転々とする女の後を追い、形影相抱く如く相憐む如く、女と運命を同じゅうすることに生甲斐を感じている。）この男を配すれば一代女の模倣にならぬかも知れないと、呟きながら宗右衛門町を戎橋の方へ折れた。

これは「ダイス」からの帰りの行程（三〇九頁地図②）を記述したものの一部だが、ここに表れているのは、自身の小説の構想を立てる「私」の姿である。「私」の小説は、実在の町に向けた「私」の視線に下支えされ、一方でその構想は決して「私」の見たものをそのまま記述する方向には向かわない。そこには十銭芸者という題材や、男の嫉妬というテーマが含まれ、それらは「私」が見たものをただ書くことを拒ませる。この場面は「私」の創作の方法を具体的に示しており、それは「私」の身体の移動を伴なう中で得られるインスピレーションの集積といえる。この段階で構想はまだ大枠が作られた程度だが、その着想方法は、ある目論見から内容を構成するのではなく、具体的事物からプロットを立てるというものだ。このように見てくると、【引用⑤】で示されたダイスからの帰り道の記述は【引用②】で自らの半生と共に示され、また【引用③】でも具体的に述べられた方法論の実践であるといえよう。つまり、具体的な町の名前や事物を伴なって「私」の盛り場歩きが記述されるということは、「私」の創作の方法論をテクストレベルで実践することなのである。

第三節　鴈治郎横丁を書くこと

しかし千日前のこととなると、その語られ方は他のどの町とも異質だ。その町は専ら「私」の「書くこと」をめぐる葛藤において参照される。「私」は一九四五年の年末という時期にあって、一九三五年ごろに千日前で起きた殺人事件に材を取った小説を書こうとしているが、そこにおいて殺人事件を含む千日前という町のことは、「昔の夢」、つまり現実的、物質的に身体を置くことが決してできない時空間として一括されているのだ。そのような町を言語化しようとするモチベーションは、繰り返される「偲ぶ」という動詞に支えられている。千日前は「私」にとっては離れ難く、手元に置いておきたい空間として概念化される一方、「ありし日を偲ぶよすがにする」ことに甲斐を見出さない点で、ノスタルジーを言語化することを「私」は拒んでいるのだ。また、『世相』には、千日前の具体的な町歩きの様相や事物が一切記述されることもない。

ただ、千日前界隈で唯一具体的に、「私」が歩いた形跡も備えて記述されるのが、鴈治郎横丁である。

【引用⑥】雁次郎横丁(9)――今はもう跡形もなく焼けてしまっているが、そしてそれだけに一層愛惜を感じ詳しく書きたい気もするのだが、雁次郎横丁は千日前の歌舞伎座の南横を西へはいった五、六軒目の南側にある玉突屋の横をはいった細長い路地である。突き当って右へ折れると、ポン引と易者と寿司屋で有名な精華学校裏の通りへ出るし、左へ折れてくねくね曲って行くと、難波から千日前に通ずる南海通りの漫才小屋の表へ出るというややこしい路地である。この路地をなぜ雁次郎横丁と呼ぶのか、成駒屋の雁次郎とどんなゆかりがあるのか、私は知らないが、しかし寿司屋や天婦羅屋や河豚料理屋の赤い大提燈がぶら下った間に、ふと忘れられたように格子のはまったしもた家があったり、地蔵や稲荷の蠟燭の火が揺れたりしているこの横丁は、いかにも大阪の盛り場にある路地らしく、法善寺横丁の艶めいた華やかさはなくとも、何かしみじみした大阪の情緒が薄暗く薄汚くごちゃごちゃ漂うていて、雁次郎横丁という呼び名がまるで似合わないわけでもない。ポン引きが徘徊して酔漢の袖を引いているのも、ほかの路地には見当らない風景だ。私はこの横丁へ来て、料理屋の間にはさまった間口の狭い格子づくりのしもた家の前を通るたびに、よしんば酔漢のわめき声や女の嬌声や汚いゲロや立小便に悩まされても、一度はこんな家に住んでみたいと思うのであった。

前半の記述は「細長」く「ややこしい路地」である横丁の在り処の紹介に割かれるが、当時の地図に求めれば実在の路地だと確認できる（三〇九頁地図Ⓒ）。またそれは【引用⑤】のような「私」の身体及び思考と密接に関わる道行ではない（同頁地図④）。しかし引用部の後半は、「私」が横丁内部を意味付ける言葉で占められている。

横丁内部から「忘れられたよう」なしもた家や、揺れる「蠟燭の火」といった光景を選び出すのは「私」自身である。それらの要素によって横丁は「いかにも大阪の盛り場にある路地」として、つまり大阪という都市に無数にあるであろう盛り場の路地を代表するものとして定位される。また、そこは「艶めいた華やかさ」がある法善寺横丁に対して、「薄暗く薄汚」い場所として対置されてもいる。法善寺横丁とは異なり鴈治郎横丁は名所にも数えられず、大資本も流入していない。そこは千日前という盛り場の内部にあって、ガス灯でも電灯でもなく「蠟燭の火」で照らし出されるような、落ち窪んだように狭くて暗い空間である。

鴈治郎横丁が他の路地と差異化されることになる独自性とは、「私」がそこにこそ「大阪の情緒」を認める点にある。「大阪の情緒」はしもた家や地蔵・稲荷、蠟燭の火といった事物に象徴されるようだが、その内実は明らかでない。しかし、大阪歌舞伎座を筆頭に大劇場や映画館が林立した千日前の繁栄を考えると、鴈治郎横丁にある事物が作り出す古色蒼然としたイメージは、千日前の表面と鋭く対置されている。換言すれば鴈治郎横丁とは、都市の古層が見えにくい千日前にあってなお、古層をそれとして、そのままに残しているところだという文学的イメージが形成されているのだ。

特筆すべき事は、そのような場所に「私」が「住んでみたい」と述べる点にある。「私」がそもそも〈放浪〉の半生を送ってきたことを鑑みれば、ここが居住空間として求められたことは注目に値するだろう。すなわち、繁華で目立つ通りからは隠されている「裏通り」を選ぶという、独特の移動を行う放浪者である「私」によって、鴈治郎横丁は唯一の定点として認定される場所であるということだ。定点の認定は「私」の感受性に基づいてなされたといえる。つまり、表からは見えない路地に「大阪の情緒」を見出すということは、自分の感受性を守る空間が成立したことを指しているのだ。

このように鴈治郎横丁が記述されることによって可能になったことが二つある。一つは、鴈治郎横丁まで「私」が移動することによる具体的な地名の記述であり、また、「大阪の情緒」を見出す「私」の感受性の記述である。すると物語言説としては、「私」の方法論として提出された「信ずるに足る具体性」である「地名」と「感覚」双方を備えた言説が生成されたといえ、その方法論の実践がなされたことになるのである。

一方でテクストにおいては、「こそこそ立ち去って雁次郎横丁の焼跡まで来ると、私はおやっと思った」と、そこがもう焼失していることもまた明記されている。更に『世相』に表れる具体的な地名のうち、「私」が作中で訪れた場所として戦中・戦後両方の様相が具体的に書かれるのは、鴈治郎横丁だけである。では、その焼跡が書かれることは、どのような事態を招来しているのだろうか。「私」が身体を置いて焼跡を確認することが明記されることは重要だ。焼跡であるということは、ある固有の土地の同一性を保証する物的配置が破壊された状態であることを意味する。その変化は、都市計画による変革でも、大資本の流入による変容でもない空襲という形で、「私」と横丁との紐帯が前ぶれもなく、具体的事物の一切を失う形で切られたことを示している。鴈治郎横丁が焼跡になった、つまり裏通りが表と均質的な空間になってしまったことを物語内容として指し示すことは、「私」の感受性を守る空間が失われたことを意味するといえる。このことは感受性を創作の源泉として挙げた「私」にとって、インスピレーションの喚起力の危機を示唆してもいよう。さらに、具体的事物が失われたことは、「これだけは信ずるに足る」と思っていた具体性が消失したことを意味してもいる。以上の二点は、「私」が「阿部定を書けないこと」によって裏づけられるだろう。

阿部定のエピソードは、「私」が一九三六年以来、物語内現在の時点まで保持し続けているテーマである。その動機は肉体への嫉妬というモチーフを形象化することにあり、書く機会は度々訪れるようにみえるが、小説が完成されることはない。まず一九四三年、「私」が執筆に必須のものとした阿部定の公判記録を入手した際は、検閲の激化という戦時の体制に翻弄される形で執筆が断念されている。次に執筆を企図するのは戦後であり、発表の自由は確保されたが「記憶をたよりに」書くことを拒む「私」によって、公判記録の不在を理由に執筆が不可能にされる。ここで、公判記録が執筆にあたって不可欠であることが強調されている。この「阿部定を書こうとする「私」の物語」において、鴈治郎横丁の役割は大きい。というのも「私」が書くために必要としていた公判記録は、横丁と命運を共にしていたのである。「私」は横丁の焼跡で天辰の主人と再会したことを契機に、公判記録の焼失を知らされ、そのことによって「私」が阿部定を書けないことが明白になる。つまり、「私」が焼跡に立ち入ることによって、阿部定を書けないことが決定的になるのである。そして阿部定を書けないこととは、「私」の方法論が根底から瓦解される事態を意味する。

そうであるならば、横丁が焼跡と化し、「私」がそこに立ち入ることは、「私」の方法論の瓦解、更に「書きたいもの」の決定的な喪失と重なっているのである。「私」の焼跡への参入は、「私」が「書く」ために必要な感受性を守ることを保証していた鴈治郎横丁が消失し、インスピレーションを喚起すること自体が奪われるという小説家の危機を示しているのである。

第四節　〈大阪〉を語る場

また、鴈治郎横丁の記述は、織田のこれまでの大阪の記述と比べても変質を認められる。本章の冒頭で述べたように、織田の小説中で大阪という土地に関する叙述があるのは一人称体の小説に限られており、それは『世相』を入れて三作しかない。ここで『世相』に先立つ『木の都』（「新潮」一九四四年三月）及び『アド・バルーン』（「新文学」一九四六年三月）にみられる大阪の意味を確認し、『世相』のそれと比較したい。

私小説風の短篇である『木の都』において、視点人物の「私」は久々に生まれ育った町である大阪の上町台地を訪れる。「私」が「天涯孤独の境遇は、転々とした放浪めく生活に馴れやすく、故郷の町は私の頭から去ってしまった。その後私はいくつかの作品でこの町を描いたけれども、しかしそれは著しく架空の匂いを帯びていて、現実の町を描いたとはいえなかった。その町を架空に描きながら現実のその町を訪れてみようという気も物ぐさの私には起らなかった」と述懐するとき、そこは「故郷」と呼んでしかるべきところだが、自らの安定しない生活ゆえに一度「私の頭から去ってしまった」場所として存在する。またそこは「私」が創作として言語化しようとしても「架空の匂い」を帯び、訪れても「架空の町」のように感受される場所として記述される。実際に訪れた場合、故郷としてのリアリティを多少なりとも感得したいのであれば、その根拠を捜し出そうとするはずである。ましてこの小説の場合は「不思議に移り変りの尠い町であることが、十年振りの私の眼にもうなずけた」と明記されるように、「私」がそこに暮した時と変わらない事物も多分に書き込まれている。それにもかかわらず「私」は「家の軒が一斉に低くなっているように思われて、ふと架空の町を歩いているような気もした」と、風物に対する認識の変化を理由に、その町と直接的な紐帯を結ぶことを拒む。

その態度は作品の結末部にあるように、自分が「もとこの町の少年であったということ」を町の人間に明かさず、「青春の回想の甘さ」への決別を宣言するところまで一貫している。「私」からすれば、そこは空間的・時間的隔たりに裏打ちされた、自分とはもう決して結ばれることのない場所として認識されるのだ。ところが『木の都』から二年後に発表された『アド・バルーン』では、故郷としての「大阪」が明確に書き出され、「私には大阪の町々がなつかしい」とノスタルジーを理由としつつ積極的に語られている。

『アド・バルーン』は戦後に発表されたものだが、初出の末尾には「（二〇・六・一〇）」と脱稿の日付けが記されており、執筆は戦時中であったとされている。[10] この作品には落語家の私生児だった「私」の様々な職を転々とする半生が、同級生・文子に対する恋の様相と、命の恩人・秋山との再会譚とを軸に書かれている。この中で「私」は継母に連れられて訪れた大阪・ミナミの夜の様子を繰り返し追想し、アイデンティティ形成にも関わる風景だと意味付けるが、それは「大阪の灯」に象徴される。夜の町にあって華やかな盛り場の灯りのイメージは、二十代の「私」が自死を決意したところでも人生の最期に見るものとして想起される。しかし作品の最終部即ち「私」が語る現在時において、「大阪の灯ももうすっかり消えて」失われたものだということが明らかにされる。

語る「私」にとっては「灯」に象徴される故郷・大阪は、はじめから失われたものとして明確に認識されており、『アド・バルーン』は自らの半生を語ると同時に、そのことと重ね合わせる形で失われた故郷を再構成しているのだ。大阪の町をリアリティのない場所として記述した『木の都』と、大阪の具体的な事物の喪失を前提としてなお大阪を詳述しようとした『アド・バルーン』とでは、一人称の「私」と大阪という場所とが関係を結ぶその在りようにおいて、質が異なることは明らかだが、同質性も認められる。

両作において書かれた大阪は、視点人物の故郷であり、具体的には『木の都』は上町台地、『アド・バルーン』ではミナミの夜店の風景が故郷として布置されていたが、それらは視点人物の幼少期の記憶によってそれとして意味付けられていた。一方で『世相』の「私」は幼少期の記憶を参照していない。しかし、表象される記憶に規定されるものが故郷だとすれば、戦中まで存在していた鴈治郎横丁は、「私」の故郷のアナロジーだといえよう。千日前が日々変転する、明確な輪郭のない都市空間であることを考えると、その空間の内部にありながら「ずり落ちた」裏通りという空間を見出す「私」によって都市の古層をさらけ出す鴈治郎横丁は、「私」によって発掘され、定点とされた故郷だといえる。この際の故郷は、視点人物のノスタルジーによって保証される空間の形象ではなく、視点人物のノスタルジーを仮構しながらも「書くこと」あるいは「書けないこと」をめぐる問題系に関わるきわめて戦略的な言説を構成する要素なのである。

そうであるとはいえ、ノスタルジーを仮構するにしても過去の自分とその土地との紐帯を保証する必要があるだろう。しかしながら幼少期を横丁に過ごしたわけではなく、定点と認めたが実際に定住したわけでもない「私」にとっては、そこは故郷と呼ぶには関係が希薄である。そこで、横丁の不在が要請されていると言えるだろう。横丁は、一九四五年末という「私」が語る物語内現在において、既に失われた空間である。その不在が前提となっているからこそ、「私」に「愛惜を感じ詳しく書きたい」という郷愁が生成されている。つまり、定点として認めた、都市の古層を示す裏の空間が無に帰すことで、かえって故郷としての鴈治郎横丁は完成されたといえるだろう。

ところで、このような故郷を仮構するためにも必要だった、〈放浪〉というモチーフの方法論としてのメタレベル的側面は、別の視点からもその危機が指摘されていたといえる。その事態は阿部定を書くことを諦めた「私」の元を訪れる、同級生の横堀によってもたらされるものだ。彼は一九四〇年の夏に「私」を訪ねたが、その目的は作家として世に出た「私」の経済力に頼ることであり、翌年の再訪の際には腕時計と百円を盗むという不義理をおかした人物である。彼は『世相』の終盤にのみ登場するが、そのことによって「私」のものとは異なるもう一つの〈放浪〉が提出されている。

横堀に関するテクストの位相は奇妙ともいえる。横堀はまず、一九四五年末の訪問において「私」に創作のインスピレーションを喚起させる存在として立ち現れる。『世相』五章すなわち一九四五年末という物語内現在にあって、不意に自宅にやってきた横堀の「哀れな復員姿」を見て同情を催した「私」は、彼が浮浪生活を送っていることを察し「もはや横堀は放浪小説を書きつづけて来た私の作中人物であった」と、虚構化への意志を強める。そして同章末部では「哀れな旧友をモデルにしようとしている残酷さは、ふといやらしかったが、しかしやがて横堀がポツリポツリと語りだした話を聴いているうちに、私の頭の中には次第に一つの小説が作りあげられて行った」と記されることになる。

続く六章は『世相』のうちでもその記述方法において特異な章である。「華中からの復員の順位は抽籤できまったが籤運がよくて一番船で帰ることになった」という一文で始まるこの章は、主語が明示されていないがその主体は明らかに横堀自身であり、「私」の介入する余地はない。六章が横堀をモデルにした「私」の小説の一部なのか、「私」が聞いた横堀の話が再生されたものなのか判定しにくい点については、七章を参照すると「私」が横堀を見送った後なお「横堀をモデルにした小説を考えていた」とあるため、後者であるとわかる。「私」が関与しない挿話といえば、阿部定の半生の叙述（四章）もある。しかし、こちらにはたとえば「本当に文学のようであった」などと「私」の述懐が挟まれている。一方六章にそのような記述はなく、いわばこのパートが横堀の物語として完結していることが示される。この事態は、「私」の思惟が挟まれないことによって、六章が「私」の〈放浪〉を相対化するための参照項となり得ていることを示すといえよう。

そのような位置にあるテクストの内容とは、復員し、大阪駅に帰還してから闇市を彷徨し、新世界を経由して阿倍野橋に至ったところ、街頭賭博にのめり込んで財を失い、再び大阪駅へ戻る。翌日以降も阿倍野橋と大阪駅を往復する――といった横堀の〈放浪〉物語で占められる。彼が〈放浪〉することによって示されるのは、焦土となった大阪の風景である。その出来事を具体的に見ていくと、強調されるのは横堀の無知であり、彼が現況に対応できないことが徹底的に記述されていく。たとえば大阪駅前で焚火に当たるのに料金を取られることに対して、彼は「冗談に言っているかと思」うことしかできない。同質の出来事は闇市でも起こる。一円のカレーライスを求めて十円札を出すもお釣りを貰えず、それに対して抗議もしない。更にその店の、大きなスプーンを裏返し、その上に米を盛る「狡いやり方」に彼は「感心」するしかない。昭和十五、六年の時点で「私」にした所業を想起すれば、横堀という男はただのお人好しでは決してないはずだ。闇市見物の記述を通して浮上するのは、一筋縄ではいかなかった横堀のような人物でさえ即時適応できない焦土の生活の苛烈さであり、また物資と貨幣に関する従来の価値体系や人間の階層が無効化された上で、物資やそれのみならず空間——たとえば阪神マーケットの飾窓《ショーウィンドウ》——までもが金銭と交換可能になった消費活動の様相そのものである。(11)

こうした内容を備えた横堀の〈放浪〉は、アクチュアリティを開示する要素となっている点に意味がある。その効果は「私」に二重の否定的確認を与えることにあるだろう。第一に物語内容において、「私」は横堀の〈放浪〉物語を元に小説を書こうとする。しかし「ペンを取ると、何の渋滞もなく瞬く間に五枚進み、他愛もなく調子に乗っていたが、それがふと悲しかった。調子に乗っているのは、自家薬籠中の人物を処女作以来の書き馴れたスタイルで書いているからであろう」と述べる「私」は、「なんだ昔の自分の小説と少しも違わないじゃないか」と宣言するに至る。つまり、横堀の〈放浪〉は「私」に自分の創作方法を変えられていないことを確認させるのだ。また否定的確認の二点目として、「私」にとっての〈大阪〉の拡張とも呼べる事態がメタレベルで生じている。「私」が大阪市内でもミナミの、更に限定的なエリアを歩いていたことに比べると、横堀の〈放浪〉は広範囲を歩いたことに気付く。彼の移動は大阪駅から阿倍野橋までの往復という形で、大阪市内を縦断するのである。ミナミは横堀が〈放浪〉するエリアに包摂されるものの、横堀自身がミナミの内部を歩いたことが六章では書かれない。とはいえ、その移動範囲の広さを通して、大阪駅の駅前＝キタも、阿倍野＝ミナミの更に南方も等しく先述のような現況をさらけ出すことにより、「私」が歩いたミナミも例外なく焦土の一部であることを指し示すのではないか。そのことは七章で横堀が街頭賭博を興行する側に立場を替えて、「私」と対峙することに保証される。しかもそれがミナミの中、鴈治郎横丁にほど近い場所（三〇九頁地図Ⓓ）で果たされたことは重要だ。二人が同じ位相に立つことは、「私」が横堀のいるアクチュアルなミナミの空間に引き入れられること、ひいては「私」が保存していた領域が焦土となった状況を「私」に提示することを意味するのである。これが第二の否定的確認である。そして、横堀との邂逅の直後に「私」が鴈治郎横丁の焼跡に立つことによって、小説家の危機は示されるのだ。物語内容においても、テクストレベルにおいても、「私」は方法論を挫かれ、小説を書けなくされる。つまり、焦土のアクチュアリティは決して「私」に小説を書かせないのである。

「書けないこと」にまつわる決定打を「私」に浴びせながら、テクストはそれでもなお焼跡から創作を始めようとする作家の態度を示す。焼跡で再会した天辰の主人に導かれ（三〇九頁地図⑤）、「私」は「ダイス」のマダムとその妹とも再会を果たすのだが、その場で天辰の主人と阿部定とが一時期関係を持っていたことを知らされる。彼の半生を明かす挿話には職業と居住を次々と変えて変更してきた生活、そして何より公判記録にあらわれようもない阿部定のドキュメントが含まれており、彼がいかにも「私」の創作の素材になりそうな人物であることが判明する。だが「私」はそれに手を伸ばさず、不意に「ダイス」のマダムの妹を創作的興味の対象に据える。冒頭で「凍てついた夜の底」を吹いてくる「白い風」は、作品末尾において今度は「焼跡を吹き渡って来」る。こうした形をとり末尾で示唆された、アクチュアリティとしての焼跡とは、いかなるインスピレーションを作家に与え、いかなる方法論を構築させる場として生成されるのだろうか。

第五節　「注釈書」以上の意味——『郷愁』について——

上記のことを考えるために、『郷愁』（「真日本」一九四六年六月）を参照したい。

『世相』と『郷愁』という二つの作品につながりがあることは、織田自身が単行本『世相』の「あとがき」で「「郷愁」は「真日本」といふ関西の雑誌から頼まれたが、何も書くことがなく、苦しまぎれの心境小説で、不本意極まる作品である。しかし、「世相」の註釈みたいなところもあるので、敢て収めた」と記しているし、佐藤秀明(12)

は『郷愁』を『世相』の「外部からの否定という「注釈」」と意味付けている。両作の連関は疑いようがないが、ここで改めてテクスト同士を突き合わせて確認しておきたい。接点は、〈世相〉を言語化しようとしている「書けない」小説家が登場する、という点にあるだろう。『世相』では「私」によって「世相の哀しさを忘れて昔の夢を追うよりも、まず書くべきは世相ではあるまいか」と宣言されていた。一方『郷愁』では、語り手によって「新吉の描こうとしているのは今日の世相であった」とされている。ここに二作を並置する根拠がある。勿論発表時期が一ケ月しか違わないという近さも根拠を与えるだろう。

『郷愁』は『世相』と異なり、「オダサク」ではなく、小説家である新吉という男を視点人物とした三人称体小説の形式を採りながらも、『世相』執筆の後日談として読まれてきた。確かに創作の楽屋話の体裁を採りながらも、しかしこの小説には『世相』の注釈以上の内容が含まれている。それは一つに〈世相〉概念が明確になっていること、そしていわば〈焼跡の方法論〉が言明されていることである。

作中で〈世相〉はこのように説明される。

世相は歪んだ表情を呈しているが、新吉にとっては、世相は三角でも四角でもなかった。やはり坂道を泥まみれになって転がって行く円い玉であった。この円い玉をどこまで追って行っても、世相を捉えることは出来ない。目まぐるしい変転する世相の逃足の早さを言うのではない。

円い玉子も切りようで四角いということもあろう。が、その切りようが新吉にはもう判らないのだ。新聞は毎日世相を描き、政治家は世相を論じ、一般民衆も世相を語っている。そして、新聞も政治家も一般民衆もその言う所はほとんど変らない。いわば世相の語り方に公式が出来ているのだ。敗戦、戦災、失業、道義心の頽廃、軍閥の横暴、政治の無能。すべて当然のことであり、誰が考えても食糧の三合配給が先決問題であるという結論に達する。

小説家である新吉にとって、〈世相〉は「捉えることは出来ない」ものである。それにも拘わらず、世間の〈世相〉語りには「公式」が成立しており、皆それで満足している。この現状は彼を大いに悩ませ、満足な創作を許さず、彼は「情けなく」「寂し」い「孤独」の内に沈潜していた。「公式」を作ることでこぼれ落ちるもの、それを新吉は言語化しようとするのである。

しかし、非常に短いこの小説の末部で彼は暁光を得る。それが先に二点目として挙げた「この先のこと」であり、これは具体的にいえば今後何を書くべきか、そして何と向き合うべきかという点に関わることである。それは、「きょとんとした眼」に導かれる事柄である。

「きょとんとした眼」は、「父親はグウグウ眠っている。その子供も一緒に眠っていたのであろう。がふと夜中に眼を覚ましてむっくり起き上った。そして、泣きもせず、その不思議でたまらぬというような眼をきょとんと瞠いて、鉛のようにじっとしているのだ。きょとんとした眼で……。／新吉は思わず足を停めて、いつまでもその子供を眺めていた。その子供と同じきょとんとした眼で……。そして、あの女と同じきょとんとした眼で……。」と書かれている通り、新吉も、女も、子供も等しく持っているものだ。彼らは互いに言葉を交わすことも、何か一つの事を行うこともなく、ただ断片として存在している。女とは会話をしているが今一つ嚙み合わず、そのコミュニケーションは機能不全を呈している。特筆すべきは新吉からすれば子供は鉛であり、女は化石だということだ。すなわちモノ化した彼らと新吉は目の前で逃れようなく向き合っており、そうでありながら、彼らがそこにいることは決して新吉が彼らに届きえないことを示している。新吉も含めた彼ら三人は、一人の存在として決定的に分離されていると同時に、「きょとんとした眼」によって無媒介に結びつけられている。彼らは意思の疎通や相手を理解することを目的としたコミュニケーションをとらない。そのような営みは解体された上で、互いに影響を与える何ものも持たないまま向き合っている。そしてそれこそが「人間というものが生きている限り、何の理由も原因もなく持たねばならぬ憂愁の感覚」の正体である。憂愁とは、失われたものを追想することでなく、新たな事態の出来を迎える言葉ではなかろうか。

〈世相〉はもはや「当然のこと」としてしか語ることができず、その中に〈人間〉のことは含まれていない。〈世相〉の中で語られる人間は『世相』の横堀がそうであったように〈世相〉という舞台の作中人物にすぎないからだ。新吉は〈世相〉を書こうとしたことを悔いる。

「世相」などという言葉は、人間が人間を忘れるために作られた便利な言葉に過ぎないと思った。なぜ人間を書こうともせずに、「世相」を書こうとしたのか。

これが新吉の結論である。

『郷愁』は『世相』の注釈書、『世相』の否定の書である以上に、人間が無為を通じた共同存在であることを表出する小説なのである。新吉が「ふと道が開けた明るい想い」を抱きながら家路についたのは、こうした気付きのためではなかっただろうか。

注

（1）木村徳三は元来改造社の編集部にいたが、この時期は川端康成に請われて鎌倉文庫に勤務、「人間」の編集長を務めていた。引用は『文芸編集者　その跫音』（ティビーエス・ブリタニカ、一九八二年六月）による。
（2）大谷晃一評伝参照
（3）西田りか「『世相』論」（「国文学　解釈と鑑賞」一九九四年九月）
（4）斎藤理生「織田作之助『世相』の「形式」」（「昭和文学研究」二〇〇八年九月）
（5）本多秋五『物語戦後文学史（上）』（岩波書店、二〇〇五年八月）
（6）金子俊子「織田作之助の戦後」（「中央大学国文」一九八四年三月）
（7）「「世相」で重要なことは語り手（作者）の位置は終戦直後の風景の中であるが、書かれている世相は戦中の大阪であり、いくつかの挿話が昭和一〇年代頃から終戦あたりまでを背景として語られているのである。ところが読者は語られている一つ一つの小話があたかも戦後の退廃した風俗であるかのような錯覚に陥るのである。〔中略〕織田の精神構造にとっては戦中も戦後も区分されることなくそのまま繋がっていたといえる。「世相」が戦中の諸相を描きながら、戦後の世相を剔抉した代表作とみられたのも、作者自身が序無と退廃の戦後をすでに自分のなかに組み入れていたからである。」（矢島道弘「無頼派とその周辺」『時代別日本文学史事典　現代編』東京堂出版、一九九七年五月）
（8）論者は「最新大大阪市街地図」（一九三六年三月発行、和楽路屋製）、及び「最新南区地図」（一九四一年十月発行、日本統制地図株式会社）を参照した。このうち先の地図は作中でいうと「私」と照井静子が交際していた時期にあたるものだが、「世相」発表時まで道路状況や地名に変更がない点を鑑み、「世相」の物語内空間を同定するものとして採用可能と判断した。
（9）『世相』テクストにおける「雁次郎横丁」の表記は一般的なもの（鴈治郎横丁）と異なるが、引用では『定本織田作之助全集』の表記に従う。
（10）初版『世相』の「あとがき」には「「アド・バルーン」は昭和二十年三月、大阪が焼けた直後、大阪惜愛の意味で、空襲警報下に、こつこつと書いた作。「新文学」といふ当時の日本では比較的活発に出てゐた大阪の雑誌の「大阪特集号」に大阪を記念する意味で載せるつもりだつたが、「新文学」ではつひに「大阪特集号」を出す熱情を示さず、この作が載つたのは、二十一年の二月号であつた」とあり、このことからも戦時中の執筆が保証される。
（11）テクストには「一人の男」が横堀に「ブツブツ話し掛けて来たので相手になっていると、煙草を一本無心された。

上品な顔立ちで煙草を無心するような男に見えなかった。」、また「新聞紙にパンを二つ載せて、六円六円と小さな声でポソポソ呟いている中年の男も、以前は相当な暮しをしていた人であろう。立派な口髭を生やしていた」と記されている。

（12）佐藤秀明「可能性の「織田作」」（『六白金星・可能性の文学』岩波書店、二〇〇九年八月）

第九章　〈偶然小説〉の可能性

第一節　小説における〈偶然〉をめぐって

一九四五年九月、敗戦後の世界を前にして織田作之助は、一つの宣言をする。それは、大阪という土地にかこつけ、「風変わりな人人」や「国民学校の少年少女」といった「新人」のために、「骨董的存在の老朽、老獪、旧人は速かに退陣して、これらの新人に席を譲るべき」だという内容のものだった。「旧人よ去れ。親に似ぬ子は鬼子というが、新人は常に旧人に似ぬ鬼子だ。鬼子の新人を継子虐めさせぬためにも、旧人は退却して貰わねばならない。」[(1)]――この宣言において、「大阪」は「文学」と置換可能である。それから一年後、織田が「私はまだ新人だ。いや、永久に新人でありたい。永久に小説以外のことしか考えない人間でありたい」[(2)]と述べるとき、「新人」はとりもなおさず自身の立ち位置の表明となるのである。「新人」が「旧人」との類同を拒む「鬼子」だとするならば、彼の指す「旧人」とは何者なのか。また「鬼子」たる織田は「旧人」と如何に似ていないのか。これらの問いに対する答えは、「改造」一九四六年十二月号で発表された彼の最後の文芸評論『可能性の文学』及び一九四六年の創作の中から得られるだろう。

織田作之助の代表作ともされる『可能性の文学』では、志賀直哉を頂点とする心境小説的私小説が、「小説形式の退歩」、そして「近代小説の思想性からの逆行」を促したと規定されている。その上で「可能性の文学」自体に明確な理論はないとしつつも、「可能性の文学」が可能かを追究する、という態度を表明した。

この評論に対して大きく問題とされるのは、横光利一『純粋小説論』との関係である。本多秋五は、「「可能性の文学」は、ひと口にいえば、横光利一の「純粋小説論」を継承発展させ、それを坂口安吾の口調で語ったものだが、横光の議論よりは据わりもよく、割切れもいい」(3)と評し、これも平野の発言と共に定論の一つとなっている。この関係は織田自身が『可能性の文学』の中で「志賀直哉の文学の影響から脱すべく純粋小説論をものして、日本の伝統小説の日常性に反抗して虚構と偶然を説き、小説は芸術にあらずという主張を持つ新しい長篇小説に近代小説の思想性を獲得しようと奮闘した横光利一」と記したことから誘発された事態だろう。

一九三五年四月の「改造」に発表された『純粋小説論』は、問題点は錯綜しているものの、純粋小説とは何か、通俗小説で用いられる「偶然性と感傷性」とを純粋小説では如何に表出すべきか、純粋小説を成立せしめる四人称の創出、の三点に絞られる。

留意したいのは、『可能性の文学』と『純粋小説論』が、共に〈偶然〉を問題にしていることだが、横光の立論の場合は小説における〈偶然〉をめぐる議論を引き起こしたことが注目される。『純粋小説論』が発表された昭和十年前後における小説と〈偶然〉をめぐる論争では、大きく二つの議論が交わされていた。一つは中河与一らの偶然文学論争、そして横光らの純粋小説論争である。これらは個別の文学論争として扱われているが、日本の文学界において主流を占めてきた、唯物論的なリアリズムへの異議を呈した点、そして〈偶然〉にこそリアリティを見る態度を提示した点で、根底は共通している。そこで取り上げられた〈偶然〉とは、日頃から遍在するものであり、日常性の本質とされた。この認識は、『純粋小説論』の言葉を借りれば「人は人間の行為を観察しただけでは、近代人の道徳も分明せず、思考を追求しただけでは、思考といふ理智と、行為の連結力も、洞察することは出来ない」というように、「近代人」としての自覚の下に、新たに獲得されたものだった。それを小説で如何に表現するか、という議論だったといえる。これらの論争当時、織田は旧制三高に在学中だったが、約十年後に書かれた『可能性の文学』もまた、『純粋小説論』に触れている以上この流れの上に布置できる。その〈偶然〉を織田が〈戦後〉に至って語り出したことが、「鬼子」であることをめぐる宣言と密接に繋がることは言うまでもない。

このような観点から織田の著作を辿っていくと、一連の作品群を見出せる。それらを便宜的に〈偶然小説〉と名付けることにするが(4)、この作品群に言及する前提として、〈偶然小説〉自体を規定しておく必要があるだろう。ここではそれを次の三つの要素に見出している。

（一）作中の叙述レベルにおいて〈偶然〉の語が現れること。

（二）プロット展開の要所において、〈偶然〉が重要な役割を果たしていること。

（三）自覚的に〈偶然〉を用いていることが読者に示唆されるという構造になっていること。

この規定に即した〈偶然小説〉として、『それでも私は行く』（「京都日日新聞」一九四六年四月二十五日～七月二十五日）、『夜光虫』（「大阪日日新聞」同年五月二十四日～八月九日）、『夜の構図』（「婦人画報」同年五月～十二月）、『土曜夫人』（「読売新聞」同年八月三十日～十二月八日（未完））の四作が挙げられる。

『可能性の文学』が、先行するこれらの〈偶然小説〉という実作と相互補完の関係にあるとするならば、その関係を跡づけるためには、そこで〈偶然〉がどのように用いられているのかを検討することが不可欠といえる。次節では四つの小説テクストにおいて、〈偶然〉という語が出てくる箇所を中心に分析を試みる。

第二節 〈偶然小説〉の分析

第一に挙げた『それでも私は行く』は、はじめのうちは高校生の梶鶴雄を物語の中心に据えている。鶴雄は決断に迷うとサイコロを振り、目の数によって自らの行動を決める。このように偶然性を企図する人物を造型したにも拘らず、次第に彼は後景へと追いやられる。それは作家の小田策之助という作中人物が登場し、また、それ以外の作中人物を描くことに筆が割かれることになるからである。そして、この小田こそが、作中で唯一〈偶然〉を語る人物なのである。そもそも彼は「こんどの「それでも私は行く」という新聞小説で、本当にあったことを、そのまま、ルポルタージュ式に、出来るだけ小田自身の想像を加えずに書き、場所も人物も実在のまま使う」(「蛸薬師」)という試みを行っていた。しかし作品終盤での鶴雄との会話で、小田は次のように語ることになる。

「なるほど、ちゃんと小説になってるね。しかし、いやだね、こんなに偶然がつづいちゃ、こんどの小説はどう考えてみても、通俗小説だね」〔中略〕「じゃ、こんどのあなたの小説は通俗小説になるんですか」／と、鶴雄はきいた。／「残念だが、通俗小説だね。夕刊新聞小説は通俗小説でなくっちゃ読まれないし、だいいちこう偶然が多くっちゃね」

ここでの通俗小説とは、都合よく〈偶然〉が出てきて出来事をつないでいくという小説を意味している。その〈偶然〉を多用しつつ小田が書こうとしている『それでも私は行く』を、作中の小田自身が通俗小説であると認定することで、実在の織田が書く『それでも私は行く』は、そのメタレベルで自覚的に通俗小説として書かれていることの表明が可能になっている。

一方、『夜光虫』では、〈偶然〉を解説し、物語内の出来事に意味を付与する〈作者〉がはじめから現れる。〈偶然〉という語は常に作中人物の復員兵・小沢十吉を媒介にしている。

①作者はここでいささか註釈をはさみたい。／――偶然というものは、ユーモアと共に人生に欠くべからざる要素である。〔中略〕小沢十吉がたまたまはいった梅田の闇市の食堂で、刺青をした男が唖の浮浪少女と連立って出るところを目撃した――という偶然は、ただそれだけでは大したこともないと言えるが、やがて乗った市電の中に、その二人も乗り合わせていたという偶然と折重なってみると、既に何となくただごとでなくなって来る。

②（作者はここで再び注釈を挟みたい。――即ち、偶然というものは、続き出すときりがない……と。）

③「偶然というものは、続きだすときりがない」／と、作者はかつて書いた。／「偶然のない人生ほどつまらぬものはない」／とも書いた。／例えば、小沢十吉！〔中略〕深夜雨の四ツ辻で、裸の娘を拾ったという偶然は、次々に偶然を呼んで、まるで欠伸をする暇もないくらい、目まぐるしい一昼夜を過したのだ。

④が、作者はこの二人にとっては、かなり重要だった一夜を描写する暇をもはやもたない。先を急ごう。／なぜなら、翌朝小沢と道子がS署へ行った時、二人を待ち受けていた偶然の方が、作者にとって興味深いからだ。

⑤伊部と雪子は知り合いだったのだ。／しかし、偶然はただそれだけではなかった。

⑥〈作者はここで最後の偶然を述べねばならない〉

以上の六箇所に『夜光虫』の〈偶然〉は現れている。小沢が〈偶然〉の重なりによって、①にあるように「ただごとでなくなって来る」、つまり展開の予測がつくという意味での通俗小説的な時間を逸脱していくことが、〈偶然〉によって示唆される。即ち〈偶然〉によって経常的な時間認識とは一線を画す物語が展開していく、という主張それ自体が可能になっているのだ。ただ、プロット自体は『それでも私は行く』で小田が提示した「通俗小説」の域を出ない。

続く『夜の構図』において〈偶然〉という語は、以下の二箇所に現れる。

①信吉が舞台から楽屋の裏口へ出て行くのと、冴子が楽屋のエレヴェーターで降りて来るのと殆んど同時でなくてはならない。その偶然を信吉は狙っているのだ。〔中略〕人生は信吉にとっては偶然の堆積だ。この偶然を作り出す運を、信吉は信じているのだ。

②まるで、わざとのような偶然だった。――伊都子のことを想い出した途端に、伊都子がはいって来たのだ。

ここでの〈偶然〉は、須賀信吉という作中人物の信条である。但し須賀信吉には〈偶然〉以外にも「ダンディズム」や「ソレリアン」「反俗精神」など雑多な主義主張および属性が付与されているため、〈偶然〉に身を委ねることが信条として語られるものの、〈偶然〉それ自体は物語にダイナミズムを与えない。この点は作品末部に現れた信吉の、「おれは毎日この女を追い出すことを考えるだろう。しかし、気の弱いおれはそれを口に出すことは出来ないだろう。そして、この女は一生おれの傍にいる」という自覚にあるように、終局に至って、未来を必然的なものとし、自ら想定してしまっていることとも重なるだろう。換言すれば、作中人物にとっての時間を大きく組み替える契機となる〈偶然〉がないのであれば、物語は経常的な時間認識から逸脱することはない、ということになるのである。

では、最後の〈偶然小説〉となった『土曜夫人』で、〈偶然〉はいかなる様相を呈しているのだろうか。この小説では〈偶然〉を語る存在が、作中人物の木文字章三と作中の〈作者〉とに分けられるが、このようにベクトルが二つ用意されることは、以前の〈偶然小説〉にはなかった。まず、章三の〈偶然〉が語られる場面は、以下の三箇所を指摘できる。

①章三は偶然というものを信じていた。〔中略〕考えようによっては、誰の一生も偶然の連続であろう。しかし、偶然に対する鈍感さと鋭敏さがあるわけだ。章三は絶えず偶然を感じ、それをキャッチして来たのである。しかもそれを自分にとっての必然に変えてしまうくらい、偶然を利用するのが巧かった。いや、利用するというより、偶然に賭けるのだ。そして、賭にはつねに勝って来た。〔中略〕章三にとって偶然を信ずるということは、自分は絶えず偶然によって試されて行く人間であり、しかもその時自分の頼るのは結局天よりも自分だけだということであろう。

②章三は今朝田村で見た新聞の売家広告を想い出した。／「売邸、東京近郊、某侯爵邸」とあったその広告を見

て、大阪へ帰ると、章三は早速東京へ電話して、それが乗竹侯爵邸であることを調べ上げたのだ。そして、その偶然にスリルを感じていた。〔中略〕偶然は偶然を呼んで、章三を取り巻いている。更にいかなる偶然が降って湧くか――と、章三の眼は人生のサイコロの数を見つめる人間のように血走っていた。／いわば、偶然の糸を、章三は自分の人生のコマに巻いたのだ。そして、ぶっぱなせば、コマは廻って行く。それが章三にとっては、生き甲斐であり、章三の人生は絶えずコマのように回転している必要があるのだ。

③「おれがこの汽車に乗ったことは、ただでは済むまい」／と予感していたのは、実はこれだったのか。自分を取り巻くかずかずの偶然の重なりに、章三は挑戦して、サイコロを投げた。この返答がこれだったのか。／いわば人殺しという大きな偶然を、自分の宿命的な必然にするために、章三は最初の小さな偶然の襟首をつかんで、自分にひき寄せたといえよう。しかし、更に章三を襲った偶然は、その時その殺人行為を目撃していた者が一人いたということだ。

『夜の構図』の信吉と同様、章三の〈偶然〉も個人の信条として浮上する。しかし、①にある「賭ける」、「試されて行く」という言葉、③の「挑戦」するという表現から窺えるように、『土曜夫人』は単に通俗小説的に物語が展開しているのではなく、〈偶然〉に対する章三の能動性が加えられることで、徒に過ぎていくという時間への抵抗を見せる、更に言うなら解体を求める人物の物語、として成立していると言えるだろう。

一方、作中の〈作者〉が〈偶然〉を語る箇所は、一箇所のみである。

この物語もはや八十五回に及んだが、しかし、時間的には一昼夜の出来事をしか語っていず、げんに新しい事件と新しい登場人物を載せた汽車が東京へ向って進行している間に、京都でもいかなる事件がいかなる人物によって進行させられているか、予測の限りではない。／そして、このことは結局、偶然というものの可能性を追求することによって、世相を泛び上らせようという作者の試みのしからしめるところであるが、同時にまた、偶然の網にひっ掛かったさまざまな人物が、それぞれ世相がうんだ人間の一人として、いや日本人の一人として、われわれもまた物語の主人公たり得るのだと要求することが、作者の足をいや応なしに彼等の周囲にひきとどめて、駈足で時間的に飛躍して行こうとする作者をさまたげるのだとも言えよう。

〈作者〉の〈偶然〉は、「世相を泛び上らせ」る方策として説明される。しかしまた「京都でもいかなる事件がいかなる人物によって進行させられているか、予測の限りではない」と言い、あるいは「偶然の網に引っ掛かったさまざまな人物」である「われわれもまた物語の主人公たり得るのだと要求する」と述べることによって、〈作者〉がプロットの必然性を保証していない、という態度の表明もなされている。

〈作者〉は「世相を泛び上らせ」るため、〈偶然〉に注視し、等時性を保持しながら作中人物を追う、という姿勢をとっている。では、〈作者〉のいう「世相」とは何か。それは風潮と同義に解釈されるような、いわゆる社会的世相ではない。この〈作者〉にとって「世相」は「風変りな人物」を生むものであると同時に、(5)「多くの日本人」を変質させたものだとされる。(6)その本体を描出することこそが「作者の試み」であり、この目論見において〈偶然〉は、章三の唱えるレベルとは異なった、総体としての「世相」を俯瞰させ得るために必要な手立てなのだ。『土曜夫人』の作中の時間は、一九四六年の晩夏である。この設定の中で語られる「世相」とは、普遍的であるよりもきわめてアクチュアルな問題だといえよう。

『土曜夫人』において〈偶然〉は、はじめは章三だけのものとして表出していたが、やがて〈作者〉が姿を現し、

「風変りな人物」や変質させられた「多くの日本人」を生んだ誘因である「世相」を描出するための方途となる。ここに至っては章三もまた「世相がうんだ人間の一人」となるが、そのことが章三という人物の志向を矮小化させるわけではない。章三が自覚的且つ積極的に、〈偶然〉に「試されて行く」限り、そして〈作者〉が章三を「世相がうんだ人間の一人」として追う限り、〈偶然〉は実際に物語にダイナミズムを与えるものとして機能し始めるのである。

〈偶然小説〉中の〈偶然〉には、推定作者が語るものから、作中人物自身も語るものへ、という表層の位相の変化が認められる。そこには、あくまで通俗小説のプロットを用いつつ、経常的な時間認識の枠組みから逸れることを示唆する物語から、より積極的にそのような時間認識の解体を求める人物を描く物語へ、という変質が潜んでいる。この変質を招来したものが、まさに〈偶然小説〉の実践そのものであることは、四つのテクストが辿る変容からも確認できる。そして終局的には、一九四六年という共時性を明確に言語化し、「世相」を描出するという明確なモチーフを確立したことが、〈偶然〉の使用に本質的なパラダイム転換を導いたのだといえよう。〈偶然小説〉における〈偶然〉は、『土曜夫人』に至って小説の内容と叙述方法の両面に亘る言葉となったのである。

これらの特徴をふまえ、〈偶然小説〉執筆の末期に重なる時期に書かれた『可能性の文学』を、『純粋小説論』との比較において検討していきたい。

第三節　参照項としてのサルトル——『純粋小説論』との差異——

比較の前提として、『可能性の文学』と『純粋小説論』との共通点をまず確認しておきたい。織田は、われわれが過去の日本の文学から受けた教養は、過不足なき描写とは小林秀雄のいわゆる「見ようとしないで見ている眼」の秩序であると、われわれに教える。〔中略〕過不足なき描写という約束を、なぜ疑わぬのだろう。いや「過不足なき」というが、果して日本の文学の人間描写にいかなる「過剰」があっただろうか。〔中略〕心境小説的私小説の過不足なき描写をノスタルジアとしなければならぬくらい、われわれは日本の伝統小説を遠くはなれて近代小説の異境に、さまよいすぎたとでもいうのか。

と問う。これは「見ようとしないで見ている眼」によって「過不足なき描写」が完遂されるという心境小説的私小説への批判となっており、「彼らは人間を描いているというかも知れないが、結局自分を描いているだけで、しかも、自分を描いても自分の可能性は描かず、身辺だけを描いているだけだ。他人を描いても、ありのまま自分が眺めた他人だけで、他人の可能性は描かない」とも述べている。

一方横光は、純文学を名指しつつ、それが「一番生活に感動を与へる偶然を取り捨てたり、そこを避けたりして、生活に懐疑と倦怠と疲労と無力さとをばかり与へる日常性をのみ撰択して、これこそリアリズムだと、レッテルを貼り廻して来た」という位置付けを施す。また、純文学が「事実の報告のみにリアリティを見出すといふ錯覚に落ち込んで来た」ことにより、「物語を構成する小説本来の本格的なリアリズムの発展を、いちじるしく遅らせてしまつた」との批判を展開している。

即ち、織田と横光が配慮していたのはリアリズムの問題であり、心境小説的私小説や純文学が内包する、素朴実在論的なリアリズムへの疑義を呈している点で、両者は共通しているのだ。

では一体それらに代わって何を書くのか、という点が次の問題となるだろう。内容面から検討すると、織田は小説家が「大嘘つき」であるとし、同時に「嘘は小説の本能なのだ」と述べるように、「嘘」を書くということを主張している。織田が指針としたものは「近代小説」であり、それは「虚構の群像が描き出すロマンを人間の可能性の場としようという」もの、と定義されている。そうだとするならば「嘘」は結果的に「虚構の群像が描き出すロマン」を描くためのものだと考えられる。この場合の「嘘」は虚構の言い換えという意味だけではなく、心境小説的私小説のリアリズムを否定する意図も込められている。

一方、横光は何を書くべきだと捉えていただろうか。

今までの日本の純文学に現れた小説といふものは、作者が、おのれひとり物事を考へてゐると思つて生活してゐる小説である。〔中略〕多くの人々がめいめい勝手に物事を考へてゐるといふ世間の事実には、盲目同然であつた。

ここで横光は問題を、「世間の事実」を捉えるために作者はどうすべきか、という態度に関わるものとして一度定義している。しかし彼はまた、創出すべき純粋小説の内容を「われわれの眼は、理智と道徳の前まで来ると、何ぜふらつくのであらう。純粋小説の内容は、このふらつく眼の、どこを眼ざしてふらつくか、何が故にふらつくかを索ることだ」と規定している。この「ふらつく眼」を横光は、「人としての眼」「個人としての眼」「自分を見る自分の眼」と三つに分けているが、総じて人間の自意識を指している。「ロマン」を描くか自意識を描くか、この点で既に両者の視線は位相を異にする。

ではどのように書くか、という点では如何なることが提案されているのだろうか。まず織田は、純粋小説という横光利一の用語を用いつつ、純粋小説とは純粋になればなるほど形式が不純になり、複雑になり、構成は何重にも織り重って遠近法は無視され、登場人物と作者の距離は、映画のカメラアングルのように動いて、眼と手は互いに裏切り、一元描写や造形美術的な秩序からますます遠ざかるものであると考えていた。

と説明し、形式や構成の複層性や、作中人物と作者双方の自在に動く距離を方法として強調する。一方横光は、四人称の創出を挙げている。

横光が自意識に続いて四人称を取り上げたことは、従来の私小説／純文学の流れの中でよしとされてきた、部分的という意味で実はリアルでないものをリアリズムとする偏向から、脱却せんとする掛け声と等しかった。彼が批判するリアリズムを強固に支えてきたのが、絶対的な観察者としての見る眼、その眼を持った主体の絶対性だった。田口律男は四人称を視点の位置という点から考察し、「〈四人称〉の〝眼〟は、新感覚派時代に横光が駆使した〝眼〟のリアリズム――表現者の〝眼〟を日常性から奪い取り、そこに構成的・力学的・能動的なエネルギーを持たせることにより、秩序動揺の本質を剔抉しようとするもの――の延長上に位置するもの」と意味付けている。[7] 偏狭なリアリズムを構成する眼の絶対性を是とせぬところに横光の創作観があり、そのための新感覚派的な複眼の技法というものも、以前はあった。しかし四人称ではその頃よりも一層自意識が問題にされている。だが、具体的なヴィジョンは挙がらず、「人間をいかに書くかといふ最後の項には、触れることをやめよう」と、いかに書くかという問題を述べずに終えている。[8]

このように見ていくと、両者の差異が浮上する。織田の志向するリアリティとは、心境小説的私小説のような、実態としての実生活との相似に支えられるものではなく、フィクションであることを前提として成り立つ仮象だと一先ずいえるだろう。かつ複雑で視点の動きも自在な見せ方が提案されている。一方横光は、「世間」に一度目を向けつつ、「ふらつく眼」即ち自意識の表現という問題に収斂しており、方法論として四人称というタームが示されている。

この差異は両者の〈偶然〉認識の相違にこそ現れていると考えられる。では二つの評論の中で、〈偶然〉は何のために用いられる、とされているのだろうか。織田はサルトルへの評価からそれを導き出している。

日本もフランスも共に病体であり、不安と混乱の渦中にあり、ことに若きジェネレーションはもはや伝統というヴェールに包まれた既成の観念に、疑義を抱いて、虚無に陥っている。そのような状態がフランスではエグジスタンシアリスムという一つの思想的必然をうみ、人間というものを包んでいた「伝統」的必然のヴェールをひきさくことによって、無に沈潜し、人間を醜怪と見、必然に代えるに偶然を以てし、ここに自由の極限を見るのである。

この箇所は具体的にはサルトル『水いらず』への評言だが、ここでは織田がサルトルの小説の内容に、「伝統」的必然を脱中心化するための〈偶然〉を見出し、その性質に価値を置いていることが確認できる。また、「必然に代えるに偶然を以て」すると述べるように、方途としての〈偶然〉も明確に示されている。但し、具体的な用法に関する言及はない。だが、少なくとも方法と内容、両面の革新を可能にするものとして、〈偶然〉が捉えられていることがわかる。伊吹武彦(9)は織田が死ぬまでに日本に紹介されたサルトルの著作は『水いらず』と『壁』だけであり、サルトルに関連した書籍も伊吹自身の論考「サルトルの世界観」だけだったと証言しているが、同じ文章ではまた、サルトルの哲学が「人間は偶然的存在であるゆゑにこそ、いくつかの道を選択する自由にめぐまれてゐる」というものであることを指摘し、サルトルがモーリヤックの小説中の作中人物が「固定的でいささかも自由にめぐまれてゐないことを非難」したと述べている。そうであるならば、サルトル自身の営為を織田が参照することによって、〈偶然〉が表現手法と物語内容双方の革新を可能にするものとして理解されたことは、間違いないことが保証される。

横光もまた、西欧の小説に目配りする点で織田と同じ論法を用いているが、その中に見ているものは異なる。

〔『罪と罰』の偶然性は―引用者注〕一見世人の妥当な理智の批判に耐え得ぬやうな、いはゆる感傷性を備へた現れ方をして、われわれ読者を喜ばす。〔中略〕それが単に通俗小説であるばかりではなく、純文学にして、しかも純粋小説であるといふ定評のある原因は、それらの作品に一般妥当とされる理智の批判に耐へ得て来た思想性と、それに適当したリアリティがあるからだ。

彼は『罪と罰』に現れている〈偶然〉性に、純粋小説の見本としての価値を見出している。つまり「読者を喜ばす」が、物事の筋に適い得て、そのことを不自然と思わせないようなリアリティのために、通俗小説とはなっていないと述べるのである。読者の受容に焦点化している点で、横光は〈偶然〉によって影響を受ける作品の内部を見ている。続いて、

純粋小説に於ける偶然（一時性もしくは特殊性）といふものは、その小説の構造の大部分であるところの、日常性（必然性もしくは普遍性）の集中から、当然起つて来るある特殊な運動の奇形部であるか、あるいは、その偶然の起る可能性が、その偶然の起つたがために、一層それまでの日常性を強度にするかどちらかである。この二つの中の一つを脱れて偶然が作中に現れるなら、そこに現れた偶然はたちまち感傷に変化してしまふ。

このため、偶然の持つリアリティといふものほど表現するに困難なものはない。

というように、〈偶然〉の表現の容易ならざることが訴えられている。容易でないのは〈偶然〉が「感傷に変化し易いからだと説明されているが、この「感傷」にはこの上なく同時代的な背景がみえてくる。『純粋小説論』において「感傷」とは、通俗小説にあるものと規定されている。通俗小説は「そのときに最も好都合な事件を、矢庭に何らの理由も必然性もなくくつつけ、変化と色彩とで読者を釣り歩いて行く感傷を用いる」ものである。それは彼にとって称揚すべきものではない。しかし、通俗小説には「自己身辺の経験事実をのみ書きつらねることはなく、いかに安手であらうと、創造がある」と述べる横光の視線の先にあるのは、「通俗小説に圧倒せられた純文学の衰亡」なのである。これらの発言は全て、昭和十年前後という時期にあって盛んに言及された、文藝復興という〈文壇〉内の問題と連動している。このことは『純粋小説論』に「文壇全体の眼が、純粋小説に向つて開かれたら、恐らく急流のごとき勢ひで純文学が発展し、真の文芸復興もそのとき初めて、完成されるにちがひない」と書き込まれていることからも保証される。このように、横光は既存のリアリズムに疑義を呈しながらも、純文学の「衰亡」に足を取られ、〈偶然〉を効果あるものとしながらも、具体的な実践への言及をし難い状態に追い込まれている。

上記のような両者の〈偶然〉観の差異が、「書くべき小説」像の差異とも連関していることが確認できるだろう。

第四節　〈偶然〉という方法

織田において見られた、内容と方法両面にわたる変革への志向性は、『可能性の文学』以外の評論でも確認できる。『ジュリアン・ソレル』（「世界文学」一九四六年九月）で語られているのはスタンダールへの評価である。

スタンダールはロマネスクな事件をこしらえる。平気で偶然をばらまく。スリルとサスペンスも見ようによっては、息もつかせぬくらいばらまかれている。しかし、事件を描くことが、目的ではない。〔中略〕ジュリアンを行動させながら、スタンダールが見ているのは、ジュリアンの内部だ。

織田はスタンダールの作意に目を向けるが、その際に「平気で偶然をばらまく」と、『赤と黒』が孕む〈偶然〉性を指摘している。しかしそれは、話の筋を運ぶためのものではなく、主人公・ジュリアンの内面を描くための手段と認識されている。この評論の発表の後、織田は『土曜夫人』という実作のストーリーにおいて、主体的に〈偶然〉を選ぶ章三という人物を登場させ、経常的な時間認識の解体を求める人物の物語を描こうとしていく。

他の点でも、『可能性の文学』での主張は、〈偶然小説〉という実作で既に実践されたことを、ふまえていることがわかる。例えば「小説家というものはいつもモデルがあって実際の話をありのままに書くもの」と心境小説的私小説の創作態度に言及する箇所がある。この点は『それでも私は行く』において、小田策之助の「本当にあったことを、そのまま」書くという目論見が、〈偶然〉の連続によって完遂されないという点によって、既にそのような創作態度の不可能性が示唆されている。

〈偶然小説〉中の〈偶然〉が本質的に変質する、『土曜夫人』で〈作者〉が〈偶然〉を講釈する箇所は、「読売新聞」一九四六年十一月二十四日に掲載された。そして『可能性の文学』が執筆されたのは、翌二十五日の深夜であることが、大谷晃一による評伝の中で、元改造社社員・西田義郎によって証言されている。このように至極近い期間に思考されていた織田の〈偶然小説〉論は、戦後に至っても未だ日本の文学上の権威であり続ける、心境小説的私小説のリアリズムを解体するという志向を含有していた。しかしそれだけではなく、敗戦後の世界にあって新たに産み出された人々の、いわば母胎である「世相」を総体として描出させるための方法論として、成熟していったといえる。それにより、多くの人物たちがどのように行動していくのか、また、その人物たちのタペストリーを織り上げることで如何なる「ロマン」が現出するのか、という二つの可能性を積極的に志向することになる。

一九四六年八月十五日付の「毎日新聞（大阪）」に掲載された、敗戦以降一年間の〈文壇〉展望に対し、織田は感想を三点述べている。その最後に挙げられたのが「新しい文学思想や、スタイルの改革が殆んど見られなかったことである。作家は言論の自由という恵まれた条件を与えられながら、この好条件を彼等の作品の飛躍の機会となすだけの野心も意欲も見せなかった」という述懐である（『最近の日本文学』）。ここから「鬼子」たる自覚を新たにし、先述の志向を遂行しようとした。そのための方法論的実践が、〈偶然小説〉だったといえる。

横光が訴えた〈偶然〉の実践を、約十年後の戦後という時期において引き受け、自ら「鬼子」を名乗った織田は、一九四六年に入りきわめて自覚的に創作を続けた。その実践を可能にしたものの一翼を、戦後という時空間そのものが担っていることは言うまでもない。

注

（1）『永遠の新人』（「週刊朝日」一九四五年九月九日）
（2）『私の文学』（「夕刊新大阪」一九四六年九月二十四、二十五日）
（3）本多秋五『物語戦後文学史（上）』（岩波書店、二〇〇五年八月）
（4）〈偶然小説〉という呼称に関しては関根和行が「織田作之助論―私小説を中心に織田の周辺をめぐって―」（「國學院雑誌」一九七四年十一月）において、ここで扱う四作品に『青春の逆説』を加えた五作を〈偶然小説〉としているが、本章は一九四六年の織田作之助の創作営為における〈偶然〉の用法を論じることに焦点がある。従って自ずと関根が論じた「偶然」とは異なる内容となることもあり、『青春の逆説』を考察に含めないことにする。

（5）「アコーディオン弾きの坂野も、その細君の芳子も、その情夫のグッドモーニングの銀ちゃんも〔中略〕芸者の千代若も、仏壇お春も、何《ママ》じ世相がうんだ風変りな人物である以上、主人公たり得ることを要求する権利を持っているのだ。」（「登場人物」）

（6）「げんにいま二等車と三等車の間のデッキに立って、章三と向き合っている新しい登場人物が主人公としての資格を、最も多く持っているといえるかも知れない。／なぜなら、彼女は世相が変らせた多くの日本人の中で、その変り方の最も鮮やかな女であり、かつての日本には殆んど見られなかった人物であるからだ。」（「登場人物」）

（7）田口律男「横光利一「紋章」論――「純粋小説論」を光源として――」（「山口国文」一九八三年三月）

（8）横光研究においては『紋章』（「改造」一九三四年一～九月）や『家族会議』（「東京日日新聞」及び「大阪毎日新聞」一九三五年八月九日～十二月三十一日）に『純粋小説論』の実践や論理が胚胎しているとみて、諸氏の論及が試みられている。

（9）伊吹武彦「ジイド・サルトル・織田作之助」（「新文学」一九四八年二月）

あとがき

本書は二〇一三年二月に慶應義塾大学へ提出した博士学位論文『織田作之助の〈大阪〉表象――同時代における戦略と意義』を基にしている（二〇一四年一月に学位取得）。審査にあたってくださった松村友視先生、屋名池誠先生、真銅正宏先生に、厚く御礼申し上げる。また、日ごろから多くの方々に励まされ、助けられつつ研究を続けられていることに深く感謝していることも、この場で申し上げたい。いかに反証可能性に耐える論にするかが肝要だということは、学部時代からの恩師である松村先生に常々言われてきたことである。それが本書でどれだけ実現しているかというと、甚だ心許ない。今後も研鑽に努めたい。

織田作之助草稿及び織田作之助旧蔵本の閲覧にあたっては、大阪府立中之島図書館の御協力を得た。貴重な資料を提供してくださった大阪府立中之島図書館大阪資料・古典資料室の皆様に深く御礼を申し上げる。

各章の基盤となった論文は、以下の学会誌・紀要に発表したものである。

第三章　一部「〈大阪〉という場の機能―織田作之助「世相」を中心に―」（「昭和文学研究」六四号、二〇一二年三月）
第七章　「記憶と規範の〈フィリピン〉――織田作之助『わが町』論」（「三田國文」五四号、二〇一一年一二月）
第八章　「〈大阪〉という場の機能―織田作之助「世相」を中心に―」（「昭和文学研究」六四号、二〇一二年三月）
「織田作之助『世相』成立に関する一考察―大阪府立中之島図書館織田文庫蔵「織田作之助宛木村徳三書簡」を視座として―」（「三田國文」五五号、二〇一二年六月）
第九章　「小説における〈偶然〉――織田作之助、昭和二十一年の実践」（「藝文研究」九四号、二〇〇八年六月）

本書のカバー絵を描いてくれた藤井健司氏は、古い友人である。彼は現在、日本とカナダとを往復しつつ、日本画の制作を続けている。しかし、それを日本画と名指すことに私は抵抗をおぼえる。手製の紙、彼が買ったであろう紙、誰かに貰ったかもしれない紙、あるいは官製はがきに引かれる、太い線、細い線。筆跡と呼びたくなる、しかしながらそれを躊躇させる線、線と呼ぶことも拒むかたち、紙と墨がたてる匂い。作られた場所も、色も、匂いも異なる墨。氏自身が作った墨。それらが意味を形づくるかどうかという問いは、彼によって拒まれていると私は感じる。このことは、たえず単語や文脈のたてる匂いを嗅ぎ回ろうとしている私にとって、少々辛い経験ではある。

本書のカバー絵にタイトルはない。絵を贈ってくれた時、藤井氏は「お互い壁か卵かと言ったら、卵だろう」と言った。これはもちろん、二〇〇九年二月に村上春樹がエルサレム賞を受賞した際のスピーチ「壁と卵」に拠っている。このスピーチにおいて「壁」とは「システム」を指し、「卵」は「人間」（あるいは「魂」）を指していた。しかし、私はそれと異なる文脈を作ろうとした。お互い「卵が在ることを知っている」として、その上でお互い何ができるか、と、問われた気がしたのだ。「円い玉子も切りようで四角いということもあろう。が、その切りようが新吉にはもう判らないのだ」（『郷愁』）と、織田は書いた。決して四角い「壁」にはならないはずの円い「卵が在ること」を知りつつ、切り方が判らないと言った新吉のその先を、生きていくしかない。

本書の刊行を引き受けてくださった和泉書院の廣橋研三氏には、一方ならぬお世話をいただいた。心から御礼申し上げたい。

二〇一六年五月

尾崎　名津子

索　　引

凡　例

- 頁数の表記につき、下記の通り差異をつけた。
  15,16,17…各頁にその語がみられるが、話題としては繫がっていない。

  15～17…各頁にその語がみられ、かつ、この3頁に亘り、その語が話題の中心となっている。
- 注の内容は索引に含めなかった。

人　　名

あ 行

か 行

さ 行

た 行

な 行

は 行

ま 行

や 行

事　項

あ 行

か 行

さ 行

た 行

な 行

は 行

ま 行

や 行

ら 行

わ 行

主要参考文献

※本書で引用、あるいは執筆にあたって参考にした単行本を掲げることを原則とし、論文・その他記事については本文で言及したものに限って掲げた。

単行本

赤澤史朗・北河賢三・由井正臣編　『資料日本現代史13』大月書店、1985年
有光金兵衛　『出版及著作に関する法令釈義』大同書院、1931年
石黒　修　『日本語の世界化』修文館、1941年
和泉　司　『日本統治期台湾と帝国の〈文壇〉――〈文学懸賞〉がつくる〈日本語文学〉』ひつじ書房、2012年
岩淵宏子・長谷川啓監修　『「帝国」戦争と文学26　辻小説集』ゆまに書房、2005年
内川芳美編解説　『現代史資料40　マス・メディア統制１』みすず書房、1973年
浦西和彦編　『織田作之助文藝事典』和泉書院、1992年
大阪鉱山監督局編　『大阪鉱山監督局五十年史』大阪鉱山監督局、1942年
大谷晃一　『織田作之助　生き、愛し、書いた。』沖積舎、1998年
荻野富士夫編解題　『情報局関係極秘資料』全８冊、不二出版、2003年
奥平康弘監修　『言論統制文献資料集成　第20巻』日本図書センター、1992年
小田切秀雄編　『続発禁作品集』北辰堂、1957年
小田切秀雄・福岡井吉編　『昭和書籍雑誌新聞発禁年表』全４冊、明治文献、1965-67年
小田切秀雄、福岡井吉編　『増補版昭和書籍雑誌新聞発禁年表』全３冊、明治文献資料刊行会、1981年
織田作之助　『夫婦善哉　完全版』雄松堂出版、2007年
織田作之助　『俗臭　織田作之助［初出］作品集』（悪麗之助編・解説）インパクト出版会、2011年
小野十三郎　『大阪―昨日・今日・明日―』角川書店、1967年
菊池　寛　『現代語西鶴全集　第３巻』春秋社、1931年
北尾鐐之助　『近畿景観　第３編　近代大阪』創元社、1932年
木村徳三　『文芸編集者　その跫音』ティビーエス・ブリタニカ、1982年
栗本慎一郎　『光の都市　闇の都市』青土社、1981年
紅野謙介　『検閲と文学　1920年代の攻防』河出書房新社、2009年
紅野敏郎・日高昭二編　『山本実彦旧蔵・川内まごころ文学館所蔵　「改造」直筆原稿の研究』雄松堂出版、2007年

国立国会図書館収集整理部編 『国立国会図書館所蔵発禁図書目録 1945年以前』国立国会図書館、1980年
小島新生編 『出版新体制の全貌』出版タイムス社、1941年
小林 豊 『大阪と近代文学』法律文化社、1989年
小森陽一 『日本語の近代』岩波書店、2000年
『最新大大阪市街地図』和楽路屋、1936年
『最新南区地図』日本統制地図株式会社、1941年
斎藤昌三編 『現代筆禍文献大年表』粋古堂書店、1932年
酒井 潔 『日本歓楽郷案内』竹酔書房、1931年
酒井隆史 『通天閣 新・日本資本主義発達史』青土社、2011年
酒井直樹 『日本思想という問題 翻訳と主体』岩波書店、1997年
佐久間鼎 『日本語のために』厚生閣、1942年
櫻本富雄 『日本文学報国会 大東亜戦争下の文学者たち』青木書店、1995年
『作家と戦争』河出書房新社、2011年
『時代別日本文学史事典 現代編』東京堂出版、1997年
芝村篤樹 『関一―都市思想のパイオニア―』松籟社、1989年
芝村篤樹 『日本近代都市の成立―1920・30年代の大阪―』松籟社、1998年
芝村篤樹 『都市の近代・大阪の20世紀』思文閣出版、1999年
清水勲監修 『漫画雑誌博物館 8 大正時代篇』国書刊行会、1986年
『出版警察資料』複製版、不二出版、1982年
『出版警察報』複製版、不二出版、1981-82年
城 市郎 『発禁本 書物の周辺』桃源社、1965年
真銅正宏 『食通小説の記号学』双文社出版、2007年
鈴木登美・十重田裕一・堀ひかり・宗像和重編 『検閲・メディア・文学――江戸から戦後まで』新曜社、2012年
須藤 廣 『観光化する社会――観光社会学の理論と応用』ナカニシヤ出版、2008年
砂原庸介 『大阪――大都市は国家を超えるか』中央公論新社、2012年
関根和行 『資料織田作之助』オリジン出版センター、1979年
大霞会編 『内務省史 第1巻』地方財務協会、1971年
台湾南方協会編 『南方読本』三省堂、1941年
竹野静雄 『近代文学と西鶴』新典社、1980年
橘 正一 『方言読本』厚生閣、1937年
『田山花袋全集 第15巻』文泉堂書店、1974年
千野陽一監修 『愛国・国防婦人運動資料集 5 大日本国防婦人会十年史』日本図書センター、1996年
暉峻康隆・浅野晃・冨士昭雄・江本裕・谷脇理史 『西鶴への招待』岩波書店、1995年
東條 操 『国語の方言区画』育英書院、1927年

東條　操　『方言と方言学』春陽堂書店、1938年
『同人誌の変遷─文藝学科所蔵同人誌を中心に─平成22年度日本大学芸術学部芸術資料館企画展』日本大学芸術学部芸術資料館、2010年６月
富岡多恵子編　『大阪文学名作選』講談社、2011年
『内務省警察統計報告』全18巻、日本図書センター、1993-94年
内務省警保局編　『禁止単行本目録』全３冊、湖北社、1976-77年
内務省警保局編　『出版警察関係資料集成』全８巻、不二出版、1986年
内務省大臣官房文書課編　『内務省庁府県職員録』1936年
成田龍一　『近代都市空間の文化経験』岩波書店、2003年
成田龍一　『増補　〈歴史〉はいかに語られるか　1930年代「国民の物語」批判』筑摩書房、2010年
日本出版文化協会監修　『現代出版文化人総覧　昭和十八年版』協同出版社、1943年
日本文学報国会　『会員名簿　昭和十八年度』日本文学報国会、1943年
日本文学報国会　『文藝年鑑』二六〇三年版、桃蹊書房、1943年
野村愛正　『ダバオの父　太田恭三郎』偕成社、1942年
橋爪紳也　『大阪モダン　通天閣と新世界』NTT 出版、1996年
橋爪紳也　『人生は博覧会　日本ランカイ屋列伝』晶文社、2001年
橋爪節也編著　『大大阪イメージ　増殖するマンモスモダン都市の幻像』創元社、2007年
橋本寛之　『都市大阪○文学の風景』双文社出版、2002年
畑中繁雄　『覚書　昭和出版弾圧小史』第２版、図書新聞、1977年
花園兼定　『南進論の先駆者菅沼貞風』日本放送出版協会、1942年
早瀬晋三　『「ベンゲット移民」の虚像と実像─近代日本・東南アジア関係史の一考察─』同文館出版、1989年
原　武史　『「民都」大阪対「帝都」東京　思想としての関西私鉄』講談社、1998年
藤井忠俊　『国防婦人会─日の丸とカッポウ着─』岩波書店、1985年
藤原彰・今井清一編　『十五年戦争史３』青木書店、1989年
文芸家協会編　『文藝年鑑　昭和十五年版』第一書房、1940年
別府市観光協会編　『別府温泉史』いずみ書房、1963年
『別府市誌』別府市役所、1973年
別府市編　『別府市誌　第３巻』別府市役所、2003年
北條　浩　『温泉の法社会学』御茶の水書房、2000年
本多秋五　『物語戦後文学史（上）』岩波書店、2005年
牧村史陽編　『新版大阪ことば事典』講談社、2004年
宮武外骨　『売春婦異名集』半狂堂、1921年
宮本又次　『キタ──風土記大阪』ミネルヴァ書房、1964年
村嶋歸之　『カフエー考現学』日日書房、1931年

文部省編　『初等科修身四　教師用』文部省、1943年
安田敏朗　『〈国語〉と〈方言〉のあいだ　言語構築の政治学』人文書院、1999年
吉川　登編　『近代大阪の出版』創元社、2010年
読売新聞社出版部編　『比島作戦』読売新聞社、1942年
読売新聞社編輯部編　『新聞・雑誌・書籍　出版社に必要な法規解説』読売新聞社、1934年
ジェイ・ルービン（今井泰子・大木俊夫・木股知史・河野賢司・鈴木美津子訳）『風俗壊乱　明治国家と文芸の検閲』世織書房、2011年
ケネス・ルオフ（木村剛久訳）『紀元二千六百年　消費と観光のナショナリズム』朝日新聞出版、2010年
渡邊　薫　『フイリツピン図説』冨山房、1942年

論文・その他記事

青山光二　「解説」、織田作之助『夫婦善哉』新潮社（新潮文庫）、1950年
青山光二　「解説」、織田作之助『船場の女』角川書店（角川文庫）、1955年
青山光二　「作品解題」、『定本織田作之助全集　第３巻』文泉堂書店、1976年
赤澤史朗　「戦中・戦後文化論」、『岩波講座日本通史　第19巻　近代４』岩波書店、1995年
浅岡邦雄　「戦前期内務省における出版検閲―禁止処分のいろいろ―（講演報告）」、「大学図書館問題研究会誌」第32号、2009年８月
荒木　巍　「人間探求（文藝時評）」、「知性」第３巻第９号、1940年９月
池津勇三　「関西名物やとなとは何か」、「話」第４巻第７号、1936年７月
伊吹武彦　「ジイド・サルトル・織田作之助」、「新文学」第５巻第２号、1948年２月
梅谷文夫　「麟太郎・作之助」、「国文学　解釈と鑑賞」第22巻第６号、1967年６月号
梅本宣之　「漂流する〈私〉―「夫婦善哉」を中心に―」、「帝塚山学院大学日本文学研究」第41号、2010年２月
内川芳美・香内三郎　「日本ファシズム形成期のマス・メディア統制（一）―マス・メディア組織化の政策および機構とその変容―」、「思想」第445号、1961年７月
浦西和彦　「いつ「続夫婦善哉」を執筆したか」、「週刊読書人」第2710号、2007年10月26日
遠藤　仁　「東条操らの方言研究推進と各地の方言集作り」、加藤正信・松本宙編「国語論究第13集　昭和前期日本語の問題点」明治書院、2007年９月
大川　渉　「編者解説　命懸けの創作意欲」、織田作之助『聴雨・螢　織田作之助短篇集』筑摩書房（ちくま文庫）、2000年
大滝則忠　「戦前期出版警察法制下の図書館―その閲覧禁止本についての歴史的素

描―」、「参考書誌研究」第２号、1971年１月
大滝則忠　「図書館と読む自由――近代日本の出版警察体制との関連を中心に」、塩見昇・川崎良孝編著『知る自由の保障と図書館』京都大学図書館情報学研究会、日本図書館協会、2006年
大原忠雄　「織田作之助「俗臭」論」、「蒼光」第１号、2000年３月
奥平康弘　「検閲制度（全期）」、鵜飼信成ら編『講座日本近代法発達史11』勁草書房、1967年
尾崎秀樹　「大東亜文学者大会について」、「文学」第29巻第５号、1961年５月
小田切秀雄　「織田作之助著『西鶴新論』」、「都新聞」1942年９月21日
加藤政洋　「近代大阪のトポグラフィー（10）―モダン大阪と織田作之助のノスタルジア―」、「大阪春秋」第30巻第４号、2002年12月
加藤政洋　「都市・放浪・故郷―近代大阪と織田作之助のノスタルジア―」、「流通科学大学論集―人間・社会・自然編―」第17巻第３号、2005年
金子俊子　「織田作之助の戦後」、「中央大学国文」第27号、1984年３月
川上由加里　「織田作之助『夫婦善哉』試論―都市の『記号』からのアプローチ―」、「国文学会誌」（京都教育大学）第27・28合併号、1997年12月
川口　朗　「織田作之助と西鶴」、「国文学　解釈と教材の研究」第15巻第16号、1970年12月
上林　暁　「若き世代について」、「新潮」第37巻第８号、1940年８月
菊地康雄　「雑誌『満洲良男』のこと―わが編集者一年生の記―」、「本の手帖」第５巻第６号、1965年８月
久保健助　「出版法昭和９年改正に関する覚書―第65回帝国議会における議論を中心に―」、「日本女子体育大学紀要」第42号、2012年３月
久保田芳太郎　「織田作之助と西鶴」、「国文学　解釈と鑑賞」第38巻４号、1973年３月
桑原武夫　「織田君のこと」、『織田作之助選集』附録第２号、中央公論社、1947年
香内三郎　「情報局の機構とその変容」、「文学」第29巻第５号、1961年５月
幸田露伴　「井原西鶴」、「国民之友」第６巻第83号、1890年５月23日
紅野敏郎　「織田作之助「続夫婦善哉」の発見」、「Net Pinus」第68号、雄松堂出版、2007年６月　http://yushodo.co.jp/pinus/68/kaizou/index.html
『西鶴研究』第２冊「彙報」、台湾三省堂、1942年12月
斎藤理生　「織田作之助『世相』の「形式」」、「昭和文学研究」第57集、2008年９月
佐藤春夫　「打出の小槌（三）」、「新日本」第１巻第３号、1938年３月
佐藤秀明　「可能性の「織田作」」、織田作之助『六白金星・可能性の文学』岩波書店（岩波文庫）、2009年
「新潮評論　文学の都会的性格について」、「新潮」第38巻第４号、1941年４月
関根和行　「織田作之助論―私小説を中心に織田の周辺をめぐって―」、「國學院雑

誌」第75巻第11号、1974年11月
関根和行　「資料紹介　織田作之助著『初姿』」、「芸術至上主義文芸」第12号、1986年11月
高松敏男　「織田作之助の西鶴現代語訳についての覚書―新資料『西鶴物語集』の紹介―」、「大阪府立図書館紀要」第28号、1992年3月
高松敏男　「漫画雑誌『大阪パック』の戦時」、深井人詩編『文献探索2005』金沢文圃閣、2006年5月
高見　順　「羞恥なき文学」、「文藝春秋」第18巻第12号、1940年9月
田口律男　「横光利一「紋章」論―「純粋小説論」を光源として―」、「山口国文」第6号、1983年3月
武田麟太郎　「一種の飽和状態　同人雑誌の作家達に就て（1）」、「東京朝日新聞」1940年6月11日
武田麟太郎　「潔癖性を守れ　同人雑誌の作家達に就て（2）」、「東京朝日新聞」1940年6月12日
種村季弘　「解説　いくつもの戦後」、織田作之助『夫婦善哉』講談社（講談社文芸文庫）、1999年
土屋正三　「日本警察の歩みを語る（その2）」、「警察研究」第45巻第12号、1974年11月
暉峻康隆　「織田作之助と西鶴」、『織田作之助選集』附録第4号、中央公論社、1947年
暉峻康隆　「解説」、『井原西鶴集　三』小学館、1972年
中島健蔵　「主体は地方在住者に――地方文化運動の実状について」、「帝国大学新聞」1941年12月8日
中島次郎　「柳吉と蝶子の年齢―「夫婦善哉」と「続夫婦善哉」―」、「芸文稿」第1号、2008年4月
中村光夫　「若年作家と作品」、「東京朝日新聞」1940年6月30日
中村三春　「〈原作〉の記号学―『羅生門』『浮雲』『夫婦善哉』など―」、「季刊iichiko」第111号、2011年7月
中村武羅夫　「文学と地方語及び地方文化」、「新潮」第37巻第6号、1940年6月
中村武羅夫　「地方文化の再建問題と一つの提案」、「新潮」第38巻第8号、1941年8月
名木皓平　「「大阪文学」創刊当時」、「織田作之助研究　大阪文学」復刊3号、1967年3月
西川長夫　「織田作之助とスタンダール（上）」、「立命館文学」第490-492号、1986年6月
西田りか　「『世相』論」、「国文学　解釈と鑑賞」第59巻第9号、1994年9月
西原和海　「関東軍の慰問雑誌『満洲良男』と『ますらを』」、「彷書月刊」第24巻第

7号、2008年7月
西村将洋　「引き裂く言葉—昭和一〇年代と織田作之助「夫婦善哉」—」、「同志社國文学」第53号、2000年12月
花田清輝　「市場に生きる」、『定本織田作之助全集　第八巻』文泉堂書店、1976年
火野葦平　「地方文化委員会に関連して」、「文学界」第8巻第9号、1941年9月
平井蒼太　「大阪賤娼誌」、「犯罪科学」第2巻第1号、1931年1月
藤澤桓夫　「大阪弁—文芸銃後運動講演—」、「文学界」第8巻第9号、1941年9月
藤澤桓夫　「初対面の時のこと」、「文学雑誌」第1巻第3号、1947年5月
文館輝子　「輝文館主としての祖父と父」、「諷刺画研究」第30号、1999年
前田重信　「織田作之助の近著『西鶴新論』」、「大阪新聞」1942年8月17日
槇　文彦　「日本の都市空間と「奥」」、「世界」第397号、1978年12月
増田周子　「大阪の雑誌—主として『大阪文学』（輝文館）について—」、「大阪春秋」第35巻第3号、2007年10月
三木輝雄　「作品読解「夫婦善哉」（織田作之助）」、「国語と教育」第15号、1990年3月
三木輝雄　「作品読解『放浪』（織田作之助）—文吉の死と順平の死について—」、「国語と教育」第17号、1992年3月
宮内寒弥　「文藝時評—新人について—」、「文学者」第2巻第11号、1940年11月
宮川　康　「初出形による織田作之助「俗臭」論—〈形式〉のうしろにある〈象徴的な意図〉の考察—」、「国語と教育」第16号、1991年3月
宮川　康　「織田作之助「署長の面会日—職業作家としての出発点—」、「日本近代文学」第44号、1991年5月
宮川　康　「織田作之助の「わが町」について」、「日本近代文学」第73号、2005年10月
宮川　康　「織田作之助『夫婦善哉』論—ある「大変奇妙な」〈夫婦〉の話—」、「文月」第7号、2012年7月
宗政五十緒　「織田作之助「夫婦善哉」と浄瑠璃『艶容女舞衣』」、「仏教文化研究所紀要」第29号、1990年12月
安田　武　「翼賛会文化部と岸田国士」、「文学」第29巻第5号、1961年5月
山口廣一　「隣組常会のお座敷芝居試演拝見記」、「サンデー毎日」1941年12月21日
「ユニーク雑誌「大阪パック」」、「読売新聞」大阪版、1992年7月15日夕刊
吉田精一　「織田作之助と西鶴」、「国文学　解釈と鑑賞」第24巻第2号、1959年2月
渡邉巳三郎　「終戦前後における部落問題短篇小説①—織田作之助『俗臭』・『素顔』と高橋和巳『貧者の舞い』—」、「法政大学大学院紀要」第27号、1991年10月

■著者略歴

尾崎名津子（おざき なつこ）

1981年、神奈川県生まれ。

慶應義塾大学大学院文学研究科国文学専攻修了。

博士（文学）。

現在、早稲田大学文学学術院総合人文科学研究センター客員主任研究員。亜細亜大学、慶應義塾大学、日本大学、早稲田大学非常勤講師。

専門は日本近現代文学、内務省検閲を中心とする検閲研究。

主な論文に「記憶と規範の〈フィリピン〉――織田作之助『わが町』論」(「三田國文」(54) 2011年12月)、「〈大阪〉という場の機能―織田作之助「世相」を中心に―」(「昭和文学研究」(64) 2012年3月)、「「織田君の死」―不在を語る言葉―」(『太宰治研究』(22)、和泉書院、2014年6月) などがある。

近代文学研究叢刊 59

織田作之助論
―〈大阪〉表象という戦略―

二〇一六年六月二五日初版第一刷発行
（検印省略）

著者　尾崎名津子
発行者　廣橋研三
印刷・製本　亜細亜印刷
発行所　有限会社 和泉書院
大阪市天王寺区上之宮町七―六
〒五四三―〇〇三七
電話　〇六―六七七一―一四六七
振替　〇〇九七〇―八―一五〇四三

装訂　井上二三夫

ISBN978-4-7576-0799-6 C3395

近代文学研究叢刊